OLGA A. KROUK

Im Netz des Verbrechens

Zu diesem Buch:

Junas beste und einzige Freundin Pyschka würde alles für eine Modelkarriere tun. Als das junge Mädchen in St. Petersburg unter seltsamen Umständen verschwindet, macht sich Juna auf die Suche nach der Wahrheit. Ein Hinweis führt sie nach Deutschland, wo sie überraschend auf Oleg trifft, Pyschkas Exfreund und seines Zeichens Model-Scout. Bei einem gemeinsamen Abendessen versucht Juna mehr von Oleg zu erfahren, doch auch er kann der jungen Russin keine Hinweise auf den Verbleib ihrer Freundin nennen. Als Juna das Restaurant verlässt, verliert sie auf einmal die Kontrolle über sich. Sie wird ohnmächtig – und wacht in einem verfallenen Lagerhaus auf, in dem noch andere Mädchen gefangen gehalten werden. Voller Angst wird ihr bewusst: Sie befindet sich in den brutalen Fängen von Mädchenhändlern! Doch mit letzter Kraft kann Juna fliehen und findet Unterschlupf bei einem Unbekannten. So fasziniert die junge Frau von Nick, dem geheimnisvollen Mann mit den Brandnarben im Gesicht, auch ist, so sehr hütet sie sich, ihm mehr als nötig von sich preiszugeben. Denn Nick arbeitet für Junas Entführer und scheint seine eigenen Ziele zu verfolgen. Kann die junge Russin diesem Mann vertrauen, oder spielt Nick ein grausames Spiel mit ihr?

Über die Autorin:

Olga A. Krouk ist in Sankt Petersburg aufgewachsen. Nach einem Informatikstudium zog sie nach Deutschland und lebt heute mit ihrem Mann und zwei Söhnen in Schleswig-Holstein. Als Autorin von Romantic Fantasy hat sie sich bereits auch einen Namen gemacht.
Weitere Informationen unter: www.olgakrouk.de

Die Romane von Olga A. Krouk:

1. Im Visier des Todes
2. Im Netz des Verbrechens

Olga A. Krouk

Im Netz des Verbrechens

Roman

LYX
EGMONT

Originalausgabe März 2013 bei LYX
verlegt durch EGMONT Verlagsgesellschaften mbH,
Gertrudenstraße 30–36, 50667 Köln
Dieses Werk wurde vermittelt durch die Literaturagentur
Schmidt & Abrahams; www.schrift-art.net

1. Auflage
Redaktion: Andy Hahnemann
Satz: Greiner & Reichel, Köln
Umschlaggestaltung und -motiv: bürosüd,
München; www.buerosued.de
Printed in Germany (670421)
ISBN 978-3-8025-8641-5

www.egmont-lyx.de

Nick

Es ist dunkel. Herbstanfang. Die Uhr zeigt 06:07, und mein Atem schlägt feine Wölkchen in die Luft.

Ich laufe auf den Zug zu, sehe ihn von Weitem auf den verlassenen Gleisen mitten im spärlichen Wäldchen stehen; das Licht meiner Taschenlampe irrt durch den feinen Bodennebel und zupft an den hochgewachsenen Grashalmen und Zweigen des Gestrüpps, überwiegend Büsche und verkrüppelte Bäumchen links und rechts der Gleise. Ich darf kein unbedachtes Geräusch machen.

Mich erfasst ein Gefühl der Beklemmung, weil ich weiß, dass ich nicht gewinnen kann. Egal, wie oft ich es versuche. Ich kann es nicht.

06:15

Um 07:00 verbrennen die Spuren und zwei hübsche Mädchen. Настоящая кровь *will warm fließen.*

Ich habe den Zettel nur einmal gelesen, aber ich kenne bereits jedes einzelne Zeichen, auch die kyrillischen. Wer auch immer den Zettel geschrieben hat, er weiß viel über mich. Zu viel.

Die GPS-Koordinaten haben mich zu diesem umgebauten ICE geführt. Im Inneren des Zuges befindet sich eine Bar. Auf den Regalen vor einem Spiegel sind Spirituosen und Weine von erlesener Qualität aufgestellt. Die zu einem Drittel leere Flasche des fünfundzwanzig Jahre alten The-Macallan-Whisky steht als einzige auf dem glänzend polierten Tresen.

Die Pistole im Anschlag schleiche ich den Gang entlang.

Auf dem dunklen Teppich zeichnen sich noch viel dunklere Flecken ab, beunruhigend groß. Ich will nicht an das Blut denken, aber ich sehe es überall. Das Licht der Taschenlampe irrt durch die Dunkelheit, stößt gegen die Wände und spiegelt sich in den Fenstern. Ich höre meinen Herzschlag. Und trete in den nächsten Waggon.

Rasch versuche ich mit dem Lichtstrahl den gesamten Raum zu erfassen, leuchte die Ecken aus – er streift ein Mädchen. Eine junge Frau. Sie hängt an Ketten schräg über dem Boden. Ihr Kopf ist in den Nacken gelegt, die weit aufgerissenen Augen starren in meine Taschenlampe. Die halb geöffneten Lippen glänzen rot. Das Gesicht ist weiß geschminkt wie eine venezianische Maske. Ihre Tränen haben verzweigte Muster auf die Wangen gezeichnet.

06:18

Von draußen kratzen Zweige an die Seiten des Zuges.

Ihr Körper lässt all die perversen Spiele erahnen, die sie über sich hat ergehen lassen müssen. Sie ist noch warm, als ich nach ihrem Puls taste, aber tot. Niemand überlebt so einen Kopfschuss.

… *und zwei hübsche Mädchen* … Das erste habe ich gefunden.

Wenn ich die Lider schließe, sehe ich die toten Augen, die in meine Taschenlampe starren. Also setze ich alles daran, nicht die Lider zu schließen. Ich muss wachsam bleiben.

06:20

Ich konzentriere mich auf meine Körperhaltung, erlaube der Waffe nicht, in meinen Händen zu zittern. Ein Waggon liegt noch vor mir, und ich weiß, dass ich dort das zweite Mädchen finden werde. Ich trete ein, das Licht der Taschenlampe huscht durch den Raum, ich mache noch einen Schritt und stolpere über etwas Weiches.

Das Mädchen liegt zu meinen Füßen. Eine einst lebendige Projektionsfläche für abartige Body-Painting-Fantasien. Ihre blasse Haut ist über und über mit Ornamenten bedeckt, die ein wenig indisch anmuten, ich weigere mich, darüber nachzudenken, ob das Blut, mit dem sie bemalt ist, ihr eigenes ist. Ihre Arme und Beine sind ausgestreckt, die Hände und Füße mit Bolzen am Boden festgenagelt. In der Mitte der Stirn – die Eintrittswunde einer Kugel.

... zwei hübsche Mädchen ... zwei hübsche Mädchen ... und eine Katze. Der kleine, pelzige Leib ist auf dem nackten Bauch der Leiche arrangiert. Vorsichtig hebe ich das Tier auf die Arme. Fühle, wie es in meinen Händen atmet. Jemand hat ihr das Fell in kleinen Streifen vom Gesicht geschält, es hängt in blutfeuchten Striemen herunter. Ich höre meinen Herzschlag. Und ein Geräusch. Die Pistole ist wieder in meiner ausgestreckten Hand. Die Katze in der anderen. Über das Visier suche ich ein Ziel, finde jedoch keins. Langsam hebt sich die Sonne dem neuen Tag entgegen.

06:28

Noch ein Geräusch. Irgendwo in der Nähe. In der Fahrerkabine des ICE.

Vorsichtig lasse ich die kleine Katze auf den Boden sinken. Ich will, dass sie lebt. Ich will, dass sie weiter atmet und der Misshandlung trotzt. Die Pistole fühlt sich vertraut an in meinen Händen, die aufgehört haben zu zittern, weil sie noch etwas Leben aus diesem Zug davontragen können. Und sie wollen den Scheißkerl kriegen, der für all das hier verantwortlich ist.

Die Tür ist zu. Ich schieße das Schloss auf und trete sie ein. Mein Gott!

06:30

Unter dem Fahrerpult kauert ein Junge. *Mein Gott!*, denke ich, *mein Gott, er ist kaum zehn!*

Und nackt. An seinen Gelenken sind Fesselmale, aber sonst scheint er unversehrt zu sein. Todesangst verzerrt sein schmales Gesicht, als er in den Lauf meiner Pistole starrt und sich mit seinen dünnen Armen zu schützen versucht. Seine Züge ähneln ein bisschen dem Mädchen, das im Waggon mit Bolzen an den Boden getackert wurde.

Ich stecke die Waffe weg und sage, dass ich ihm helfen werde. Ich frage ihn nach seinem Namen. In allen Sprachen, die mir einfallen. Leider sind es nicht viele.

Er schaut mich nur mit schreckgeweiteten Augen an. Ich rede auf ihn ein. Ich möchte, dass er mir vertraut. Dass er mir erlaubt, ihn hier wegzubringen. Wenn ich ihn schon lebend finden durfte. Ich denke nicht an das Warum.

06:35

Er murmelt etwas, aber ich weiß nicht einmal, ob es ein Wort ist. Vorsichtig nähere ich mich ihm. Er lässt mich gewähren. Auch, dass ich mich vor ihn hinknie und ihn in meine Jacke wickele.

Er kann gehen. Taumeln. Ich stütze ihn am Ellbogen und führe ihn aus der Kabine. Im Waggon bleibt er stehen, starrt das Mädchen an. Draußen ist es bereits zu hell geworden, als dass die Dämmerung diesen Anblick vor ihm verbergen könnte. Er rührt sich nicht. Wie zu einer Salzsäule erstarrt. Ich sage ihm, dass wir weitergehen müssen.

06:39

Ich sage ihm, dass wir verdammt noch mal hier weg müssen. Uns bleibt nicht mehr viel Zeit. Ich weiß nicht, was um sieben Uhr morgens passieren wird, nur, dass wir dann nicht mehr in diesem Zug sein dürfen. Er rührt sich nicht. Ich lasse ihn kurz stehen und schlage eine der Seitenscheiben ein. Als ich mich umdrehe, sehe ich die Katze in seinen Armen.

Ich schiebe ihn zum Fenster, hebe ihn hoch und lasse ihn

vorsichtig nach draußen gleiten. Als er wieder Boden unter den Füßen hat, klettere ich ihm hinterher.

Wir werden noch ein bisschen laufen müssen, um zur Straße zu kommen. Einen halben Kilometer querfeldein. Dafür ist er zu schwach, das sehe ich ihm an. Ich hebe ihn hoch. Er hält noch immer die Katze, sie scheinen einander zu wärmen. Beide zittern.

06:45

Meine Uhr piept. Der Alarm soll mich warnen. Aber in einer Viertelstunde werden wir nicht mehr hier sein. Der Junge wiegt kaum etwas. Ich steuere die Büsche an. Der Boden ist uneben und ich muss mich auf jeden meiner Schritte konzentrieren, um nicht zu stolpern. Der Junge lehnt den Kopf an meine Schulter und schließt die Augen. Ich sage ihm, dass er es schafft, dass ich ihn in Sicherheit bringe und alles gut wird.

Aus dem Augenwinkel bemerke ich eine Bewegung. Eine Gestalt verharrt links neben den Bäumen und beobachtet mich. Eine dunkle Silhouette. Um an meine Pistole zu gelangen, muss ich den Jungen absetzen – mein Gegner zieht seine Waffe schneller. Ich packe den Jungen an den Schultern, reiße ihn herum, verdecke ihn mit meinem Körper, will ihn nach unten drücken.

Ich höre den Schuss, falle und ziehe den Jungen mit mir. Er liegt halb unter mir auf dem Boden und rührt sich nicht. Ich auch nicht. Aber ich muss aufstehen, sonst wird er unter mir ersticken, ich muss verdammt noch mal aufstehen. Ich höre mein Herz, Schlag um Schlag, mein Herz, das mit jeder Sekunde immer müder wird. Das Zifferblatt meiner Uhr schimmert bläulich. Irgendwo hinter den hohen Grashalmen sehe ich, wie der Zug in Flammen aufgeht und der Rauch zum Himmel aufsteigt.

06:59
Meine Uhr geht nach.

Ich schrecke hoch. Ich weiß nicht, wo ich bin. Der Lenker. Die Windschutzscheibe. Mein Handy auf dem Armaturenbrett.

Ich bin im Auto. Richtig. Der Auftrag. In einiger Entfernung sehe ich den Eingang zu einem Restaurant, der von zwei chinesischen Löwen flankiert wird. Ich reibe mir die Lider und komme langsam zu mir.

Seit Beginn dieser Träume habe ich nicht mehr in einem Bett geschlafen, weil dort die Angst am größten ist. Aber es kann mich auch überall erwischen. Wie hier im Auto. Es gibt für alles coole Wörter – bei mir nennen sie es Flashback. Ich nenne es Albträume. Wenn ich die Lider schließe und auf den Schlaf warte, sehe ich die weit aufgerissenen, toten Augen des Mädchens im Schein meiner Taschenlampe. Ich bin rastlos. Zerrissen. Schon lange kaputt und inzwischen ein Meister darin, es vor anderen zu verbergen. Meistens hoffe ich auf etwas Glück. Dass der Schlaf einer Ohnmacht gleicht.

Gerade eben habe ich kein Glück gehabt.

Mit einer noch unsicheren Hand nehme ich das Telefon. Eine neue SMS:

Sie kommt
22-MRZ-12 20:45

Es ist 20:46. Ich trage schon lange keine Uhr mehr.

1

Sein Blick glitt den Rand ihres Ausschnitts entlang. Beinahe unmerklich verzogen sich seine Lippen zum Hauch eines Lächelns, in den grauen Augen lag ein neckischer Ausdruck. »Und? Was macht dein … Karate?«

Oleg. Kein Name – ein Kontinent an Männlichkeit. Unter anderen Umständen wäre Juna seinem Charme womöglich verfallen. Aber in diesem Augenblick empfand sie ihn und seine taxierenden Blicke ungefähr so erotisch wie ein Röntgengerät.

»Karate …« Sie rang sich ein Lächeln ab, süßsauer wie das *Babi Pangang*, das der Kellner vor einer Viertelstunde an den Tisch gebracht hatte. Immerhin hatte sie es geschafft, das Gespräch bis zum zweiten Gang aufrechtzuerhalten.

Mit einem Stoß ihrer Gabel erlegte sie ein Stückchen Fleisch auf dem Teller. Es war ihr ein bisschen peinlich, mit einer Gabel hantieren zu müssen, aber sie hatte nie gelernt, mit Stäbchen zu essen. Überhaupt konnte sie ihre Ausflüge in Restaurants wie dieses an einer Hand abzählen. Schon der Gang in ein *Subways* oder *McDonald's* hätte ihre Geldbörse die meiste Zeit ihres Lebens auf eine harte Probe gestellt.

»Entschuldigung.« Er schwenkte seine Essstäbchen schon beinahe provokant vor ihrer Nase. »Ich vergesse immer, wie das Dings heißt.«

»Taijiquan.«

»Gesundheit.«

Juna packte ihre Gabel fester. »Den hast du beim ersten Mal auch schon gebracht.«

»Aha?« Er beugte sich zu ihr vor. Seine Brauen zuckten hoch, auf diese seltsame Art, bei der sie nie wusste, ob er sie verarschte oder versuchte zu flirten. »Das ist mir jetzt aber peinlich.«

Sein ›Aha‹ klang auf jeden Fall pikant mit einer Prise Schärfe. Vermutlich eiferte er dem *Dou Chi San Rou* auf seinem Teller nach.

Anscheinend dachte er, es würde reichen, sie wieder einmal in ein teures Restaurant auszuführen, um sie erneut in den Griff zu bekommen. Aber er hatte einen Fehler gemacht. Schon indem er ihr nach Deutschland gefolgt war.

Sie schob sich noch ein Stückchen Fleisch in den Mund und ließ sich Zeit, den Bissen ausgiebig zu genießen, bevor sie sagte: »Willst du mir nicht endlich mal verraten, was du hier eigentlich machst?«

Immerhin hatte ihre Direktheit ihn aus dem Konzept gebracht, so gründlich, dass er sich verschluckte. Seine Ohren liefen rot an. Auch das hätte sie unter Umständen an ihm gemocht. Doch nicht, solange sie nicht wusste, ob er etwas mit dem Verschwinden ihrer Freundin zu tun hatte.

Er trank von seinem Mineralwasser, und seine roten Ohren bewegten sich bei jedem Schluck.

Sie wartete.

Er stellte das Glas beiseite. »Mal ehrlich, Juna, was sollte diese überstürzte Abreise?« Er rollte die Augen gen Decke.

Sie folgte seinem Blick und entdeckte einen goldenen Drachen, der sie frech anzuhecheln schien. Vermutlich fand das arme Tier sein Getue genauso albern wie sie. »Ich dachte, ich hätte es erwähnt.«

»Dass du irgendeinen dubiosen Hinweis bekommen hast und nach deiner Freundin suchst. Ja, das hast du erwähnt. Und da soll man sich keine Sorgen machen?«

… nach deiner Freundin suchst … Wie beiläufig er das sagte!

Dabei war Pyschka auch seine Freundin. Seine feste Freundin sogar, bis sie ihn angeblich verlassen hatte, um als angehendes Model durch die Weltgeschichte zu reisen. Seine Version der Geschichte. Juna ging von einer Entführung aus, und wenn sie schon keine Beweise dafür hatte, dann zumindest ein Indiz.

»Nun sag doch was! Ich bin fast durchgedreht, Juna! Ein Glück, dass ich herausgefunden habe, wo du steckst.«

»Du entwickelst beängstigende Stalker-Neigungen, ist dir das bewusst?« Durchgedreht war sie beinahe auch. Als er lautlos wie ein Raubtier mit Orchideen vor ihrem Bett aufgetaucht war. Im Hotelzimmer, das sie abgeschlossen hatte.

»Also hör mal, Juna, du brichst mitten im Semester dein Studium ab und reist durch die Weltgeschichte?«

»Na, da haben wir sie wieder, die Weltgeschichte«, murmelte sie, ein bisschen verloren in diesem schicken Restaurant, während ihre Pyschka in wer weiß was für einem furchtbaren Loch ausharren musste und hoffte, dass ihr jemand zu Hilfe kam.

»Was?«

»Nichts.«

»Das nennst du nichts? Mag sein, dass Pyschka möglicherweise«, er spreizte Zeigefinger vom Glas Mineralwasser, das in seiner Hand lag, als wolle er das Wort noch stärker betonen, »etwas widerfahren ist. Ich weiß, du glaubst fest daran, dass sie irgendwo gegen ihren Willen festgehalten wird. Aber meinst du wirklich, du kannst ihr helfen? Abgesehen davon: Die Miliz hat den Fall untersucht und keine Indizien für eine Entführung gefunden.«

Die Miliz! Der durfte sie am wenigsten trauen. Dieser Schweinebande!

»Juna?«

Sie hob ebenfalls einen Zeigefinger. »Einer muss es doch versuchen.«

»Ich meine es ernst, Juna!«

Sie schaute schon wieder den goldenen Drachen an. Obwohl sie sich vorgenommen hatte, nicht so offensichtlich die Augen zu verdrehen. »Ich habe es auch ernst gemeint, als ich dir gesagt habe, dass ich es versuchen muss.«

Natürlich musste sie herausfinden, wo ihre Pyschka war. Sie wusste zwar nicht mit Sicherheit, dass Oleg in die Sache verwickelt war, aber sie ahnte es. Am Abend vor ihrer Abreise hatte er angerufen, um ihr ›Gute Nacht‹ zu wünschen. Nur ein Zufall, dieses Timing? Sie hatte ihm auch ›Gute Nacht‹ gewünscht und gesagt, dass sie fortgeht und dass es vorbei ist, was auch immer zwischen ihnen gewesen sein mochte. Sie hatte ihm auch von dem Hinweis erzählt, dass Pyschka entführt worden sei und jetzt in Deutschland ohne Papiere in irgendeinem Bordell festgehalten wurde.

Und nun war er hier, angeblich aus Sorge um sie.

Oleg kreiste mit einem Finger über den Rand seines Glases. »Du wirst deine Meinung sicher ändern, wenn du erst mal wieder zur Ruhe gekommen bist. Ich weiß, es ist eine sehr schwere Zeit für dich. Ich bin hier, um dir beizustehen.« Er schob sein Glas beiseite und legte eine Hand auf die ihre. Sie fühlte sich gefangen. Wie immer, wenn er sie berührte, wenn er sie umarmte – nein, das alles war vorbei.

Ruckartig zog sie ihre Hand unter der seinen hervor. »Entschuldige mich bitte für einen Augenblick.«

Auf der Toilette wühlte sie in ihrer Handtasche, die behauptete, von Chanel zu sein. In Wirklichkeit kam sie von einem Grabbeltisch des Apraksin-Markts. Sie hatte sie zusammen mit ihrer Freundin in der Prä-Oleg-Ära gekauft.

Wo bist du, Pyschka? Pyschka … So hatte sie ihre Freundin schon immer genannt – wie das zarte Gebäck, das frisch aus dem brutzelnden Öl gezogen und mit viel Puderzucker bestäubt wurde und einem auf der Zunge zerging. In Frustzeiten hatte ihre Freundin Dutzende Pyschki verzehren können, was unweigerlich zum Kauf neuer Hosen führte. Bis *ihr Oleshka* aufgetaucht war. Genau der Typ, für den Pyschka sich an der Uni für Naturwissenschaften einschreiben ließ, mit dem Unterschied, dass er sie im Gegensatz zu den dortigen Studenten in Restaurants ausführte und ihr Klamotten in den besten Boutiquen am Nevskij Prospekt kaufte.

Sie knetete das Taschentuch in ihren Händen. Ihr Gesicht war gerötet. Entspann dich. *Einatmen. Ausatmen.* So ist es gut. Vielleicht hatte er gar nichts mit der Entführung zu tun. Aber war es nicht verdächtig, wie schnell er sich an sie herangemacht hatte, nachdem Pyschka verschwunden war?

Eine Frau trat aus einer der Kabinen. Der Seifenschaum, den die Dame von ihren Händen spülte, roch nach Lotusblüten und Orchideen. Nach Oleg, als er mit seinem noblen Blumenstrauß in ihrem Hotelzimmer aufgetaucht war. Sie steckte das zerknüllte Taschentuch wieder weg und spritzte sich kaltes Wasser ins Gesicht. *Sei vorsichtig mit ihm. Wenn er tatsächlich mehr weiß, als er zugibt, bist du in Gefahr. Und das nicht nur möglicherweise.*

Jedes Mal, wenn sie die Augen schloss, sah sie ihre Pyschka. Wie diese vergnügt quiekte, wenn Oleg einen Witz erzählte; um ihr Gesicht, rundlich, glücklich, mit einem Anflug von Röte auf den Wangen, tanzten unzählige blonde Korkenzieherlocken.

Hilf mir, Juna! Die schwache, verstörte Stimme auf dem Anrufbeantworter konnte unmöglich von diesem fröhlichen Mädchen stammen, und doch hatte sie Pyschka sofort erkannt. *Bitte hilf mir, Juna, hol mich hier raus ... lass sie mit mir nicht mehr all diese Dinge tun ... Juna ... Junotschka ...*

Noch einmal wusch sie sich das Gesicht, trocknete sich mit

Papiertüchern ab und korrigierte ihr Make-up. Entschlossen ging sie zurück.

»Ich habe mir erlaubt, für uns Wein zu bestellen«, begrüßte Oleg sie.

»Ich trinke nicht.« Sie sah ihn direkt an, und dieses Mal wandte sie den Blick nicht ab, als er ihre weiblichen Reize erneut in Augenschein nahm.

»Nur einen Schluck, Juna.« Er hob sein Glas und schaute sie über den Rand hinweg an. Seine grauen Augen schimmerten wie Quecksilber. »Auf uns!«

Sie drückte sein Glas wieder auf den Tisch. »Willst du mich zurückbringen? Damit ich nicht mehr nach Pyschka suche? Bist du deswegen hier?«

»Nein Juna, das möchte ich nicht, aber ich kenne dich gut, und das, was du gerade tust, das bist nicht du.«

Sie hob ihr Glas. »Na dann, vielleicht entspricht mir das hier besser:

Ein Augenblick, ein wunderschöner:
Vor meine Augen tratest du,
Erscheinung im Vorüberschweben,
Der reinen Schönheit Genius.

Aber dieser Augenblick ist jetzt leider vorbei.« Sie stellte das Glas wieder hin. »Ich werde gehen und Pyschka finden. Und du wirst mich nicht aufhalten.«

Oleg nahm einen Schluck Wein, ohne den Blick von ihr abzuwenden. Sie hätte nicht dieses Top mit solch einem Ausschnitt anziehen sollen. Aber als Oleg aufgetaucht war, hatte sie einfach nach dem erstbesten Teil aus ihrem Koffer geschnappt.

»Und das war's?«, sagte er gedankenverloren. »Du servierst mich mit einem Puschkin-Zitat einfach so ab und gut ist?«

»Nein, es ist nicht gut. Nichts ist gut. Es tut mir leid, dass du wegen mir Tausende von Kilometern reisen musstest. Aber ich komme nicht mit dir zurück, bis ich nicht hinter die ganze Wahrheit gekommen bin. Ich will wissen, was mit Pyschka geschehen ist. Willst du das nicht auch?«

»Ich will dich.«

»Und du glaubst, du bekommst alles, was du willst?«

»Verdammt, Juna, was erwartest du jetzt von mir? Auch ein Puschkin-Zitat? Wirst du mir dann glauben, dass mir viel an dir liegt? Wie war das? *Ich liebte dich* … Warte. *Ich* … Genau. *Ich liebte dich; und liebe wohl noch immer, denn ganz … erstarb's in meiner Seele nicht* …«

Sie tätschelte seinen Arm. »Lass gut sein.« Es hatte nur einen gegeben, der mit ihr Zitat-Gefechte austragen konnte, und das war Paschik. Paschik war ein bisschen Oleg, ein bisschen Alain Delon in seinen jungen Jahren und ein bisschen … gestiefelter Kater, der sie umschlich wie ein Tellerchen Sahne.

Oleg ergriff ihre Hand und schlang ihre Finger sanft um ihr Weinglas. »Bitte, Juna. Nur einen Schluck. Auf das, was zwischen uns war. Und einen auf dich und Pyschka, dass ihr beide bald unversehrt nach Petersburg zurückkommt.«

»Gut.« Sie führte das Glas zu ihren Lippen und nippte an dem Wein. »Reicht es?«

Er lächelte süffisant.

Wusste er, dass sie ihm nicht traute? Er wusste es. Vielleicht schon von Anfang an.

Der Wein schmeckte nach Pflaumen und der trägen Exotik ferner Länder. Ein angenehmes, weiches Aroma, das ihren Gaumen liebkoste. Sie sah durch ihr Glas und die Welt verschwamm in der bernsteinfarbenen Flüssigkeit. Bis jetzt hatte sie nur ein paar Schlucke vom *Kagor* getrunken, dem dunklen, süßen Kirchenwein, den ihre Oma immer zu Feiertagen einschenkte.

»Sag mir, was du vorhast. Juna, bitte! Du weißt doch, dass ich dir nur helfen will, oder?«

Sie musste noch einen Schluck nehmen, sich sammeln. »Ich glaube, ich sollte jetzt wirklich gehen.«

»Du brauchst meine Hilfe also nicht? Wer hilft dir dann? Dein Vater?«

»Was weißt du schon über meinen Vater …« Die Luft schmeckte schwer wie der Wein, alles um sie herum verlor an Kontur, die Wände, die Menschen ringsherum, die Kellner, die ab und zu vorbeihuschten. Sie umklammerte das Glas mit beiden Händen und drückte es sich kühlend gegen die Stirn.

»Deswegen bist du so schnell mitten im Semester weggefahren? Hat dein Vater alles arrangiert?«

»Nein, Quatsch … Mitten im Semester … Ja … Die Prüfung in der Theorie der Fraktale und … wie heißt es? Per-ko-la-ti-on … soll der Hammer sein …« Mit beiden Händen drückte sie sich gegen die Schläfen. Seit wann verknotete sich ihre Zunge bei Worten wie *Perkolation*? Sie schüttelte den Kopf. Was wollte er von ihr? Warum war sie hier?

Die Guzheng-Klänge im Hintergrund schwollen an. Sie rieb sich die Augen, musste sich orientieren.

»Juna?«

»Hm?« In ihrem Verstand rauschte alles. Sie war Alkohol nicht gewohnt, aber von einem einzigen Glas …? Vielleicht hätte sie weiterhin beim *Kagor* bleiben sollen und sich nicht …

»Ich bin für dich da, Juna. Du kannst mir alles erzählen.«

Die Hintergrundmusik benebelte ihren Verstand, alle Geräusche verschmolzen zu einem unsteten Strom, der sie ins Nirgendwo mitzureißen drohte. Sie bemühte sich, Oleg mit ihrem Blick zu fixieren, aber seine Silhouette entglitt ihr.

»Dass deine Freundin weg ist, tut mir wirklich sehr leid.«

»Weg … ja …« Sie wischte sich über die Wangen. Es war so

stickig hier im Restaurant. Sie bekam kaum noch Luft. *Atmen. Ganz ruhig atmen, Juna. Alles wird gut.*

»Du kanntest doch Pyschka. Sie war kein beständiger Geist. Heute hier, morgen da. Und du rennst ihr sofort hinterher.«

Der Kellner brachte Dessert. Überbackene Bananen, erklärte Oleg, eine Spezialität hier. »Und was deinen Vater angeht …«

»Nein, nein …« Sie zwang sich, einen Bissen zu nehmen. Ihr Vater hatte sie Gleichmut gelehrt und dass Freundschaften nur eine besondere Form von Bedrohung waren. Er würde ihr nicht helfen. Wie er auch Pyschka nicht hatte helfen wollen … *Juna … lass sie mit mir nicht mehr all diese Dinge tun … Junotschka …* Die Übelkeit stieg in ihr hoch.

Die überbackenen Bananen, noch ein Bissen – die Gabel glitt ihr aus der Hand. »Mir ist schlecht. Ich – entschuldige mich. Ich muss raus. Ich brauche frische Luft.« Sie stand auf und musste sich am Stuhl festklammern. Der Boden waberte unter ihren Füßen.

»Ai-jai-jai«, raunte Oleg ihr ins Ohr. Auf einmal war er da und hielt sie am Ellbogen fest. »Am besten, ich bringe dich zurück.« Seine Lippen streiften ihr Ohrläppchen. »Komm. Hier entlang.«

Sie taumelte von ihm weg, verlor den Halt und fing sich an der Schulter eines Herrn wieder, der nebenan mit seiner Familie speiste. »Passen Sie doch auf!« Die empörte Stimme ließ sie zusammenzucken, ein verschwommenes Gesicht wandte sich ihr zu. Sie klammerte sich noch immer an seine Schulter, wollte eine Entschuldigung murmeln, doch ihre Gedanken schienen sich zu verflüssigen. Oleg angelte nach ihrem Oberarm und zog sie zu sich heran. »Sorry. Meine Frreundin. Vieeel getrrunken.« Sein bröckeliges Deutsch rumorte in ihrem Kopf. Herrisch führte er sie zum Ausgang.

»Nein … nicht …« Goldene Drachen lösten sich von den

Wänden, umschwirrten sie und reckten ihre Mäuler. »Lass mich!«

Sie stolperte an dem Buddha vorbei, der ihr Grimassen schnitt, und taumelte endlich auf die Straße. Unter dem Himmel tanzten die Silhouetten der lichtlosen Straßenlaternen. Sie zitterte. Der Abend kühlte ihre verschwitzte Stirn, während die Welt um sie herum hin- und herschwappte.

»Hoch mit dir.« Oleg zog sie auf die Beine, sie hatte nicht einmal gemerkt, wie sie in die Knie gegangen war und auf dem Asphalt hockte.

Sie stieß Oleg beiseite. »Ich kann das allein.« Und konnte es doch nicht.

»Schon in Ordnung.« Erneut spürte sie seinen Griff an ihrem Ellbogen. Sie merkte, wie ihr Körper schwerer wurde und sie sich gegen Oleg lehnte. »So ist es gut«, flüsterte er, »langsam, langsam. Ein Schritt. Noch ein Schritt.«

»Was … ist mit mir … los?« Ihre Zunge bewegte sich nur schwerfällig. Ihre eigenen Worte drangen nur dumpf zu ihr durch.

»Du bist nur ein wenig betrunken.«

Ein großer Wagen hielt vor ihr an. Eine Gestalt stieg aus und öffnete die hintere Tür. »Nein …« Juna schwankte zurück, doch Oleg drängte sie weiter den Bürgersteig entlang. »Keine Sorge. Ist nur mein Chauffeur. Sozusagen. Er kann kein Russisch. Wir sind unter uns, Juna. Wir sind allein.«

Der Mann kam auf sie zu. Sie wollte zurückweichen, doch da war Oleg. Überall Oleg, egal, wohin sie stolperte, seine Hände, seine Kraft, die sie weiter und weiter schob.

»Lass mich!« Sie schrie. Und er ließ sie tatsächlich los. Ganz plötzlich war er nicht mehr da. Ein leerer Raum um sie herum. Kein Halt.

»Ej, Nikki! Du chilfst Dame rrrein. Makch schon.«

Nein! Lauf weg! Das einzig Greifbare in ihrem umnebelten Verstand. Sie musste weg. Fort von hier. Laufen. Lauf!

Ein paar Schritte schaffte sie, fühlte sich frei, dann fiel sie hin. Sie verlor den Boden unter den Füßen, und dann spürte sie die Arme, die sie hielten.

»Hui!«, hörte sie.

Mühsam öffnete sie die Augen und konzentrierte sich auf das Gesicht, das sich über sie beugte. Es war ein Mann. Aber nicht Oleg. Seine Züge wirkten weich und gleichzeitig maskulin. Der Ausdrucksweise nach war er nicht gerade ein Gentleman. Dieser würde einer Dame kaum ›Hui!‹ ins Gesicht hauchen. Auch wenn es sich aus seinem Mund nicht unbedingt unanständig anhörte.

Sie starrte ihn an. Wagte kaum zu atmen, während sie zusah, wie sich das Licht der gerade aufflackernden Laternen an den Narben brach, die seine linke Gesichtshälfte überzogen. Seine Arme hielten sie fest. Und sie fühlte sich geborgen … *Nein, du bist bekloppt.* Was hatte Oleg ihr in den Wein getan? Ihr Kopf fiel zur Seite. Ihre Wange – an seiner Brust. Der Duft, der ihr Herz plötzlich so schwer vor Einsamkeit machte. Die Welt … Yin und Yang … Die Narben machten ihr keine Angst. Ein diffuser Gedanke, am Rande der Wahrnehmung: *Irgendwann werde ich nicht mehr weglaufen müssen.* Die Narben. Er wusste, was Schmerz war …

Stimmen leierten um sie herum. Ein Lachen tönte, doch Juna erkannte es nicht mehr. Sie wurde herumgedreht. Das Gesicht, das sie gleichzeitig erschreckte und bannte, beugte sich tiefer zu ihr, ein paar blonde Haarsträhnen fielen ihm in die Stirn.

»H-helfen Sie mir«, flüsterte sie kraftlos. Seine Augen … In ihrem Kopf schwirrten die Worte durcheinander, bevor alles in Dunkelheit versank.

Nick

Ich lege das Handy beiseite und starte den Motor, den Eingang des Restaurants fest im Visier.

Sie kommt.

Und sie ist anders, als ich erwartet habe. Ich erkenne sofort, dass das Top und die weiße, eng anliegende Jeans nicht zu ihr passen. Sie wirkt fremd darin. Verirrt. Als wären es die Klamotten, die sie vorführen, und nicht umgekehrt. Kleider machen Leute, sagt man bei uns. Keine Ahnung, was man bei den Russen sagt.

Und ich sollte lieber aufhören, sie so anzuglotzen. Mein Blick bleibt an ihren Füßen hängen. Es sind die Schuhe. Einfach, sportlich, bequem. Nicht die Schuhe eines Prachtweibchens, das es darauf anlegt, flachgelegt zu werden. Sie taumelt, trotz der flachen Sohlen. Sie ist unsicher auf den Beinen. Und doch stark genug, um Oleg wegzuschubsen. Respekt. Keine andere würde das wagen. Keine dieser *Marjanas*, *Schmaras*, *Ljarvas* – die Sprache von denen kennt reichlich Bezeichnungen für diese Sorte von Frauen. Aber sie – sie ist anders.

Oleg spricht Russisch, und ein paar Wortfetzen dringen bis zu mir, zu dem heruntergelassenen Fenster des Jeeps. Es klingt wie BRSCHTSCHRR, hart, als ob auf jedes Wort eine Ohrfeige folgen würde. Und leider sind all die *Marjanas* und *Schmaras* das Verprügeltwerden auch gewohnt. Wer schlägt, der liebt, so heißt es in einem alten russischen Sprichwort. Ein Huhn ist kein Vogel, und ein Weib ist kein Mensch. So einfach ist das. Russisch halt.

Ich stecke mir eine Kippe zwischen die Lippen, mache sie mit dem Zigarettenanzünder im Auto an und inhaliere tief den Rauch. Es schmeckt nicht. Hat es noch nie getan. Ich brauche diesen einen Zug, um vorzufahren und auszusteigen, schnippe den Stängel weg. Oleg sieht mich und hebt den Arm.

Alles Russische, Grobe und Harte widert mich an. Ich habe gelernt, für diese Frauen so etwas wie Mitleid zu empfinden. Aber das Mädchen an Olegs Seite ist anders. Anders, weil sie stärker ist – das kann ich fühlen.

Oleg schiebt sie vorwärts. Sie wehrt sich. Ihre Antworten klingen verwaschen. Es tut mir weh zu sehen, wie sehr sie sich wehrt.

Ich sehe ihn an, den Mann, der auf mich zukommt. Die Bewegungen vereinen Geschick und Muskelkraft. Oleg trainiert viel und gern. Heutzutage ist doch jeder *Sportler*, höre ich stets von ihm, und es liegt immer eine Zweideutigkeit in seinen Worten. Aber heute ist die Anspannung da, die sich sonst hinter Olegs gelösten Gesten und seiner entspannten Mimik versteckt. Ich atme tief durch und blicke kurz gen Himmel. Ein Gewitter zieht auf.

Sie ruft ihm etwas zu. Mit einem schiefen Lächeln lässt er die junge Frau los. »Ej, Nikki! Du chilfst Dame rrrein. Makch schon.«

Sie schwankt.

»Hui!« Ich fange sie auf, hebe sie hoch und halte sie fest in meinen Armen. Ihre Wimpern beben, als sie versucht, die Augen offen zu halten und mich anzuschauen. Mit einem bestürzten Blick, als hätte ich ihr vorgeschlagen, sie gleich hier auf dem Bürgersteig zu nehmen. Von hinten.

Dann sieht sie die Narben, und die Bestürzung verwandelt sich in etwas anderes, so etwas wie Mitleid. Als ob ich es bin, der bedauert werden muss. Ich presse die Zähne aufeinander.

Sie ist zu jung, um irgendetwas zu verstehen. Ihr Mitleid – nun ja, ist eine nette Abwechslung. Die anderen *Ljarvas* haben einfach Angst vor mir. Ich beuge mich etwas tiefer zu ihr und kann einen Hauch von Wein auf ihren Lippen riechen. Also doch bloß betrunken? Ich weiß gar nicht, warum ich hoffe, etwas anderes in ihr zu entdecken. »P-pomogite mne«, flüstert sie matt, und ihr Blick versinkt in mir. »Nick«, antworte ich leise, und habe keine Ahnung, was sie zu mir gesagt hat. Zum ersten Mal wünsche ich mir, ich könnte ihre Sprache sprechen.

Ich glaube nicht, dass sie meine Antwort registriert. Vielleicht ist das gut so.

»Rrrein!«, knurrt Oleg, dann kommt er näher, schaut auf das blasse Gesicht herab, das auf meiner Brust ruht, und klopft mir auf die Schulter. »Und, Nikki? Aufpassen. Sie makcht Karrate.« Die betonte Lässigkeit wirkt aufgesetzt. Irgendetwas geht hier vor.

Ich schaue hinunter und sehe zu, wie sie in meinen Armen einschläft, doch ihre Züge sind alles andere als friedlich.

»Chörst du nikcht?« Oleg wird ungehalten. Nervös. Irritiert, dass jemand ihm nicht gehorcht. Das passiert diesem Mann sonst nie, nicht umsonst steht er jetzt dort, wo er steht.

Auch durch das Hemd fühle ich ihren Atem. Ihr Gesicht ist auf eine stille Art schön. Unverbraucht.

»Diese Frau. Wer ist sie?«

Olegs Züge verhärten sich. Für ihn bin ich nur Fußvolk. Nicht dazu da, um Fragen zu stellen, sondern nur, um seine Befehle auszuführen. Und vielleicht weiß er auch, dass ich mehr will. Zur Spitze der Hierarchie, zu den Autoritäten – zur *Krähe* selbst. Er könnte mein Weg dorthin werden. Muss es. Nach all der Zeit.

»Ljubopytnoj Warware na basare nos otorwali«, zischt Oleg, rasend schnell, sodass die Wörter, die einzelnen Silben wie

Perlen eine Schnur entlang heruntergleiten. Die Drohung ist kaum zu überhören.

Ich lasse die junge Frau aus meinen Armen auf die Rückbank gleiten. Oleg steigt ein. Ihr Kopf baumelt zur Seite, stößt gegen seine Schulter. Das hat mich nicht zu interessieren, aber ich sehe trotzdem hin.

»Fahrr«, poltert Oleg.

Ich setze mich ans Steuer. Ich habe einen Führerschein, der mir erlaubt, alles zu fahren. Auch diesen gepanzerten Minotaur. Oleg schätzt vor allem meine Fähigkeiten, ein Fahrzeug auch mit 100 km/h sicher durch die Innenstadt zu bringen. Ich starte den Motor und drehe den Rückspiegel etwas, um besser zu sehen, was hinter mir vorgeht.

Oleg sitzt da, ohne sich zu rühren, ohne den Blick von der Fensterscheibe abzuwenden. Wir legen ein paar Blocks zurück, als er sein Telefon herausholt und jemanden anruft. »Wsjo w porjadkje. Da. So mnoj.«

Ich schiebe meine Hand in die Hosentasche, ertaste das Handy und drücke die Aufnahmetaste. Doch das Gespräch ist schon zu Ende.

Ein Auto von links schneidet mich und bremst scharf ab. Ich schaffe es gerade noch, den Jeep anzuhalten.

2

Das Mädchen weinte. Es hatte sich in eine Ecke verkrochen und hockte dort, zitternd und leise vor sich hin wimmernd. Wie alt mochte es sein? Sechzehn? Zwanzig? Es war schwer, das Alter ihres eingefallenen, schmutzigen Gesichts zu schätzen. Juna drehte sich zu ihr um, spürte, wie die Kälte des Bodens durch die dünne Matratze an ihre Haut und tiefer drang. Die schmalen Fenster unter dem Dach ließen kaum Licht herein, das milchige Glas war mit Draht verstärkt. Die einzige Tür, die nach draußen führte, war abgeschlossen, und rüttelte man zu sehr an der Klinke, so tönten dahinter Schritte, die einen ihrer Bewacher ankündigte. Er kam herein und schlug zu. Schlug zu, auch wenn man schon am Boden lag.

Das Mädchen weinte.

Die anderen kauerten auf ihren notdürftigen Lagern, die Gesichter starr und teilnahmslos. Zuerst hatte Juna versucht, sie nach Pyschka auszufragen, aber sie redeten nicht mit ihr.

Das Schluchzen wurde heftiger. Juna richtete sich auf und schob sich näher an das Mädchen heran, spürte im Rücken die aufgeschreckten Blicke der anderen.

»Psch, ruhig. Hast du Durst? Ich habe noch etwas Wasser da.« Sie tastete nach ihrem Aluminiumbecher und hielt ihn hoch. Stumpf starrte das Mädchen drein. Aber es schluchzte nicht mehr. Hörte sie Schritte hinter der Tür? Nein, alles ruhig. Noch. Es war unklug, die Aufmerksamkeit ihrer Bewacher auf sich zu lenken, so viel hatte sie bereits gelernt.

»Du kannst gerne trinken, wenn du willst.« Zwei, vielleicht

drei Schlucke waren noch drin. Jeder davon kostbar, auch wenn das Wasser abgestanden roch und rostig schmeckte. Durst war etwas Schlimmes. Das wusste Juna nur zu gut. Sie war mit ausgetrockneter Kehle und orientierungslos aufgewacht – und musste die Mistkerle um jeden Schluck anbetteln.

»Nimm ruhig«, sagte sie dem Mädchen, obwohl es kein Russisch verstand. Auch kein Deutsch und nur ein wenig Englisch. Auf die Frage ›Who are you?‹ hatte sie verschreckt gewispert: ›Zdenka‹.

»Nimm schon, ist gut.«

Dünne, knochige Hände schlossen sich um den Becher. Das Mädchen nippte daran und stellte ihn behutsam beiseite. Ein dankbares Nicken, mehr brachte es nicht zustande.

Juna lehnte sich an die Wand und zog die Beine an. Hier und jetzt – *einatmen*. Hätte und könnte – *ausatmen*. Sie konzentrierte sich auf ihr Inneres, um ins Gleichgewicht zu kommen, um nicht mehr die fremden Finger auf ihren Wangen zu spüren, die Stimme, die wie ein rauer Hauch ihr Gesicht gestreift hatte: »Du hast eine unglaublich zarte Haut, es wäre so schade, sie kaputtzumachen; sei brav und dir passiert nichts.« Sie sammelte ihre Gedanken und ging erneut ihre letzten Erinnerungen durch, bevor sie in dieser Baracke zu Bewusstsein gekommen war. Alles schien so weit entfernt zu sein – wie ein fremdes Leben.

Da war Oleg und der goldene Drache über ihnen. Und der Geschmack von Wein auf der Zunge. Und jemand anderes. Sie sah wieder diese Augen, das Gesicht, das sich zu ihr hinabbeugte. Ihr Körper war schwer und schlaff gewesen, und sie hatte das Bewusstsein verloren … geborgen in seinen Armen.

Geborgen. Na sicher. Sie war mit sonstwas vollgepumpt gewesen.

Oleg.

Die Unruhe, der Widerwille, bei ihm zu sein. Etwas hatte mit seiner Geschichte nicht gestimmt, mit all dem ›Ich will dich‹-Gerede und dem ›Ich mache mir solche Sorgen um dich‹-Schwachsinn.

Er musste etwas in ihren Wein gemischt haben. War er ihr nach Deutschland gefolgt, um sicherzustellen, dass ihre Suche erfolglos verlief? Immer wieder spielte sie die Szene in ihren Gedanken nach, suchte nach Ungereimtheiten, nach etwas Verdächtigem – hätte er die allererste Begegnung mit ihm provozieren können? Aber in Wahrheit waren Pyschka und sie ihm fast ins Auto gelaufen. Er hatte scharf abbremsen müssen und war sogleich ausgestiegen, um sich zu erkundigen, ob es ihnen gut ging. Ihnen ging es ausgezeichnet. Pyschka hatte bloß wie so oft in Tagträumen geschwelgt, und sie selbst war gedanklich noch zu sehr im Seminar von Lev Ioffe versunken, das den wohlklingenden Namen *Superinductors: a novel type of Josephson ladders implementing quantum Ising model* trug. Sie hätte stattdessen lieber nach links und rechts gucken sollen – eine bahnbrechende Erkenntnis, für das sie kein Studium in theoretischer Physik benötigte. Oleg gab sich charmant und hatte ihnen beiden noch ein gemeinsames Kaffeetrinken vorgeschlagen.

Kurze Zeit später erfuhren sie, er wäre ein Model-Scout und suche Mädchen für ein Fotoshooting. Pyschka war sofort Feuer und Flamme und sogar bereit gewesen, sich auf Size Zero herunterzuhungern.

Also Oleg. Hatte ihre Intuition sie nicht betrogen, steckte er dahinter?

Die Schritte hinter der Tür – ihr Gehör registrierte unbewusst jede Veränderung, ihre Sinne schlugen Alarm. Das Schloss rasselte. Einer der Männer trat ein. Es war der, den sie beim Aufwachen als Erstes gesehen hatte, er und sein ruhiges, schon beinahe gütiges Lächeln. Sie hatte ihm in den Unterarm gebissen. Ein Mädchen neben ihr hatte aufgeschrien, vielleicht war es sogar Zdenka, aber er – er hatte nur gelacht. Bevor er ihr so hart ins Gesicht geschlagen hatte, dass es für einige Augenblicke nichts mehr gab, außer einem Wirbel aus hellen Punkten und einer seltsamen Schwerelosigkeit, die sie der Realität zu entreißen drohte. »Hast du Durst, meine Kleine? Nun. Ich bringe dir gerne etwas. Du musst mich nur lieb darum bitten«, hatte er gesagt.

Auch jetzt ragte er über ihr auf und sah sie an, ohne sich zu rühren. Eine Weile schien er die Aussicht zu genießen. Der Geruch seiner Lederjacke und seines Parfüms schwängerte die stickige Luft. Juna schnaubte, als sie spürte, wie sein Blick ihren Körper entlangwanderte. Vor den wehrlosen Frauen zu posieren – dafür war er Mann genug.

Sie atmete weiter, konzentrierte sich auf das *Dantian* drei Fingerbreit unter ihrem Bauchnabel, um Kraft zu schöpfen. Hier und jetzt – *einatmen*. Hätte und könnte – *ausatmen*. Die Angst hatte sie nicht ausgelöscht. Dieser Mann würde sie nicht zerbrechen.

Er kam auf sie zu, und sie fühlte wieder die Finger, die ihre Wangen zusammenquetschten. Sein Fuß stieß den Becher an, der bis zu der Wand klapperte und dort liegen blieb. Der Mann beugte sich über sie. »Dann unterhalten wir uns ein bisschen, nicht wahr?«

Sie hätte ihm ins Gesicht beißen sollen, nicht bloß in den Unterarm – er hatte eine unglaublich markante Nase –, es wäre so schade, sie nicht ein wenig zu korrigieren.

Atmen, Juna, nach innen atmen. Zumindest war ihr Kampfgeist noch da.

Er lächelte kaum merkbar durch die Schatten, die sein Gesicht umhüllten, und schien sich an ihrem Anblick zu laben.

»Ich werde dir ein paar Fragen stellen.« Es raschelte, als der Mann sich ein Bonbon in den Mund steckte. Er lutschte gewissenhaft und ein klein wenig gedankenverloren. Bis sein Blick erneut Juna traf – so unverwandt, dass ihr fröstelte. »Und du wirst sie mir beantworten. Ganz einfach. Haben wir uns verstanden, Juna?« Sein Russisch war hart, abgehakt.

Sie zuckte zusammen. Er kannte ihren Namen. Von Oleg, natürlich!

Er packte ihre Arme. Instinktiv versuchte sie, sich ihm zu entziehen. Vergebens. Die Plastikschlaufe eines Kabelbinders zog sich fest um ihre Handgelenke. Der Mann zerrte ihre Arme hoch und befestigte die Fessel irgendwo über ihrem Kopf an der Wand. Mit einem Knie stemmte er sich gegen ihren Bauch, sein Bein drückte ihren Unterleib auf den Boden.

Sie hörte, wie Zdenka wimmerte, fühlte die stumme Furcht der anderen Mädchen. Juna lag da, ausgestreckt vor ihm auf einer Matratze. Seine Hand an ihrem Hals. Die kräftigen, rauen Finger hielten ihr Kinn fest.

»Ich mag das, was ich in deinen Augen sehe. Eine Herausforderung? Einen Willen? Ein wenig Verletzlichkeit …« Zum Geruch von Leder und Parfüm mischte sich ein Hauch von Zitrone, als er, nur wenige Zentimeter von ihrem Gesicht entfernt, mit dem Bonbon schmatzte. Seine Hand drückte ihren Hals zu. »Und diese schöne Farbe der Iris. Wie würde man sie nennen? Lagunenblau?«

Sie biss die Zähne zusammen.

»Ich höre leider nichts, Juna.« Er verstärkte den Druck. Sie spürte, wie sich seine Finger in ihren Hals gruben.

Luft! Sie bäumte sich unter ihm auf, doch er hielt sie fest. Der Kabelbinder schnitt schmerzhaft in ihre Handgelenke.

»Na?«

Der Schmerz brachte sie zu sich. Sie ballte die Fäuste. »Vergissmeinnicht«, krächzte sie. Sollte sie je hier rauskommen, würde sie dafür sorgen, dass er sie nie mehr vergaß!

Als der Schmerz nachließ, schnappte sie nach Luft. Sie spürte sein Gewicht auf ihr, sein Bein, das ihre Oberschenkel auseinander drückte.

»Vergissmeinnicht … Du bist wahrlich ein Rätsel, Juna. Ich mag Rätsel. Und du anscheinend auch. Du bist auf der Suche nach jemandem, habe ich gehört.«

Er wusste mehr, als nur ihren Namen. Als sie den Kopf drehte, packte er ihr Gesicht und zwang sie, ihn anzuschauen. »Ich höre nichts.«, zischte er. »Muss ich etwas nachdrücklicher werden?«

»Nein«, stieß sie hervor. »Aber du hast auch nichts gefragt.«

»Ach ehrlich? Na dann – schickt dein Vater dich?«

Sie keuchte. »Mein Vater? Nein!«

Was hatte ihr Vater damit zu tun?

Sein Knie bohrte sich tiefer in ihre Magengrube. »Was weißt du über ihn?«

Sie schluckte, sammelte ihre Gedanken. Was wusste sie schon über ihren Vater? Vier Zeilen aus dem *Tao Te King* kamen ihr in den Sinn:

»Er erzeugt und besitzt nicht.
Er wirkt und behält nicht.
Ist das Werk vollbracht,
so verharrt er nicht dabei.«

»Was ist das für ein Quatsch?«, knurrte der Mann und sie glaubte, sein Gewicht auf ihr würde ihr sogleich die Rippen brechen.

»Er ist mein … Lehrer.« Die Liebe eines Vaters hatte er ihr nicht geben können, aber immerhin eine Lebensphilosophie.

»Dein Lehrer?«

»Die Suche nach dem Sinn des Lebens. Und so weiter.«

»Der Sinn des Lebens! Das ist gut!« Der Mann lachte und ließ kurz von ihr ab. Zumindest soweit, dass sie erneut nach Luft schnappen konnte.

»Was soll mein Vater damit zu tun haben? Das verstehe ich nicht. Wir kennen uns kaum.«

»Braves Mädchen. Siehst du, ich glaube dir sogar. Du hast anscheinend tatsächlich keine Ahnung.« Er schlug ihr ins Gesicht. Schlug noch einmal zu, dass es für einige Augenblicke nichts mehr gab als Rauschen in ihrem Kopf und tanzende, weiße Punkte vor ihrem Blick. »Aber haben wir uns nicht darauf geeinigt, dass ich hier die Fragen stelle?«

»Ja.« Warmes Blut floss aus ihrer Nase. »Ja …«

Sie schmeckte es auf der Zunge, schluckte es – würgte. Wollte den Kopf wegdrehen, doch seine Hand grub sich in ihr Haar und hielt sie fest.

»Was ist mit deiner Mutter?«

Die Mutter. Jetzt war die Angst da. Die ferne, kindliche Angst auf einem kleinen, sommerverstaubten Bahnhof, ganz Hitze und Lärm. Mutters heißfeuchte Handflächen auf ihren Wangen. ›Ich komme nach, sobald ich kann. Hörst du mich? Bis dahin pass auf Oma auf.‹ Sie sieht zu, wie ihre Oma versucht, einen überdimensionalen Koffer durch die klapprige Tür des Zuges zu zwängen. Mehr hatten sie nicht mitgenommen nach Sankt Petersburg, die glorreiche, auf den Knochen der Leibeigenen gebaute Metropole an der Newa.

Sie ist nicht nachgekommen. Abends, vor dem Schlafengehen, war es besonders schlimm, dieses »Sie ist nicht nachgekommen«.

»Was murmelst du da?«

Sie riss die Augen auf. Sah ihn an, diesen Mann über ihr. Seine Hände, das Knie, das sie zu zerquetschen drohte, die verzerrten Züge. »Tot. Sie ist tot.«

Er schlug noch einmal zu. »Wo ist sie?«

»Ich weiß es nicht! Tot, hab ich gesagt.«

Wieder ein Schlag. Ihr Gesicht fühlte sich taub an. Sie roch ihr eigenes Blut, spürte, wie es unter seinen Fingern an ihrer Haut klebte, wenn er sie packte.

»Wo ist sie?«, zischte er ihr ins Gesicht. Ihre Gedanken begannen, ihr zu entgleiten. Zdenkas Wimmern holte sie ein, brachte die Realität zurück, der sie zu entfliehen versuchte.

»Ich weiß es nicht.« *Trägt ein Weib den richtigen Kern in sich,* klang Vaters Stimme in ihr nach, *sind Schläge sinnlos, es bricht nicht.* Hier und jetzt würde sich zeigen, ob sie diesen Kern hatte, den ihr Vater so gern in ihr sehen wollte.

»Wo. Ist. Sie? Und dein Vater. Sie beide.«

»Du kannst mich zu Tode prügeln, ich weiß es nicht!«, krächzte sie.

Urplötzlich ließ er von ihr ab. »So kommen wir nicht weiter.« Er spuckte das Bonbon aus und wiegte den Kopf. Sein Blick blieb an Zdenka haften, die sich noch mehr in eine Ecke drängte. Er packte das Mädchen; ein heller, spitzer Schrei schnitt durch die bange Stille. Er warf die Kleine zu Boden.

»Lass sie los!«

»Ich soll sie loslassen? Hast du immer noch nicht genug mit dir selbst zu tun? Was bist du bloß für eine, Juna? Ich wüsste gerne, wie du denkst, weißt du. Ich wünschte, ich hätte mehr Zeit mit dir.«

Seine Finger fuhren über Zdenkas Wange, den Hals hinunter zum Ausschnitt ihrer Bluse, gaben Knopf für Knopf das Dekolleté darunter frei. Erstarrt, den Körper unnatürlich gebogen, ließ das Mädchen ihn gewähren.

»Hör auf!« Es ging hier doch nur um sie. Er wollte Antworten haben. Dann würde er welche bekommen, sie würde sich schon etwas einfallen lassen, nur …

Zdenka wimmerte nicht mehr, drängte sich nicht in die Ecke, sondern starrte den Mann über ihr mit schreckgeweiteten Augen an. Im fahlen Licht erschien sie so verwundbar. Andersens kleine, stumme Meerjungfrau.

Er streichelte ihre Haut, fuhr über die kleinen Hügel der Brüste, milchig-weiß mit dunklen Brustwarzen, knetete und quetschte sie. Während Zdenka regungslos da lag, spiegelte sich in ihrem Gesicht das Nichts.

Juna verrenkte ihren Körper, sie hätte ihn getreten, wenn ihr Fuß ihn bloß erreicht hätte – scheiß auf die Konsequenzen.

Ein Reißverschluss ratschte.

Der Mann holte seinen Schwanz heraus und rieb daran, seine Haltung spannte sich an. Er rollte ein Kondom über, in rhythmischen Zügen, als würde er in die eigene Faust vorstoßen. Brutal schälte er Zdenkas Unterleib aus der Hose und dem Slip, riss ihre Oberschenkel auseinander und senkte sich in ihre Mitte. Fleisch klatschte auf Fleisch, immer schneller. So nahm er sie. Hart, erbarmungslos, rücksichtslos. Zdenkas zierlicher Körper wurde durchgeschüttelt. Bis ihr Peiniger sich aufbäumte, sich alles an ihm versteifte und sogleich wieder erschlaffte. Langsam glitt er aus ihr heraus, streifte das Kondom ab und warf es auf Zdenkas Busen. Sein Samen kroch ihre Brüste herab. »Gewöhn dich dran«, sagte er.

Atemlos beobachtete Juna, wie der Mann sich auf sie zubewegte. »Mit dir beschäftige ich mich später noch. Also denke gut über deine Antworten nach.«

Er ging. Die Tür fiel hinter ihm ins Schloss. Es wurde sorgfältig abgesperrt. Ihr Vater … ihre Mutter … Ging es hier doch nicht um Pyschka? Worum dann?

Zdenka hatte sich noch immer nicht gerührt. Atmete sie

noch? Aus der schlaffen Gummihülle quoll der Samen und durchdrang die Luft mit seinem schweren Geruch.

Leer, diese Stille.

Stumm, die kleine Meerjungfrau.

3

Sie träumte von ihrer Oma. Unruhige, wirre Bilder. Oma hatte die alte Nähmaschine aufgeklappt, um das Innere zu ölen. Aus dem Schrank holte sie das Kleid aus dem blaugrauen, mit silbernen Fäden durchzogenen Stoff, der sich rau anfühlte und nie knitterte. Bis spät in die Nacht saß ihre Oma vor der Nähmaschine, fluchend über ihre zittrigen Hände. Während das regelmäßige Klappern Juna in den Schlaf wiegte, wusste sie, dass bald etwas passieren würde, das alles verändern sollte. Sie würde das Kleid nie mehr bekommen, um Aschenputtel auf dem Ball zu spielen, nie mehr. Ihre Mutter stand neben ihr. Schon bald würde *sie* Prinzessin spielen. Schätzchen, das ist Kornej, dein Vater, sag ihm Hallo, Kleines. Mutters Blick flackerte unruhig hin und her, als könne sie ihre Tochter nicht länger ansehen. Hallo, sagte Juna zu seinen Schuhen. Er schaute auf sie herab. Seine große Hand tätschelte ihren Kopf. Ihr Vater. Ein drahtiger Mann mit gütigen Augen. Er sprach aus irgendeinem Grund mit Paschiks Stimme und rezitierte Puschkin.

Ich sitz hinter Gittern im Kerker, der feucht,
Ein Adlerjunges, dem Käfig entfleucht,
Schlägt mit den Flügeln; mein trauriger Freund
Pickt blutige Nahrung vorm Fenster allein.

In Paschiks Stimme hörte sie eine blasse Erinnerung an den längst vergangenen Winter. Wie er sie auf die im Eis erstarrte Moika unter die Pozelujew-Brücke entführt und dort mit ihr russische Arien um die Wette gesungen hatte. Wie ihre Stimmen unisono widerhallten. Wie er sie küsste, mit seinen kaltfeuchten, ein wenig rauen Lippen, als würde er dem Namen der Brücke Tribut zollen.

Etwas pikste in ihren Arm.

Juna riss die Augen auf. Ein Luftzug wehte ihr ins Gesicht, während sich ein schwerer Geruch von Gewalt über alles legte. Ihr Blick schnellte zur Ecke, in der Zdenka gelegen hatte – leer.

Eine raue Hand tätschelte ihre Wange, der Daumen strich über ihre Lippen. Erst jetzt registrierte sie eine Silhouette neben sich, die das Licht aus den schmalen Fenstern kaum zu erhellen vermochte. »Der Boss will mit dir reden. Wir machen einen kleinen Ausflug.«

Sie schluckte. Sein Daumen lag noch immer auf ihren Lippen und sie wagte es nicht, sich zu rühren. Obwohl die Fesseln nicht mehr in ihre Gelenke schnitten, obwohl sie den Druck seines Fingers kaum spürte.

»Komm jetzt.«

Sie wurde hochgezerrt. Juna hielt sich an der Wand fest und wusste, dass sie wieder zu Boden gleiten würde, sobald er sie losließ.

»Komm.« Er schlang die Arme um sie und zog sie zu sich heran. Sie fühlte jeden Muskel, der sich unter seinem T-Shirt wölbte. Er hielt sie in einem eisernen Griff. Am Handgelenk baumelte eine Uhr mit einem massiven Armband, das golden glänzte. Der Ring an seinem Finger schien eine Schraubenmutter zu imitieren. Sollte er noch eine Halskette und ein himbeerrotes Jackett tragen, wäre er glatt einem der Witze über die neuen Russen entsprungen.

»Komm«, sagte er etwas milder und zog sie ruppig mit sich – seine Finger gruben sich in ihre Arme.

Ihr Blick irrte hin und her. Die restlichen Mädchen kauerten auf den Matratzen und schauten weg.

»Na los, beweg dich ein bisschen«, raunte er ihr ins Ohr.

Plötzlich hatte sie das Gefühl, keine Luft mehr zu bekommen. Verzweifelt wandte sie sich in seinen Armen, doch er hielt sie umso fester. Mit jedem Atemzug schluckte sie die staubige, abgestandene Luft, hielt endlich still, als ihre Kräfte nachließen und der gesunde Menschenverstand ihr beteuerte, dass sie gegen diesen Mann in ihrer Verzweiflung nicht ankommen würde.

Durch die Stahltür gelangten sie nach draußen. Die Dämmerung senkte sich über die umherliegenden Bauten und verabschiedete den Tag – welchen? Wie viel Zeit hatte sie in diesem Lagerhaus verbracht? Tage. Oder länger?

Der Abend hüllte sie mit seiner klammen Kälte ein. Juna zitterte in ihrem zerschundenen Top – der zerrissene Stoff gab den Blick auf ihre in einen schmutzigen BH gezwängten Brüste frei.

Unter ihren Füßen knirschte der Kies, und in den Pfützen der Schlaglöcher spiegelte sich der wolkenverhangene Himmel. Die verlassenen, aneinandergereihten Gebäude hätten einem russischen Industriegebiet entsprungen sein können, in der keiner Schreie hörte oder hören wollte. Der Mann zog sie um die Ecke, hinter der ein Jeep mit getönten Scheiben wartete. Anscheinend sollte der Ausflug etwas länger dauern. Juna spürte, wie sich so etwas wie Hoffnung in ihr regte. Erschreckend, wie schnell sie sich damit abgefunden hatte, in einem seelenlosen Lagerhaus zugrunde zu gehen. Sie hatte nur noch die Augen schließen und alles für immer vergessen wollen.

Ihr Bewacher schubste sie Richtung Auto. Der Fahrer legte den Gurt an, als er sie kommen sah. Seine Hände ruhten auf dem Steuer und ein Zeigefinger tippte leicht auf das Lenkrad, als sie an ihm vorbeigingen. Was hinter dem Wagen vorging, würde er nicht sofort bemerken.

Wenn nicht jetzt, dann nie.

Sekundenschnell versuchte sie, sich zu orientieren. Das Auto könnte im Weg sein, das Schlagloch, mit schmutzigem Regenwasser gefüllt, durfte sich nicht in eine Stolperfalle verwandeln, und auf keinen Fall durfte sie sich nach rechts abdrängen lassen – an der Wand einer der Baracken würde sie nicht genügend Bewegungsfreiheit haben.

»Steig ein.« Der Mann gab ihr von hinten einen Stoß. Sie taumelte zur Seite, bewusst plump, mit der Absicht, ebenen Boden unter den Füßen zu erreichen. Als er erneut den Arm hob, um sie vorwärts zu stoßen, schlug sie ihm ins Zwerchfell. Der Hieb sollte ihn nur provozieren. Er schnaubte und ging auf sie zu.

Füße – schulterbreit, Knie leicht gebeugt, der Rücken gerade: Ihr Körper hatte sich augenblicklich auf die Konfrontation vorbereitet. Sie hob die Hände an, ihr Blick fixierte seinen Oberkörper und die Arme – kein Augenkontakt, der sie hätte ablenken können. Sie wehrte den ersten Angriff ab, ihr Körper wusste genau, was zu tun war, jede Regung erfolgte automatisch – die Reflexe hatten sie noch nicht gänzlich verlassen, trotz Durst und Hunger und ihrer Erschöpfung. Die Mühelosigkeit, mit der sie dem Schlag entging, schien ihren Widersacher zu reizen. Er ballte die Fäuste, stürzte auf sie zu und ließ eine seiner Pranken hochschnellen.

Du musst spüren, wohin dein Gegner fallen will, hörte sie ihren Vater sagen. *Nicht nachdenken, das dauert zu lange – spüren!*

Sie war sich nicht sicher.

Zum Teufel.

Sie war sich einfach nicht sicher.

Er packte sie am Oberarm. Sie fühlte seine Kraft, seine Bewegung, seine Masse, die nichts mehr aufhalten konnte.

Jetzt!

Sein Arm war ihr Hebel, schon kam er aus dem Gleichgewicht, noch ohne es zu merken. Sie drehte ihn und ließ ihn über ihr Bein fallen. Mit der ganzen Gewalt, die ihr gegolten hatte, krachte er zu Boden.

Ein paar Herzschläge lang wagte sie nicht, sich zu rühren. Was nun? Die Halsschlagader abdrücken, wie ihr Vater es ihr beigebracht hatte? Ihr Gegner war bereits dabei, sich aufzurappeln.

Panik.

Mit einem Fuß trat Juna ihm gegen den ungeschützten Hals, dann gleich noch einmal. Sie hörte sein Röcheln, dann nichts mehr, fuhr herum und stürmte davon.

Hoffentlich habe ich ihn nicht umgebracht. Oh mein Gott. Ich habe ihn umgebracht. Ich habe ihn doch noch umgebracht.

Ihr wurde schwindelig.

Irgendwo hinter ihr hörte sie, wie eine Autotür ins Schloss fiel. Der Fahrer war ihr bestimmt auf den Fersen. Sie rannte schneller, doch ihre Füße schienen den Boden zu verfehlen, alles wirkte so unerreichbar. Ein schmaler Gang zwischen zwei Baracken – sie lief hinein, bog um eine Ecke – und stieß mit jemandem zusammen. Ihre Beine knickten ein. Sie fiel. Nein, nicht schlapp machen, nicht jetzt!

Der Mann, er beugte sich zu ihr herab, streckte seinen Arm aus. Sie zuckte zurück. Er griff nicht nach ihr, sondern hielt einen Moment inne. Dann bot er ihr die offene Hand dar.

»Nick«, sagte er. »Weißt du noch?«

Ihr Herz schlug so heftig, dass ihr ganzes Inneres zu vibrieren schien. Die blonden Haarsträhnen. Diese Augen. Dunkel wie *Kagor*, der Wein ihrer Großmutter. Sein Blick umfasste sie sanft. Etwas lag darin, das sie nicht zu deuten wagte.

Und dann sah sie die Pistole in seiner anderen Hand.

Nein! Sie wollte nicht zurück. Nicht mehr der Gewalt und der Willkür fremder Männer ausgeliefert sein.

»Wir haben keine Zeit! *Dawaj*! Verstehst du?« Er beugte sich noch ein Stück zu ihr herüber. Sie packte ihn am Handgelenk, nutzte seine Bewegung, um ihn zum Fall zu bringen. Überrascht keuchte er auf, als sein Körper neben ihr auf dem Boden aufschlug. Schon war sie auf den Beinen und stürmte davon.

Die Umgebung löste sich vor ihren Augen auf. Sie lief, ohne zu merken, wohin, ohne zu wissen, ob sie überhaupt vorwärts kam oder sich nur im Kreis drehte.

Irgendwann hielt sie an und lehnte sich gegen eine Wand. Mit dem wenigen Speichel, den ihr Mund noch hergab, benetzte sie die Finger und rieb an ihrer Haut, um unter dem ganzen Schmutz eine Einstichstelle zu finden. Nichts zu sehen. Auch am anderen Arm nichts. Sie stieß sich von der Wand ab. Weiter, sie musste weiter. Weg.

Ihre Glieder fühlten sich immer schwerer an. Sie taumelte ein paar Schritte vorwärts und musste sich wieder an der Wand abstützen. Ihre Beine zitterten, als könnten sie ihr Gewicht nicht mehr tragen. Mit der Schläfe lehnte sie sich gegen den Putz. Sie würde nicht weit kommen, würde ihren Peinigern nicht entfliehen können, zumindest nicht, wenn sie weiterlief.

Irgendwo fielen Schüsse. Sie kauerte sich zusammen, drückte sich die Handballen gegen die Schläfen. Aufstehen. Weiter. Sie suchte an der Wand Halt, aber ihre Beine gaben immer wieder nach. Ihr Blick fiel auf die halb zerbrochenen Holzpaletten, die sich etwas weiter in einer Ecke stapelten. Vielleicht würde es ihr gelingen, sich zu verstecken, einfach abzuwarten, bis sie weiterkonnte. Verborgen vor den Blicken ihrer Verfolger. Sie lauschte. Keine Schüsse mehr. Nichts zu hören.

Ohne ihre Beine zu spüren, taumelte sie auf ihr Versteck zu, schob ein paar Paletten zur Seite und kroch in die Öffnung, die sich aufgetan hatte. Das Holz schrammte über ihre Oberarme und hinterließ Splitter in ihre Haut. Sie biss die Zähne zusammen. Der Berg aus Paletten über ihr sackte gefährlich ab. Sie rollte sich zusammen und drückte ihre Wange gegen den eisigen Boden. Einfach Augen schließen, ein wenig schlafen. Sie war hier sicher. Und auch wenn nicht … es war ihr egal.

Sie überließ sich ihren dahinfließenden Gedanken. Glaubte, Schritte zu hören, die sich ihr näherten. Jemand hielt vor ihrem Versteck an. Ein Mann. Sie hatte keine Kraft mehr, hinzuschauen. Die Silhouette verschwamm vor ihrem Blick immer mehr, seine ruhige Stimme spülte Tränen in ihre Augen.

Vorbei.

Alles vorbei.

4

In einem Bett aufzuwachen, hatte etwas Tröstliches. Sie gab dem Wunsch nach, sich in die Decke einzukuscheln und die Wange noch tiefer in das Kissen zu graben. Das milde Licht der Nachttischlampe zeichnete die Umgebung weich, sogar die Kanten des klobigen Furnierschrankes und die Gitterstäbe am Bettende, die in kleinen Speerspitzen ausliefen, sahen friedlich aus. Der Albtraum schien abgeklungen zu sein, seine Fäden lösten sich auf. Juna atmete tiefer, freier, versuchte zu schlucken, doch ihr Mund gab keine Spucke her. Die Zunge klebte am Gaumen. Sie schmeckte etwas Saures, Widerliches, als hätte sie sich kurz zuvor übergeben. Was war passiert? Wo war sie? Und warum war ihr so übel?

Sie drehte sich auf den Rücken, blinzelte die Decke an und versuchte, sich zu erinnern. An den Abend mit Oleg, die Lagerhalle mit den anderen Frauen und ihre Flucht. Vielleicht hatte sie es nur geträumt. Ein bisschen konnte sie noch hoffen. Und jetzt? Langsam wandte sie den Kopf zur Seite.

Der Albtraum kam zurück.

»Du bist wach.«

Obwohl das Licht der Nachtlampe alles weich zeichnete – bei seinen Narben versagte es.

Bange wartete sie darauf, was geschehen würde. Die Bettdecke drückte schwer auf ihren Körper. Der plötzlich raue Kissenbezug scheuerte an ihrer Wange. Er saß so nah an ihrem Bett, dass der warme Geruch seines Körpers sie vollkommen einnahm.

Der Stuhl knarzte unter seinem Gewicht, als er sich nach vorne beugte.

Sie wich zurück. Nur ein wenig, um den Abstand zwischen ihnen zu halten, und sie merkte, wie kalt das Laken unter ihr war. Noch immer spürte sie den warmen Hauch seines Atems. Und blickte in sein Gesicht, das wie versteinert war.

»Ich bin Nick.«

Seine Narben nahmen ihren Ursprung an seiner linken Schläfe und schlängelten sich über die Wange seinen Hals hinunter bis sie im Kragen seines Hemdes verschwanden. Das mittellange, blonde Haar war fransig geschnitten, ein bisschen wie bei einer Surferfrisur, und sichtbar darum bemüht, einen Teil der Narben zu verbergen – was ihn verletzlich aussehen ließ.

Als er ihren Blick bemerkte, wandte er den Kopf ab. Ein Schatten legte sich über seine geschundene Gesichtshälfte. Die unversehrte Hälfte zu sehen, tat ihr beinahe noch mehr weh. Weil es ihr bewusst machte, was für ein schönes Gesicht er eigentlich hatte.

»Hast du Durst?« Seine Stimme brach leicht.

Vielleicht wusste er genauso wenig weiter wie sie. *Was hattest du dann mit mir vor, als du mich hierher gebracht hast?* Sie schaffte es endlich, den Blick von seinen Narben abzuwenden und ihm in die Augen zu schauen. *Wer … bist du?*

»Soll ich dir etwas zu trinken bringen?« Was auch immer sich in seiner Stimme kurz zuvor gerührt hatte – jetzt war es weg.

Sie wünschte es zurück. Sie wünschte es so sehr.

»Wasser?«

Der Gedanke an einen Schluck kühles, frisches Wasser ließ sie fast aufstöhnen. Aber er sprach Deutsch. Und sie war sich nicht sicher, ob es klug wäre, ihm zu zeigen, dass sie ihn … verstand.

»Okay.« Langsam stand er auf und drehte sich zur Tür. Seine

Bewegungen waren so behutsam, dass sich sogar der Stuhl mit seinem Geknarze zurückhielt. Jetzt, wo er sie nicht mehr ansah, wirkte er müde und irgendwie … erschöpft.

Juna löste ihre Wange vom Kissen, hob den Kopf und sah ihm nach. Ihr war immer noch etwas übel und schwindelig. Das Licht schien die Konturen seiner Schultern ein wenig zu verwischen, seine Arme und den Rücken entlangzugleiten, bis zu seiner schmalen Taille. Seine Statur betonte die Kraft, die in ihm schlummerte; er war stark genug, um sie fast spielerisch auf die Arme zu nehmen, und so behutsam dabei, dass sie sich dort geborgen gefühlt hatte, mit einer Wange an seiner Brust.

Wenn sie danach bloß nicht in diesem Lager aufgewacht wäre … Nein, so wie es aussah, durfte sie nicht einmal ihren Gefühlen vertrauen.

Er kehrte mit einem Glas Wasser zurück, in dem zwei Eiswürfel schwammen. In der anderen Hand hielt er ein dickes gelbes Büchlein, zwischen dessen Seiten unzählige Klebezettel steckten. Das Glas reichte er ihr. Die Eiswürfel klackten zaghaft gegen den Rand. Juna rührte sich nicht. Er wartete ein Weilchen, dann stellte er das Wasser auf das Beistellschränkchen, direkt neben einer blauen Packung Taschentücher, setzte sich und schlug das Buch auf.

»Gut. Noch mal von vorne. Mein Name ist Nick. Also.« Sein Mund bildete eine harte Linie. Die Worte kosteten ihn sichtlich Überwindung: »Menja so-wut Nick.«

Er schaute auf und hob eine Augenbraue. Wartete er etwa auf Applaus? Eine Glanzleistung war seine Aussprache nicht.

Offenbar verunsichert vergrub er den Blick erneut im Buch und blätterte herum, bis er schließlich einen Zeigefinger hob.

Na dann mal los, Polyglott. In seiner Gegenwart fiel es ihr leicht, den Schrecken der letzten Tage für einen Moment zu vergessen. Nach einem dieser Mistkerle, die ein hilfloses Mädchen wie Zdenka vergewaltigen, sah er doch gar nicht aus. Aber der Schein konnte trügen.

Er holte tief Luft. »Kak dela?«

Sie musste grinsen. ›Wie laufen die Geschäfte?‹, hieß es, wörtlich übersetzt. Anscheinend wollte er sich erkundigen, wie es ihr ging.

»Choroscho«, antwortete sie, deutlich und jede Silbe auf O betonend, als käme sie aus der Wologda-Gegend. Ihre Stimme klang krächzend. Das Glas stand neben ihr und lockte. Auf der beschlagenen Oberfläche betrachtete sie seinen Handabdruck. Winzige Tropfen sammelten sich darauf und rannen hinunter. Zögernd nahm sie das Glas und trank einen vorsichtigen Schluck. Hoffentlich hatte er ihr nichts beigemischt. Sie hatte es so satt, ohnmächtig zu werden.

Das Wasser tat gut, doch sie traute sich nicht, mehr davon zu trinken. Über den Rand hinweg betrachtete sie seine dunkelbraunen Augen, diesen warmen Blick – ein Refugium vor den Schrecken der Welt.

»Ah, *ka-ra-schó*«, eiferte er ihr nach und verzog den Mund. »Super. Das weiß ich sogar ohne das Wörterbuch. Wo ist bloß mein Keks.« Er seufzte. »Das wird ja eine lustige Unterhaltung. Mh. *Tsch* … *Sch* … Ach, du meine Güte … *Tschto? Ty. Pom-nisch*?«

Erwartungsvoll sah er sie an. Ah ja. Jetzt wollte er wissen, woran sie sich erinnern konnte. Nun. Zur lustigen Unterhaltung konnte sie jede Menge beisteuern.

»Jesli ty destvitelno dumajesch, schto ja sabyla, kak ty menja pered kitajskim restoranom po prikasu Olega w maschinu sapichnul, ili kak ty smotrel, smogu li ja tvojemu koreschu tschisto po-karatistki uschi nadratj …«

»Aaaaaaah … Stopp! Ich bin noch bei duma … duma-jesch …« Er pustete sich die blonden Strähnen aus der Stirn und blätterte in seinem Buch. Einige Notizen segelten zu Boden. »Duma – Gedanke; Stadt-, Rathaus; Stadtrat, Stadtverordnetenversammlung … Mann, jetzt sind wir schon beim *Reichstag*? Das ist doch Schwachsinn!« Geräuschvoll schlug er das Buch zu, presste es in seinen beiden Handflächen zusammen und drückte seine Stirn gegen den Buchrücken. »Ich denke, wir brauchen eine Pause. Entschuldige mich. *Iswini?*«

Schon wieder diese auf eine seltsame Art vertraute Stille zwischen ihnen beiden. Dann wandte er den Blick ab und ließ sie im Zimmer allein. Also verstand er tatsächlich kein Russisch.

Sie lehnte sich zurück auf das Kissen. Jegliche Anspannung wich aus ihrem Körper, zurück blieb nur der Klang seiner Stimme in den russischen, fremdvertrauten Lauten.

Iswini.

Wie konnte sie nur? Ihre Hände gruben sich in die Bettdecke. Nein, sie durfte ihm nicht vertrauen. Auch mit dieser neuen Masche würden die Entführer bei ihr nicht weiterkommen. Wenn sie nur herausfinden könnte, was er im Schilde führte!

Sie lauschte seiner Stimme aus dem Nebenzimmer. Redete er gerade mit jemandem? Telefonierte er? Die Worte tönten gedämpft durch die Tür, er sprach genauso leise wie kurz zuvor mit ihr, doch nun klang es deutlich distanzierter, geschäftsmäßig kühl. Bekam er gerade neue Anweisungen von ihren Peinigern?

Juna richtete sich auf. Wissen ist Macht, hatte ihr Vater immer gesagt. Sie hielt sich am Bettgestell fest und kam auf die Beine. Als der erste Schwindelanfall abgeklungen war, ließ sie die Stütze los. Vorsichtig stellte sie einen Fuß vor den anderen, bewegte sich Richtung Tür und drückte die Klinke herunter. Wissen ist Macht. Ihre Oma war allerdings anderer Meinung gewesen. Weit über die Sowjetzeit hinaus hatte sie beteuert: Wer viel weiß, wird schnell alt.

Durch den Spalt sah sie ihn hin und her gehen, das Handy ans Ohr gedrückt. »Nein. Sie ist noch nicht soweit. Ich versuch's, aber ich habe es schon einmal gesagt: Versprechen kann ich nichts. Ja. Sie wird Zeit brauchen, wir dürfen nichts überstürzen.«

Also doch. Er arbeitete für Oleg, der ihr nach Deutschland gefolgt war und ihr K.O.-Tropfen in den Wein getan hatte. Aber wozu der ganze Aufwand? War sie dabei gewesen, irgendetwas herauszufinden, was besser verborgen bleiben sollte? Oder ging es um etwas ganz anderes … ihren Vater? Ihre verschwundene Mutter?

Plötzlich musste sie sich mit ihrem ganzen Gewicht gegen den Türrahmen lehnen. Hatte sie wirklich gehofft, ihren Peinigern zu entkommen?

Sie holte tief Luft und öffnete die Augen.

Er sah direkt in ihre Richtung, die Stirn in Falten gelegt. Mit einem Mal wirkten seine Narben bedrohlich.

Juna stolperte zurück bis zum Bett und sah sich hastig um. Hatte er gemerkt, dass sie gelauscht hatte? Wer viel weiß, wird schnell alt, wie recht ihre Oma doch hatte! *Ruhig. Bleib ruhig*, schärfte sie sich ein. *Er denkt, du verstehst kein Wort. Gut so.*

Als sie hörte, wie er sich näherte, griff sie nach dem Glas und schritt zurück zur Tür. Vielleicht würde er denken, sie wollte sich nur noch etwas Wasser holen, vielleicht … sie hielt inne.

Er stand auf der Schwelle – nur wenige Zentimeter von ihr entfernt. Sein Blick ruhte auf ihrem Gesicht, sie fühlte ihn mit allen Sinnen, obwohl sie nicht wagte, ihn anzusehen.

»Du solltest noch nicht aufstehen.« Er schwieg kurz, als wartete er doch noch auf eine Erwiderung. »Verstehst du wirklich nicht, was ich sage?«

Sie drückte das Glas gegen seine Brust.

Er hob die Arme, langsam, ohne sie zu berühren, und dennoch hatte sie das Gefühl, als würden seine Finger sanft ihre Kurven nachzeichnen.

Seine Hände legten sich um die ihren. Sie spürte den leichten Druck seiner Finger. »Ich wünschte, du könntest mir vertrauen.«

Sie zuckte zusammen und riss sich von ihm los.

Das Glas entglitt ihnen beiden und zerschellte am Boden.

5

Das Geräusch der schließenden Tür weckte Juna auf. Zdenkas Wimmern aus einem weit entfernten, unruhigen Traum klang in ihr nach. Dann diese Stille, Zdenkas geschändete Stille. Irritiert rieb sie sich das Gesicht, hob den Kopf und lauschte, vernahm allerdings keinen Ton. Doch. Ein Kratzen? Sie hörte hin. Doch ihr Aufseher war anscheinend gegangen. Um sich ablösen zu lassen? Jede Veränderung drohte, ihre Lage zu verschlimmern. Sie schloss die Augen. »Bitte nicht«, flüsterte sie in die sie umgebende Leere, jedes Wort wie ein Stoßgebet. »Keine anderen Männer.«

Von ihren eigenen Gedanken aufgeschreckt, riss sie die Augen auf. Wann hatte sie sich an seine Nähe gewöhnt? Nein. *Du darfst ihm nicht trauen. Du wirst nicht mit ihm sprechen, und du wirst ihn auf keinen Fall – hörst du? – auf keinen Fall mögen!* Ihr Verstand schien da eine sehr eindeutige Position zu beziehen. Und sie gab ihm uneingeschränkt recht. Gerade weil dieser Kerl sie nicht bedrohte, musste sie wachsam bleiben, denn er war schwieriger zu durchschauen als die Gorillas aus dem Mädchenlager.

Vor ihrem inneren Auge sah sie erneut, wie er zu ihren Füßen die Glasscherben vom Boden sammelte. Die gesenkten Schultern, das blonde Haar, das ihm leicht wellig in den Nacken fiel, die dünne Linie seines Rückgrats, das sich zaghaft unter seinem Hemd abzeichnete. Sie sah das Blut, das seinen Daumen entlanglief, als er sich an einem der Splitter verletzt hatte, und wie sie, aus einem Impuls heraus nach der Packung

Taschentücher gegriffen und eins um seine Wunde gewickelt hatte.

Und jetzt Schluss damit! Ruckartig richtete sie sich auf, tastete herum und schaltete die Tischlampe ein. Das milde, orangefarbene Licht, das durch den schief aufgesetzten Lampenschirm strömte, ließ das Bild in ihrem Kopf verblassen.

Da war es wieder. Ein kaum wahrnehmbares Rascheln. Ab und zu ein zaghaftes Kratzen. Es hörte sich beinahe verspielt an. Sie schluckte. Ihre Erfahrungen mit der paranormalen Welt beschränkten sich auf *Casper* und den liebenswert-chaotischen *Hauskobold Kusja*, den sie als Kind innig geliebt hatte. Keine Folge hatte sie damals verpasst, nicht einmal die Wiederholungen.

Nervös blickte sie umher. Abgesehen von der Tischlampe sah sie nichts, was sich als Waffe eignete.

Was auch immer es ist, es hat mehr Angst vor dir, als du vor ihm, versicherte sie sich und stieß – die Tischlampe in der Hand – die Tür auf.

Das Licht der Morgendämmerung verlieh dem Wohnzimmer etwas Unwirkliches, sie betrachtete den barocken Ohrensessel, einen schlichten Schreibtisch mit einem Computer, einen Wandschrank in Olivgrün und einen Plastik-Ficus neben dem Fenster. Alles wirkte unbeseelt, wie eine Ansammlung von Restposten in einem billigen Möbelhaus.

Sie pirschte sich von hinten an den Sessel heran. Das letzte Mal war das Kratzen von dort gekommen.

Noch ein paar vorsichtige Schritte. Sie hob den Arm mit der Lampe, bereit zuzuschlagen, falls es notwendig war, als etwas Weißes, Flinkes und äußerst Pelziges auf die Lehne schoss. Juna schrie auf, sprang zurück und ließ die Tischlampe fallen. Es krachte, das pelzige Etwas machte einen Buckel und fauchte.

Eine Katze! Es war bloß eine Katze. Offensichtlich missgelaunt, aber alles andere als geisterhaft. Ein schönes Exemplar: glänzendes Fell, weiß mit grauen und bräunlichen Verfärbungen an den Pfoten, verärgert zuckender Schwanz, schlanker, athletischer Körperbau, schmaler Kopf – und ein entsetzlich entstelltes Antlitz ganz aus Fellstücken und Narben.

»Oh Kleines«, hauchte sie. »Was haben sie bloß mit dir gemacht?« Sie schluckte. »Das Gleiche wie mit deinem Herrchen etwa?« Ihre Stimme versagte. Nein, vermutlich nicht. Bei ihm waren es Brandnarben. Das hatte sie sofort erkannt. Ihre Mutter hatte einige Zeit in einer Fabrikkantine geschuftet, hatte ihre Oma erzählt. Auf der Innenseite ihres rechten Unterarms zierte eine Narbe wie eine Eisblume ihre Haut.

Sie beugte sich vor, um die längst verheilten Verletzungen des Tieres genauer in Augenschein zu nehmen. »Ruhig, ruhig. Ks-ks-ks.«

Die Katze langte mit ausgefahrenen Krallen nach ihr.

Sie wich zurück. »Schon gut, schon gut, ich komme dir nicht mehr nahe.« Eins war klar. Ein Sprachgenie war dieses Tier genauso wenig wie sein Herrchen. Und wie man hierzulande Katzen anlockte, hatte man ihr im Deutschunterricht nicht beigebracht.

Das Tier machte einen Satz auf den Boden, verschwand unter dem Schreibtisch und funkelte sie von dort zornig an. Juna ging um den Sessel herum. Anscheinend hatte sie die Fellnase bei der morgendlichen Zeitungslektüre gestört. Überall lagen die losen Blätter verstreut, insbesondere der Sportteil sah arg mitgenommen aus. Sie sammelte alles zusammen, sortierte die Seiten und verharrte, als ihr eine Überschrift ins Auge sprang: *10000 Euro für jeden Hinweis*, stand auf der Seite. *Der russische Model-Scout Oleg Woronin glaubt an die Entführung seiner Freundin.* Daneben – Oleg auf irgendeinem Empfang. Er ist leger, aber fein angezogen, lächelt süffisant und prostet der Kamera mit einem Sektglas zu. Neben ihm ein Foto von ihr – sie trägt ein schwarzes, knielanges Baumwollkleid mit einem breiten Gürtel, der sich nur durch den Glanz des Lackes vom dunklen Stoff abhebt. Ein Windstoß weht gerade ihren langen Mantel auseinander und wirbelt ein paar bunte Ahornblätter vor ihren Füßen auf. Mit einer gestellt aussehenden Pose versucht sie gerade, ihres Mantels wieder Herr zu werden, sodass man fast glauben könnte, sie würde gerade die neuste Herbstmode präsentieren. Wenn sich am Rande der morgengrauen Allee nicht die Silhouette eines verlassenen Gebäudes abzeichnen würde.

Warum dieses Bild? Ausgerechnet dieses Bild! Sie hatte das Kleid an dem Tag getragen, als Pyschka ihre Kurse geschwänzt hatte, um zu diesem Casting zu gehen. Sie selbst hatte einen Test schreiben müssen und Pyschka danach abholen wollen. Aber unter der genannten Adresse fand sie nur ein altes Fabrikgebäude. Ihre Pyschka war nie wieder aufgetaucht.

Die Buchstaben des Artikels lösten sich vor ihr auf. Sie wischte sich über die Augen. Nur langsam sickerten die Worte des Textes zu ihr durch. Oleg beschwerte sich, dass die Polizei nicht an eine Entführung glaube, und bot jedem, der einen hilfreichen Hinweis auf ihren Verbleib geben konnte, 10.000 Euro an.

Die Polizei! Allein das gedruckte Wort löste in ihr ein unangenehmes Kribbeln im Nacken aus. Sie zwang sich, die Aufmerksamkeit wieder dem Artikel zu widmen. Die angegebene Rufnummer kannte sie nicht.

Der Telefonhörer lag auf dem Schreibtisch. Sie stutzte. Ihr Aufseher hatte ihr ein Telefon gelassen? Sehr unvorsichtig. Oder war es eine Falle?

Immer wieder sah sie sich das Foto an. Es machte sie betroffen, gar wütend, dass er sie in einem ihrer verletzlichsten Momente so zur Schau stellte. Und überhaupt: Woher hatte er dieses Bild? Wer sollte sie da fotografiert haben? Hatte Oleg sie beobachtet? War er ihr zur Fabrik gefolgt? Oder war er da geblieben, nachdem er sich Pyschka geschnappt hatte, um ihre Besorgnis auf dieses Bild zu bannen? Was wollte er nur ... Dieses viele Geld, wo er doch nach Pyschkas Verschwinden keinen Finger krumm machen wollte.

Ihre Gedanken drehten sich im Kreis. So kam sie nicht weiter.

Sie griff zum Telefon. Der Überraschungsmoment wäre auf ihrer Seite. Sie würde Oleg anrufen, sich ahnungslos geben und versuchen herauszufinden, was hier vor sich ging. So vieles passte einfach nicht zusammen. Eigentlich passte überhaupt nichts zusammen.

Sie hörte, wie der Schlüssel im Schloss gedreht wurde. Ihr Aufseher kam zurück – viel zu früh. Sie zog die Seiten mit dem Artikel heraus und versteckte die Blätter unter der Matratze in ihrem Zimmer. Mit etwas Glück würde er das Fehlen der Seiten gar nicht bemerken. Angespannt wartete sie darauf, dass er hereinkommen würde.

Aus dem Wohnzimmer tönten die unterschiedlichsten Geräusche: Rascheln, Klacken, Schleifen und das Miauen einer genervten Katze. Juna traute sich auf die Schwelle und schaute ihrem Aufpasser zu, wie er ein paar Brötchen in einen Flechtkorb legte. Den leergeräumten Schreibtisch hatte er zum Fenster gerückt. Es hatte etwas Alltägliches und Gemütliches an sich, ihn so zu beobachten, als würden sie schon lange eine Wohnung teilen. Ihr Blick, der seine Figur auf und ab wanderte, blieb bei der angerissenen Ecke der Hosentasche an seinem Hinterteil hängen, das sich fest unter der ausgewaschenen Jeans abzeichnete. Vielleicht war er tatsächlich im Lager gewesen, um sie herauszuholen? *Genau. Das glaubst du, weil du es glauben willst, oder?* Hatte sie sich nicht vorgenommen, auf der Hut zu sein? Und vor allem: endlich aufzuhören, seinen Hintern anzustarren?

Neben den Tellern, Brötchen, Marmelade, Wurst- und Käseaufschnitt fand auch ein Notebook Platz. Jeder, wie er mag. Ihre Oma hatte nie ohne ihre Zeitung gefrühstückt. Vielleicht war er gewohnt, beim Morgenkaffee die News online zu checken. Juna bemerkte die Zeitung, die sie vorher der Katze streitig gemacht hatte. Die Blätter lagen auf einem Regal des Wandschrankes, neu zusammengelegt. Hatte er die Seiten noch einmal durchgesehen? Mit etwas Glück. Oder bloß hinter seiner pelzigen Mitbewohnerin aufgeräumt?

Sie kaute auf ihrer Unterlippe. *Was willst du von mir? Warum bin ich hier?*

Er drehte sich zu ihr um. So plötzlich, als hätte er ihre Gedanken gehört. Sie schreckte zurück. Er hob beschwichtigend die Hände, deutete langsam auf den Tisch, als wolle er sie auf keinen Fall mit einer unbedachten Geste verschrecken. »Alles okay. Hier: *Jeda*. Hm. *Kuschatj*?«

Sie sah ihn verdutzt an, und als er es wiederholte – *Kuschatj, Kuschatj* –, gelang es ihr nur mit Mühe, ein Kichern zu unterdrücken. Sie hatte noch nie darüber nachgedacht, dass die meisten russischen Wörter eine emotionale Färbung hatten, die nicht zu jeder Situation passte. Doch jetzt, völlig auf den Kopf gestellt, übte die eigene Sprache einen ganz besonderen Reiz auf sie aus. Sein *Kuschatj* klang so unbeholfen und sprach von einer Vertrautheit, die sie beide noch nicht hatten. *Die du dir aber wünschst, oder nicht?*

Verdammt. Sie wünschte sich eindeutig zu viel, wenn sie an ihn dachte. Also: *Hör auf, über ihn nachzugrübeln!*

Er runzelte die Stirn. »Was habe ich jetzt wieder Falsches

gesagt?« Das Wörterbuch lag griffbereit auf dem Fenstersims. Das wilde Herumgeblättere ging los.

»Hm. *Kuschatj* – essen, speisen. Hier. Das Essen ist angerichtet.« Er machte eine einladende Geste zum Tisch und verkündete: »*Kuschatj podano!*«

Juna kicherte. Gab es nicht sogar eine Komödie mit diesem Titel? Seine Darbietung toppte jedenfalls so einiges. Und sie mochte es, zum Teufel noch mal, sie mochte es so sehr.

Als sie ihn erneut ansah, bemerkte sie in seinen Augen ein warmes Echo ihrer eigenen Heiterkeit. Er blickte verstohlen zum Notebook. »Okay. Gleich wird es besser. Hoffentlich.«

Sie wollte ihn nicht länger quälen, kam zum Tisch und ließ sich auf einen Stuhl nieder. Schelmisch blickte sie zu ihm auf, gespannt auf seine nächste Aktion. Ihre Artigkeit schien ihn für einen Moment aus dem Konzept gebracht zu haben. Nach einem kurzen Zögern nahm er ebenfalls Platz.

Nun saß er direkt neben ihr.

Der Schreibtisch war zu klein für sie beide. Sie spürte die Berührung seines Oberschenkels. Blieb sitzen. Ohne sich zu rühren. Dass sie völlig verloren die Brötchen angestarrt haben musste, bemerkte sie erst, als er ihr eins auf den Teller legte.

Währenddessen erschien auf dem Monitor eine Seite mit zwei Fenstern, über denen jeweils ›Deutsch‹ und ›Russisch‹ stand. Sie grinste. Aha! Er rüstete technisch auf.

Anscheinend wollte er mit etwas Leichtem beginnen, und doch erstickte die Frage jegliches Gefühl der Ungezwungenheit in ihr. *Wie heißt du?*, erschien im Russisch-Fenster.

Oleg hatte ihm nicht gesagt, wer sie war, und verschwieg auch im Artikel ihren Namen. Juna Kutscherowa. Warum? Es zu verheimlichen, lohnte sich nur, wenn man wusste, wer ihr Vater war. Und selbst in Russland hatte sie die Tatsache, dass sie die Tochter eines Oligarchen war, der seit Jahren die Öffentlichkeit meidet und sich auch bei ihr nur für ihre gemeinsamen Taiji-Stunden blicken ließ, weitgehend geheim gehalten.

Er tippte wieder. Schon während der Eingabe versuchte das Programm, ein paar Vorschläge zu unterbreiten: *mich – ich – ich nenne* … schließlich kam *Mein Name ist Nick* heraus.

Sie könnte etwas erfinden. *Schön ist auch der Name Grete*, soll ihre Omi einst gesagt haben, als Mutter Juna zum ersten Mal vor ihrer Tür abgeliefert hatte, *und reimt sich auf die Rote Bete.*

»Juna«, sagte sie. »Juna.« Selbst überrascht darüber, dass sie ihm die Wahrheit verraten hatte.

Er lächelte ihr zu, dankbar für das bisschen Vertrauen. »Juna«, wiederholte er sanft, und prompt gab es noch etwas, was sie an ihm mochte – wie er ihren Namen sagte.

Er wusste tatsächlich nicht, wer sie war. Oder zeigte es mit keiner Regung. Sie nahm das Brötchen und biss ein Stück ab. Es schmeckte lecker, auch wenn ganz anders als das weiche Weißbrot daheim, das man mit Butter bestrich und zum Tee aß.

Ich möchte dir helfen, erschien im Fenster.

Sie schmunzelte und tippte: *Kauen kann ich noch alleine.* Auch wenn ihr Gesicht noch von Schlägen schmerzte und sich aufgedunsen anfühlte. Sie wollte sich lieber nicht zu bildlich ausmalen, wie sie aussah. *Ich kann mich noch kauen selbst*, übersetzte das Programm. Sie verschluckte sich und hoffte inständig, dass es sich nicht zu sehr nach einem Lachanfall anhörte. So verunglückt hatten ihre deutschen Sätze nicht einmal in der dritten Klasse ausgesehen, in der sie mit der Fremdsprache angefangen hatte.

Er hob eine Augenbraue. Sein Blick wanderte vom Monitor zu ihr und wieder zurück. »Dann bin ich ja beruhigt«, murmelte er und nahm sich ebenfalls ein Brötchen. Er legte es auf seinen Teller neben dem ihren und machte die nächste Eingabe.

Dieses Mal etwas Längeres. Sie beobachtete, wie seine feingliedrigen Finger über die Tastatur flogen, lauschte dem Klacken der Tasten, das ihr so seltsam friedlich vorkam. Sie fragte sich, ob er Klavier spielte. Oder irgendein anderes Instrument.

Bei der Übersetzung zeigte sich das Programm von seiner kreativsten Seite: *Sie erhalten in große Schwierigkeiten. Ein sehr schlauer Mensch will etwas von Ihnen. Denn dieser Mann, Sie haben eine große Bedeutung. Seine Menschen sind für Sie suchen. Ich möchte Ihnen zu helfen. Aber dafür muss ich alles wissen.*

Verstohlen schielte sie auf den deutschen Text, der bei Weitem mehr Sinn ergab.

Sie biss wieder von ihrem Brötchen ab und legte es beiseite. Schwierigkeiten. Ja, sie steckte tief drin. So viel war ihr klar. Und dass jemand von der ungemütlichen Sorte ihr an die Pelle wollte, auch. Wer war aber dieser ›sehr schlaue Mensch‹? Oleg? *Gib's zu, die Vorstellung, dass ein furchtloser Chauffeur sich gegen seinen Chef auflehnt, um ein Mädchen zu retten, gefällt dir.* Aber so schön war das Leben nicht. Vor allem nicht ihres.

Warum sollte ich dir vertrauen?, gab sie in das Programm ein. Die Übersetzung fiel außergewöhnlich wahrheitsgetreu aus.

»Eine berechtigte Frage.« Er lehnte sich zurück, nahm ihr Brötchen und zupfte ein Stückchen ab. *Meins!*, wollte sie im ersten Moment ausrufen und erwischte glücklicherweise doch noch rechtzeitig ihre Zunge mit den Zähnen. Provozierte er sie absichtlich, damit sie sich verriet? Clever.

Er kaute nachdenklich, legte ihr Brötchen auf den Teller zurück und hob die Hände über die Tastatur. Während er tippte, griff sie demonstrativ nach dem Brötchen und biss ein großes Stück ab. Diese Geste müsste er doch verstehen.

Sie erwischte eine Rosine. Igitt. Sie hasste Rosinen. Ein rascher Blick zum Flechtkorb bestätigte ihre Befürchtung: Natürlich hatte sie das einzige Rosinenbrötchen bekommen.

Das Fenster des Übersetzungsprogramms füllte sich mit Wörtern. Gut, dass sie Deutsch verstand. Sonst hätte sie aus der kryptischen Übersetzung kaum schlau werden können: *Ich habe dir aus dem Lager. Wenn ich mir Ihren Entführern war, dann würde ich Ihnen sie, wenn ich dich gefunden habe. Und nicht hat dich in meine Wohnung.* Wie ein ›Finde die fehlenden Wörter‹-Spiel. Für Fortgeschrittene.

Er behauptete also, sie aus dem Lager gerettet und hierher, in seine Wohnung, gebracht zu haben. Ja, behaupten konnte er viel!

Seine Finger lagen noch über der Tastatur, als wolle er mehr schreiben und zögere. Sie schob seine Hände beiseite. Eine flüchtige, unbedachte Berührung, und doch hielt sie für einen Augenblick inne. Dieser Augenblick beanspruchte all ihre Sinne. Er und sie, aneinandergerückt, Schulter an Schulter vor dem Notebook. Über den Teller mit ihrem Brötchen gebeugt. Sie konnte seine unversehrte Gesichtshälfte sehen und das Lächeln in seinen Augen. Sie spürte seine Hüfte an der ihren, jede Bewegung, die er machte.

Rasch schob sie ihren Stuhl ein Stück weit fort. Die Stuhlbeine quietschten über den Boden. *Vielleicht probiert ihr eine neue Taktik*, tippte sie mit Fingern, die vor lauter Befangenheit die richtigen Tasten verfehlten und sich unsicher und steif anfühlten. *Mit Schlägen seid ihr ja nicht weit gekommen.*

Sie sah ihn herausfordern an und … merkte den Schmerz in seinem Blick. »Ich wünschte, ich hätte es verhindern können«, flüsterte er. »Aber das wirst du mir wohl nicht glauben. Ich habe es nun mal nicht verhindert.«

Zögernd wandte er sich dem Notebook zu. Sie betrachtete

seine Finger, die plötzlich ebenfalls steif wirkten. *Sag es mir. Ich werde dir glauben. Ich habe es in deinem Blick gesehen.*

Aber er tippte es nicht ein.

Ich bin bereit, mit dir zur Polizei zu gehen, erschien in ihrem Fenster.

Polizei! Das Wort traf sie wie ein Hieb ins Zwerchfell. Sie bekam keine Luft mehr, packte den Monitor an der oberen Kante und klappte das Notebook geräuschvoll zu. Es dauerte ein wenig, bis ihr Verstand wieder einsetzte. Sie konzentrierte sich auf ihr *Dantian* und versuchte, ihr inneres Gleichgewicht wiederzuerlangen. Er hatte *Polizei* gesagt und nicht *Miliz*, und auch mit der war sie schon einmal fertig geworden, oder etwa nicht? War es nicht langsam an der Zeit, ihre Ängste abzulegen, wenn sie an einem Milizionär in der Metro oder auf der Straße vorbeiging? Ihr Atem beruhigte sich langsam.

Gut so.

Weiter.

Lass die Ängste los.

Keine Miliz, keine Polizei, alles wird … gut.

Sie schaffte es, ihn anzuschauen, las die Verwirrung, Bestürzung in seiner Miene. »Was ist los?«, hauchte er erschrocken.

Sie schüttelte den Kopf, biss von ihrem Brötchen ab und kaute angespannt.

Sein Handy klingelte. »Entschuldige. *Iswini*.« Er holte es aus der Tasche. »Ja?«

Er hörte eine Weile zu, dann legte er auf. »Ich muss dich wieder allein lassen. Tut mir leid.«

Sie rührte sich nicht, sollte er doch weiterhin glauben, sie verstünde kein Wort, das er sagte.

»Ich bin so schnell wie möglich zurück.« Er ging in den Flur. Einen Moment später kehrte er zurück, bereits in Jacke, aber noch ohne Schuhe. Er nahm ihr das Brötchen aus der Hand und riss sich die Hälfte ab. Die andere gab er ihr zurück und hastete wieder in den Korridor.

Sie schnaubte. So viel Dreistigkeit hatte sie selten gesehen. Wenigstens hatte er ihr einen Rest dagelassen!

Die Eingangstür schlug zu und sie hörte, wie er sorgfältig absperrte.

Sie ließ sich gegen die Stuhllehne fallen und begann, die Rosinen aus ihrer Brötchenhälfte herauszupulen. Erst dann fiel ihr das angebissene Brötchen auf, das zu ihrer Linken lag. Sie war so sehr in das Gespräch versunken gewesen, dass sie gar nicht gemerkt hatte, wie sie ihr Brötchen dorthin gelegt hatte. Ein Brötchen ohne Rosinen.

Sie betrachtete die Hälfte in ihrer Hand und spürte, wie sie rot anlief.

Nick

Der Mann sitzt gefesselt auf einem Stuhl. Sein Gesicht ist angeschwollen und mit Blutergüssen überzogen, die in der schattigen Werkstatt dunkel, fast schwarz aussehen. Das rechte Auge ist kaum zu erkennen. Hinter dem Gefesselten kommt Byk hervor und reicht mir eine angezündete West-Zigarette. Die Marke ist seine Lebensphilosophie. »*Alles Best in West*«, erklärt er mir mal wieder. Ich nehme einen Zug.

»Du – okay?«, fragt er weiter.

Ich gebe die Zigarette zurück. Wir sind Freunde. Zumindest solange er mich meinem Ziel näherbringt. Es riecht nach Reinigungsbenzin. Die Späne auf dem Boden, die überall verstreut liegen, sind nass. Byk lacht, was klingt wie ein startender Trabi. Ich kenne keinen Menschen mit fröhlicherem Gemüt als ihn.

»Niekkie! Nu, was?« Er legt seine Pranke auf den Schädel des Mannes, dreht den Kopf zur einen, dann zur anderen Seite. »Du ihn kennst noch? Sag!« ›Byk‹ kommt von ›Bulle‹ und genauso blickt der Typ drein. Eine gründlich misslungene Kreuzung zwischen einem plüschigen Hochlandrind und diesem russischen Profiboxer, Valujev. Besser bekannt als *The Beast from the East*.

Byk dreht den Kopf des Gefesselten noch einmal, murmelt »Chorosch, chorosch!« und tätschelt seine unrasierte, blutverkrustete Wange.

Ich erkenne ihn nicht. Dieses Gesicht würde nicht einmal die eigene Mutter erkennen. Es spielt auch keine Rolle, wer er ist, nur, was ich tun muss.

Ich ziehe meine Schnürsenkel fest. Als die Tür hinter mir knarzt, habe ich die Waffe schon in der Hand. Als ich mich umdrehe, stoße ich mit der Schulter gegen eins der Regale – etwas Kleines, Hölzernes fällt herunter und poltert auf den Boden. Hinter mir höre ich ein metallisches Klacken. Byk hat seine Waffe ebenfalls gezogen.

Aber es ist nur Pawel.

Seine marineblauer, leicht schimmernder Joop!-Anzug macht auch aus unserer kleinen Zusammenkunft ein richtiges Business-Meeting. Im Augenwinkel bemerke ich, wie der Kopf des Mannes kraftlos vor der Brust hin- und herbaumelt.

»Kto eto, Byk?« Der melancholische Blick von Pawels blassen Augen scheint mich zu durchbohren. Die Jungs nennen ihn *Janus*, der Mann mit mehreren Gesichtern. Mal wirkt er unscheinbar, mal jugendlich-naiv, als hätte er die Pubertät noch nicht allzu lange hinter sich. Manchmal ist er einfach nur betrunken. Keine Seltenheit bei diesen Russen.

Das Fußvolk trägt weniger wohlklingende Bezeichnungen. Es reicht nicht, dass die meisten russischen Namen Dutzende von Abwandlungen haben, die Leute geben einander auch noch Spitznamen. Byk heißt eigentlich Murtas, und es hat eine Weile gedauert, bis ich daraufgekommen bin, dass er auch auf ›Mursik‹ hört.

Was in Pawels Kopf vorgeht, verraten seine Augen nicht. Es ist schwer, unter diesem Blick ein Lächeln zu mimen. Jetzt heißt es: sich nicht rechtfertigen, sich nicht beschweren und schon gar nicht mit vermeintlichen Erfolgen prahlen. Kein unbedachtes ›nicht‹, ›nein‹ und auf keinen Fall ein ›aber‹. Inzwischen kenne ich die Spielregeln. Die meisten zumindest. Und der Rest wird mit Händen und Füßen erklärt.

»Niekkie-Nemez«, brummt Byk gutmütig. »Normalnyj pazan.«

Ich überschlage meine Russisch-Kenntnisse. *Nemez* heißt Deutscher, aber ich habe keinen blassen Schimmer, was ›*normalnyj pazan*‹ bedeutet. Anscheinend jedoch etwas Besseres als ›*Loch*‹. Was mit denen gemacht wird, ist alles andere als beneidenswert.

»Nikki-Nemez«, wiederholt Pawel und sieht mich an aus seinem jungen, wachen Gesicht. Es ist, als würde er mich anfassen. Etwas Totes in mir. Ich halte seinem Blick stand.

Sein rechter Mundwinkel verzieht sich zu einem Grinsen, bevor jegliche Heiterkeit aus seinen Zügen weicht. »Ich hoffe, du weißt, was zu tun ist.« Er spricht akzentfrei Deutsch.

Ich sehe den Mann auf dem Stuhl an.

Pawel hinterlässt nur stumme Zeugen. Sein Blick hat etwas von einem Raubvogel: ohne jeglichen menschlichen Ausdruck.

»Hat er was erzählt?«, fragt er Byk. Byk versteht ihn nicht. Zumindest nicht alles. Also spricht Pawel russisch, woraufhin Byk den Kopf schüttelt.

Pawel beugt sich zu dem Gefesselten hinunter. »Nun lass dich doch mal ansehen.« Mit einer Hand macht er ein Zeichen. Byk rührt sich nicht, und als Pawel seinen kalten Vogelblick auf mich richtet, kapiere ich, dass ich gemeint bin. »Ich will ihm halt ins Gesicht sehen. Mach jetzt, oder muss *ich* ihn etwa anfassen?«

Byk macht Platz. Aus der Nähe kann ich die Verletzungen des Mannes besser erkennen. Er soll nicht daran sterben, wird mir klar, nur leiden. Seine Kleidung ist durchnässt. In einer Ecke entdecke ich eine leere Dose Reinigungsbenzin.

Ich führe die Hand unter den Kiefer, hebe das zerschlagene Gesicht an und spüre das warme, klebrige Blut an den Fingern. Mit etwas Glück fühlt der Mann nichts mehr. Nach den ersten Schlägen wird der Körper wie taub. Doch diese Berührung nimmt er noch wahr.

Der Mann reißt das verklebte Lid auf und lässt das linke Auge rollen. Durch den Knebel erklingt ein Stöhnen, als mühe er sich, etwas zu sagen, doch es gibt nichts, was Pawel noch von ihm hören will. »Neusheli eto bylo dejstvitel'no tak sloshno«, sagt er, als würde er jedes einzelne Wort genießen, »prismotretj sa bessaschtschitnoj dewuschkoj?«

Aus dem Rutsch von s- und sch-Lauten bleibt nur ein Wort in meinem Kopf haften: *dewuschkoj*. Was von *dewuschka* kommt. Eine junge Frau, ein Mädchen. Es ist, als ob ich ahne, welches. Als gäbe es nur sie.

Pawel richtet sich auf. Ich drücke das Gesicht nach oben, damit es dem Boss zugewandt bleibt. Wieder ertönt ein Stöhnen.

»Mein bester Mann. Mein Freund. Ich hätte dir mein Leben anvertraut. Wie lange kennen wir zwei uns schon?« Erneut erklingt ein Stöhnen. Pawel kräuselt die Nase und macht mir ein Zeichen. Erleichtert lasse ich den Mann los und mache einen Schritt zurück. Mit dem Fuß stoße ich gegen eine Holzfigur am Boden, die über die Späne schlittert und eine Wandleiste trifft. Ich hebe sie auf. Es ist einer der Hasen, von denen es hier auf den Regalen viele gibt. Der Mann, den die Stricke am Stuhl aufrecht halten, schnitzt wohl leidenschaftlich gern, wenn auch nicht sonderlich talentiert. Die Nager mit den Löffelohren und den Glubschaugen erinnern mich an Frankensteins Igor.

»Ja, wie lange schon …« Pawel faltet die Hände, legt beide Zeigefinger an seine Nasenspitze und blickt zur Decke. »Seit der sechsten Klasse, nicht wahr? Ich bin in diese neue Schule gekommen, nur für ein Jahr, aber du hast mich unter deine Fittiche genommen. Ich habe zu dir aufgeschaut. Dich vergöttert. Du hast mir alles beigebracht, damit ich werden konnte, was ich heute bin. Und unser kleines Unternehmen … hätte es ohne dich nie gegeben.«

Der Mann auf dem Stuhl stöhnt.

»Ich weiß, ich weiß das alles. Nur eine Sache nicht: Wolltest du mich tatsächlich hintergehen? Warst du wirklich so dämlich, hinter meinem Rücken ein doppeltes Spiel zu spielen? Oder magst du das Mädchen halt tatsächlich? Tz, tz, tz.« Er schaut sich über die Schulter. Der Vogel-Blick findet mich wieder, kein Schatten ist tief genug, um mich vor ihm zu verbergen. »Ej, Nemez, weißt du schon, was wir mit denen machen, die uns betrügen?«

Außer mir ist niemand hier, der die deutsche Sprache nötig hat. Der gesamte Vortrag gilt nur mir. Ahnst du, was ich von dir will, *Janus*?

»Wir töten sie«, antworte ich.

»Genau. Kein Mädchen ist es wert, mein Lieber, dass man wegen ihr stirbt. Warum willst du uns nicht verraten, wer der Kleinen hilft?« Er lacht. »Aber vielleicht ist es gar nicht das Mädchen, das dich abtrünnig gemacht hat. Ich ahne schon lange, was hier gespielt wird. Ich sehe doch, wenn jemand anderen Befehlen gehorcht. Wer hat dich gekauft?«

Der Mann keucht und versucht, aus letzter Kraft seine Unschuld zu beteuern.

»Aber natürlich bist du mir treu geblieben! Nur … das Mädchen ist weg und unauffindbar. Wie konnte das passieren?« Pawel seufzt und deutet mit einer Geste auf die Regale, von denen die Igor-Hasen herabblicken. »Ich habe dir alles gegeben, was du wolltest. Dieses Haus. Deine kleinen Nutten. Mein Leben hätte ich dir anvertraut. Ja. Mein Leben.«

Pawel schweigt. Ein bisschen so, als möchte er all das nicht. Nur das unregelmäßige Schnaufen des Gefesselten stört die Stille. Und der plötzliche Rufton eines Handys.

Es ist nicht meins.

Pawel holt sein Handy aus der Innentasche des Sakkos und schaut auf das Display. Er nimmt ab. Lauscht. Schaut wieder auf das Display und legt auf. Langsam und sorgfältig verstaut er das Ding wieder in der Tasche. »Es ist Zeit. Oleg, du verstehst?«

Ich merke plötzlich, wie sehr es in der Werkstatt zieht. Und habe Gänsehaut.

Oleg.

In dem schwach beleuchteten Raum kann man ihn unmöglich erkennen, doch wenn das Oleg ist, geht es hier tatsächlich um Juna. Wer ist sie? Ich muss an diesen Film denken, den sie jedes Jahr zu Weihnachten zeigen. *Die Wangen mit Asche beschmutzt, doch der Schornsteinfeger ist es nicht*. Ich habe aufgehört, an Märchen zu glauben.

Sie will mir nicht mehr aus dem Kopf. Ihre zierliche Statur, die neben Oleg so zerbrechlich gewirkt hat, als er sie aus dem Restaurant geführt hat. Oder neben dem Kerl, der sie zum Auto geschleppt hat, bevor sie geflüchtet ist. Und ich erinnere mich daran, wie sie mich flachgelegt hat. Sie hat sich kaum bewegt und schon bin ich mit der Nase im Dreck gelandet. Und plötzlich muss ich schmunzeln.

Nein. Es ist kein guter Zeitpunkt, um an sie zu denken.

Ich spüre Pawels Blick auf mir. Gerade als ich es registriere, holt er aus der Innentasche seines Sakkos ein Notizbüchlein heraus und schlägt es in der Mitte auf. »Oleg, Oleg … Für morgen haben wir einen Termin abgemacht. Du wolltest mir erzählen, was Juna Kutscherowa so macht.« Er reißt die Seite ab. »Ich denke, diesen Termin wirst du halt verpassen.« Er rollt das Blatt zusammen, steckt das Büchlein wieder ein und holt ein Feuerzeug hervor. Es blitzt golden auf, als er mit einem Schnippen den Deckel aufklappt.

Ich spüre, wie sich in mir alles zusammenzieht. Wie sich die vernarbte Haut an meinem Gesicht spannt. Die Flamme züngelt und leckt über das Papier. Der Rand färbt sich schwarz und fängt Feuer.

Oleg stöhnt durchdringend, windet sich in seinen Fesseln. Das zuckende Feuer des brennenden Papiers spiegelt sich in seinem weit aufgerissenen Auge.

»Potschemu?« Pawel seufzt. »Ty jeschtscho spraschiwajeschj, potschemu?«

Ich lege meine Hand auf Pawels Faust und ersticke die Flamme. Den Schmerz fühle ich kaum. Byk saugt scharf die Luft ein.

Pawel schaut mich an. Im ersten Moment perplex. Bis in seinen blassen Augen der Groll aufsteigt. Er verlangt Respekt, und jeder, der ihn nicht aufbringen kann, stirbt. Mit etwas Glück schmerzlos und schnell.

»Ich will das erledigen.«

»So eifrig?«

»Ich will eben mehr.«

Er reicht mir sein goldenes Feuerzeug. »Mach.« Dann dreht er sich zur Tür und geht.

Hinter mir steigt Rauch auf. Ich will nur noch weg. Auf der Straße wartet der Mercedes, etwas weiter steht der Jeep mit Pawels Gefolgsmännern. Byk hält seinem Boss die Tür auf.

Ich reiche Pawel sein Feuerzeug. Er verzieht das Gesicht und winkt ab. »Geschenkt!«, sagt er und mustert mich. »Du hast mich überrascht. Ich glaube, ich habe einen Job für dich. Byk? Kümmer dich um den Neuen. Ich schätze, er wird uns noch gute Dienste leisten. Und …« Er schaut zum Himmel und wechselt auf Russisch. »*Juna. Najdi jejo.*«

Ich schließe die Lider und sehe Juna vor mir, wie sie schmunzelt, als sie die Übersetzungen des Programms liest, wie sie mein Brötchen vom Teller nimmt und seltsam herausfordernd ein Stück abbeißt.

»Nikki, was ist los?«, höre ich Pawel rufen.

»Alles … okay.«

»Sehr schön.« Endlich bequemt er sich auf die Rückbank des Mercedes'. Bevor Byk die Tür hinter ihm schließt, sehe ich im Innenraum des Wagens eine Frauensilhouette. »Wsjo proschlo choroscho?«, hebt die dunkle, melodische Stimme an. Ihr Russisch klingt wie das Schnurren einer Katze. »Dshanan«, raunt Pawel ihr zu, was bei ihm kratzig ausfällt, als hätte er Halsschmerzen. Er sagt noch etwas, aber da wird die Tür schon zugemacht. Der Motor brummt auf, das Auto gleitet die Straße entlang. In den getönten Scheiben spiegeln sich die Straßenlaternen und die dunklen Umrisse der Häuser wider.

»Ich telefoniere dir!«, verspricht Byk und springt in den Jeep, der dem Wagen seines Bosses folgt.

Erst jetzt öffne ich die Faust, biege die verkrampften Finger auseinander. Schwer liegt der Igor-Hase auf meiner Handfläche.

Juna. Sie darf Pawel nicht in die Hände fallen. Egal, was auf dem Spiel steht.

Auf dem weißen, glatt geschliffenen Holzkörper des Nagers haften meine Fingerabdrücke. Rostfarben vom fremden Blut.

6

Juna räumte den Tisch ab. Die Hälfte des Rosinenbrötchens aufzuessen, hatte sie doch nicht übers Herz und ihr schlechtes Gewissen gebracht. Nach einer methodischen Suche in der Küche fand sie eine Rolle Alu-Folie und wickelte es darin ein. Als sie den Flechtkorb betrachtete, fiel ihr auf, dass Nick zwei Brötchen von jeder Sorte gekauft hatte – nur das mit Rosinen war ein Einzelstück gewesen. Womöglich hatte die Bäckerei kein zweites mehr, jedenfalls …

Jedenfalls solltest du aufhören, ihn Nick zu nennen.

Sein Name. Es war, als würde ihr Herz auch gegen ihren Willen schmunzeln. Und ein bisschen seufzen. Und viel zu viel in ihr durcheinanderbringen.

Sie zog sich auf die Arbeitsplatte hoch, von hier aus konnte sie über das Plissee am Fenster auf die Straße schauen und an ihre Oma denken. Sie sah es vor sich, wie sie beide in der kleinen Küche gestanden hatten, in der sich das Linoleum wölbte und die klapprigen Fenster die Herbstkälte hereinließen. Vor dem Winter mussten die Fugen mit Zeitungspapier zugeklebt werden, dachte Juna und sagte: ›Paschik hat mich geküsst.‹ Sie dachte auch darüber nach, wann die Stadt endlich die Heizung einschalten würde, es war doch schon fast Ende September, und plötzlich fragte sie sich, wie sie an die undichten Fugen denken konnte, wenn sie gerade davon erzählte, wie ein Mann sie geküsst hatte. ›Ich möchte doch auch ein bisschen Herzklopfen‹, sagte sie, ›einen Stich fühlen, wenn wir uns trennen, diese leichte Schwermut, wenn er nicht da ist …‹ Das konnte doch nicht so schwer sein. Oder? Ihre Oma zuckte die Schultern, meinte nur: ›Mit Herzstichen und Beklemmungsgefühl – da gehe ich doch zum Arzt.‹

Wie recht ihre Oma doch hatte.

Sie rutschte von der Arbeitsplatte. In Tagträumen zu schwelgen, war nicht sonderlich produktiv, schon gar nicht in ihrer Situation.

Festen Schrittes betrat sie das Wohnzimmer, griff nach dem Telefon und überschlug ihre Möglichkeiten. Oleg mit einem Anruf überfallen? Oder lieber abwarten, was er als Nächstes tun würde?

Sie wählte seine private Handynummer, die er ihr einst gegeben hatte, mit der Behauptung, er würde immer rangehen, sollte dieses Telefon klingeln. Damals hatte es ihr sogar ein wenig geschmeichelt, dass sie einem so beschäftigten Mann so wichtig war.

Es meldete sich nur die Mailbox. Sie legte auf. Etwas später versuchte sie es erneut mit demselben Ergebnis. Allem Anschein nach zeichneten sich die Männer in ihrem Leben nicht gerade durch ihre Verlässlichkeit aus. Mit etwas Glück würde der Artikel ein paar Anhaltspunkte mehr liefern. Irgendetwas kam ihr daran suspekt vor, sie wusste nur nicht, was – höchste Zeit, es herauszufinden.

Ihr Zimmer empfing sie mit einem schweren, säuerlichen Geruch – wie gut, dass sie vorhin nicht allzu viel gegessen hatte. Die Quelle dieser exquisiten Note fand sich überraschend schnell. Die Katze hatte vor ihr Bett gekotzt.

Ganz klasse. Das Tier war krank. Das hatte ihr gerade noch gefehlt. Vor allem der Gedanke daran, dass es *seine* Katze war, dass er die Kleine vermutlich gern hatte, und sie sich nicht verzeihen würde, wenn das Fellknäuel in irgendeiner Ecke verendete, weil sie sich zu fein war, nachzuschauen, ob es ihm gut ging. Und einer Katze, die sich übergeben musste, ging es höchstwahrscheinlich nicht gut.

»Ks-ks-ks, wo bist du?« Sie schaute unter das Bett, ging ins Wohnzimmer, prüfte alle Winkel und spähte sogar unter den Schrank, der zu niedrig war, um ein gemütliches Versteck abzugeben. »Ks-ks-ks. Komm her. Ich will dir nur helfen.« Hatte Nick nicht etwas Ähnliches zu ihr gesagt? Vertrauen aufzubauen war allen Anschein nach eine komplexere Angelegenheit, als sie gedacht hatte. »Ks-ks-ks.« Was fehlte dem Stubentiger nur? Vom Mageninhalt mal abgesehen.

Russisch schien jedenfalls keine geeignete Sprache, um sich bei der Fellnase einzuschmeicheln. Sie versuchte es auf Deutsch: »Komm, komm. Ich tue dir nichts, komm – eh – Süße!«

Die Katze zeigte sich nicht.

Nun gut. Erst einmal die Sauerei aufwischen. Neben der Mikrowelle hatte sie eine Rolle Küchenpapier gesehen. Sie steuerte die Küche an, die Tür war schon in Sichtweite, als ihr ein Etwas mit ausgefahrenen Krallen in den Nacken sprang. Juna schrie auf und taumelte rücklings gegen einen Spiegel, der, an eine Wand gelehnt, auf dem Boden stand. Die Katze machte einen Satz über ihre Schulter und raste ins Wohnzimmer, während Juna die Balance verlor und den Spiegel mit umriss. Einen Wimpernschlag später saß sie inmitten von Scherben. »Dummes Vieh …« – es war immer noch *seine* Katze, die er höchstwahrscheinlich immer noch *gern* hatte – »du dummes … Vieh*lein*.« Im Russischen gab es für jedes Wort eine Verniedlichung. Im Deutschen hörte es sich einfach nur bekloppt an. »Ich will helfen dir. Verstehst du? Helfen!«

Helfen … Andererseits hatte das Tier nicht gerade einen todkranken Eindruck auf sie gemacht. Dafür aber blutete ihr Arm. Bevor sie im Flur alles vollblutete, ging sie ins Bad, säuberte die Wunde und machte sich mit etwas Mull und mehreren Pflastern, die sie im Spiegelschrank gefunden hatte, einen Verband. Dabei hatte sie es wirklich nicht nötig, noch mehr auf Frankensteins Monster zu machen. Ihre Entführer hatten in dieser Hinsicht ganze Arbeit geleistet. Sie räumte die Utensilien weg und traute sich wieder in den Flur.

Die Katze saß im Flur auf einem schmalen Regal. *Na toll, und jetzt hast du Angst, da vorbeizugehen.* Stopp. Die Angst würde sie einfach nicht zulassen. Sie war mit dem Kerl im Mädchenlager fertig geworden. Sie würde auch mit einer Katze fertig werden.

Sie starrte das Tier an, das sich in aller Seelenruhe putzte.

Okay. Zeit für Plan B.

In einem der Küchenschränke hatte sie eine Dose Katzenfutter gesehen. Vielleicht ließ sich der Stubentiger bestechen. Jeder ist bestechlich, pflegte ihr Vater zu sagen.

Das Etikett versprach Lachs und Shrimps vom Feinsten. Was ›Shrimps‹ bedeutete, wusste sie nicht. Es hörte sich nach einer Krankheit an. Wie Mumps. Aber die Aufmachung sah mehr als edel aus. Juna nahm einen Teller aus dem Schrank und kratzte mit einer Gabel das Futter heraus. Den Teller hielt sie in den Flur. »Komm, komm«, lockte sie auf Deutsch und wartete.

Die Katze kam nicht. Juna stellte den Teller auf den Boden und beschloss, sich in Geduld zu üben. Tiere reagierten meistens sehr sensibel auf die eigenen Empfindungen. Und sie war angespannt, die Schultern taten ihr schon weh von der verkrampften Haltung, in der sie gerade verharrte.

Einatmen. Ausatmen. Sie schloss die Augen. Den linken Fuß führte sie zur Seite und verteilte ihr Gewicht gleichmäßig auf beide Beine. Die Knie leicht gebeugt, den Rücken gerade. Langsam hob sie die Arme, als würde sie …

… Nick umarmen …

Nein. Auf keinen Fall. Lass die Gedanken los, Juna, besonders diesen. Die Arme fühlten sich leicht an, als würden sie auf der Luft schwimmen, von einem Hauch getragen werden. Stehen wie ein Baum, eine Übung aus dem stillen Qi Gong. Im Geiste leitete Juna die Verspannungen nach unten, in die Beine, in die Füße, tief in die Erde. Sie war allem gewachsen. Auch einer Katze.

Krallen schlugen in ihre rechte Wade. Juna schnappte nach Luft und trat zur Seite. Stehen wie ein Baum. Ein Kratzbaum vielleicht?

Die Katze defilierte an ihr vorbei zum Teller. Anscheinend hatte sie der Hausherrin einfach im Weg gestanden. Sie schnupperte an dem Futter und sprang auf die Fensterbank, wo sie miauend hin und her zu stolzieren begann. Madame war anscheinend gewohnt, auf dem Sims zu speisen.

Juna reichte den Teller. Höchste Zeit, das Weite zu suchen, solange der Stubentiger noch durch die Shrimps abgelenkt war.

In ihrem Zimmer erinnerte sie sich wieder, was sie in der Küche ursprünglich gewollt hatte. Egal. Sie würde das kleine Biest nicht unnötig provozieren. Juna stieg auf das Bett, holte den Artikel aus dem Versteck und ließ sich auf das Kissen fallen.

Es war warm.

Und feucht.

Das konnte doch nicht wahr sein! Die kleine Rebellin hatte nicht nur vor ihr Bett gekotzt, sondern auch auf das Kissen gepinkelt. Juna schleuderte das Ding in eine Ecke, schnappte den Artikel und stampfte aus dem Schlafzimmer.

In der Wohnung war es ruhig. Zu ruhig? Sie konnte sich bestens ausmalen, wie das Mistvieh auf dem Regal saß und pfotenreibend auf sie wartete. Wo hatte Nick es bloß aufgegabelt?

Sich vorzustellen, dass er *diese* Katze gern hatte, fiel ihr immer schwerer.

Genug jetzt. Sie beschloss, sich mit dringenderen Problemen zu beschäftigen, und wandte sich dem Artikel zu. Viel stand nicht über sie drin. Weder ihre besonderen äußerlichen Merkmale noch wo sie zuletzt gesehen wurde – nicht einmal ihr Name. Nur dass sie aus Sankt Petersburg nach Deutschland gereist war. Und dass ihre Mutter vor Jahren verschwunden war – das erwähnte Oleg ebenfalls.

In der Küche schepperte etwas. Vermutlich der Teller – hatte die Protestpinklerin ihn etwa von der Fensterbank gefegt? Juna seufzte, holte den Telefonhörer und wählte die abgedruckte Nummer. Wer würde abnehmen? Was würde geschehen, wenn sie sich probeweise mit einem Hinweis meldete?

Wieder klirrte etwas. Ignorieren. Am besten einfach nur ignorieren. Sie konzentrierte sich auf die langen Piepstöne, die aus dem Hörer drangen. *Nimm ab, wer auch immer du bist.* War es wieder nur eine Mailbox? Ungeduldig tigerte Juna vom Wohnzimmer ins Schlafzimmer und wieder zurück.

Es krachte und polterte, was auch immer die Katze da trieb, das Tier fuhr anscheinend schwere Geschütze auf, um diesen Lärmpegel einhalten zu können. Gerade eben hatte mindestens ein Hängeschrank dran glauben müssen. »Zum Teufel, das kann doch nicht wahr sein!«

Die Stille am anderen Ende der Leitung bescherte ihr eine Gänsehaut. Jemand hatte abgenommen. Verdammt. Wann? Sie drückte das Telefon fester ans Ohr, überlegte hektisch, was sie sagen sollte, während die Katze in der Küche offensichtlich die besten Actionszenen aus einem James-Bond-Film nachspielte. Am anderen Ende der Leitung nahm sie ein leises Stöhnen wahr. *Schmerzen*, fuhr es ihr durch den Kopf, *Verzweiflung*. Was ging da vor? Wo war sie mit ihrem Anruf bloß gelandet?

Sie drückte ihn weg und warf das Telefon auf ihr Bett neben dem Zeitungsblatt mit dem Artikel.

Ein Krachen in der Küche schreckte sie auf. Die Katze. Genau.

Entschlossen steuerte sie die Küche an. Was sie darin entdeckte, konnte unmöglich das Werk von vier Samtpfoten sein. Der Inhalt des Kühlschranks lag über die ganze Küche verteilt. Genauso wie das meiste aus den Unterschränken, vor allem die Futterdosen. Vielleicht hatte die Fellnase noch Hunger? Juna machte eine weitere Dose auf und stellte einen neuen Teller auf den Fenstersims. Die Katze ließ sich nicht zweimal bitten.

Juna beobachtete, wie das Tier aß. »Ej, was denkst du, können wir zwei vielleicht doch noch Freundinnen werden?« Sie streckte ihre Hand aus, um die Katze zu kraulen. Ein Fehler. Die russische Sprache sowieso. Aus dem Stand machte das Tier einen riesigen Sprung, schlug gegen eine Wand und polterte zusammen mit einer Korkpinnwand, die sie beim Aufprall niedergerissen hatte, zu Boden.

»Scheiße!«

Die Katze schoss in den Flur und verschwand aus ihrem Blickfeld. Der Holzrahmen war zerbrochen, die Korkfläche hatte einen Riss. Aus irgendeinem Grund war es genau dieser Riss, der das Chaos perfekt machte. Als im Flur die Garderobenstange auf den Boden krachte, war es nur noch ein Echo der allgemeinen Zerstörung.

Juna hob die Pinnwand auf. Die Rückseite aus Metall fiel ab. Zwei Origami-Kraniche schlitterten zu Boden, unter der Platte ragten ein paar Papierecken hervor. Juna drehte die Metallfläche um. Es war ein Whiteboard. Viele mit einem Marker gezeichnete Pfeile führten von einer handschriftlichen Notiz zur nächsten, den restlichen Platz nahmen die Fotos und Zeitungsausschnitte ein, die mit kleinen Magneten gehalten wurden. Sie versuchte, einige Wörter zu entziffern, musste jedoch schnell aufgeben. Wenn seine Handschrift Kunst war, dann sicher etwas Surrealistisches.

Sie hob einen der Origami-Kraniche auf und faltete ihn auseinander.

Um 07:00 verbrennen die Spuren und zwei hübsche Mädchen. Настоящая кровь *will warm fließen.* Darunter standen GPS-Koordinaten. Und die Zeichnung eines Vogels, der mit ausgebreiteten Flügeln zu schweben schien.

Настоящая кровь – richtiges Blut? Die kyrillischen Buchstaben waren wie ein Schlag in die Magengrube. Irgendetwas sagte ihr, dass es nicht um die Vampirserie ging, die unter diesem Titel daheim im Fernsehen lief.

Ihr Blick irrte über das Whiteboard. An zwei Fotos blieb er schließlich hängen: ein abgebrannter Zug und das verkohlte Wrack eines Reisebusses. Sie versuchte, den Zettel wieder in Form eines Kranichs zu legen, aber ihre Finger gehorchten ihr einfach nicht. Sie zitterte – und riss das Papier an einem der Knicke ein. So ein Mist! *Du faltest jetzt dieses Ding zusammen und hoffst, dass er nicht sofort merkt, wie du hier herumgeschnüffelt hast, okay?* Okay. Es klappte – nachdem sie mehrmals durchgeatmet und sich beruhigt hatte.

Sie überflog die Zeitungsausschnitte, die größtenteils aus Schlagzeilen bestanden. Es ging um die Schwierigkeiten mit der Eröffnung eines Clubs namens *Perles d'Or*. Um ein vermisstes Model. Zwei schlimm zugerichtete Leichen von Prostituierten, was die Presse zu Jack-The-Ripper-Vergleichen verführte. Ein Flyer mit einer Werbung für eine Modelparty. Und gleich darunter – eine Todesanzeige. Ein schwarzer Rahmen, eine stilisierte Rose, ein Name: Céline Winter. *Wir trauern um unsere Tochter und Schwester* … Daneben ein paar weitere

Zeilen: *Du hast den Geruch von frischem Schnee geliebt. Du hast die Schneeflocken auf deine Hände herabsinken lassen …*

Wer war diese Céline und was hatte diese Tafel zu bedeuten? Noch einmal betrachtete sie die Pfeile und Beschriftungen. Irgendwo in der Mitte war der Name eines Tiers zu lesen, doppelt unterstrichen. *Die Krähe,* entzifferte sie. Fast alle Pfeile führten dorthin. Irgendetwas versuchte Nick herauszufinden. Aber was für einen Sinn ergaben die Zeilen auf dem Papier-Kranich? Und wo war der zweite?

Sie merkte das Pelzmonster erst, als es mit dem Origami-Vogel im Maul in den Flur huschte.

»Nein!« Sie sprang auf und jagte der Katze hinterher. »Zurück! Gib, jetzt!«

Die Katze raste ans Ende des Flurs, durch das Wohnzimmer und unter das Bett. Juna kniete sich hin, um darunterzulangen und den Kranich zurückholen, doch der kräftige Schlag einer Tatze zwang sie, ihre Strategie noch einmal zu überdenken. Wie besänftigte man Katzen? Sie hatte nicht viele Erfahrungen damit. Die Katze der Nachbarn hatte ein Faible für Gedichte gehabt, die Sprache, die Reime und der Rhythmus schienen sie zu beruhigen. Juna kannte keine deutschen Gedichte – aber sie erinnerte sich an das Aufsagen von unregelmäßigen Verben. In der Schule hatte es immer so monoton-einschläfernd geklungen. Einen Versuch war es wert.

»Gehen – ging – gegangen«, begann sie zu rezitieren, führte ihre Hand behutsam an die Katze heran und hielt inne. Keine Krallen. Gut. Weiter. »Hängen – hing – gehangen.« Reimen konnte sie auch, wunderbar. »Reiben – rieb – gerieben, bleiben – blieb – geblieben.« Nur noch wenige Zentimeter, dann hatte sie den Papiervogel. »Wiegen – wog – gewogen. Lügen – log …«

»Gelogen.«

Juna fuhr herum – und sah in den Lauf einer Pistole. Sie hörte ihr Herz in der Brust wummern. Das Rauschen in den Ohren, alles ein bisschen unwirklich, ihr Flüstern: *Nick* …

Langsam senkte er die Waffe. Der Stubentiger kroch unter dem Bett hervor und schmiegte sich unschuldig an seine Beine. »Gelogen, dass du kein Deutsch verstehst. Oder hast du so schnell gelernt, wie man deutsche Verben dekliniert?«

»K-konjugiert«, stammelte sie. Ihre Lehrerin hatte ihr oft genug den Unterschied zwischen Deklination und – in diesem Fall sekundärer – Konjugation erklärt, und jetzt … hätte sie besser die Klappe halten sollen. Sie hatte sich verraten. Noch schlimmer: Ihn zum Narren gehalten.

Er kam auf sie zu. »Wie ich sehe, verstehst du, was ich sage.«

Sie stolperte zur Seite, aber da war nur eine Wand. Die Wohnung erschien ihr mit einem Mal bedrohlich klein. »J…ja.«

Ihr fiel der alte Dialog ein. Er: ›Warum hast du es mir nicht gesagt?‹ – worauf sie zu antworten hatte: ›Du hast mich ja nicht gefragt.‹ Aber Film-Klischees waren in der echten Welt nur halb so lustig. »Deutsch. Englisch. Und Französisch – *un peu*.«

»Auch das noch … *mon chouchou*.«

Sie schluckte. Sein ›mon chouchou‹ klang so eisern-ruhig und mit einem gefährlich samtigen Unterton, den sie kaum einzuordnen vermochte.

»Ja«, antwortete sie. »*Mon chéri*.«

Er hat eine Waffe. Er bringt dich gleich um. Beileibe der ungünstigste Zeitpunkt für gegenseitige Kosenamen.

»Als ich hereinkam, dachte ich, du wärst überfallen worden.« Seine Stimme klang besorgt. Nicht mehr eisern oder gefährlich – er hatte wirklich Angst um sie gehabt. »Das Blut, das Chaos – was ist passiert?«

Deine Mieze ist passiert.

»Katze«, sagte sie, auch wenn er ihr vermutlich kaum glauben würde, angesichts dieser Unschuld im Echtpelz.

Sein Blick fiel auf den Artikel und das Telefon, das sie im Frust auf das Bett geworfen hatte. Seine Gesichtszüge verfinsterten sich.

»Hast du angerufen?« Er nahm das Blatt und hielt den Artikel hoch. Ihr zerknülltes Foto prangte ihr entgegen.

»Hast du angerufen?« Einen Moment forschte er in ihrem Blick, dann hob er das Gesicht zur Decke und knurrte. »Verdammt! Du hast angerufen. Und ich glaube, ich weiß sogar wann.«

»Ich …« Sie kämpfte mit Worten, die sich weigerten, irgendeinen Sinn zu ergeben, stockte, wusste nicht weiter.

Er nahm seine Jacke ab. Juna zuckte zusammen, als er auf sie zuschritt, drückte sich mit dem Rücken gegen die Wand. Er blieb sofort stehen, sah sie an, und sie hatte keine Ahnung, was es war, das in seinen dunklen Augen schimmerte.

Vorsichtig legte er seine Hände auf ihre Schultern, zog sie näher zu sich heran und wickelte sie in seine Jacke ein. »Wir müssen weg«, flüsterte er.

»Weg?«, hauchte sie bestürzt, von seiner plötzlichen, vielleicht ungewollten Zärtlichkeit völlig überrumpelt.

»Hier ist es nicht mehr sicher.«

7

Er half ihr in seine Jacke. Das Leder roch rauchig, als hätte er vor Kurzem an einem Lagerfeuer gesessen – aber es roch auch nach ihm. Sie schlug die Jacke fester um sich, senkte den Kopf und vergrub die Nase im Innenfutter. »Wohin … wir gehen?«, murmelte sie und atmete noch einmal ein. Sie hasste es, so scheu, so unbeholfen in der deutschen Sprache zu klingen. Dabei war sie in der Schule die Beste gewesen. Und so unglaublich stolz auf ihre Aussprache und den Wortschatz.

»Zu einem Freund. Bis wir mehr wissen.« Da war sie wieder, diese Angst um sie in seiner Stimme.

»Sag, warum wir weglaufen. Wer hat …« Sie stockte. Ihr fehlte die deutsche Bezeichnung für ›Zeitungsartikel‹. So viel zu ihrem Wortschatz. »Wer hat geschrieben in der Zeitung über mich?«

»Später.« Er ging in den Flur, dann bemerkte er das Whiteboard in der Küche. Vom Korridor aus beobachtete sie, wie er die Zeitungsausschnitte, Fotos und den Kranich in die Tasche seiner Jeans stopfte und die Beschriftungen mit einem Schwamm hastig auswischte.

»*Ein sehr schlauer Mensch?* Wer ist das? Du hast geschrieben. In dem Notebook. Ich will wissen jetzt!«

»Es gibt Spannungen in gewissen Kreisen, Gerangel um Macht und Territorien. Du scheinst eine große Rolle darin zu spielen.«

Die Entführer hatten nach ihrem Vater gefragt. Sie konnte sich bestens vorstellen, was für Kreise er meinte. Nur nicht, dass Vaters Einfluss und sein Ruf bis nach Deutschland reichten. Oder war alles kein Zufall: Pyschkas Entführung, der Hinweis auf Deutschland? Wurde ihre Freundin verschleppt, um sie herauszulocken? *Diese Mistkerle!*

»Juna? Was ist los? Geht es dir nicht gut?«

Sie blinzelte. Seine Silhouette wirkte leicht verschwommen, so nah und doch unwirklich. Rasch schüttelte sie den Kopf. Alles okay. Alles okay. Die Schürfwunden auf ihrem Gesicht brannten.

Sie fühlte seine Handflächen auf ihren Wangen, eine Berührung so zart wie der Hauch seiner Stimme. »Du kannst mir alles erzählen, Juna. Ich werde nicht zulassen, dass dir etwas passiert.«

Hatte Oleg nicht etwas Ähnliches behauptet?

Seine Daumen wischten ihr eine Träne vom Gesicht. Als er an eine der Prellungen kam, zuckte Juna zusammen und er ließ sie sofort los.

Er zögerte, machte noch einen Schritt zurück – und es war, als hätte sie ihn verloren. »Sage mir mehr über … diesen Menschen«, bat sie. »Was will er von mir?«

»Es geht um Macht und viel Geld. Dieser Mensch – er will sich durchsetzen und seinen Einfluss vergrößern. Zumal Gerüchte aufkommen, dass jemand an der Spitze der Organisation schwächelt. Und das ist etwas, was in diesen Kreisen nicht toleriert wird.« Er öffnete die Eingangstür.

Gleich hinter der Schwelle hörte Juna, wie ein Mann und eine Frau sich lautstark stritten – *La Traviata* im echten Leben. Es roch nach scharf angebranntem Gemüse und Knoblauch. Die Katze huschte zum Treppenansatz und linste zwischen den Sprossen des Geländers nach unten. Die Schwanzspitze zuckte im Takt der Stimmen.

»Ich kann dir helfen«, hörte sie ihn leise hinter sich sagen.

»Mit mir hast du eine Chance. Ich weiß nicht, ob du sie auch ohne mich hast.«

Sie wollte nicht davonlaufen. Aber er erinnerte sie daran, dass die Sache mit dem Vertrauen – schwierig war. »Deine Katze dir davonläuft, wie ich glaube.«

Sie konnte fast spüren, wie er schmunzelte. »Sie kommt und geht wie sie möchte.«

»Darum ist sie Katze. Katze, die spaziert selbst … nein … die spaziert … allein?« Sehr gut, jetzt hörte sie sich an wie das Übersetzungsprogramm auf dem Notebook. »Ich will sagen: wie in dem Märchen. Von Rudyard Kipling. Weißt du?«

Die Dramatik der Frei-Haus-Oper nahm zu und erinnerte sie an ihre Tante Warja. Obwohl das Treppenhaus ihrer *Chruschtschowka*, in dem Tante Warja telenovelareife Dialoge mit ihren Nachbarn führte, eher das Flair einer öffentlichen Toilette verbreitete. Einer russischen öffentlichen Toilette, wohlgemerkt. Irgendwelche Herumtreiber hatten es mit großer Vorliebe benutzt, um ihre Notdurft zu verrichten, sodass gewisse Pfützen nie austrockneten.

Sie fühlte, wie sich eine Hand um ihre Finger schloss, und zuckte zurück. Aber es war nur Nick. »Komm.« Seltsam, wie viel Ungesagtes all die Berührungen zwischen ihnen enthielten.

Eine Etage tiefer traf sie auf die Hauptdarsteller des Dramas. Vor einer geöffneten Tür gestikulierte ein Mann, mit einem Feinrippunterhemd und einer Nadelstreifen-Anzugshose bekleidet. Den Weg in die Wohnung versperrte der geradezu gargantueske Busen einer Frau, die heftig mit den Armen fuchtelnd die Original-Violetta an Stimmgewalt noch um einiges übertraf. Der Mann warf Juna einen flüchtigen Blick zu, dann einen zweiten, aufmerksameren. Sogleich wurde es ihr peinlich-heiß von der Vorstellung, welchen Eindruck ihr zerschlagenes Gesicht auf Außenstehende machen müsste. Nick zog sie weiter. Der Mann stellte sich ihnen in den Weg, die Tirade der Frau entlud sich in ein Crescendo, dazwischen sein zögerndes ›brauchen Sie Hilfe?‹, Nicks ›wir kommen schon klar‹ und ihr eigenes, hastiges ›gut, gut‹.

Das Treppenhaus mündete in eine Gasse, in die von rechts der Lärm des Hauptverkehrs drang. Nick trat als Erster nach draußen. Beunruhigt schaute er umher und dirigierte sie schließlich zur Straße. Ihr Vater hatte ihr beigebracht, die Umgebung immer genau im Auge zu behalten und auch auf unscheinbare Details zu achten. Jetzt schien ihr Verstand besonders geschärft zu sein und alle, absolut alle Wahrnehmungen zu hinterfragen. Die parkenden Autos – in einem saß jemand und wühlte im Handschuhfach, wühlte noch immer, während Nick sie den Bürgersteig entlang führte. Ein paar Leute warteten an der Bushaltestelle auf der anderen Straßenseite. Etwas weiter stand ein Mann. Er lehnte sich mit einer Schulter gegen einen Schildpfeiler. Der Bus kam. Der Mann stieg nicht ein. Vielleicht wartete er einfach auf einen anderen. Vielleicht auch nicht. Nick ging schneller, seine Haltung verriet einen Profi in Sachen Personenschutz.

Sein Renault parkte einen Block weiter. Im Auto roch es nach kaltem Zigarettenrauch und der müden Seele eines alten Wagens. Schon bald passte sich der Renault dem Autostrom der Hauptstraße an. Alles war in bester Ordnung – niemand bretterte mit 100 Sachen durch den Verkehr, die Fahrbahnen trugen deutliche Markierungen, und an den Zebrastreifen wurde brav angehalten. Auch für nur eine Person, die hierzulande anscheinend nicht auf Verstärkung zu warten brauchte, um mit purer Massengewalt den Autostrom zu unterbrechen.

Juna entspannte sich etwas. Zu früh.

»Du sprichst also Deutsch.«

Das Thema war noch nicht vorbei. Rasch senkte sie den Blick

auf ihre Hände, die sie brav im Schoß zusammengelegt hatte. Die Brave-Mädchen-Nummer konnte nie schaden.

»Und? Haben dich meine Bemühungen mit dem Wörterbuch amüsiert?«

»Ein … bisschen.« Sie räusperte sich und schob schnell hinterher: »Ein bisschen Deutsch. Ich habe gelernt in der Schule mit erweitertem Deutschunterricht.« Sie zögerte. »Weiß Oleg, dass ich bin bei dir? Sage mir alles! Bitte.«

Die Ampel vor ihnen schaltete auf Rot. Würde sie ihm im Gegenzug auch alles sagen müssen? Würde sie ihn anlügen? Sie war es nicht gewohnt, jemandem zu vertrauen. Sie war sich nicht einmal sicher, ob es klug war, auch nur darüber nachzudenken.

»Oleg ist tot«, sagte er endlich.

»Tot?«, hauchte sie hervor. In ihrem Kopf wirbelte alles durcheinander. Sie starrte vor sich hin. Das rote Licht der Ampel verflüssigte sich langsam vor ihrem Blick. »Tot.«

»Er ist ermordet worden, um genau zu sein.«

Das Auto setzte sich wieder in Bewegung.

Sie rang um Worte. »Du bist …«

»Sicher? Ja, ich bin mir sicher. Sehr sogar.«

Am Wegesrand huschten Narzissen vorbei, ein Meer aus Gelb-Weiß und Weiß-Gelb. Warum hatte sie noch niemand gepflückt? Mochten die Leute hier keine Narzissen? Diese großen Blüten, wie aus einem Blumenladen.

»Wie … was ist passiert mit ihm?«, hörte sie sich fragen.

»Oleg hat nicht auf eigene Faust gehandelt.« Seine Stimme klang ruhig, sehr klar, doch genau diese Ruhe war es, die ihr eine Gänsehaut bescherte. »Für irgendjemanden bist du von sehr hohem Wert. Und nein, ich weiß auch noch nicht, um was genau es hier geht. Aber ich will es herausfinden.«

»Oleg hat entführt mich?«

Sein Gesichtsausdruck wirkte verloren. Hatte jemand sterben müssen, der ihm nahe stand? Diese Céline?

Sie ballte die Hände. »Wo ist Pyschka?«

»Wer?«

»Mädchen, die Oleg hat entführt auch? In Russland. Meine Freundin.« Ihr Mund fühlte sich trocken an. Auf der Zunge schmeckte sie denselben Belag wie damals, beim Aufwachen in der Baracke. »Ich suche sie. Ein bisschen kleiner, so ungefähr, blond, viele Locken. Wo ist sie?«

»Ich kenne keine Pyschka.«

»Und Oleg?«

»Oleg musste sterben, weil du ihm entwischt bist. Und ich will wissen, was genau hier los ist. Sein Boss lässt seine Leute nach dir suchen. Ich weiß nicht, was die von dir wollen. Ich habe gehofft, du wirst es mir sagen. *Nastojaschtschaja krowj*? Was bedeutet das?«

»Richtiges Blut«, übersetzte sie mechanisch. Es machte keinen Sinn, ihm vorzumachen, sie hätte die Nachricht auf dem Kranich nicht gelesen.

»Das weiß ich inzwischen. Ich meine, was verbirgt sich dahinter? Wurde es vielleicht erwähnt, von Oleg? Von den anderen Typen im Mädchenlager?«

»Nein.«

Das Letzte, was sie wollte, war, an die Baracke zu denken. An all die Mädchen, die dort geblieben waren, während sie fliehen konnte.

»Ist in deiner Gegenwart jemals der Name *Perles d'Or* gefallen? Kennst du diesen Club?«

»N-nein.«

»Hat Byk je irgendwelche Namen erwähnt? Hat er dich ausgefragt?« Er schaute in den Rückspiegel. Dann gleich noch einmal.

»Byk?« Sie dachte an den Mann, der sie geschlagen hatte. Meinte er diesen Kerl? War das sein Name?

»Und was ist mit der *Krähe*?«

»Was?«

»Ich meine, dort, wo du warst, hast du je was von der *Krähe* gehört?«

»Dort, wo ich war, war nicht … *W mire shiwotnych*.« Sie stockte. »*In der Tierwelt*«, beeilte sie sich, den Namen der populären Tiersendung zu übersetzen. Es klang trotzdem hölzern, immer noch nach dem Übersetzungsprogramm. Mit den Fingerspitzen fuhr sie über ihr angeschwollenes Gesicht. Also Byk. Und Nick kannte den Namen ihres Peinigers. *Du dummes Ding. Weil er zu ihnen gehört!* Sie hätte viel früher auf ihren Verstand hören sollen. *Aber du willst es ja nicht glauben. Alles, nur das nicht.*

Die Stille zwischen ihnen wurde so anders. So verletzbar.

»Juna …« Und da war es wieder, etwas in seinem Tonfall, das ihr so schwer machte, ihn zu hassen. Er hatte eine Stimme, in der man sich verlieren konnte.

Sie wandte den Kopf und sah aus dem Seitenfenster. Unverwandt tauchte das blausilberne Auto vor ihnen auf.

»Polizei!«, hauchte sie und grub die Fingernägel in ihre Handflächen. Jetzt bloß nicht in Panik verfallen. Alles gut. Es ist alles gut.

Sie konzentrierte sich auf seine Stimme, während er sprach, auf ihren Klang, ihren Rhythmus: »Ich meinte es ernst, als ich gemeint habe, dass ich bereit bin, mit dir zur Polizei zu gehen.«

Sie schluckte hart. *Deine Miliz hütet dich – Gott bewahre!*

»Alles in Ordnung?«, fragte er.

»Du wirst lachen.« Und sie lachte selbst auf, nervös und unecht. »Ich habe bei Polizei Angst.«

Etwas veränderte sich in seinem Gesicht. »Warum?«

Sie konnte ihm unmöglich erklären, warum. Wie sie damals fünfzehn Stunden im Verhörraum zugebracht, wie der Ermittler sie über ihren Vater ausgefragt hatte. Ohne Anwalt. Aber dafür zunehmend aggressiver. Und als sie schwieg …

»Achtung!«, rief sie, als der Renault fast in das Beamtenfahrzeug hineingefahren wäre.

Nick trat auf die Bremse. »Entschuldige. Jetzt war ich ein bisschen in Gedanken.«

»Und was du denkst so?« Mehrfach fuhr sie mit ausgestreckten Fingern über ihre Beine, damit ihre Hände endlich aufhören zu zittern. Sie würde schon damit klarkommen, mit allem. Keine Polizei. *Einatmen. Ausatmen.*

Er wechselte die Spur und überholte den Polizeiwagen. Der Tacho-Zeiger lag zwei Striche über der erlaubten Geschwindigkeit. Ihr wurde schlecht – merkten sie es nicht? War es ihnen egal?

»Ich habe gerade über meine eigenen Ängste nachgedacht. Besonders vor Spinnen. Und jetzt darfst du lachen.«

Verwirrt sah sie zu ihm auf. »Vor Spinnen, ja?«

»Nun, ich laufe nicht unbedingt schreiend weg, wenn ich eine sehe. Aber so eine fette Winkelspinne ist schon eine grenzwertige Erfahrung für mich.«

Sie wusste nicht, was eine Winkelspinne war, aber das Polizeiauto hatte sich inzwischen im Verkehr verloren. Ihr wieder erwachter Verstand raunte ihr zu, dass so eine kleine Phobie bei einem Mann auch ganz sexy sein könnte. Hatte es da nicht Ilja gegeben, den sie so schön im Arm halten konnte, während er ihr erzählte, Angst vor seiner Stiefmutter zu haben? Nur hatte Ilja gar keine Stiefmutter gehabt, beide Eltern lebten in Pavlovsk, seine Mutter arbeitete als Aufpasserin im Griechischen Saal des Pawel-Palastes, sein pensionierter Vater fütterte die handzahmen Eichhörnchen im Parkareal daneben und wartete, bis seine Frau in der Mittagspause zu ihm herauskommen würde.

»Juna. Es ist ein sehr schöner Name«, sagte er endlich. »Aber nicht wirklich typisch für eine Russin, oder?«

»Meine Mutter hat nie … kein typisch gemacht.« Sie biss sich auf die Lippe. Klasse. Jetzt fing sie auch noch von ihrer Mutter an. Zuerst das Geplänkel über den Namen, dann … dann was? Wenn es um ihre Familie ging, läuteten in ihr sämtliche Alarmglocken. Nein, eigentlich waren es nicht einmal Glocken, sondern Sirenen Alarmstufe Tschernobyl.

Er war clever. Cleverer, als sie gedacht hatte, und ihm schien keine ihrer Regungen zu entgehen.

»Und du heißt wirklich Nick?«

Eine unschuldige Frage. Oder nicht? Alles in ihm schien sich zusammenziehen, anzuspannen.

»Nick – wie Nikolaus?« Sie musterte sein Profil, die Linie seiner Nase, das Kinn, betrachtete die blonden Strähnen, die ihm ins Gesicht fielen. Gern hätte sie ihm diese beiseite gewischt, ihm gesagt, dass er die Narben nicht zu verdecken brauchte.

Höchste Zeit, das Thema zu wechseln.

»Ich mag deine Katze«, sagte sie schließlich, damit er nicht mehr schweigen musste. Nicht mehr *so* schweigen musste. Sie wusste viel zu gut, wie es war, mit seinen Gespenstern allein gelassen zu werden. »Sie hat Pipi gemacht auf mein Kissen. Aber ich mag sie.«

»Nicholas.«

»Hm?«

»Nick kommt von Nicholas. Und die Katze habe ich vor zwei Jahren aufgelesen.« Erneut sah er in den Rückspiegel. Sie drehte sich um und blickte durch die Scheibe. Autos, Häuser – kein Polizeiwagen. Wonach hielt er Ausschau?

»Auf … gelesen?« Er hatte der Katze etwas gelesen? Was meinte er damit?

Etwas Freches blitzte in seinen Augen. »Aufgegabelt.«

»Mit einer Gabel?«

War es gerade ein Anflug von Grinsen in seinen Zügen? Es war ein Grinsen. Der Mistkerl. Und nicht einmal im Anflug. »Aufgestöbert, aufgetrieben – mitgenommen eben.« Er redete langsam, deutlich, jede Silbe betonend, und sie wusste sofort, worauf er anspielte. »*Dumajesch'*, du kannst mir noch folgen?«

Und obwohl er sie auf den Arm nahm, mochte sie, wie er sprach. Sein Deutsch klang … so zärtlich. Ein bisschen berauschend.

»Ja.« Trotzig schob sie ihr Kinn vor und spürte dennoch, wie ein Grinsen ihre Mundwinkel eroberte. »Ich *denke*, ich folge dir noch. Wie man im Wald ›Ah-u‹ ruft, so ruft es zurück.«

»Wie man in den Wald hineinruft, so schallt es heraus, meinst du. Ja. So ist es wohl.« Er lächelte ihr zu, und mit einem Mal wirkten seine entstellten Züge friedlich, als käme dieser Frieden aus seinem Inneren. Sie hätte ihn gern gefragt, wie es passiert ist, mit seinen Narben, aber sie schwieg, denn seine Wunden gingen sie nichts an. Sie hatte genug mit ihren eigenen zu kämpfen.

»Sie ist kompliziert. Deine Katze.«

»Traumatisiert. Es hat ein Jahr gedauert, bis ich sie anfassen durfte. Hochheben lässt sie sich noch immer nicht. Der Anblick eines Messers kann sie in Panik versetzen. Einmal ist sie mir aus dem Küchenfenster auf die Straße gesprungen, nur weil ich mich mit einem Messer in der Hand zu ihr gedreht habe.«

»Wo hat sie bekommen Narben im Gesicht?«

Sie merkte, wie er erblasste. Ihr wurde schlecht. Ganz übel. Hatte er doch das Gleiche erlebt wie seine Katze?

»Deine Narben …«

»Nein.« Es kam hart, schneidend. Ihre Hände verkrampften sich in ihrem Schoß. War es ein ›Nein‹ wie ›Nein, er wollte nicht darüber reden‹, oder wie ›Nein, sie hätte nicht damit anfangen sollen‹.

Sie versuchte, etwas Belangloses zu sagen. Bei Oleg hatte das immer funktioniert. »Deine Familie, wohnt sie in der Nähe?«

Seine Kiefermuskeln traten hervor, so hart hatte er die Zähne zusammengebissen. »Nein.«

»Du sprichst über dich nicht, ja?« Sie konnte es besser verstehen, als ihr lieb war. In jeder ihrer Beziehungen war es unweigerlich an den Punkt gekommen, an dem ihr Freund mehr über sie herausfinden wollte. Es war auch immer der Punkt gewesen, an dem sie alle Bindungen gekappt hatte und weitergezogen war.

»Entschuldige«, murmelte sie. »Ich will dich nicht …«, sie suchte nach einem passenden Wort, »stören.«

»Du störst mich nicht«, flüsterte er kaum hörbar, und erst jetzt war das Harte und Schneidende endlich aus seiner Stimme verschwunden. »Ich möchte dich nur nicht anlügen müssen.«

Er war ihr so verdammt ähnlich! Verlegen deutete sie auf das eingebaute Radio, wie um ihren Schwermut bei diesem Gedanken irgendwie wettzumachen. »Mache Musik!«

»Es ist kaputt.«

»Oh.« War er sauer auf sie? Hätte sie all die Fragen lieber für sich behalten sollen? Gar nicht gewohnt, so verzagt zu sein, schaute sie zu ihm auf.

Er erwiderte ihren Blick. Lächelte wieder. »Aber wenn du willst, kann ich dir *My Heart Will Go On* vorsummen. Vorausgesetzt, es bleibt wirklich, *wirklich* unter uns.«

Sie lachte. Na toll, er hatte sie tatsächlich zum Lachen gebracht. Doch ihr Lachen verstummte jäh, als sie bemerkte, wie er erneut in den Rückspiegel schaute – wachsam, alarmiert.

Sie drehte sich ebenfalls um und sah durch die Rückscheibe. »Werden wir verfolgt?«

»Bin mir nicht sicher.«

8

Sie kurvten durch die Stadt, als hätten sie kein Ziel vor Augen. Mal lenkte er den Renault in einsame Gassen, mal verlor sich der Wagen im dichten Verkehr. Zunehmend wurde es mehr als unbequem, so lange im Auto zu sitzen, und auch wenn Juna des Öfteren versuchte, ihre Position zu wechseln, brachte es ihrem schmerzenden Rücken kaum Erleichterung. Sie verkniff sich jedoch die Frage, ob sie denn bald da wären. Wenn jemand ihnen folgte, war es sicherer, eine Weile in Bewegung zu bleiben.

Also beschloss sie, sich an dem Grün der Straßen zu erfreuen, statt ihre Gedanken um ihre unsichtbaren Verfolger kreisen zu lassen. Die Stadt hatte wirklich viel Natur zu bieten, nicht nur die Narzissenpracht. Ganz anders als daheim. Sankt Petersburg war ihr als klaustrophobischer, von der Sonne aufgeheizter Zementgarten erschienen, vom ersten Augenblick an, als sie mit ihrer Oma vom Moskauer-Bahnhof mit der Metro Richtung Innenstadt gefahren war. Sie mochte Großstädte nicht, doch gerade in denen lebte es sich so schön anonym.

Bald wurden die Wohnhäuser spärlicher. Sie mussten das Stadtzentrum verlassen haben und fuhren durch Randbezirke, bis der Renault in ein Industriegebiet vorgedrungen war und schließlich angehalten hatte. Der trostlose Anblick der klobigen Bauten rief in ihr das Bild des Lagerhauses hervor – sie sah die Mädchen vor ihrem inneren Auge, die dicht aneinander gedrängt im Halbdunkel kauerten, und fühlte mit jedem Herzschlag die Angst und die Hoffnungslosigkeit. Wo hatte er sie hingebracht? Zurück? Zurück zu ihren Entführern, nachdem er festgestellt hatte, dass er nichts aus ihr herausbekommen würde?

»Aussteigen?« Ihre Stimme versagte. Sie rieb sich die Handgelenke, an denen sie wieder die Fesseln spürte, und sah den Mann vor sich, der sie ankettete, ihren Kopf festhielt und zuschlug. »Nein, nein«, flüsterte sie halb erstickt.

»Es ist alles gut.« Der Motor war längst ausgeschaltet. Sie hörte ihren eigenen viel zu schnellen Atem, mahnte sich zur Ruhe, konzentrierte sich auf das *Dantian*, auf die Stille um sie herum – und langsam breitete sich diese auch in ihr aus. Nach der Umgebung des Mädchenlagers sah es nicht aus. Das war doch ein gutes Zeichen.

Endlich schlüpfte sie aus dem Wagen, wickelte sich fester in seine Jacke ein, und gab sich seinem Geruch hin.

»Wir gehen nur zu einem Freund. Dir wird nichts passieren.« Es klang, als würde er es ernst meinen. Als würde er sie wirklich beschützen.

Eine halb zerbröckelte Steintreppe führte zum Keller eines zweistöckigen Baus. An den Ritzen hatte sich Moos angesetzt, und ein paar Grashalme sprossen darauf empor. Der Außenputz erinnerte sie an das Gesicht ihrer Oma, die jeden Tag die Grundierung und den viel zu dunklen Puder auftrug, um doch nie auszugehen. Bis zum Abendbrot hatte sich das Make-up in ihren Falten stets zusammengekrümelt.

Ihr Fuß rutschte auf einer Stufe aus. *»Japonskij ssad!«*, entfuhr es ihr, während sie um ihr Gleichgewicht kämpfte. Sofort waren seine Arme da, um sie zu halten. Seine Umarmung, die Brust, an die sie sich zu bereitwillig lehnte, das Yin und Yang. »Japanischer – eh – Garten, meine ich«, murmelte sie, ein wenig verstört von seiner körperlichen Nähe.

Er bettete sein Kinn auf ihre Schulter. »Süß, wie du versuchst, russische Redewendungen zu übersetzen.«

»Süß … wenn du versuchst … nett sein«, hauchte sie zurück.

»Entschuldige.« Unverwandt schob er sie ein Stück von sich, sodass sie eine Stufe weiter hinabsteigen musste. Mit einer Hand deutete er zur Tür am Ende der Treppe. »Nach dir.« Auf einmal klang er kühl und distanziert, als wäre da nie etwas zwischen ihnen gewesen.

Es war auch nie etwas zwischen uns, erinnerte sie sich.

Nick mied ihren Blick, als würde ihn der kleine Vorfall noch immer beschäftigen. Warum nur diese Distanz? Sie hatte doch nichts Schlimmes gesagt, oder? Bloß, dass sie es schön fand, wenn er nett zu ihr war.

Das Schild neben einer schwarzen Metalltür verkündete ›Dream Impressions‹: eine schnörkellose Schrift mit einem Rabenumriss, der seine Krallen auf das große I richtete.

»Dein Freund, wer ist er? Weiß er, was du machst?«

»Nein.« Er drückte auf den Klingelknopf. »Aber ich hoffe, er hat ein hübsches Kleid für dich. Du kannst dich duschen, ausruhen und etwas Vernünftiges essen.« Er lehnte seinen Kopf gegen die Wand.

»Die Mädchen in dem Lager. Was passiert mit sie?«

»Sie sind nicht mehr in diesem Lager.«

»Warum willst du helfen mir, nicht anderen? Warum ich?«

Erst jetzt schaute er ihr in die Augen. *Was siehst du darin, dass du mich so anblicken musst?*

»Es ist kompliziert.«

Es ist immer kompliziert. Und manchmal auch ganz einfach. »Weil ich habe so einen großen Wert, wie du hast gesagt?«

Er wendete seinen Blick ab. »Weil du diejenige warst, die den Wachleuten entwischt ist. Ich musste nur minimal eingreifen. Mich mit ihnen allen anzulegen, das hätte ich nicht geschafft.«

Er klingelte erneut, doch da rasselte schon das Türschloss.

Auf der Schwelle erschien eine kleine, schlanke Frau. Ihr langes Haar lag zerzaust auf den Schultern, den verträumt-verlegenen Blick ihrer hellbraunen Augen schien sie direkt aus dem Schlafzimmer mitgebracht zu haben. Dabei war es bereits Mittags.

»Nick?« Es kam mehr als überrascht.

Er lächelte darüber hinweg. »Hübsche Socken.«

Die Frau trug einen lachsfarbenen Pulli, eine enge, goldbraune Röhrenjeans und keine Schuhe. Dafür aber weiß-rote Socken mit einem Elchmuster und Bommeln an den Seiten.

»Deine sind auch nicht schlecht«, erwiderte sie mit einer hochgezogenen Augenbraue, was ihr etwas Südländisches verlieh. Trotzdem schien der Anblick seiner Narben ihr Unbehagen zu bereiten.

»Hallo«, sagte Juna nachdrücklich, plötzlich fühlte sie sich wie – nun ja – das fünfte Bein an einem Hund, wie man daheim sagte, und insgesamt begann sie schon jetzt sich zu hassen, weil sie den beiden ihren neckischen Spaß missgönnte. Vor allem, wenn sie beobachtete, wie Nick sich deutlich entspannte. »Entschuldigt. Juna – das ist Leah. Leah – das ist Juna. Ist Kay da?«

Okay, es gab auch noch einen Kay. Zeit zum Aufatmen.

Seine Bekannte nickte, auch wenn es ihr sichtlich schwerfiel, die ungewöhnlichen Umstände zu ignorieren. Juna seufzte. Ihr zerschlagenes Gesicht zum Beispiel. »Habe in die Tür gelaufen«, erklärte sie eine Spur zu kratzbürstig, was ihr sofort leidtat, und stammelte: »Bin. Bin gelaufen. Das ist richtiger, ja?«

Die junge Frau betrachtete sie noch einen Moment, dann schüttelte sie hastig den Kopf. »Bitte entschuldige. Ich wollte dich nicht so anstarren. Kommt rein.«

Juna trat ein und gelangte in einen langen, hellen Flur, dessen Wände unzählige eingerahmte Fotos säumten. Seltsam ergriffen betrachtete sie die Aufnahmen. Mal das Bild einer Wäscheleine, mal ein Schnappschuss einer Graffiti-Schrift über abbröckelndem Putz. So einfach und gleichzeitig so überwältigend. Diese Fotos hatten etwas Zwingendes an sich, auch wenn sie nicht hätte sagen können, was es war.

Die junge Frau blieb neben Juna stehen. Behutsam nahm sie ein Bild von der Wand, das den Teil einer Kommode zeigte: die abgeriebene Farbe, darunter die Holzmaserung, ein Messingknauf. »Früher hat Kay den Schmerz fotografiert« Sie stockte und drückte den Rahmen kurz an sich. »Das Foto hieß *Die Pein*. Heute heißt es Céline.« Als fiele es ihr schwer, sich davon zu lösen, hängte sie das Bild wieder auf.

Céline. Céline Winter? Juna betrachtete das Foto. »Wer ist … war … Cé …«

»Juna?« Nick stand am Ende des Flurs vor einer Treppe, die zu einer milchverglasten Tür führte. Sie verstummte und beeilte sich, ihn einzuholen. Vielleicht ging es bei Céline um ein Thema, das sie von ihm selbst hören sollte. Wenn er soweit war. *Falls* er jemals so weit war.

Die Tür führte zu einer Wohnung, deren Einrichtung einen unbedarften Besucher – vor allem eine Frau in verdreckten Klamotten und einer Männer-Lederjacke – durchaus einzuschüchtern vermochte. Juna war noch nie im Haus ihres Vaters gewesen, in jener Villa außerhalb der Stadt, die angeblich von einem hohen Zaun, drei Schäferhunden und zwei bewaffneten *Sicherheitsexperten* vor allzu neugierigen Besuchern abgeschirmt wurde. Aber so ungefähr hätte sie sich seine Behausung vorgestellt. Alles stylish, ohne Ecken und Kanten, fließende Formen – weit entfernt von dem obligatorischen Teppich an der Wand ihrer *Chruschtschowka* und den in einer Vitrine des Geschirrschrankes aufgestellten Kristallgläsern, die sie irgendwann erben würde, wie ihre Oma des Öfteren androhte.

Allein die leichte Unordnung machte diese Wohnung wohnlich: eine Fleece-Decke auf dem Lounge-Sofa, eine Schale mit Clementinen und ein paar losen Fruchtstücken, das aufgestapelte Geschirr in der Designer-Küche, die ein Tresen vom Wohnzimmer trennte.

Hinter einer der Türen trat ein Mann hervor. Groß, breitschultrig, das kastanienbraune Haar genauso liebevoll zerzaust wie das seiner Freundin. Er trug nichts außer einer Jeans, womit er seine gut gebaute, kräftige Statur zur Schau stellte. Juna schaute zu der jungen Frau, dann wieder zu ihm. In den Blicken, die diese beiden einander zuwarfen und in den unscheinbaren Gesten schwang ein tiefer Frieden mit. Das war es also, was sie bei all ihren Affären vermisst hatte. Dieses Gefühl, in der Gegenwart des anderen vollkommen eins mit sich zu sein. Leah und Kay, Juna und … das ›und‹ eben.

»Nick!« Der Mann schien sichtlich erfreut zu sein. »Schön, dass du unserer Einladung zum Kaffeetrinken endlich gefolgt bist – nach wie vielen Monaten?«

»Ich bin eben kein spontaner Typ.«

»Ich fürchte, wir haben im Moment nicht einmal Kuchen.«

»Kein Problem. Ich habe ein großes Vertrauen in deinen Kühlschrank. Wir haben noch nichts gegessen.«

»Okay. Mein Kühlschrank steht dir zu Diensten. Sagst du mir auch, was los ist?«

»Eher nicht.« Nick zwinkerte ihm zu. »Sonst müsste ich dich nachher töten.«

Er wirkte so anders bei diesem Geplänkel. Ein bisschen unecht. Als machte er es sich zum Ziel, die heile Welt, die mit seiner Erscheinung aus den Fugen zu geraten drohte, doch noch zusammenzuhalten. Jeder trug Gespenster mit sich herum. Die seinen hatten anscheinend zu dieser hübschen Wohnung keinen Zutritt.

Leah begann, mit der Kaffeemaschine herumzuhantieren. Sie mahlte die Kaffeebohnen in einer Handmühle, was Juna unweigerlich an Zuhause erinnerte. An die raren Momente zu dritt. In Moshajsk, einem kleinen Städtchen in der Nähe von Moskau, hatten sie keine elektrische Kaffeemaschine gehabt, nur Omas alten, verbeulten Kaffeekocher aus Aluminium. Die Mutter mahlte die Bohnen, die Oma brachte das Wasser. Das Pulver wurde in einen zylinderförmigen Behälter am Ende eines langen Röhrchens geschüttet. Beim Kochen stieg das Wasser das Röhrchen hoch und brühte den Kaffee auf. Wenn die Oma ihn in die Porzellantassen einschenkte, schwammen immer Krümel des Pulvers darin herum.

»Eigentlich sind wir auf der Suche nach ein paar Klamotten«, wandte Nick ein. »Keine leichte Aufgabe um diese Uhrzeit am Sonntag.«

»Ah ja.« Der Mann stützte sich mit einer Hand an der Lehne des Sofas ab. »Das klingt tatsächlich verdächtig nach ›Keine Fragen‹.«

»So ist es. Keine Fragen.« Nick grinste, doch die Schwermut wich nicht aus seinen Augen, obwohl seine Haltung etwas anderes suggerierte. »Aber Klamotten für meine Freundin – das hätte was.«

»Ich will gar nicht genau wissen, was ihr angestellt habt, dass … deine Freundin jetzt nichts anzuziehen hat. Wobei …«, er sah an sich herunter, »ich vielleicht auch etwas salonfähiger aussehen könnte.« Er verschwand in einem der Zimmer.

Juna betrachtete Nicks Gesicht, das jetzt, ihr zugewandt, nichts mehr von der aufgesetzten Ausgelassenheit zeigte. »Denkst du, ich kann duschen hier?«, fragte sie etwas beschämt. In zerrissenem Oberteil und dreckiger Jeans und in dieser Designer-Wohnung begann ihr Kampfgeist zu schwächeln. Daran, wie sie gerade duften musste, wollte sie nicht einmal denken. Unter den gegenwärtigen Umständen hätte sie sich sogar dazu hinreißen lassen, das Parfümfläschchen ›Rotes Moskau‹ zu öffnen, das ihre Oma in der tiefsten Schublade des Schminkschrankes versteckt hielt. Und dazu gehörte schon eine gewaltige Portion Verzweiflung.

»Das lässt sich bestimmt organisieren. Mach dir keine Sorgen. Auf Kay kann man sich verlassen.«

Dieser kehrte auch schon zurück, dieses Mal trug er ein T-Shirt, das seine kräftigen Oberarme betonte. Mit einer ausgestreckten Hand kam er auf sie zu. »Dann lasst uns von vorne anfangen. Ich bin Kay. Freut mich, dich kennenzulernen.«

Etwas perplex von diesem Ansturm wich sie zurück. Schüttelte man hierzulande einfach so die Hand? Man begrüßte eine Frau doch nicht mit einem kumpelhaften Handschlag!

»Juna.« Die Jacke rutschte ihr von der Schulter, als sie ihm die Hand gab. Hastig wickelte sie sich wieder darin ein. Jetzt trat Kay ein paar Schritte zurück und sah sie vom Kopf bis Fuß an. »Leahs Sachen würden dir nicht passen. Wie groß bist du? Einsfünfundsiebzig, schätze ich?«

Schnell stellte sie die Zahlen im Kopf um. Eins. Sieben. Fünf. Ein Meter. Siebzig Zentimeter. Plus Fünf. »Siebenundsiebzig«, korrigierte sie.

»Oberweite, Taille, Hüftumfang?«

Diesmal brauchte sie etwas länger. »Sechsundachtzig, einundsechzig, zweiundneunzig.« Eigentlich hätte es sich doch befremdlich anfühlen sollen, einem Fremden ihre Körpermaße zu verraten. Aber Kay war anders. Er erweckte den Eindruck, als würde er jeden Tag irgendwelchen wildfremden Frauen Klamotten aussuchen.

»Idealmaße also. Das ist gut. Ich schaue, was sich da machen lässt.« Er klopfte Nick auf die Schulter und verließ die Wohnung.

»Könnte sich Juna bei euch duschen?«, fragte Nick.

»Natürlich.« Leah berührte Juna leicht am Arm. »Soll ich dir das Bad zeigen?«

»Mh.« Diese zwei – Kay und Leah – schienen so einige Merkwürdigkeiten stoisch zu ertragen, auch wenn Nick eine *Freundin* mitbrachte und die beiden bat, sie zu waschen und anzukleiden.

Das Bad war umwerfend. In die Decke der geräumigen Dusche waren winzige Halogenlichter eingelassen, und als Leah das Wasser angemacht hatte, regnete es – aus den unzähligen, oben angebrachten Düsen. »So, fühl dich wie zu Hause.«

Das – wohl kaum. Juna betrachtete die farblich aufeinander abgestimmten Seifenspender und Handtücher, den Waschtisch aus schwarzem, poliertem Stein, die glänzenden Armaturen und musste an das Badezimmer daheim denken, in dem man sich die Knie an der Waschmaschine stieß, wenn man sich aufs Klo setzte.

»Wenn du etwas brauchst, sag Bescheid.«

»Hm-hm.« Schwer vorzustellen, dass sie in diesem Palast noch irgendetwas brauchen könnte. Doch dann fiel ihr doch etwas ein. »Leah?«

»Ja?«

»Du kennst Nick lange?«

»Also, ich kenne ihn nicht wirklich gut. Er ist ein Jugendfreund von Kay.« Sie sprach schnell, dann hielt sie inne und redete bewusst langsamer. »Sie waren zusammen in einer Pflegefamilie. Nick hat ihm über eine schwere Zeit hinweggeholfen.«

»Pflegefamilie? Was ist das?«

Leah betrachtete sie eine Weile. »Wenn die biologischen Eltern sich nicht um die Kinder kümmern können, werden sie …«

»Weggegeben?« Konnte sich ihre Mutter auch nicht um sie kümmern? Wusste Nick, wie es war, die heißen Handflächen auf den Wangen zu spüren, dieses ›*Ich komme nach*‹ zu hören und zu hoffen, mit ganzem Herzen zu hoffen, dass es so sein würde? »Was hat passiert mit Eltern von Nick?«

»Das weiß ich nicht so genau.«

War er deswegen in Olegs Kreise gelangt? Die Straße zog Kinder, die keiner haben wollte, oft in ihre Abgründe. Wer wusste schon, wo sie selbst gelandet wäre, wenn es ihre Oma nicht gegeben hätte?

»Jedenfalls«, fuhr Leah fort, »glaube ich nicht, dass er je wirklich mit jemandem darüber gesprochen hat. Wenn schon Kay nichts Genaueres über seine Vergangenheit weiß.«

»Sie sind gute Freunde? Sie sind so …« Schon wieder fehlten ihr Worte. Nick und Kay – die beiden gingen so vertraut miteinander um, so locker. Natürlich hatte sie Pyschka, und musste dennoch gewisse Grenzen wahren. ›Am besten, du schaffst dir einen Hamster an‹, pflegte ihre Oma zu sagen, ›wenn er stirbt, musst du nicht zu sehr weinen.‹

»Kay würde absolut alles für ihn tun. Und ich auch. Aber er lässt kaum jemanden an sich heran.« Leah zuckte unsicher die Schultern. »Nun ja, bei dir scheint er eine Ausnahme zu machen. Das freut mich. Das freut mich wirklich. Wir haben uns Sorgen um ihn gemacht.«

»Warum?«

»Hat er es dir nicht erzählt? Hätte ich mir denken können. War bei Kay mal ähnlich gewesen – er konnte unglaublich gut schweigen. Nick hat Kay einmal das Leben gerettet.« Sie knetete ein Badetuch in den Händen, während ihr Blick stumpf vor sich hin starrte. »Ist in ein brennendes Haus gestürzt, um ihn aus den Flammen zu holen. Seine Narben hat er von diesem Feuer davongetragen. Mir wird fast schlecht, wenn ich sie sehe – wenn ich gewusst hätte, dass er … wenn ich ihm bloß vertraut hätte, wie Kay das immer getan hat, dann wäre vieles womöglich nicht passiert. Tja. Das mit dem Vertrauen musste ich auf die harte Tour lernen. Und jetzt … jetzt sollte ich vermutlich endlich aufhören zu reden.« Leah räusperte sich, drückte Juna das Badetuch in die Hände und hastete aus dem Bad.

Juna streichelte den weichen, flauschigen Stoff, der nach Pfirsichen roch. Nick.

Sie wollte ihm wirklich vertrauen.

Wirklich.

Nick

Drei Fenster. Zwei sind hinter den champagnerfarbenen Stores verborgen, durch die ich in den leeren Hof sehen kann. Nirgends auch nur die kleinste Regung. Entweder haben wir unsere Verfolger abgehängt oder es hat nie welche gegeben. Mit einem Ruck ziehe ich die Vorhänge zu, sicher ist sicher. Das letzte Fenster, das in der Küche, ist mit einem pergamentdünnen Rollo verdeckt. Nicht ideal, aber es geht. Noch einmal sehe ich mich um. Kein Blick würde von draußen hineingelangen. Ich kann mich einen Moment entspannen, obwohl ich Juna nicht mehr in Sichtweite habe.

Es ist verdammt leise im Bad.

Ich hätte sie nicht hierher bringen dürfen. Aber ich kenne keinen anderen Ort, an dem wir im Moment sicher wären. Außer bei Falko vielleicht. Aber der würde mich zwingen, Juna ihm zu überlassen.

Die Eingangstür ist nicht abgeschlossen. Es ist Sonntag, wiederhole ich mir, niemand ist im Studio, vor allem zu dieser Uhrzeit.

Ich will nicht, dass jemand Juna hier entdeckt. Hoffentlich wird sie sich wohlfühlen. Leah hat den gesichtslosen Luxus mit Leben gefüllt. Kleine Sachen, die so sehr nicht-Kay sind und so voller Freude. Wie der Mini-Topf mit Alpenveilchen. Ich kenne niemanden außer Leah, der das Rot der Blüten und das Gelb des Übertopfs dazu bringen kann, so sehr nicht miteinander zu harmonieren. Vielleicht ist die Modezeitschrift schuld daran. Aufgeschlagen bei einem Kreuzworträtsel. Leere Kästchen bei *Ein Kleidungsstück, das sowohl weibliche als auch männliche Merkmale aufweist*. Dafür aber *Kielwasserinvestition für Direktinvestition eines Unternehmens, das seinem Großkunden ins Ausland folgt*. Ich nehme zwei Haarklemmen mit Plastiklilien vom Low-Board, auf dem der Fernseher steht. Es ist so nah. Das Leben.

Aus dem Bad höre ich das Prasseln des Wassers. Es klingt regelmäßig, sanft. Ihre Stimme. Egal ob sie russisch spricht oder dieses zauberhafte Deutsch mit ihrer ganz eigenen Sprachmelodie, es klingt immer eine sonderbare Weite darin. Etwas sehr Erdiges. Als läge man auf einem Feld und spüre die Sonne auf den geschlossenen Lidern. Als wäre man … zu Hause.

Kay kommt zurück und schwenkt ein Paar Riemchen-Sandalen in der Hand. Ich weiß, dass sie von Louboutin sind, wegen der roten Sohle, die beim Gehen wie ein Augenzwinkern aufblitzen soll. In der anderen hält er einen Kleiderbügel hoch, an dem etwas … sehr Pinkes und sehr Bauschiges baumelt. »Voilà. Mit besten Empfehlungen von Jean Paul Gaultier. Was denkst du?«

Ich denke: Welche Barbiepuppe hat er dafür überfallen müssen?

»Hm.« Ich versuche, mir Juna darin vorzustellen. Es gelingt mir nicht.

»Nein, nicht H&M, sondern Haute Couture.« Er grinst. So unglaublich glücklich in all der liebevollen Unordnung in seinem gestylten Leben.

»Okay.«

»Echter Rockabilly. Sei froh, dass ich nicht dieses neue Gaultier-Korsage-Kleid hervorkrame, das aussieht, als käme es aus einem Sci-Fi-Comic für Pubertierende. Für meinen ehemaligen Assistenten beweist du erstaunlich wenig Sinn für Mode.« Es macht ihm sichtlich Spaß, mich zu necken. Ich höre Leahs

Stimme aus dem Bad, kann jedoch nicht verstehen, was sie sagt.

»Nick, nun sag doch etwas.«

»Es geht mir gut. Alles ist in Ordnung.«

Er senkt die Hand mit dem Bügel. Das war gar nicht seine Frage gewesen. Ich drücke mir die Handballen an die Augenlider. Jetzt bin ich wieder da. Alles in Ordnung. »Ein schönes Kleid. Sehr pink.«

Gaultier macht schräge Sachen. Dieses Kleid ist schulterfrei, nur an zwei breiten Trägern gehalten. Das Mieder passt sich ihren Kurven an. Ich sehe sie fast vor mir: Das schwarze Haar fließt den Rücken entlang fast bis zur Taille, bildet einen atemberaubenden Kontrast zu ihrer weißen Haut. Ein Wimpernaufschlag, die blauen Augen – ihr Blick ist unglaublich intensiv, so klar.

Leah kommt aus dem Bad, nimmt das Kleid und die Sandalen mit rein. Junas Silhouette schwebt in einer rosafarbenen Wolke aus Organza durch meine Gedanken, und ich weiß, dass ich ihr gerade zulächele.

In wenigen Augenblicken ist Leah zurück, um den Tisch zu decken – mit allem, was der Kühlschrank hergibt. Honig, Lachs, Brötchen und Toast, Camembert und eine aufgewärmte Schüssel Ravioli der führenden Dosenfuttermarke. Die beiden können nicht kochen. Ich frage mich, wann sie umziehen, in einen Bezirk mit der größten Restaurant- und Lieferservicedichte.

»Und, hast du nicht daran gedacht, wieder im Studio anzufangen? Kürzlich hat Kay mal wieder einen Assistenten gefeuert.« Sie schaut zu ihm auf. »Weswegen diesmal, weißt du es selbst noch?« Sie will ungezwungen reden, aber ich merke, wie nervös meine Anwesenheit sie macht. Jedes Mal, wenn sie mich ansieht, fühle ich, wie sich meine Gesichtshaut spannt.

Irgendwo in mir sind noch die Schmerzen da. Manchmal sehe ich nicht die toten Augen des Mädchens, sondern Kay, der verbrennt.

Ich taste nach meinen Zigaretten. Aber die Packung ist im Auto geblieben.

Als Juna aus dem Bad kommt, höre ich das Klackern der hohen, schmalen Absätze auf dem Parkett. Die Riemen winden sich um ihre schlanken Waden. Ihr Haar ist nass. Eine Strähne klebt an ihrem Hals, einige Wassertropfen suchen den Weg in den Spalt ihres Dekolletés.

»Hui.« Ich weiß gar nicht, ob ich das laut ausgesprochen habe. Aber anscheinend schon.

Sie bleibt stehen. Mit einer Hand hält sie das Mieder an sich gedrückt, was ihre Brüste noch etwas voller erscheinen lässt.

»Was ist?« Ich mag es, wenn sie so die Stirn runzelt, wenn zwischen ihren dünnen Augenbrauen eine sanfte Falte erscheint und sogleich verschwindet.

Sie kommt näher. So nah, wie ihr Rock es zulässt. »Sage das nicht.« Ihre Stimme ist bestimmt und gleichzeitig zart.

»Was?«

»Dieses Wort mit drei Buchstaben.«

»*Was*?« Am liebsten würde ich sie packen und … zusammen mit ihr loslachen. Ich würde sie so gerne lachen hören.

Aber sie runzelt erneut die Stirn. »Nein. Nicht ›Was‹, das andere.«

»Hui?«

»Sage das nicht!«

»Okay. Warum?«

Der Petticoat hält sie auf Abstand, also beugt sich sie vor, und es fällt mir immer schwerer, ihr Dekolleté zu ignorieren. »Weil das ist kein schönes Wort für …«, sie zögert, »… das da.«

Ihr Blick gleitet an mir hinunter bis zu meinem Schritt. Oh. *Das da.* ›Das da‹ ist nicht zu übersehen. Ich weiß nicht, wann ich zum letzten Mal so rot geworden bin. Mein Gesicht fühlt sich so heiß an, als würde in mir eine Kernschmelze stattfinden. Und es ist schwer, auf andere Gedanken zu kommen. Vor allem, wenn sie so vor mir steht.

Mit einem Schwung, der die Organza-Schichten des Kleides in die Luft wirbelt, dreht sie sich um. »Mache zu, bitte, ja?«

Mit ungelenken Griffen ziehe ich an der Schnürung des Mieders. Die Haare sind im Weg. Ich streife ihr die Strähnen aus dem Nacken, spüre ihre warme und vom Duschen gleichzeitig noch etwas kühle Haut unter meiner Handfläche. Sie neigt den Kopf nach vorne. Mein Blick folgt der sanften Linie ihrer Wirbel. Wassertropfen perlen auf ihren Schultern. Gänsehaut. Sie ist nackt unter diesen Schichten von Organza, und es sind entsetzlich viele Schichten. Meine Finger gleiten am Rand des Mieders hinab.

Ich beuge mich zu ihr hinüber.

Ihr Haar duftet frisch, mit einem Hauch von Moschus, ein bisschen Kokos, männlich. »Ich glaube, du hast Kays Duschgel erwischt.« Meine Lippen streifen die Außenkante ihres Ohrs.

Sie dreht ihren Kopf verspielt zu mir. »Als ich hatte die Wahl zwischen *Ayurituel joyous mit indischem Mulberry, Lotusblume*, Teufel weiß was noch und *Ready Just Clean*, so ich habe für *Just* und *Clean* entschieden«, flüstert sie zurück.

Meine Lippen berühren ihre Wange. Ihr Mund steht leicht offen, nur wenige Zentimeter vor meinem entfernt.

Ich bin ihr Feind.

Dass sie mir so nah ist, das … das habe ich nie gewollt. Und darf es nicht zulassen.

»Pass auf das Kleid auf. Es ist Haute Couture.« Abrupt drehe ich mich um und gehe. Zuerst runter ins Studio, dann zur

Tür, an den Fotos vorbei, die mich von den Wänden anklagen. Die Galerie des Lebens eines Starfotografen. Schon oft habe ich mich gefragt, in welchem Bild Kay mich verewigt hat. Den Nick, den er zu kennen glaubt.

Hinter mir Kays Schritte. »Warte!«

Ich bleibe stehen, brauche nur ein paar Herzschläge lang, um mich zu sammeln, und drehe mich um. »Kann ich dich um einen Gefallen bitten?«

»Sicher. Was immer du willst.«

»Darf Juna bei euch bleiben? Es wäre schön, wenn jemand ein Auge auf sie wirft. Sie sollte jetzt nicht allein sein. Sie hat … viel durchgemacht.«

Er kommt näher, zögert, senkt seine Stimme. »Steckt ihr in Schwierigkeiten?«

»Wie man's nimmt.«

»Du weißt doch, dass du hier immer …«

»Ich weiß. Deshalb möchte ich dir Juna anvertrauen. Ihr darf nichts passieren.«

»In Ordnung. Nur muss ich noch heute Abend zu einem Fotoshooting verreisen. Für zwei, drei Tage. Die Mädels werden allein bleiben müssen.«

Das gefällt mir nicht. Andererseits – wer sollte Juna ausgerechnet hier suchen? »Ich werde sehen, dass ich so schnell wie möglich zurück bin. Solltest du nichts von mir hören …«

»Ich *werde* von dir hören.« Er öffnet mir die Tür.

»Danke. Für alles. Wie geht es Leah?« Die Frage ist keine Floskel.

Kay wendet den Blick ab. »Sie hält sich tapfer. Wenn man die Umstände bedenkt.«

»Aber du machst dir trotzdem Sorgen.«

»Ist das so offensichtlich?«, fragt Kay stirnrunzelnd. »Es gibt Phasen, in denen sie kaum etwas isst – und ich sie mit Croissant-Bröckchen durchfüttern muss. Aber wir packen das schon. In den letzten Monaten ist es wesentlich besser geworden.«

»Das freut mich zu hören.« Ich nicke ihm zu und trete hinaus. »Ich melde mich.«

Schnelle Schritte knirschen die Treppe hinunter. Und plötzlich steht Elinor Martin vor mir, die Managerin des Studios. Selbst an einem Sonntagabend kann sie sich offensichtlich nicht von ihrem Arbeitsplatz fernhalten. »Nick.« Schon muss sie tief Luft holen. »Herr Milla, na, wenn das kein schlechtes Omen ist! Hätte mir doch gleich klar sein sollen, dass der Tag gelaufen ist, hab' heute Nacht doch glatt von einem Eichhörnchen geträumt.« Sie schiebt sich an mir vorbei. Ich versuche, ihr auszuweichen. Ihr voluminöser Körper massiert mich in die Wand ein. Eilig stöckelt sie den Flur entlang und verschwindet in einem Büro.

Kay verschränkt die Arme vor der Brust und sieht mich mit einer hochgezogenen Augenbraue an. »Kein Kranich für deine Herzallerliebste?«

»Heute nicht.« Rasch steige ich die Treppe hoch. Erst jetzt merke ich, wie müde ich eigentlich bin. Hoffentlich fängt es nicht auch noch an zu regnen.

»Nick?«, holt mich seine Stimme ein. »Du hast dich verändert.«

Ich bleibe stehen, drehe mich um. Auch wenn er nicht lächelt, sieht sein Gesicht glücklich aus. Er muss nirgendwohin mehr weglaufen, sich vor niemandem mehr verstecken. »Ich weiß. Du dich auch.«

9

Wie eng doch das Mieder um ihren Körper lag! Atemlos eng. Seine Hände auf ihrer Taille. Der Druck wurde etwas kräftiger. Für einen Augenblick hatte sie gedacht, er würde sie küssen. Dann war es vorbei.

»Pass auf das Kleid auf. Es ist Haute Couture.« Er schob sie ein Stück von sich.

Du kleines, dummes Mädchen. Was hast du auch erwartet? Mehr. Eindeutig mehr. Aber dieses Mehr konnte einfach nicht gut für sie sein. Verstört fuhr Juna sich über den Hals, wischte das nasse Haar, das er ihr aus dem Nacken nach vorne gestrichen hatte, zurück. Er war weg. Sie bemerkte noch, wie Kay sich beeilte, ihn einzuholen, und musste schlucken. Ihr rasendes Herz, die Fingerspitzen, die leicht bebten, wenn sie ihre Hand ausstreckte … Was war denn das? Was war bloß los mit ihr?

Zu heiß gebadet. Geduscht. Und hungrig, das auch noch – anders konnte sie sich ihre geistige Umnachtung nicht erklären. Unglaublich. Sie wollte doch tatsächlich, dass er sie küsste! Ein kurzer Anflug von Unzurechnungsfähigkeit.

Mit den noch immer bebenden Fingerspitzen fuhr sie sich über die Lippen, als hätte er es wirklich getan.

Kay kehrte zurück, allein. Er lächelte souverän, so, als hätte er es sich auf dem Weg hierher gut antrainiert. »Nick musste los. Wollen wir jetzt endlich etwas essen? Ich könnte Rühreier machen.«

Leah drohte ihm mit einem Marmeladenglas, das sie auf

dem Tisch gerade neu ordnete. »Du könntest es auch bleiben lassen. Ist besser so. Glaub mir. Juna? Komm, setzt dich.«

Die fürsorgliche Geschäftigkeit schien sie beide gleichermaßen befallen zu haben, im Zentrum dieser Aufmerksamkeit fühlte sich Juna fremd – ohne ihn. Mit beiden Händen streifte sie sich über den bauschigen Rock, um die Fassung wiederzuerlangen. »Wohin? Wohin er hat … ist … er gegangen?« Eigentlich hatte sie nicht vorgehabt zu stottern. Nicht seinetwegen.

Kay lächelte immer noch, eine Spur pflichtbewusster als vorher, aber freundlich. »Lasst uns zuerst essen. Wir leisten dir Gesellschaft, bis Nick zurück ist. Was sagst du?«

Juna musterte ihn. Dann Leah. Wussten die beiden vom kriminellen Leben des Mannes, der sich ihr Freund nannte? Was wäre, wenn sie ihnen alles erzählte? Vom Lagerhaus, vom toten Oleg … Sie seufzte. Er hatte sie hier gelassen, weil er wusste, dass sie niemandem etwas erzählen würde. Sie nahm seine Spielregeln an, hatte es ihm bereits deutlich gezeigt. Vielleicht … war auch dies ein Hauch Vertrauen.

Kay schob ihr den Stuhl vor, sie setzte sich und versank sogleich im steifen Petticoat. Die Rockschichten türmten sich vor ihr auf, und sie mühte sich vergebens, den Organza mit beiden Händen etwas nach unten zu drücken und unter die Tischkante zu klemmen. »Teufel! … gestreifter.«

Kays Lächeln wurde entspannter. »Von einem gestreiften Teufel habe ich noch nie etwas gehört.«

»Kommen, immer, wenn ich anziehe …« Sie schlug auf den Rock ein. »… Kleid.«

Leah, die ihr gegenüber Platz nahm, drehte einen roten Becher mit Kaffee in der Hand. Ihre großen braunen Augen funkelten vergnüglich, wenn sie die Wimpern aufschlug – wie in einer Kaffeewerbung. »Und wo kommst du her? Wenn das kein Geheimnis ist. Ich hoffe, ich bin nicht zu direkt.«

Aus einem Mädchenlager. Rasch nahm Juna sich ein Brötchen aus dem Korb, der in der Tischmitte stand. Zögerte. »Aus Russland.«

Sie wusste nie genau, wie die Leute darauf regierten. Manchmal fragten sie, was sie denn von Putin hielte, oder sie flüchteten sich in ein unverbindliches ›Ach, Russland, dort ist es doch immer so schrecklich kalt, nicht wahr?‹. Manche gruben hastig im Gedächtnis nach ein paar russischen Wörtern oder versuchten sich zu erinnern, wer aus ihrem Bekanntenkreis schon einmal in Moskau oder Sankt Petersburg gewesen war.

»Und aus welcher Stadt?«, wollte Leah wissen. »Ich hoffe, meine Fragerei ist dir nicht unangenehm.«

Nein. Aber die Fragen machten sie nervös. Sie wartete geradezu nur darauf, dass einer von beiden ihren Vater ansprach – vielleicht war das alles nichts als ein weiterer Trick, endlich ein paar Informationen aus ihr herauszubekommen.

»Sankt Petersburg.« Von Moshajsk, wo sie geboren und aufgewachsen war, brauchte sie nicht anzufangen. Ihre leidenschaftlichen Vorträge über diesen Ort endeten bei ihren Zuhörern immer mit deutlichen Fragezeichen im Gesicht, während von Sankt Petersburg die meisten zumindest schon einmal gehört hatten.

Der Blick in Leahs Rehaugen verbarg nur schwer die romantische Neugier, etwas Frech-Entzücktes. »Wie lange kennt ihr euch schon, du und Nick?«

Das Thema ihrer geografischer Herkunft war somit offensichtlich abgehakt. Das Gefühl der Erleichterung verflog jedoch recht schnell. Was sollte sie den beiden erzählen? Juna biss vom Brötchen ab, kaute, lange und konzentriert. »Ich bin eine Woche in Deutschland.«

»Eine Fernbeziehung?«, schlug Leah vor.

»Hm?«

»Bist du hierhergekommen, um ihn sozusagen live kennenzulernen? Habt ihr euch vorher schon gesehen? Oder nicht?«

»Eeh – Ja. So-zu-sagen.« Sie biss noch einmal ab. Wie sollte sie das Gespräch nur umlenken, um mehr über Nick zu erfahren? »Warum hat er Zettel aus Zeitung über Tod von Céline?«, fragte sie geradeaus und bereute es sogleich.

Leahs Blick wurde ausdruckslos. Und wie blass Kay geworden war! Eilig und etwas ungelenk legte er ein Croissant auf Leahs Teller, meinte: »Wir wollten doch etwas essen. Ich glaube, wir sollten mit der ganzen Fragerei eine kleine Pause einlegen, sonst kommen wir gar nicht mehr dazu.«

Leah lachte auf, etwas nervös, wie es Juna vorkam, und knuffte ihn in die Seite. »Ich bin doch so neugierig. Juna, du sagst einfach Bescheid, wenn du das Gefühl hast, dass ich dich zu sehr bedränge, oder? Wie hast du Nick kennengelernt?«

»Bin ihm vor Füße gefallen«, versuchte sie auszuweichen. Vielleicht war es sogar ein Witz. *Bescheid* und *bedrängen* würde sie später im Wörterbuch nachschlagen müssen. »Wann er kommt zurück?«

Kays Lächeln wurde unruhiger. »Hoffentlich bald.«

»Er bringt oft seine Freundinnen hierher, damit sie duschen und essen können? Sie haben es gewöhnlich … eh … gewohnt?«

»Sag am besten ›Du‹«, bat Kay. »Oder wolltest du ›ihr‹ sagen?«

Sie hätte sich gegen die Stirn schlagen können. Natürlich. Ihr. Sie hatte schon immer einen Hang dazu, dieses Pronomen zu vergessen.

»Und nein«, fuhr Kay fort, »es ist eine Premiere für uns. Mach dir keine Sorgen. Wir haben dich gern hier. Leah?« Er berührte die Hand seiner Freundin. »Iss doch etwas.«

Leah schloss ihre Finger um die seinen. »Vielleicht später.«

Etwas Trübes huschte über sein Gesicht. Leah sah ihn nicht an, dennoch schien sie es bemerkt zu haben, drückte seine Hand etwas kräftiger und senkte die Wimpern. »Später. Versprochen. Hast du nicht bald einen Fototermin?«

»Ja, aber ich kann ihn auch verschieben.«

»Quatsch. Wir kommen prima allein zurecht. Nicht wahr, Juna?«

Juna war sich nicht sicher. Trotzdem nickte sie, während sie irgendein seltsames Käse-Zeug auf ihr Brötchen drückte. Wie sehr sie Omas mit Wurst gebratene Makkaroni vermisste! Brötchen morgens, Brötchen abends, und jetzt auch noch mittags – so konnte sich doch kein vernünftiger Mensch ernähren. Sie schielte zu der dampfenden Schüssel, in der Teigteilchen in einer roten Soße schwammen. Es sah ein wenig nach verunglückten *Pelmeni* aus. *Pelmeni* …

Sie hätte nie, niemals in dieses Land kommen sollen.

Zum späten Nachmittag hin hatte Juna begonnen, sich in dieser Wohnung wohlzufühlen. Es kam ihr vor, als würde sie Leah bereits ewig kennen. Dasselbe Gefühl hatte sich damals auch bei Pyschka eingestellt, die sie in den Vorbereitungskursen für die Uni kennengelernt hatte – ratlos stand sie im Vestibül, bis Pyschka sie anrempelte; kaum eine Minute später witzelten sie schon zusammen über ihre männlichen Kommilitonen. Juna schloss die Augen. *Ich finde dich. Ich lasse dich nicht im Stich.*

»Geht es dir gut?«

»Was?«

»Ist alles in Ordnung?«, wiederholte Leah. »Du hast geschmunzelt und bist plötzlich so blass geworden.«

»Ja. Alles gut.« Sie senkte den Blick.

Als Kay zu seinem Termin aufbrechen musste, war Juna dabei, Leah die dritte Variante des beliebten russischen Kartenspiels *Durak* beizubringen. Dreistes Schummeln war erlaubt, und Leah entpuppte sich als ein wahres Naturtalent.

Nick war noch nicht zurückgekommen. Was soll's. Sie hatte ihn auch nicht vermisst. *Natürlich* nicht.

»Bedrückt dich irgendetwas?«

»Aber nein. Alles gut.«

»Keine Ahnung, was er sich dabei gedacht hat, dich bei uns allein zu lassen.« Leah konnte Gedanken lesen. Notiert.

»Alles gut. Wirklich. Ich sage Wahrheit.«

»Eine Fernbeziehung muss furchtbar schwer sein. Hast du ihn hier, in Deutschland, wirklich zum ersten Mal gesehen?«

»Ja.« Sie starrte auf den Herzkönig, den Leah aufgespielt hatte. In der Schule hatte sie in ihrer Teenagerzeit oft Karten gelegt, um ihre Herzensangelegenheiten zu ordnen. Und Horoskope gelesen. Aber das war längst vorbei. Sie deckte den König mit einem Trumpf. Die Zeit des Kartenlegens war vorbei. Sie schwärmte schon lange nicht mehr für Herzkönige.

»Haben dich seine Narben nicht … erschreckt?«

»N-nein.« Sie senkte die Hand mit den Karten in die steifen Schichten ihres Organza-Rockes. Erschreckt hatten sie viel mehr die Gedanken an den Kuss, zu dem es glücklicherweise nicht gekommen war, und ihr Wunsch nach seiner Nähe.

Verdammt noch mal, ihre Oma hatte recht. Mit Herzstichen und Beklemmungsgefühl ging man am besten zum Arzt. In ihrem Fall zu einem Seelenklempner, der ihre Gehirnwindungen hoffentlich wieder einrenken würde. Man seufzte nicht bösen Buben hinterher, die Mädchen entführten. Sie hielt sich doch für vernünftig genug, um nicht auf ein paar Nettigkeiten reinzufallen. Wie viel wussten Leah und Kay tatsächlich von seinen Aktivitäten? Sorgfältig legte sie sich die Worte zurecht: »Du weißt zufällig … *Perles d'Or*?«

Überrascht schaute Leah von ihrem Blatt auf. »Wie kommst du jetzt darauf?« Also doch.

»*Perles d'Or*. Das ist Club.«

»Es ist ein Club? Ich habe den Namen für eine Modelinie gehalten.« Leah kaute auf der Unterlippe. Mit ihrem Pferdeschwanz und vollkommen ungeschminkt sah sie sehr jung aus, ein bisschen wie ein Schulmädchen, das versuchte, vor einer überdimensionierten Karte die Nachbarländer von Mazedonien aufzuzählen.

»Warte einen Moment.« Leah legte ihr Blatt auf den Tisch und stand auf. »Nicht linsen! Bin gleich wieder da.«

Zurück kam sie mit einer dünnen Mappe. Der braun-gelbe Deckel war abgerieben und zerknickt, an einigen Stellen glänzten Fettflecke. Leah setzte sich auf das Lounge-Sofa, die Mappe hielt sie in ihren Händen wie ein Evangelium. »Als meine Schwester, Céline, gestorben ist, da habe ich das hier bei Nick gefunden.«

Juna legte die Karten beiseite und nahm neben Leah Platz. »Deine Schwester – gestorben?« Sie suchte nach Worten, um auszudrücken, wie leid es ihr tat, und fand nichts. So etwas lernte man im Schulunterricht nicht.

»Das … darüber wollte ich nicht reden.« Und tat es doch. »Ich dachte, das Wissen darum, was ihr widerfahren ist und wer es ihr angetan hat, würden mich befreien, weißt du? Zumindest so weit, dass ich mein Leben weiterleben kann.«

»Aber das geht nicht, ja?« Widerfahren klang nach ›Überfahren‹ – ein Autounfall? Andererseits wusste sie bereits, dass man mit Logik bei sprachlichen Aspekten nicht unbedingt weiterkam.

»Nein.«

Juna dachte an ihre Pyschka. Lebte sie noch? Würde sie je erfahren, was mit ihr geschehen war und nachher einfach weiterleben können? Kaum. Es wäre ein anderes Leben einer anderen Juna.

»Was hat passiert mit deiner Schwester?«

»Céline wurde getötet, weil sie mich befreien wollte – auf ihre ganz eigene, direkte und vorlaute Art. Es ist schwer, mir nicht die Schuld dafür zu geben.«

Juna dachte an die Todesanzeige. An den Klang der Worte, die blieben, auch wenn man den genauen Laut vergessen hatte. Stammten die Zeilen von Leah? Oder von … »Was war mit Nick und Céline?«

»Hm? Du meinst, ob sie zusammen waren? Nein. Doch. Irgendwie schon. Aber Céline war nicht der Typ für etwas Ernstes.«

Trotzdem hatte er ihre Todesanzeige aufbewahrt. Auf dieser kryptischen Tafel. Hatte Célines Tod etwas mit dem Club und den Mädchen in der Baracke zu tun? Sie zwang ihren Blick auf die Mappe. »Was ist das?«

»Daten zu irgendwelchen Models. Im ersten Moment habe ich gedacht, er wäre ein Stalker. Hier!«

Juna musste sich Mühe geben, um die handgeschriebenen Zeilen zu entziffern. Namen, Adressen, mehr verstand sie nicht. »Verdacht Stalker ist vielleicht nicht un…falsch.«

Leah senkte den Kopf und strich sich eine Haarsträhne hinter das Ohr, die aus ihrem Pferdeschwanz gelöst hatte. »Ich hätte es dir nicht zeigen sollen. Bestimmt denkst du jetzt sonst was über ihn. Aber so ist es nicht gewesen. Er hat diesen Mädchen nichts angetan. Er hat Kay gerettet. Er hat diesen Mädchen ganz bestimmt nichts angetan.«

Eigentlich wusste sie nach wie vor nicht, was sie über ihn denken sollte. Dass er Olegs Handlanger gewesen sein musste, hinterließ ein schales Gefühl in ihrem Inneren. Dass er ein undurchschaubares Spiel mit ihr trieb, jagte ihr Angst ein. Dass er und Céline … wieso dachte sie schon wieder daran? Es ging sie doch nichts an.

Sie fuhr mit dem Zeigefinger die Zeilen der Einträge entlang und manchmal zeichnete sie mit dem Nagel den Schwung seiner Handschrift nach. Auf Papier schien diese sauberer zu sein als auf dem Whiteboard. Keine Pyschka. Ihr Puls beruhigte sich langsam. »*Perles d'Or*. Dieser Club. Bei vielen Mädchen. Sie haben dort gearbeitet?«

»Das weiß ich nicht.«

»Und deine Schwester?«

»Nein! Natürlich nicht. Céline war ein Model, keine …«, hastig winkte Leah ab, »was auch immer. In der Branche wurde sie Eismädchen genannt. Sie war anders als die anderen, so speziell mit ihrem unvollständigen Albinismus. Sie war erst neunzehn. Sie hätte alles, absolut alles erreichen können. Irgendeinen Club hatte sie doch nicht nötig gehabt!«

Mit steifen Fingern schlug Juna ein paar Seiten um. »Sneschana«, las sie vor. »Neunzehn Jahre alt. Deutsch. Unabhängiger als andere. Hat Albi…«

Mit einer Hand schlug Leah die Mappe zu. Ihre Stimme klang jetzt hoch und durchdringend. »Es ist bestimmt nur ein Zufall.« Doch auch der dunkle Teint ihres Gesichts konnte nicht über ihre Blässe hinwegtäuschen. »Sneschana? Was ist das für ein Name, bitte schön? Sie hieß Céline. Céline Winter. Ich … kenne meine Schwester.«

Vorsichtig streifte Juna Leahs Hand, drückte behutsam die kühlen, leicht zittrigen Finger. »Weißt du, dass der Name Sneschana bedeutet Schnee, Schneeflocke?«

»Auf keinen Fall!« Heftig schüttelte Leah den Kopf. Der Pferdeschwanz löste sich endgültig. »Nicht meine Schwester. Nein.« Leah nahm das Haargummi ab und zupfte ein paar Haare von ihm weg. »Entschuldige mich. Ich muss …« Sie verstummte. Unsicheren Ganges steuerte sie eines der Zimmer an, streifte die Tür mit einer Hand, um diese zuzumachen, doch ein dünner Spalt blieb offen.

Zufrieden? Juna legte die Mappe auf den Couchtisch. Dass sie immer und überall recht behalten wollte! Als ob es jemandem nützte. Was ging sie es an, ob Leahs Schwester diese Sneschana war oder nicht?

Es war so ruhig in der Wohnung. Ganz leise rief sie nach Leah, bekam jedoch keine Antwort. Dann wartete sie. Lange. Nach einigem Hadern ging sie hin. Durch den Spalt sah sie, wie Leah bei voller Beleuchtung auf dem Bett kauerte. Zaghaft klopfte Juna an, auch wenn sie nicht wusste, was sie sagen sollte. Es tat ihr leid, aber ihr Wortschatz gab einfach nicht genug her, um Leah zu trösten. Diese verdammte Sprache!

Leah zuckte zusammen, richtete sich auf und rief: »Herein!« Juna stieß die Tür etwas weiter an und lehnte sich gegen den Rahmen. »Entschuldige, bitte. Ich wollte das nicht.«

»Schon gut.«

»Deine Schwester muss nicht sein diese Sneschana.«

»Ist schon gut. Ich bin nur müde. Es ist schon spät, ich glaube, wir sollten lieber schlafen gehen.«

Schon gut? Nein, nichts war gut. Die Unsicherheit wurmte sie, und die Unfähigkeit sich angemessen auszudrücken. Aber sie musste sich geschlagen geben. »Ja. Okay.«

Das Lounge-Sofa ließ sich nicht herausziehen, bot jedoch genug Platz, um darauf schlafen zu können. Leah brachte einen Satz Bettwäsche und ein Kissen, als provisorisches Negligé musste eines von Kays T-Shirts herhalten.

Eine halbe Stunde später kuschelte sich Juna unter der Fleece-Decke ein. Anscheinend hatten Leah und Kay nicht oft Besuch, auf Gäste war die Wohnung nicht wirklich ausgelegt. Vielleicht brauchte man auch keinen Besuch, wenn man einander hatte. In Leahs Zimmer brannte noch immer Licht, das durch den dünnen Spalt unter der Tür hindurchschimmerte. Juna drehte sich auf die andere Seite und schloss die Augen. Ihre Gedanken kreisten um *Perles d'Or*, aus irgendeinem Grund sah sie *Snegurotschka*, die berühmte Enkelin von Väterchen Frost, die zu Silvester zusammen mit ihrem Opa brav Geschenke an die vielen russischen Kinder austeilte. Doch jetzt legte das Schneemädchen einen alles andere als jugendfreien Table-Dance hin. Ihr weißer, wie mit der ersten Frostschicht bezogener Körper rekelte sich an der Stange, und die feinen Härchen glitzerten dabei wie tausend Diamanten. Unter den betörten Gaffern stand Nick, sah zu ihr auf und flüsterte: ›Hui!‹ Juna fühlte eine Berührung, stöhnte unter den kalten, vorsichtigen Fingern auf, sah Leah, die versuchte, das Schneemädchen von der Stange fortzuziehen. Plötzlich merkte Juna, dass sie selbst das Schneemädchen war – hinter ihr lauerte Oleg und raunte ihr ins Ohr: ›Mit dir beschäftige ich mich später.‹ Die kalten Finger strichen ihr über das Gesicht. ›Leah!‹, rief sie, und es war, als würde sie vom Grund eines eingefrorenen Flusses schreien. Im Dämmerzustand registrierte sie, wie dunkel es um sie herum war. Auch das Licht in Leahs Zimmer war erloschen. Sie fühlte Beklemmung, Furcht – alles ein wenig diffus, unecht und an der Grenze zur Wirklichkeit, sie musste sich ausruhen …

Im Halbschlaf dachte sie, jemand stünde neben dem Sofa und beobachte sie, doch als sie sich irgendwann die Lider rieb und hinsah, war von der Gestalt nichts mehr zu sehen. Jeder trug Gespenster in sich. Die ihren waren manchmal viel zu real.

Nick

Es ist bereits dunkel. Die schwungvolle Neonschrift *Perles d'Or* leuchtet in die nächtliche Stadt. Die Luft ist feucht und kratzig von den Abgasen der Großstadt. Es hat geregnet. Nach und nach füllt sich der Nachtclub mit Stimmengewirr, Lachen, Musik. Jedes Mal, wenn die Tür aufschwingt, dringt ein Schwall von Geräuschen nach draußen. Vor der Kordel, die den Zugang versperrt, hat sich bereits das ungeduldige Publikum angesammelt. Mein Rücken schmerzt, als ich aus dem Wagen steige. Ich muss eingenickt sein, während ich im Auto gewartet habe. Die Schwere des verflogenen Halbschlafs macht meinen Verstand träge. Ich bin müde.

Bereits von Weitem merke ich den Ärger anrollen – der Typ baut sich vor dem Türsteher auf, lallt ihm etwas zu. »... du wixxa ... machstu hier auf ultrakuuuhl, was?« Allein vom Zuhören bekommt man den Eindruck, er beherrsche keine Groß- und Kleinschreibung. Seine Alkoholfahne weht um den gesamten Block. »Hör zu«, erklärt Detlev und drängt den Kerl von der Tür weg, »ich bin nur ein Angestellter. Glaub mir, es lohnt sich nicht, Ärger zu machen.« Ich nicke ihm zu, als er mir die Kordel öffnet, merke noch, wie der Typ ihn vor die Brust stößt. Zwei Sekunden später liegt der Kerl auf dem Boden. Sein Ego ist platt wie das Hundehäufchen, in das er zuvor getreten haben musste, urplötzlich ist Ruhe. »Viel Spaß«, wünscht Detlev mir, als er von dem Kerl ablässt. Ich nicke ihm erneut zu und betrete den Club.

Es ist sehr laut drinnen, dennoch fällt es mir schwer, gegen die Müdigkeit anzukämpfen. Die Luft ist schlecht, und es ist unmöglich, sich zu konzentrieren. Lila, Blau, Rot – allein die Farben schicken mich auf einen wirren Trip, dazu die Musik, die Körper, die sich im Takt bewegen. Ich schiebe mich weiter zur Bar – von hier aus kann man alles gut überblicken. Über der runden Bühne in der Mitte des Raums hängen weiße Tücher, die in den ineinanderfließenden Lichtern bunt aufleuchten. Das Mädchen, das sich darin rekelt, sieht aus wie eine Elfe, die sich in einem Spinnennetz verfangen hat. Ich schiebe einen Schein über die Theke. »Wodka-Cola.« Neben mir sitzt eine Brünette und prostet mir mit ihrem Longdrink zu. Sie hat unglaublich lange falsche Wimpern. Und muss inzwischen ziemlich voll sein, wenn sie ausgerechnet mir zulächelt.

Der Kampf des Elfenmädchens erreicht seinen Höhenpunkt. Mal wickelt sie sich noch enger in die Tücher ein, gleitet durch die Luft, mal lässt sie sich zu Boden herab – es scheint fast, als würde sie entkommen, doch die Musik und die gaffende Menge halten sie fest. Und wohin sollte sie schon laufen? Pawel gibt gut auf seine Mädchen acht.

Ihr Körper ist in einen halbdurchsichtigen Body gehüllt, über die Schulter und den Bauch lecken feurige Zungen, die bei jeder Bewegung im Licht der Strahler aufblitzen. Der Stoff liegt so eng an, dass man die Rundungen ihres Busens, die Brustwarzen und den schmalen Streifen ihres Flaums am Unterleib erahnen kann. Zum letzten Mal lässt sie sich auf die Bühne gleiten und sinkt in sich zusammen. Die Musik erstirbt mit ihr, ein paar Tücher wirbeln zu ihr herab und bedecken ihren mageren Leib. In der plötzlichen Dunkelheit glüht der Zauber ihrer Darbietung aus. Sie war gut. Sie wird heute viele Verehrer finden. Das arme Ding.

Unbemerkt verschwindet sie von der Bühne. Im Hintergrund schwillt neue Musik an. Das rote Licht durchbricht die

Dunkelheit. Zu meiner rechten steht ein Glas Wodka-Cola. Die Brünette lächelt einen anderen an. Der Takt ist feurig, schnell, es ist Samba – also muss ich nicht lange warten. Sie steht schon auf der Bühne, die schwarz-roten langen Federn an ihrem Rücken zittern, der Schmuck ihres Kostüms klimpert und funkelt im Licht, das sie umspielt. Die bronzefarbene Haut schimmert vom goldenen Staub, mit dem sie von Kopf bis Fuß bedeckt ist. *Escola de Samba!*, hallt es durch den Saal, die Menge grölt.

Ein bisschen Rio. Ein bisschen die kleine Chiquita.

Sie beginnt zu schwitzen, ihre Haut glänzt feucht und heizt die Gemüter noch mehr an. Ihre Bewegungen scheinen mühelos, jeder Schwung der Hüfte treibt die Musik noch mehr an, jede Drehung ist die pure Energie, aber es ist keine Freude in ihrem Tanz. Ihre straffen Oberschenkel vibrieren, die Brust wippt hoch und runter, wird durchgeschüttelt, und lässt den Schmuck klirren. Sie ist siebzehn. Ihr Blick ist starr, ausdruckslos. Ich krame in den Taschen meiner Jeans und lege alle meine Scheine auf den Tresen. »Chiquita«, sage ich. Der Barkeeper streicht das Geld ein und reicht mir eine Plastik-Karte für eine Lounge des VIP-Bereichs. Auch sein Blick ist starr, ausdruckslos. Auch für ihn kann ein Stapel Scheine über den Tresen wandern.

Perles d'Or. Sie alle sagen, sie machen es freiwillig.

Zwischen den verschwitzten Körpern bahne ich mir den Weg zum hinteren Teil des Saals. Von hinten schließt sich ein Arm um meinen Hals. Es ist zu eng, als dass ich dem Impuls nachgehen kann, den Angreifer auf den Boden zu werfen. Ich schlage bloß den Arm beiseite, drehe mich um. Es ist die Brünette. Die ihren Longdrink auf ihr Kleid verschüttet hat. Ich beuge mich zu ihr herüber. »Fass mich noch einmal an, und du bist tot«, zische ich durch die zusammengepressten Zähne. Sie starrt meine Narben an. Ich glaube, sie hat's kapiert.

Auf der Empore, die zum VIP-Bereich führt, zeige ich dem Vorsteher die Plastikkarte. Er lässt mich eintreten. Meine Tür ist die dritte von links. Ich ziehe die Karte durch einen Spalt, das grüne Lämpchen leuchtet auf, ich trete ein. Die Musik, die Stimmen – alles wird von den Wänden verschluckt. Ein Refugium. Aber der Schein trügt.

Brasilien ist ein Land der Extreme. Man findet dort alles von millionenteuren Fußballprofis bis zu den Kickern in staubigen Hinterhöfen; von Haute-Couture-Models bis zu den schmutzigen Prostituierten irgendwo in den Slums. Dieses Zimmer versammelt nur die Klischees. Es ist nur eine Kulisse, ein Mittel zu einem einzigen Zweck. Ein großes Himmelbett, Masken an den Wänden, schwarze Vasen mit gewunden Zweigen, die mit vielen kleinen Lämpchen versehen sind. Ich setze mich auf den Bettrand und warte, stehe auf, gehe herum, warte.

Einige Zeit später erscheint sie. Chiquita, die mit richtigem Namen Maria Rojas heißt. Sie ist nicht einmal eine Brasilianerin.

»Hello, Maria«, sage ich und ernte einen verschreckten Blick. Jetzt habe ich ihre Aufmerksamkeit, schätze ich.

Sie spricht Englisch, zumindest gut genug, um sich nicht mit Händen und Füßen unterhalten zu müssen. Ihr Gesicht ist blass, trotz der Schminke und ihres bronzefarbenen Teints. Federwimpern. Sie nennt mich ›mein Hübscher‹.

»Du bist ganz schön teuer.« Smalltalk war noch nie meine Stärke. Sie erwartet keinen Smalltalk. Sie lacht. Sagt, ich solle mich entspannten und ich werde keinen Cent bereuen. Und löst ihren Kopfschmuck. Ihre Bewegungen sind verführerisch, ein klein wenig neckisch. Oder einfach nur routiniert. Sie will mich ausziehen, hauptsächlich unter der Gürtellinie. Um es schnell hinter sich zu bringen. Das sehe ich ihr an. Obwohl sie eine gute Schauspielerin ist. Ein Profi. Trotz ihres Alters, zu dem sie natürlich immer etwas dazu addiert, sollte jemand fragen.

»Du bist schön«, sage ich. »Ich vergnüge mich nicht mit schönen Mädchen, ich besitze sie.«

Sie entledigt sich des überflüssigen Ballasts, kommt auf mich zu, drückt mich auf das Bett und schlüpft auf meinen Schoß. Sie raunt mir zu, sie würde es gern sehen, wie ich mich wegen ihr mit Janus' Bodyguards anlege. Ja, seine Bodyguards – er ist nicht imstande, irgendetwas allein zu erledigen. Außer zu drohen. Und hilflose Mädchen zu erniedrigen. Und diese Kartenspiele zu veranstalten, bei denen es um alles oder nichts geht.

Sie fängt an, die Hüfte kreisen zu lassen. Samba ist eindeutig ihr geringeres Talent.

Ich fasse sie am Kinn an und sehe ihr in die Augen.

»Wie viel bist du wirklich wert? Genug, damit ich um dich spiele?«

Der Blick ist lasziv, ein bisschen verträumt. Sie ist high. Verdammt.

Ich frage sie nach dem Spieleabend. Die Bilder aus dem Zug rauschen durch meinen Verstand, aber ich blende sie aus. Noch kann ich das.

Sie hält inne. Ihr Blick sagt alles: Der Platz in der Runde kostet viel. Spöttisch hebt sie eine Augenbraue. Sie ist wirklich schön, wenn sie ihre Gefühle zeigt.

»Man sollte nicht nach dem Äußeren urteilen«, halte ich dagegen. »Wie viel würdest du dafür geben, von hier fortzukommen? Sag mir wann und wo die Runde stattfindet, und ich hole dich hier raus.«

Ich habe oft genug gesehen, was eine *Ljarva* zu ertragen hat. Eine rechtlose Nutte, die jedem gehört, die jeder verprügeln und nehmen kann, wo und so oft er will. Außer, jemand aus höheren Kreisen beansprucht sie für sich. Den hübscheren und cleveren von ihnen gelingt es tatsächlich, sich nach oben zu schlafen. Pawels Spiel ist eine Chance für die Mädchen in diesem Club. Glauben sie.

Sie fragt, warum ich mir so sicher bin, dass ich gewinne.

»Ich bin gut.«

Sie zögert. Sagt, ich bräuchte sie nicht nach dem Ort zu fragen, wenn ich eingeladen gewesen wäre. Pawel kontrolliert streng, wer sich mit ihm an den Spieltisch setzen darf.

»Willst du hier weg? Oder nicht? Ich biete dir eine Chance! Aber nur diese eine.«

Ihre Angst ist groß. Größer als die Hoffnung. Ihre eigenen Gedanken scheinen sie zu erschrecken. Sie stammelt, ich solle bekommen, was auch andere für ihr Geld bekommen, und verschwinden. Sie wolle keinen Ärger, wiederholt sie wie eine Litanei. Oder wie Sneschana enden – nein, das wolle sie auf keinen Fall, stottert sie.

Sneschana – so nennt sie Céline. Sneschana – wie der Schnee. Wie das Eismädchen, das Eiskönigin auf den berühmtesten Laufstegen der Welt werden wollte.

Marias Finger massieren meinen Nacken, ihre Griffe sind grob und tun mir weh. Ich fange ihre Hände ab, halte sie an den Handgelenken fest. »Célines Tod hat nichts damit zu tun. Es war ein Familiendrama.« Ein Familiendrama. Das hört sich so unschuldig an. Hier bei uns gibt es für alles nette Begriffe.

Maria schüttelt heftig den Kopf. Sneschana konnte ihren Mund nicht halten, wispert sie halb erstickt in mein Ohr, drückt ihren Busen gegen meine Brust, reibt ihren Unterleib an meinem Schoß. Ja, hätte die doch lieber den Mund gehalten, deswegen musste die doch sterben. Alle wüssten das, sagt sie.

Ich halte sie an der Taille fest, zwinge sie, aufzuhören.

»Nein. Ihr Tod …«

Sie wurde gefoltert, fährt Maria fort, blickt nervös umher

und leckt über ihre Lippen, gefoltert, ja, und die Fotos ihrer letzten Stunden sollten den anderen Mädchen zur Mahnung dienen. Ich denke wieder an den Zug. Und den Bus. Konnten die Mädchen dort auch den Mund nicht halten? Oder ging es da um etwas ganz anderes?

»Hör zu. Dir wird nichts passieren.«

Das hatte ich auch Céline versprochen, neben einem Schub für ihre Modelkarriere. Bei Kays Namen und *Dream Impressions* hatte sie alle Gefahren vergessen. Sie hatte es fast herausgefunden, den Ort und das Datum.

Fast ist ein schlimmes Wort.

Fast hätte es kein Buswrack gegeben.

Fast hätte ich nichts vom zweiten Kranich erfahren: eine zweite Chance. *Um 15:20 nimmt eine Busfahrt ein schreckliches Ende. 17 unschuldige Seelen werden beweint. Настоящая кровь will gerächt werden.*

Es gibt kein fast. Keine Rechtfertigung. Kein vielleicht.

Nein, nein – Maria scheint kein anderes Wort mehr zu kennen. Nein, Sneschana, du weiß gar nicht, was die mit ihr gemacht haben, ihren Schädel kahl rasiert und ihr einen Schnitt nach dem anderen zugefügt, und als Letztes – da haben sie ihr die Lider abgetrennt.

»Schluss!« Ich schüttelte sie durch. Der noch verbliebene Schmuck klimpert. Endlich hört sie mit dem Stottern auf. »Ich wiederhole es das letzte Mal: Célines Tod hat nichts mit diesem Club, mit *Janus* oder jemand anderem von hier zu tun.«

Sneschana hatte Angst, fiept Maria. Pawel hat ein Meerschweinchen, das genauso fiept, wenn er es aus dem Glaskasten holt – ich kenne ihn. Ich weiß viel über ihn. Und doch zu wenig.

»Vergiss Céline. Du kannst mir vertrauen.«

Es kommt mir so leicht über die Lippen. Aber kann sie es wirklich?

Maria Rojas schüttelt den Kopf, noch heftiger, noch entschiedener. Vertrauen – ich verlange sehr viel für einen Fremden, für einen dahergelaufenen Freier. Der einzige Grund, warum sie noch nicht einen der Bodyguards gerufen hatte, ist, dass ich zu viel weiß. Und das verunsichert sie.

»Ich kann dir helfen. Ich kann deiner Familie helfen. Du hast nichts zu befürchten.«

Sie lacht auf – und ich kann es ihr nicht einmal verübeln. Vielleicht hatte Célines Tod nichts mit dem Club zu tun. Aber ich kenne eine ihrer Leidensgenossinnen, der eine Flucht aus diesen Wänden gelungen war. Einen Monat später ist sie aufgespürt und zurückgebracht worden, in diese große *Perles d'Or*-Familie. Jetzt putzt sie Klos – ihr zerschnittenes Gesicht kann sie keinem auf der Bühne zeigen.

Ich denke an meine Katze. Und habe Angst um Maria. Aber ich lasse ihr keine Wahl.

»Bitte, hilf mir, damit das, was dir passiert ist, nicht noch mehr Mädchen widerfährt. Ich will euch helfen. Ich kann es.«

»Euch!«, lacht sie bitter. »Uns allen?« Die Federwimpern zittern. Ich verliere sie. Gleich ruft sie die Wachleute.

»Maria!«

Sie lacht immer noch.

Ich drücke ihre Handgelenke etwas fester, ziehe sie zu mir heran. Zusammen fallen wir auf das Bett. Ich rolle mich auf sie. »Denk an deine Familie«, zische ich ihr ins Gesicht. »Du willst sie doch nicht verlieren? Ich kann dafür sorgen, dass deine Familie zurückgeschickt wird, dorthin, woher ihr alle gekommen seid, und du wirst sie nie wiedersehen. Willst du das?«

Es tut mir weh zu hören, wie ihr das Lachen in der Kehle steckenbleibt. Ihre Augen sind riesengroß, dunkelbraun, erschrocken wie die eines Rehs, das aus dem vertrauten Dickicht in das Scheinwerferlicht auf eine Landstraße gesprungen ist.

Das kannst du nicht tun, steht darin, noch bevor die Worte auf ihre Lippen kommen.

»Ich kann es«, sage ich und weiß, dass sie mir glaubt. *Das* glaubt sie mir sofort. Die Welt ist schlecht. Chiquita kennt sie nicht anders. »Aber ich werde es nicht. Ich will weder dir noch deiner Familie Böses. Ich will nur an diesem Spiel teilnehmen. Hilfst du mir?«

Sie nickt, ganz langsam. Auf einmal sieht sie so gealtert aus. Sogar ich würde fast glauben, dass sie Mitte zwanzig ist.

Ich lasse sie los und stehe auf. »Hast du hier zufällig schon einmal von einem Mädchen namens Pyschka gehört?« Ich bin mir nicht sicher, ob ich den Namen richtig ausspreche.

Maria erstarrt.

»Blonde Locken, vielleicht ungefähr so groß. Sie wurde aus Russland verschleppt.«

Sie schüttelt hastig den Kopf, rutscht zur Seite und klopft auf das Bett neben sich. Sie sieht so ängstlich aus und so unendlich traurig. Irgendetwas bricht in mir bei ihrem Anblick.

Mein Handy vibriert. Ich lange zu meiner Hose und werfe einen Blick auf das Display.

Ich habe einen Job für dich.

Die Nachricht ist von Pawel.

10

Juna wachte auf, als das trübe Morgenlicht immer rücksichtsloser in ihren Dämmerzustand eindrang, und unter der Decke die Luft immer knapper wurde. Also kämpfte sie sich wach, auch wenn dieses Wort ihr Befinden maßlos beschönigte. Der Morgen fühlte sich an, als wäre jeder Lidschlag eine Beleidigung. Ihre müden Knochen würde sie ohnehin erst einmal zusammensuchen und richtig ordnen müssen.

Ein Weilchen lag sie einfach da und versuchte, sich mit ihrem Körper anzufreunden. Sie spreizte langsam ihre Glieder, spannte nach und nach die Muskeln an, Oberschenkel, Arme, Po und Beckenboden, um kurz danach loszulassen. Sie atmete ruhig und frei, während ihre Gedanken haltlos vorbeizogen. Sie hatte etwas Wirres geträumt, etwas, was die Unruhe in ihr schürte, und es ärgerte sie, so sehr von den eigenen Gefühlen zerrissen zu sein. Gefühle bedeuteten Kontrollverlust, und im Moment galt es, besonders wachsam zu sein.

Endlich richtete sie sich auf und sah sich um. Ihr fiel wieder die Gestalt ein, die sie im dunklen Zimmer beobachtet hatte. Doch am helllichten Tag war diese Vorstellung noch lächerlicher als in der Nacht. Wer sollte sie hier aufsuchen, um ihr mitten in der Nacht beim Schlafen zuzusehen? Die Kerle, die sie entführt hatten, waren schließlich keine Twilight-Romantiker.

Hier war sie sicher – glaubte Nick. Zum Teufel, wo war er bloß?

Sie würde ihn nicht vermissen, nein, denn das wäre mit Sicherheit ein schlechter Start in einen Morgen, der ohnehin schon nichts Gutes versprach. Sie schlug die Fleece-Decke beiseite. Im Bad wusch sie sich das Gesicht, um die Trägheit der Nacht endgültig zu vertreiben. Sie putzte sich die Zähne mit einem Finger und etwas Zahnpasta und erklärte das Ergebnis für zufriedenstellend. Und nun? Die Wohnung lag still da, und diese Stille kam ihr unangenehm lauernd vor, wie das Echo ihrer eigenen Unruhe. Sie klopfte an Leahs Tür und bekam keine Antwort, schließlich schaute sie hinein und fand das Bett zerwühlt und leer vor.

Die Eingangstür ließ sich widerstandslos öffnen. Ein Umstand, der sie nach der Gefangenschaft hätte erfreuen sollen, es aber nicht tat. Sie hatte gestern Abend versäumt zu prüfen, ob zugesperrt war, und jetzt fühlte sie sich nicht mehr so sicher – ohne Nick. Vom Treppenabsatz aus spähte sie hinunter ins Studio. Nichts zu hören. Dabei war es Montagmorgen – und vielleicht noch zu früh? Oder hatte Kay die Belegschaft mit auf sein Shooting genommen? Mit nackten Füßen, die langsam kalt wurden, und in einem T-Shirt wanderte sie durch die leeren Räume wie eine verirrte Seele an einem seltsamen Ort, an dem die Zeit stillstand.

Etwas weiter den Flur hinunter vernahm sie ein Rascheln und das Knarzen eines Stuhls, es kam aus einer halb geöffneten Tür, also war sie wohl doch nicht allein.

Leah saß vor einem Bürotisch, die beiden Ellbogen auf die Kante gestützt, und studierte eine Internetseite. Das zerwühlte Haar verlieh ihrem entschlossenen und gleichzeitig matten Gesichtsausdruck etwas Zerbrechliches. *Perles d'Or*, kündigte eine pinkfarbene Header-Überschrift vom schwarzen Hintergrund.

Na, da hast du ja was angerichtet. Herzlichen Glückwunsch. Manchmal bedeutete Frieden einfach das Glück, keine Fragen stellen zu müssen und nicht nach Antworten zu verlangen.

Wie kostbar dieses Glück war, wie rar, wusste sie besser als irgendjemand sonst.

Die Bilder der Webseite zeigten eine moderne Theke im kühlen Licht von lila und blauen Neonröhren, vor der zahlreiche, leicht futuristische Hocker standen; eine gemütliche Sofa-Ecke mit Kissen auf dem Boden und unter der Decke gespannten Tüchern, und wer seine Drinks nicht dort oder an den Tischen einnehmen wollte, konnte sogar in einen der drei Whirlpools steigen.

Sie kam näher. Am liebsten hätte sie Leah umarmt, aber so viel Vertrautheit erschien ihr unpassend.

»Du hast gekannt, deine Schwester. Du musst nichts fragen.«

Leah fuhr herum. Hastig klickte sie die Seite weg und schaltete den Monitor aus. »Du bist wach! Hast du gut geschlafen?«

Juna räusperte sich verlegen, als hätte sie Leah bei etwas sehr Intimem ertappt und mühte sich, natürlich zu klingen. »Nein. Viele dumme Sachen geträumt.«

»Wie schade. Für heute Nacht lassen wir uns etwas anderes einfallen. Dieses Sofa ist doch bescheuert.« Die dunklen Schatten unter ihren Augen zeugten deutlich von einer Nacht, die nicht wesentlich besser ausgefallen war. »Hunger?«

Die Befangenheit war mit Händen zu greifen, und die Stille ringsherum machte es nicht leichter. Juna versuchte ein Lächeln. Sie wusste, dass es scheu ausfiel, und ihre Stimme klang dünn, als sie endlich genügend Wörter für ihre Frage zusammengesucht hatte: »Leah? Heute in der Nacht – hast du gehört, dass jemand war in der Wohnung?«

»Wer? Wann?«

»Ich weiß das nicht. Vielleicht nur Traum. Ich habe geglaubt, jemand stand vor meinem Bett.«

»Ich habe nichts gehört.« Leah senkte den Blick. Ihre Finger wurden unruhig. »Ich bin ein paar Mal wach geworden.

Keine Ahnung, warum. Ich mag mir gar nicht vorstellen, wie jemand durch die Wohnung spazieren gegangen ist, während wir geschlafen haben – nein, das ist unmöglich. Gestern war nur Elinor hier. Sie ist Studiomanagerin. Manchmal bringt sie Kay einige Sachen gleich in die Wohnung. Aber sie würde nicht mitten in der Nacht auftauchen, außerdem ist sie, glaube ich, mit Kay weggefahren.«

»Du hast geschlossen die Tür, ja?«

»Natürlich.« Sie runzelte die Stirn, legte sich die Hände um die Schultern, als müsse sie nach etwas Sicherem greifen. »Auch wenn jemand einbrechen sollte, warum würde er verschwinden, ohne auch nur die kleinste Spur zu hinterlassen?« Eine längst verflogene Angst schien ihre Gesichtszüge zu streifen, ein Gefühl von Verwundbarkeit in den eigenen vier Wänden, das einen unerwartet überfällt.

»War nichts«, beeilte sich Juna zu erklären. »Nur Traum. Hast du gehört schon von Nick?«

»Nein. Aber mach dir keine Sorgen. Weißt du was? Lass uns frühstücken. Ich sterbe vor Hunger.«

»Brötchen?« Sie nahm sich fest vor, sich nicht zu beschweren. Wie es sich herausgestellt hatte, zeigten sie beide keinen großen Appetit.

Den ganzen Morgen über schwebte das Thema *Perles d'Or* schattenhaft zwischen ihnen und grub sich immer tiefer in das Schweigen und die Lücken des gelegentlichen Smalltalks. Immer wieder verschwand Leah nach unten ins Studio, und Juna wusste nur zu gut, dass sie im Büro am Computer saß und über den Club recherchierte.

Am Abend sah Juna fern. Es liefen Nachrichten, irgendwo fand immer ein Krieg statt, und sie dachte darüber nach, wie fremdartig es sich anfühlte, dass die gewohnten Bilder von der deutschen Sprache untermalt wurden. Kurz darauf ging es um die EU und die Bundeskanzlerin – wie seltsam, an dieser Stelle keinen Putin zu sehen.

Zu spät bemerkte sie, das Leah verschwunden blieb.

Als sie ein Geräusch an der Tür registrierte und den Kopf hob, sah sie eine kleine, pummelige Frau mit platinblondem, glatt gegeltem Haar und sorgfältigem Make-up.

Die Frau schwieg. Also stand Juna auf und sagte entschlossen ›Hallo‹, in der Hoffnung, dass es sich nicht zu sehr nach einem klobigen ›Chah-lo‹ anhörte, sondern ähnlich luftig-leicht wie bei … Nick. Sie streckte sogar ihre Hand aus. Für alle Fälle. Aber die Frau ignorierte die Geste.

»Guten Abend. Sie sind also der ominöse Besuch, nun ja, ich würde lügen, wenn ich sagen würde, ich wäre nicht irritiert – jedenfalls hat Leah mich gebeten, Ihnen auszurichten, dass sie heute Abend weg muss und erst spät zurückkommt. Sollten Sie etwas brauchen, können Sie sich gerne an mich wenden. Hm. Ja. Kaffee?« Die Frau zuckte die Schultern. Genervt? Beunruhigt? Gar bedrückt? Die Situation behagte der Dame nicht, das merkte Juna deutlich.

»Sie sind …«

»Elinor Martin, die Managerin des Fotostudios *Dream Impressions*, ja.«

Das nenne ich eine Auskunft. »Wohin musste Leah gehen?«

»Das kann ich Ihnen leider nicht sagen, ich habe sie nicht gefragt, aber sie hat das kleine Schwarze angezogen, meine Güte, das könnte alles Mögliche bedeuten, denn die Behauptung, es passe für jede Gelegenheit, nimmt sie verdammt ernst.«

Das kleine Schwarze. Was war denn damit gemeint? Abgesehen von einem Slip fiel ihr nichts ein, was sie mit klein und schwarz beschreiben könnte. Andererseits war das nicht gerade ein Kleidungsstück, dem man im Gespräch so viel Aufmerksamkeit schenken würde.

»Was halten Sie nun von einer Tasse Kaffee, ich versichere Ihnen, wir haben den besten, den Sie je getrunken haben, eine richtige Symphonie für die Geschmacksnerven, absolut kein Vergleich zu dem sonstigen Krümelgebräu.«

»Nein. Danke.« Die Geschwindigkeit, mit der die Frau ihre Sätze heraushaute, war die reinste Folter für ihre Nerven. Sie brauchte unbedingt etwas Ruhe, um über Leah nachzudenken.

»Sicher? Kann ich Ihnen sonst irgendwie helfen?«

»Nein. Danke«, wiederholte Juna und bereitete sich schon für ein nächstes ›Nein. Danke‹ vor, als die Frau die Schultern zuckte und abrauschte. Die Absätze klackerten irre schnell die Treppe hinunter, ein Teilchenbeschleuniger war nichts dagegen. Also war die Dame doch nicht mit dem Chef des Studios verreist. Und die ganze Zeit hier gewesen? Und warum musste Leah so dringend weg, ohne etwas zu sagen? Immerhin hatte sie einen Gast. Einen aufgezwungen zwar, aber auch der war zumindest grundlegender Höflichkeitsformen wert.

Sie musste an das *Perles d'Or* denken. War Leah heimlich verschwunden, weil sie Angst hatte, aufgehalten zu werden? Denn natürlich hätte Juna genau das versucht – es reichte schon der Tonfall, wie Nick den Club erwähnt hatte, und die Notiz an seinem Whiteboard, um sie zur Vorsicht zu gemahnen.

Sie sah sich die Nachrichtensendung zu Ende an und ging zum Treppenabsatz. Im Studio war nichts zu hören. Wo steckte die Managerin? Im Büro jedenfalls nicht. Sie schaltete den Computer ein, doch nachdem der Rechner hochgefahren war, begrüßte sie ein Log-in-Fenster. Da würde sie nicht weit kommen. Sie rollte im Bürostuhl etwas nach hinten und betrachtete den Notizblock und einen Kugelschreiber zu ihrer Rechten. Weil alles sonst so ordentlich war, fielen die Dinge umso mehr auf – die anderen Stifte steckten in einem dafür vorgesehen Stifthalter, und die Blöcke lagen vermutlich in einer der

Schubladen. Sie schaltete die Tischlampe ein und untersuchte die erste Seite genauer. Das Blatt trug eindeutig Spuren einer Schrift, die der Kugelschreiber auf die Seite eingeprägt hatte.

Mit einem Bleistift schattierte sie die gesamte Fläche, um die Notiz sichtbar werden zu lassen. *Perles d'Or*, verriet die erste Zeile. Leahs Handschrift war um Einiges leserlicher als die von Nick. Kein Surrealismus, sondern ein deutlicher Klassizismus mit klaren Linien und ein Tick Romantik.

Darunter stand eine Adresse. Vom Club? War Leah hingefahren?

»Nein!« Juna warf sich gegen die Stuhllehne. *Das ist schlecht. Das ist ganz schlecht. Sie hat doch nicht die geringste Ahnung, auf was sie sich da einlässt.* Wenn sie unbedarft Fragen stellte und die Entführer vielleicht aufscheuchte … »Nein.«

Das Kleid lag im Wohnzimmer. Das verstärkte, geblümte Mieder und der voluminöse Petticoat-Rock aus schwarzem Spitzentüll und pinkem Organza passten nahezu perfekt zu den Farben des Clubs. Bei ihrer Erkundung des Studios hatte sie einen Visagistenraum entdeckt mit ein paar Perücken und genügend Make-up, um nicht gleich erkannt zu werden. Sie holte das Kleid und die Schuhe, wählte eine Perücke – einen kinnlangen Bob in aschblond, und häufte vor sich allerlei Lidschatten, Lippenstifte und Rouge-Döschen an. Daheim bevorzugte sie ein dezentes Make-up, das ihre blauen Augen betonte. *Vergissmeinnicht*, dachte sie mit den fest zusammengebissenen Zähnen, und ihr Kampfgeist wünschte sich insgeheim, ihren Entführer im Club zu treffen – um ihm sehr weh zu tun. Aber das … nein, das waren keine guten Taiji-Gedanken, und sie ließ sie mit einem Seufzen weiterziehen. Ihre Lippen hatte sie noch nie gemocht. Sie fand sie immer zu voll, obwohl einige ihrer wenigen Kommilitoninnen sie darum beneidet und ihr versichert hatten, ihre Lippen sähen ein bisschen wie die von

Eva Mendes aus. Dieses Mal nahm sie den knalligsten Lippenstift, den sie finden konnte. Zufrieden betrachtete sie sich im Spiegel. Ihr Gesicht war irritierend bunt, man wusste gar nicht, wohin man schauen sollte – auf die betonten Augen, die bordeauxroten Lippen oder den frechen aschblonden Bob. Perfekt. Der Zirkus war wieder in der Stadt.

Das Kleid entpuppte sich als störrisch, und egal, wie sie sich verrenkte, der Reißverschluss hinten wollte partout nicht zugehen. Kurz überlegte sie, wie ein Klebeband rund um das Mieder aussehen würde. *Bescheuert natürlich*! Sie gewann dem Reißverschluss noch ein paar Millimeter ab und musste sich damit zufriedengeben.

Im Flur wartete Elinor auf sie. Die Managerin versperrte ihr den Weg nach draußen und machte keine Anstalten, beiseitezutreten. Und dieser Blick hatte eindeutig zu viel von einem ›So nicht, junge Dame!‹-Ausdruck. »Es ist ein bisschen spät für Spaziergänge, finden Sie nicht auch?«

»Ich – eh – und Leah wollen in Club. Tanzen. Disco machen. Eh. Ein bisschen.«

Überzeugend klang anders. Das merkte anscheinend auch die Managerin. »Leah hat mich gebeten, auf Sie aufzupassen, und ich glaube nicht, dass sie damit gemeint hatte, Sie in solch einem Outfit nachts auf die Straße zu lassen.«

An dieser Bulldogge von Mensch kam kein Hundeflüsterer vorbei. Okay. Dann eben Plan B.

In der Wohnung machte sie das erstbeste Fenster auf und spähte hinaus. Die erste Etage war keine Herausforderung. Nicht einmal in Stöckelschuhen à la *Sex and the City*.

Auf dem Parkplatz stand ein einsamer Mazda. Vermutlich der von Elinor. Wohin jetzt? Auf gut Glück versuchte sie es geradeaus; eine Weile irrte sie durch das nächtliche Industriegebiet. Folgte ihr jemand? Sie war sich nicht sicher. Niemand zu sehen, doch das Gefühl, beobachtet zu werden, ließ nicht von ihr ab. Sie nahm ihre Schuhe ab und rannte. Das Mieder schnürte ihren Brustkorb zu, bereits nach ein paar Schritten bekam sie kaum noch Luft und musste anhalten. Vielleicht spielte ihre Wahrnehmung verrückt. Egal, wie oft sie sich umdrehte oder was für Haken sie schlug, sie konnte niemanden entdecken.

Eine kleine Ewigkeit später entdeckte sie tatsächlich Leben an diesem Ende der Welt, das Labyrinth der Gassen und Straßen brachte sie an eine viel befahrene Allee.

Haute Couture erregte anscheinend nicht nur auf den Laufstegen von Paris Aufsehen, von überall zog sie mehr als eindeutige Blicke auf sich, und als ihr eine Frau im Minirock entgegenkam, erwartete sie beinahe zu hören: ›Hey, Hübsche, das ist mein Stammplatz, von dieser Laterne bis zur nächsten Hausecke‹. Aber die Frau ging wortlos vorüber, dafür erntete sie von zwei Männern, die ihr schon seit einem Block folgten, einen Pfiff, Lachen und etwas mit ›Geil!‹. Sie beschleunigte ihren Schritt. Jetzt brauchte sie keinen sechsten Sinn, um mitzubekommen, dass die Männer sie im Visier hatten. Sie lief, kam genau bis zur nächsten Straßenkreuzung, als direkt vor ihr ein Taxi bremste. Sie riss die Tür auf und schob sich auf den Beifahrersitz, was mit ihrem Petticoat eine recht entwürdigende Angelegenheit darstellte. Es war bestimmt mehr Glück als Verstand im Spiel, so viel Rock in so wenig Auto zu bekommen. Alarmiert blickte sie zu den Männern, doch diese machten nicht den Eindruck, sie weiter verfolgen zu wollen. Tief atmete sie ein und schaute verstohlen zum Fahrer.

»Entschuldigung«, nuschelte sie.

Er zuckte die Schultern. »Bin ja ein Taxi. Wo soll es denn hingehen?«

»Ich habe nicht Geld«, gab sie betreten zu. Noch einmal blickte sie zu den Männern. Warteten die jetzt auf sie?

Der Fahrer beugte sich zu ihrer Seite und sah in die gleiche Richtung. Dann glitt sein Blick über ihren Körper und blieb an ihrem Dekolleté hängen. »Belästigen die Typen Sie?«

»Ja.«

Er nickte. »Wissen Sie was, ich fahre Sie nach Hause. Das ist kein guter Ort für eine junge Frau in so einem Kleid.«

»Nicht nach Hause! Ich muss in diesen Club. Zu meiner Freundin.« Sie reichte ihm den Zettel, den sie sich schlauerweise ins Dekolleté gesteckt hatte. Er hob seine buschigen Augenbrauen. Der Breshnew-Look war hierzulande anscheinend noch nicht aus der Mode gekommen. Abgesehen davon erinnerte er sie mit seinem hellbraunen Kräuselhaar an *Tscheburaschka*, den süßen, tollpatschigen Helden ihrer Kindheit. Sie hatte einen aus Plüsch und einen aus Plastik gehabt.

Er betrachtete die Adresse. Jetzt würde er sie bestimmt aus dem Auto werfen. Eine mittellose junge Frau in so einer Aufmachung. Er seufzte. »Okay. Wissen Sie was? Das liegt fast auf meinem Weg. Ich bringe Sie hin.«

Mit einem Mal wollte sie aussteigen. »Nein. Alles gut. Ich laufe.«

Doch er startete schon den Motor und lenkte den Wagen in den Verkehr. »Laufen will sie! Trainierst du etwa für einen Marathon? Es ist am anderen Ende der Stadt! Schnall dich an.«

Fieberhaft überschlug sie ihre Möglichkeiten. Dürftig, dürftig. Hier im Auto würde sie sich schlecht wehren können, zu wenig Bewegungsfreiheit. Mit bebenden Händen legte sie den Gurt an. Solange er fuhr, musste er auf den Verkehr achten. Sie hatte erst einmal nichts zu befürchten.

»Wo kommst du her?«

Der plötzliche Umschwung auf das ›Du‹ behagte ihr nicht. »Russland.«

»Hätt ich mir fast gedacht.«

Sie starrte auf ein Duftbäumchen, das vor ihrem Gesicht hin und her baumelte. Den Versuch, sich den Weg zu merken, gab sie bereits nach der dritten Kreuzung auf.

»Zu Besuch hier?«

»Ja.« Aus dem Augenwinkel betrachtete sie das Armaturenbrett. Müsste hier nicht irgendwo ein Zähler und eine Sprechanlage sein? Andererseits fielen diese Dinge heutzutage überhaupt nicht mehr auf, und der Zähler war vermutlich abgeschaltet.

»Zum ersten Mal in Deutschland?«

»Ja.«

Er fragte weiter, worauf sie ähnlich einsilbige Antworten gab, bis er aufhörte. Ihr Verstand wog jedes seiner Worte genau ab, aber das Gespräch schien harmlos zu sein. Vielleicht doch nur ein Zufall, ein netter Mann der einer jungen Frau in Not helfen wollte? Sie glaubte nicht an Zufälle.

An einer Ampel holte er ein Handy heraus, entschuldigte sich, dass er seine Frau anrufen muss und bat sie mit einem Zwinkern, ihn fürs Telefonieren während des Fahrens nicht zu verpfeifen – die Freisprechanlage wäre kaputt. »Hey, ich bin's. Ja. Alles gut. Natürlich. Bin gleich da, keine Sorge. Ciao.« Er wandte sich ihr zu. Seine dunklen, kleinen Teddybär-Augen musterten sie eindringlich. »Erledigt. Der Club ist in der nächsten Straße. Da wollen Sie also hin?«

Plötzlich wieder so förmlich? Das Auto bog ab, und tatsächlich entdeckte sie die *Perles d'Or*-Schrift, die sie bereits von der Webseite kannte.

»Ja. Ich muss nach dort.«

Er hielt an. »Dann viel Spaß.«

Also doch nur ein guter Samariter? Sie stieg aus, was ihr ebenso wenig elegant gelang wie das Einsteigen. »Danke. Wirklich. Vielen Dank.«

Er beugte sich zu ihrer Seite. »Kein Problem. Vergessen Sie die Schuhe nicht.« Schon startete er den Motor und fuhr los. Sie wartete, bis seine Rücklichter in der Nacht verschwunden waren. Vielleicht sollte sie doch an glückliche Zufälle glauben. Wenigstens ein bisschen.

Sie betrachtete die Neonschrift des Clubs.

Bist du hier, Leah? Geht es dir gut?

Höchste Zeit, die Sandalen wieder anzuziehen.

Auch von außen versprach der Club gehobene Unterhaltung, und die Menschentraube vor der Tür sah nicht nach Schwerverbrechern und Mädchenentführern aus. Entschlossen ging sie über die Straße. Jetzt hieß es: Kinn raus und Augen geradeaus. Sie kam an der Menschenmenge vorbei, anscheinend selbstbewusst genug, dass keiner murrte, und schlenderte lässig dem Türsteher entgegen. Kurz stehen bleiben, ein sanftes Kopfnicken, ein Lächeln, als würde sie ihn erkennen. In Gedanken formulierte sie bereits eine Ausrede, um sich an der Kasse vorbeizuschummeln. Ein kurzer Check folgte, und schon hatte er die Kordel für sie aufgemacht. Glück gehabt. Und gleich noch mehr Glück: Sie konnte passieren, ohne zu bezahlen.

Ihr Gesicht glühte, das Blut jagte durch ihre Adern, als sie in den hitzigen Rausch des Clubs eintauchte. Drinnen war es voll und laut, und ihr fiel auf der Stelle wieder ein, warum sie Clubs mied. In Sankt Petersburg ließ sie sich ab und zu von Pyschka in eine Disco entführen, wo sie es allerdings nie lange aushielt. Da nach Mitternacht die U-Bahn nicht mehr fuhr und die Klappbrücken jede Verbindung zwischen den Inseln des Stadtzentrums kappten, musste sie sich jedes Mal eine mehr oder weniger ruhige Ecke suchen, um das Morgengrauen abzuwarten.

Aber sie war nicht zum Spaß hier. Entschlossen pflügte sie einen Weg zur Bar. Alle Sci-Fi-Stühle waren besetzt, und es kostete sie mindestens eine Schicht des Petticoats, um sich durch das Gedränge zum Tresen vorzukämpfen. Zwei Barkeeper mit schwarzen kurzärmeligen Hemden und Krawatten von dunklem Pink – ganz im Zeichen des Clubs – jonglierten absolut synchron mit brennenden Flaschen, ließen sie sich auf die Ellbogen und die Handrücken hüpfen, wiegten sich im Takt zur Musik, um sich im nächsten Augenblick nach hinten zu biegen und einen Schwall Flammen in die Luft zu spucken. Begeisterte Rufe, Johlen und Applaus spornte die beiden zu immer kniffligeren Kunststücken an. Die Show endete mit einer brennenden Gläserpyramide voller Schnaps und Standing Ovations, was Juna dazu nutzte, einen Barhocker zu ergattern. Während der eine Barkeeper die hintere Hälfte bediente, kam der andere auf Juna zu. Schnell und geschickt mischte er den anderen Gästen Getränke, ohne es zu versäumen, ihr ab und zu einen kecken Blick zuzuwerfen. Die Bizepse an seinen Oberarmen hatten anscheinend vor, noch diesen Abend die kurzen Ärmel des Hemdes zu sprengen. Seine Gesichtszüge dagegen muteten fast feminin an, und eine Schmalzlocke fiel ihm in die Stirn. Als es etwas ruhiger wurde, winkte Juna den Mann zu sich.

»Singapore Sling. Bitte«, las sie von einer Karte ab. Der Barkeeper bedachte sie mit seinem besten Superman-Lächeln und begann, das Getränk zu mischen. Anscheinend brauchte es jede Menge Zutaten, was ihr die Zeit gab, einige Fragen zu stellen.

»Ich suche Mädchen«, rief sie ihm durch die Musik-Beats zu. »So groß.« Sie zeigte mit einer Hand. »Schlank. Langes Haar, dunkelbraun, braune Augen. Du hast sie gesehen?« Sie wusste selbst, dass sie nicht gerade einen guten Steckbrief abgab – einen flüchtigen Blick in die Menge genügte, um mindestens Dutzend Frauen zu sichten, auf die ihre Beschreibung zutraf.

Er zuckte mit einer Schulter und wirbelte den Shaker in der Luft. »Ich habe schon viele Mädchen gesehen. So groß. Und schlank. Aber keines«, er zwinkerte ihr zu, »in so einem Kleid.«

Kleidung! Richtig. »Eh. Kleines Schwarzes?«

Der Mann lachte auf. Verdammt. War damit doch ein Slip gemeint?

»Okay. Kennst du vielleicht Mädchen Pyschka?« Einen Versuch war es wert.

Der Barkeeper umkrallte den Shaker, sodass die Knöchel weiß hervortraten. Die Kiefermuskeln spannten sich an, jetzt wirkte er alles andere als feminin. Er goss den Cocktail ein und schob das Glas ihr entgegen. »Hab zu tun«, murrte er und verdrückte sich an das andere Ende der Bar. Er hatte noch nicht einmal kassiert.

»Warte! Und Sneschana? Hat sie gearbeitet hier?«, rief sie ihm durch das Wummern der Musik in ihrem Kopf, doch er beachtete sie nicht.

Neben ihr wandte sich ein Typ zu ihr, stützte sich lässig mit dem Ellbogen am Tresen ab und neigte den Kopf. »Sneschana war der Hammer. Eine Frau wie Eis. Großartige Show. Schlimm, was ihr zugestoßen ist. Bist du öfter hier?«

Juna drehte sich weg. *Wir trauern um unsere Tochter und Schwester …* War Sneschana tatsächlich Leahs Schwester? War Leah irgendwo hier?

»Hey«, raunte es in ihren Nacken. »Ich geb dir einen aus. Was sagst du?«

»Auf Wiedersehen.«

Sie rutschte vom Hocker und kämpfte sich durch die Menge, ohne recht zu wissen, wo sie mit ihrer Suche anfangen sollte. Mit etwas Glück würde es ihr gelingen, jemanden von der Bedienung etwas subtiler nach Sneschana und vielleicht Leah auszufragen. Sie bemühte sich darum, ihren Rock zwischen den

Menschenleibern hindurchzuzwängen, und fühlte sich ein bisschen wie Zuckerwatte am Stock auf einer Kirmes. Die oberste Schicht aus schwarzer Spitze war bereits angerissen. Wo war Leah? Sie konnte sie nirgends entdecken, ließ sich von der Menge hin und her schieben, wandte sich immer wieder um, und fand doch kein vertrautes Gesicht. Am besten, sie kehrte zurück zur Bar. Sie könnte abwarten, bis der Barkeeper Feierabend hatte, ihm nach draußen folgen und ihn auf der Straße in Ruhe ausfragen. Ohne Hektik, Stimmengewirr und laute Musik. Er wusste etwas, ganz bestimmt.

»Hallo, Juna«, tönte plötzlich eine Stimme hinter ihr, laut, um den neu aufgelegten Song zu übertönen, russisch, gänsehautrussisch. »Was für eine Überraschung, dich hier zu sehen.«

Juna fuhr herum. Sofern es ihr Kleid und die Menschen um sie herum erlaubten. Die Nähte ratschten und die oberste Schicht beschloss, sich endgültig zu verabschieden.

»Juna?«

Nein. Unmöglich. In ihrem Kopf stockte und bockte ein uraltes Lied mit der monotonen Stimme von Nautilus Pompilius, einer Gruppe, die ihre Mutter noch auf Vinylplatten gehört hatte. Ein seltsames Lied, das ultimative Wahrheiten über einen gewissen Alain Delon verbreitete.

»Juna. Erkennst du mich nicht wieder?«

Diese zwei Falten, die über seiner Nasenwurzel erschienen, sobald er die Augenbrauen zusammenzog, das verwuschelte Haar, die rauchgrauen Augen.

»Paschik!«, stammelte sie. Natürlich würde sie ihn überall erkennen, auch hier, mitten in … Deutschland.

»Hier nennt man mich Pawel.« Mit zwei Fingern zog er die Perücke von ihrem Kopf. »Heute ist wohl mein Glückstag!«

11

Er führte sie in sein Büro im zweiten Stock, wo sie sich auf ein schwarzes Ledersofa setzte. Leise grummelnd senkten sich die mechanischen Außenjalousien und schirmten das Büro von den Feierlichkeiten im Club ab. Das sanfte Licht tat gut – und lullte sie ein wenig ein. Sie ermahnte sich dazu, wachsam zu bleiben. Argwöhnisch beobachtete sie, wie Paschik unruhig durch den Raum streifte und sich sein dunkelblondes Haar an der rechten Seite immer wieder hinter das Ohr schob. Jedes Mal, wenn er sie ansah, fühlte sie seinen Blick auf ihrem Körper, doch sobald sie zu ihm aufschaute, wich er ihr aus.

»Dein Club, also?«, sagte sie, um dieses nervöse Schweigen zwischen ihnen zu brechen.

»Ja.« Er kam an den schwarz-rot verglasten Schrank zu seiner Rechten und schob eine der Schiebetüren beiseite. Etwas fiepte. Juna reckte den Hals – und sah einen Glaskasten, in dem sich ein Fellknäuel, offenbar ein Meerschweinchen, in die hintere Ecke drängte.

Beim Anblick des Tieres wurde ihr eng ums Herz. Sie dachte an Zdenka, die sich in der Baracke genauso in eine Ecke gedrängt hatte. An Pyschka, die vielleicht noch immer irgendwo auf Hilfe wartete. Jetzt musste sie einen klaren Kopf bewahren, wenn sie tatsächlich irgendjemandem helfen wollte.

Paschik holte Gläser, eine Flasche Macallan-Whisky und schenkte großzügig ein. Anscheinend musste er sich stärken, bevor er mit ihr sprechen konnte. Wie damals in Russland.

Sie ergriff die Initiative. »Und, wie laufen die Geschäfte?«

Sie schmunzelte, als sie an Nick denken musste, doch dies war nicht der Ort oder die Zeit dafür. Wo war er nur?

Paschik reichte ihr eines der Gläser. »Gut.«

Sie nahm es, um es sogleich auf dem Tisch abzustellen. Es war kein *Kagor*. Nicht einmal in seinen Augen. »Nett, dich hier zu treffen.«

»Ja.« Er kippte seinen Whisky runter wie den letzten Fusel, obwohl er stets proklamiert hatte, dass man so etwas Gutes und Teueres genießen, das Bukett Schottlands mitsamt Kulturgeschichte entsprechend würdigen sollte. Jetzt rutschte die Kulturgeschichte seinen Rachen hinunter und ließ ihn husten. »Stell dir *meine* Überraschung vor, dich hier zu treffen.« Er machte wieder ein paar hastige Schritte, dirigierte seine Rede mit dem Glas in der Hand: »Juna, Juna, wenn du nur wüsstest, was für Kummer du uns bereitet hast! Wir sind fast verrückt vor Sorge um dich geworden. Und dann tauchst du, mir nichts dir nichts, hier auf. Wie bist du nur hierher gekommen? Wer hat dir von meinem Club erzählt? Ehrlich, ich verstehe nicht, wie du hierherkommst!«

»Uns?«

Er schwenkte die Flasche und schenkte sich noch einen Schluck nach. »Deinem Vater und mir.«

Seine Worte fuhren durch ihr Inneres wie ein kalter Atem. »Du kennst meinen Vater?«

Zum Teufel mit *Kagor*. Jetzt brauchte sie wirklich etwas Stärkeres. Aus einem Impuls heraus griff sie nach dem Whisky, sie hatte das Glas bereits an die Lippen geführt, als sie innehielt. Sie stellte es zurück und schloss kurz die Augen. *Einatmen. Ausatmen*. Stehen wie ein Baum und nichts an sich heranlassen.

Ja, das war eindeutig besser als Alkohol.

Paschik lächelte ihr über seinen Glasrand hinweg zu. Wenn

er es ehrlich meinte, erschienen auf seinen Wangen Grübchen, die sämtliche Frauen in seiner Umgebung regelmäßig dazu verleitet hatten, tief aufzuseufzen. Aber Juna hatte schon lange aufgehört, bei seinem Anblick zu seufzen. »Du kennst meinen Vater«, wiederholte sie und dieses Mal war es keine Frage.

»Aber natürlich.«

»Wenn du so locker von ihm sprichst, hast du keine Ahnung.«

»Ich weiß genug. Soll ich es dir beweisen? Mal sehen … Also: Er hat Physik studiert; wenn ich mich nicht irre, an der gleichen Universität wie du, sein Studium schloss er mit Auszeichnung ab. Schließlich ging er nach Moskau und gehörte unter Chodorkowski zur Leitung des *Zentrums für wissenschaftlich-technisches Schöpfertum der Jugendstiftung für Jugendinitiative*. Genau dort begann auch sein Aufstieg. In der Raubritterphase der Perestroika hat er Millionen über Millionen angehäuft und zählte zu den einflussreichsten Menschen Russlands der Jelzin-Ära. Aber er blieb immer im Schatten, obwohl sein Einfluss weit reichte. 1996 soll er Jelzin angeblich die Wiederwahl gesichert haben, zwar nicht allein, aber er hat einen nicht unwesentlichen Beitrag dazu geleistet. Vor allem, indem er einige unangenehme Kontrahenten kaltstellen ließ. Man munkelte, nicht einmal Putin konnte ihm etwas anhaben, obwohl er die anderen Unterstützer seines Vorgängers einen nach dem anderen aus dem Weg geräumt hatte.

Und dann ist dein Vater urplötzlich von der Bildfläche verschwunden. Keiner wusste, wo er war oder was er die ganze Zeit gemacht hat. Man redete so einiges. Dass es Putin doch noch gelungen war, ihn loszuwerden.« Er prostete ihr mit dem Whisky zu. »Oder dass er etwas Gewaltiges ausheckte. Seitdem kommt keiner an ihn ran.«

»Und das alles wusstest du schon, als wir beide zusammen waren?«

»Sicher.«

Woher? Ihr Inneres schien zu vibrieren und ihre Balance zu zerrütten, die rastlosen Gedanken rissen das Yin und Yang auseinander.

»Du wusstest alles und hast mir nichts gesagt? Hast die ganze Zeit so getan, als würdest du mit einem x-beliebigen Mädchen ausgehen?«

Okay, *die ganze Zeit* waren aber nur ein paar Wochen gewesen, zügelte sie sich. Und hätte sie nicht alles dafür gegeben, ein x-beliebiges Mädchen zu sein? Paschik hatte bloß nach ihren Regeln gespielt, oder nicht?

Seine kühlen Finger streiften ihre Wange. »Es ist mir vollkommen egal, wer dein Vater ist. Beruhige dich, Juna. Du kannst mir vertrauen.«

Vertrauen. Das hatte Oleg auch gesagt. Und Nick. Schwermütig blickte sie auf das Meerschweinchen in seinem Glaskasten.

Paschik leerte das Glas, räusperte sich und schenkte sich erneut ein. Seine Stimme klang weich, leierte ein wenig, und das verrückte Nautilus-Pompilius-Lied wollte ihr einfach nicht aus dem Kopf gehen:

Alain Delon trinkt kein Eau de Cologne;
Alain Delon trinkt doppelten Bourbon.

In diesem Fall schottischen Whisky. Das vierte Glas. Nun aber Schluss mit Alain Delon.

»Und jetzt?« Sie stand auf. Eigentlich wollte sie gehen und nach Leah suchen, es gab so viele Dinge, die nicht einmal ansatzweise einen Sinn ergaben.

»Ich habe von deiner Entführung gehört«, er legte seine Hand auf ihre nackte Schulter und zwang sie, sich wieder hinzusetzen, »gelesen, um genau zu sein. Magst du mir erzählen, was passiert ist?«

»Oleg. Angeblich ein Model-Scout. In Wirklichkeit hat er anscheinend für einen internationalen Menschenhändlerring gearbeitet, naiven Mädchen eine Model-Karriere versprochen und sie nach Deutschland verschleppt, wo sie ohne Papiere und Sprachkenntnisse für ihn anschaffen müssen.«

»Wow. Das hast du herausgefunden?«

»Eins und eins zusammengezählt.« Sie zupfte an der obersten Schicht ihres Rockes, die sich vom Mieder an der Seite ablöste. »In Russland hat er meine Freundin entführt. Pyschka. Erinnerst du dich noch an Pyschka? Irgendwie ist es ihr gelungen, mich anzurufen und mir ein paar Hinweise zu geben, wo sie ist. Deshalb bin ich nach Deutschland gekommen. Oleg ist mir gefolgt. Er hat mich mit K. O.-Tropfen betäubt und in eins der Lager gebracht – keine Ahnung wohin genau.«

»Und dir ist die Flucht gelungen?«

»Die Flucht?« Ihr Blick schnellte zu ihm. »Woher weißt du von meiner Flucht?«

»Offensichtlich bist du hier, also musst du es irgendwie geschafft haben, von dort wegzukommen.« Er hob eine Augenbraue. »Wie?«

»Mein *Karate*?« Sie schnaubte. »Oleg konnte es sich nie merken.«

»Verstehe.« Er lachte leise auf und ging ein paar Schritte herum, inzwischen sichtlich entspannter, als müsse er sich nur die Beine vertreten. »Dann muss ich mich also in Acht nehmen vor deinem … Karate?«

»Eigentlich Taijiquan.« Sie schaute ihn von der Seite an. Machte er sich über sie lustig?

»Weißt du etwas über das Lager, über die Leute, die dich dort festgehalten haben?« Er stellte sich hinter sie und stützte sich an der Sofalehne ab.

»Nicht viel. Ich habe nur zwei, höchstens drei Männer gesehen, von denen würde ich nur einen wiedererkennen können. Und ich erinnere mich an andere Mädchen.« An Zdenka. Sie wünschte sich, sie hätte niemals ihren Namen erfahren.

»Hat dir jemand geholfen zu fliehen?« Sie merkte, wie sich seine Hand fester in die Sofalehne grub. Es behagte ihr nicht, ihn in ihrem Rücken zu wissen. Sie wollte ihm ins Gesicht sehen. Wollte merken, wenn er etwas vor ihr zu verbergen versuchte.

»Du traust meinen Karate-Künsten doch nicht so viel zu, was?«

Seine weißen, feingliedrigen Finger kneteten das schwarze Leder des Sofas. Dann ließ er die Lehne los, unverwandt, als hätte er eine Entscheidung getroffen. »Dein Vater ist sofort hergekommen, als er von der Entführung gehört hat, wusstest du das?«

»Mein Vater ist hier? In Deutschland?« Sie fuhr herum, doch seine Finger, die ihr über die Wange streiften, zwangen sie, das Gesicht abzuwenden.

»Er würde dich niemals im Stich lassen. Das wissen wir beide, nicht wahr? Du bist seine Tochter.«

Sie betrachtete den Glaskasten im Regal, in dem das Fellknäuel apathisch in seiner Ecke kauerte. Langsam ergab das Ganze einen Sinn. Wollten die Entführer sie als Druckmittel gegen ihn benutzen?

Du bist so eine Idiotin! Was war, wenn diese Leute Pyschka gezwungen hatten, sie anzurufen? Und sie den Köder geschluckt hatte. Wie lange hatte Oleg ihr nachausspioniert, bevor er sich entschieden hatte, ein Teil davon zu werden? War ihr ganzes Scheißleben nur eine abgekartete Sache?

Oleg habe nicht auf eigene Faust gehandelt, hatte Nick gesagt. Sie dachte an das Whiteboard und das Chaos der Beschriftungen und Pfeile. Führten die Spuren nicht zum *Perles d'Or*?

Und was hieß das für Paschik – *Pawel,* korrigierte sie sich –, der einen Club in Deutschland besaß? Handelte er mit Mädchen? Konnte sie ihm wirklich noch vertrauen?

Pawel zog sein Handy aus der Tasche und betätigte eine Kurzwahl. »Ich rufe deinen Vater an«, murmelte er mit dem Telefon am Ohr. »Er wird sich freuen zu hören, dass du wohlauf bist.«

Ihr Vater – bei ihm in der Kurzwahl. »Kornej Sergejewitsch, ich hoffe, dass diese Nachricht sie bald erreicht. Juna ist hier. Es geht ihr gut.«

Aha. Doch bloß eine Mailbox? Das sah ihrem Vater ähnlich. Er ging nie ran; wenn er es für nötig hielt, rief er zurück. Sein Handy blieb meistens ausgeschaltet, um nicht lokalisiert zu werden. Er war ein unverbesserlicher Paranoiker.

Paschik reichte ihr das Telefon. »Möchtest du vielleicht selbst ein paar Worte sagen?«

Zögernd nahm sie das Handy und hörte in die Stille am anderen Ende hinein. War es überhaupt die Mailbox ihres Vaters?

Paschik lächelte ihr aufmunternd zu.

Sie räusperte sich. »Ich bin's Juna. Ich habe gehört, du bist meinetwegen nach Deutschland gekommen. Tut mir leid, dass … ich nicht auf dich gehört habe, als du …«

Mit spitzen Fingern nahm Paschik ihr das Telefon weg. »Ich melde mich noch einmal später«, sagte er leise, aber bestimmt. »Machen Sie sich keine Sorgen. Bis dann.« Er legte auf. »Am besten, du bleibst hier, solange die Gefahr noch nicht gebannt ist. Sie könnten dich noch suchen, weißt du?«

»Woher kennst du meinen Vater?«

Er steckte das Handy in die Innentasche seines Sakkos und fuhr sich mit beiden Händen durchs Haar. »Hör zu, es war ein langer Tag. Lass uns morgen weitersprechen. Dein Vater und ich werden uns um alles kümmern. Hier bist du erst einmal in Sicherheit.« Er schob seine Hand unter ihr Haar und fuhr ihren Nacken entlang. Sie wollte sich ihm entwinden, doch er hielt sie fest. »Ich bringe dich jetzt auf dein Zimmer, dort kannst du dich ausruhen.«

»Mein Zimmer? Hast du einen Club oder ein Hotel?«

»Ich habe, was du brauchst, Juna. Was du brauchst. Du solltest dich wirklich ausruhen. Morgen ist auch noch ein Tag.«

Sie wich zur Seite, doch Pawel schob sie mit seiner sachte drängenden Hand aus dem Büro. Er geleitete sie bis zu ihrem Zimmer, wo er sie mit einem beiläufigen ›Erhol dich gut‹ allein ließ.

Es war geräumig und anscheinend schallisoliert, denn vom Tumult des Clubs war nichts zu hören. Die Einrichtung mutete tatsächlich wie in einem Hotel an: ein großes Doppelbett mit weißen und bordeauxroten Laken, ein Spiegel, ein schmaler Schrank. Dennoch hinterließ die Einrichtung einen schalen Beigeschmack. Eine weitere Tür führte in ein kleines Bad. Juna entledigte sich des Kleides und kroch ins Bett. Wenn sie schon einmal hier war, konnte sie sich tatsächlich etwas ausruhen. Wie müde sie war, merkte sie erst jetzt. Eigentlich mochte sie sich gar nicht mehr bewegen, nur daliegen und an die Decke starren. Und nachdenken.

Ihre Gedanken suchten einen Anfangspunkt und fanden ihn in Russland. Paschik war unglaublich attraktiv gewesen, damals in Sankt Petersburg. Seine Jeans und den Pullover trug er mit einer lässigen Eleganz. Und mit welch unglaublicher Melancholie konnte er Jessenins Gedichte vortragen! Besonders in weichem, nächtlichem Schneefall vor dem ewigen Feuer des Marsfeldes.

Hand und Wort? Nein, lass – wozu noch reden?
Gräm dich nicht und werd mir nicht so fahl.

Sterben –, nun, ich weiß, das hat es schon gegeben;
doch: auch Leben gab's ja schon einmal.

Genau eine Stunde, nachdem Jessenin diese Zeilen für seinen Freund niedergeschrieben hatte, nahm der Dichter sich das Leben. Nach einer Stunde, als Paschik es ihr vorgetragen hatte, machte sie mit ihm Schluss. Per SMS. Ebenfalls mit einem Jessenin-Zitat:

Die Sonne – nie kannst du sie singen.
Du siehst vom Fenster nicht das Paradies.
Die Mühle mag die Flügel schwingen –
auf in den Himmel fliegt sie nie.

12

Völlig gerädert und mit schwerem Kopf wachte Juna auf. Das Barbie-Kleid war verschwunden, stattdessen fand sie auf dem Sessel neben dem Bett einen Satz Unterwäsche, eine Cordhose und eine Tunika-Bluse. Bequem und zweckmäßig, so, wie sie es mochte. Als würde Paschik alles daran setzen, ihn zu zeigen, wie gut er sie kannte und verstand. Nur war es ein bisschen schade um das verrückte Kleid.

Sie duschte sich, trocknete die Haare mit einem Handtuch ab und schlüpfte in die frischen Sachen. Das feuchte Haar durchnässte den Stoff und klebte an ihrer Haut. Sie neigte den Kopf leicht nach vorne. Für einen Moment hielt sie inne, ohne sich genau erklären zu können, warum. Die Erinnerung an Nicks Berührung, wie er ihre feuchten Strähnen zur Seite streifte und mit den warmen Fingern zärtlich ihren Nacken entlangfuhr … Ihre Brustwarzen zogen sich zusammen, sie legte die Hände darüber und drückte fest zu. Nein, das war zu viel, eindeutig zu viel.

Immerhin fühlte sie sich erfrischt genug, um Paschik gegenüberzutreten und ihm ein paar Antworten abzuverlangen, doch nach einem kurzen Raumcheck stellte sie fest, dass ihre Riemchensandalen fehlten. Also keine Schuhe. Damit sie nicht weglaufen konnte? Sollte Paschik sie tatsächlich gut kennen, würde er wissen, dass dieser Versuch sinnlos war. Fliehen würde sie auch ohne Schuhe.

Barfuß trat sie in den Flur. Gestern hatte sie nicht den Kopf gehabt, sich die Umgebung genauer einzuprägen. Jetzt war die

Gelegenheit günstiger. Der Boden war mit einem weichen Teppich ausgelegt, dunkel-pink mit schwarzen Schwaden, die wie Tinte verwaschene Muster in das weiche Gewebe zeichneten. Er fühlte sich fremd an unter ihren Füßen. Daheim hatten sie nur im Schlafzimmer einen Teppichläufer, der vom Stoff her auch eine Tischdecke hätte sein können. Die schönen dunkelroten und braunen Teppiche, beide mit pseudo-orientalischen Mustern, in denen Juna oft Prinzessinnen und Ritter auf hohen Rössern zu erkennen glaubte, hatte ihre Oma an die Wände getackert. Strategisch verteilt an den Seiten zur Nachbarin, denn *die Warja – die wärmt doch ihre Ohren immer an den Wänden*, hatte ihre Oma stets gemurrt. Aber vielleicht fand sie die aufgehängten Teppiche einfach nur schön. Außerdem waren es zwei, einer mehr als bei *der Warja, die doch nur daran denkt, mit ihrem Kram zu protzen*.

Bei der Ausstattung hier wäre Warja gänzlich erblasst, dagegen war die in den Neunzigern so begehrte *Euro-Standard-Renovierung*, mit der die Nachbarin im Treppenhaus so angegeben hatte, gar nichts. Auch Oma wäre ganz sicher entzückt. Allein von den verchromten Deckenlampen.

Vom Flur gingen mehrere Türen ab, die mit elektronischen Schlössern gesichert waren, für die man Magnetkarten brauchte. Ein Hotel war das nicht. Sie erinnerte sich an die Liste mit den Frauennamen. An Sneschana.

Etwas weiter stand eine der Türen offen, Juna hörte ein Rascheln und Klappern, und kam näher, von den Geräuschen angelockt. In ihrem Kopf türmten sich so viele Fragen auf, dass sie beinahe jeden angegangen wäre, der das Pech hatte, ihr über den Weg zu laufen. Der Raum war mit einem Himmelbett ausgestattet, sogar die Decke war mit Tüchern überspannt, die herabhingen und eine Art Kuppel oder Gewölbe bildeten. In weißen und hellblauen Tönen gehalten, vermittelte die Einrichtung etwas Luftiges und Feenhaftes. Und etwas unglaublich Trauriges.

Hinter dem Bett kam eine Frau zum Vorschein, die gerade die Laken wechselte. Ihre Griffe waren sparsam und routiniert. Eine leise Schönheit lag in ihren Bewegungen, die Juna nur ungern störte.

»Hallo«, versuchte sie es auf Deutsch.

Die Frau wirbelte herum, das Laken an die Brust gepresst. Juna keuchte. Das junge Gesicht war von einem Netz aus längst verheilten Schnitten überzogen, blasse Narben, hauchdünn in die Haut eingekerbt, als hätte ein durchgeknallter Schönheitschirurg seine Markierungen darauf gelassen. Eine Narbe am Hals schnitt in die Haut wie eine Schlinge.

»Entschuldigung«, stammelte Juna und wusste nicht, warum sie sich entschuldigte. Weil sie so erschrocken reagiert hatte? Weil sie dieses Gesicht noch immer anstarrte?

Die Frau wandte sich rasch ab und setzte ihre Arbeit fort, nur ihre Bewegungen wurden fahriger, die schmalen, blassen Hände schienen sich im Laken zu verzetteln.

»Entschuldigung. Ich wollte Sie nicht machen Angst«, versicherte Juna und erntete einen hastigen, erschreckend toten Blick. Die Frau leerte einen kleinen Eimer neben dem Bett in eine Plastiktüte. Es war kaum etwas drin: ein paar zerknüllte Bonbon-Hüllen, ein angerissenes Kondompäckchen und das Gummi selbst, gefüllt und zugeknotet.

Leer, diese Stille.

Der schwere Geruch, die schlaffe Hülle, der dickflüssige Samen, der über Zdenkas Brüste kriecht – und Juna konnte sich kaum rühren.

Die Frau raffte ihre Utensilien zusammen und huschte an ihr vorbei in den Flur. Obwohl sie humpelte, war sie flink wie ein Silberfisch.

»Warten Sie! Ich suche Paschik.«

Die Frau verharrte, ohne sich zu ihr umzudrehen, die Schultern sackten nach vorne. Juna holte sie ein. »Paschik. Sein Büro. Warten Sie.«

Die Frau wartete, verlor aber kein Wort.

»Sie kennen Paschik, richtig? Chef von dem Club? Ich suche ihn. Können Sie sagen mir, wo ich finde Pawel?«

Die Frau schüttelte den Kopf, ohne den Blick von den Händen zu heben, mit denen sie die Mülltüten und ihre Utensilien umklammerte.

»Ist alles gut?«, startete sie einen neuen Versuch.

Erst jetzt sah die Frau zu ihr auf, öffnete den Mund …

Der Typ erschien wie aus dem Nichts. Mit einem federnden Gang betrat er den Flur, breitbeinig, als gehöre ihm der ganze Laden hier samt Teppichen. Sein Blick und seine Bewegungen hatten dennoch etwas Unruhiges wie bei einem aufgerichteten Frettchen, das Beute und gleichzeitig Gefahr witterte. Er schob ein Mädchen von vielleicht achtzehn Jahren vor sich her, das er in den feenhaften Raum stieß und die Tür schloss. »Geh«, scheuchte er die Putzfrau davon. Auf Russisch. Geduckt huschte diese an ihm vorbei. »Und du: Verschwinde in dein Zimmer, du hast hier nichts verloren.«

Juna straffte die Schultern. Wie von selbst suchte ihr Körper das Gleichgewicht, sie stand fest, unverrückbar. Zumindest nicht von einem dahergelaufenen Frettchen. »Ach ja?«

Breitbeinig baute er sich vor ihr auf. Das herablassende Lächeln hielt sich tapfer auf seinen Lippen, die von kleinen Pickelchen umrandet wurden. Die Verachtung gegenüber Frauen musste er bereits mit der Muttermilch eingesogen haben. »Wie heißt du?«

»Was geht dich das an?« Sie lächelte, was ihn stutzen ließ. Er sah sich um. Irgendwo schlug eine Tür, und sogleich erhob er seine Stimme, als sage er einen Part in einem Amateur-Stück auf. »Für eine *Ljarva* hast du ein ganz schön großes Maul. Du hast mir meine Frage nicht beantwortet.«

Ljarva. Den Jargon kannte sie. So wurden Prostituierte genannt.

»Du meine auch nicht.« Ruhig bleiben. Sich keine Angst anmerken lassen. Und unbedingt weiter lächeln. Er würde ihr nichts tun, solange er nicht wusste, ob er ihr etwas antun *durfte*. Ob sein Chef es ihm erlauben würde. Ihr selbstsicheres Lächeln machte ihn sichtlich nervös. Sie hielt Stand. Es gab überhaupt keinen Grund zur Panik. Sie war in Pawels Club und er würde den Teufel tun, sie seinen Gorillas zum Fraß vorzuwerfen. Oder doch nicht?

Der Typ beugte sich etwas zu ihr. Beinahe demonstrativ kaute er an seinem Kaugummi, direkt vor ihrem Gesicht. In seinem Blick, mit dem er sie wie mit seinen fahrigen Fingern abtastete, flackerte Neugier auf. »Was soll das?«

»Das frage ich mich auch.«

Eine Patt-Situation auf einem fremden Terrain ist dein Gewinn, hatte ihr Vater erklärt, und irgendwie spürte sie, dass der Typ gerade auf dem Rückzug war. »Okay. Ich bin *Pryschtsch*. War ein wenig irritiert, dich hier laufen zu sehen.« Er deutete auf ihre Schwellungen, die sie vom Mädchenlager getragen hatte. »Wer war's?« Erneut schaute er sich um. Seine Stimme wurde leiser. »Du kannst mir alles sagen.«

»Alles gut, Pryschtsch. Ich will zu Paschik.«

»Zu wem?«

»Pawel. Im gehört das Ganze hier, oder irre ich mich da?«

»Och. Ja. Er ist beschäftigt.«

»Für mich wird er Zeit finden. Sag ihm, Juna Kutscherowa möchte ihn gern sehen.«

»Juna? Ah.« Er wurde hektischer, auch wenn das herablassende Lächeln nicht gänzlich verschwunden war. Zumindest nicht aus seinen Augen. »Ich frag ihn. Bleib hier.«

»Selbstverständlich.«

Er trollte sich, nicht ohne ein paar Mal über die Schulter zurückzublicken, als wollte er sich versichern, dass sie sich nicht von der Stelle rührte.

Wieder allein, klopfte sie an der Tür des Mädchens. Niemand antwortete. Sie klopfte noch einmal, drückte leicht auf die Klinke – das Lämpchen an dem Kartenleser blieb rot. Ihre Tür war die einzige, die das grüne Licht aufwies. Konnte das Mädchen gar nicht aus dem Zimmer raus?

Nach ein paar Minuten kehrte Pryschtsch zurück. »Also. Pawel hat im Moment zu tun. Aber er meinte, ich soll dir jeden Wunsch … von den Lippen … und so weiter.«

»Meine Lippen lässt du schön in Ruhe. Aber ich habe Hunger und würde jetzt gern etwas essen.« Das stimmte, obwohl ihr das bis gerade eben gar nicht klar gewesen war. Doch der Hunger musste warten. Nachdem der Typ versprochen hatte, sich darum zu kümmern, beschloss sie, Pawel aufzusuchen. Wenn er keine Zeit hatte, sollte er es ihr selbst sagen. Und wer weiß, was sie unterwegs entdeckte? Darauf bedacht, niemandem aufzufallen und keinem Frettchen mehr in die Arme zu laufen, bemühte sie sich, zu Pawels Büro zu gelangen. Menschenleer sahen die Räume und die Flure ganz anders aus als gestern. Ihr Orientierungssinn meldete sich nur sporadisch und sie landete in einigen Sackgassen. Sobald sie Schritte hörte, suchte sie Deckung, bis jetzt erfolgreich. Sie schnappte sogar ein paar Gesprächsfetzen auf, bei denen sie jedes dritte Wort im Jargon-Wörterbuch hätte nachschlagen können. Es ging um ein Kartenspiel, vermutlich Black Jack – die Begriffe *Einundzwanzig*, *Bank*, *Klopfen* und *Einsatz* fielen.

Gerade als sie eine weitere Treppe entdeckte und überlegte,

ob diese sie endlich weiterbringen würde, hallte eine Stimme durch das Treppenhaus. Paschik. Er lief die Stufen herunter und telefonierte; sie hörte ein kurz angebundenes »verstanden« und »heute Nachmittag«. Dann blieb er stehen und knurrte gereizt: »Keine Sorge, schon bald wird keiner mehr den Schatten der *Krähe* fürchten müssen. Ja. Ich weiß, was zu tun ist. Alles ist vorbereitet. Verdammt, was soll das? Ich kriege das schon hin! Du bekommst, was du willst, du musst mir nicht stets hinterherschnüffeln. Sieh zu, dass du dein Versprechen ebenfalls hältst, wenn die Sache vorbei ist.«

Rasch verschwand sie hinter der erstbesten Tür. Durch den Spalt hörte sie, wie Paschik an ihr vorbeilief. Unten rasselte ein Schloss, er musste nach draußen gegangen sein. Anscheinend war er in der Tat äußerst beschäftigt. Mit der *Krähe*? Hinter der Nick her war? Sie erinnerte sich an das wüste Diagramm in seiner Küche. *Die Krähe*. Alle Fäden liefen dort zusammen.

Noch während sie durch den Türspalt lugte, um zu prüfen, ob die Luft rein war, schloss sich eine Hand um ihren Oberarm. Juna wurde gegen eine Wand gedrückt. Das Frettchen. Sein Körper, dicht an den ihren gedrückt, ließ ihr keine Chance, irgendetwas zu unternehmen. Sie versuchte sich herauszuwinden, fühlte seinen Schwanz an ihrem Leib und hielt still. Er kaute an seinem Kaugummi, und sein warmer Atem blies ihr einen synthetischen Kirschgeruch ins Gesicht. »Verlaufen?«

»Wollte wissen, wo mein Essen bleibt. Aber dieser Club ist größer als man denkt, ja.« Sie hielt seinem Blick stand. Seine kleinen, schwarzen Augen huschten hin und her und fanden keine Ruhe. Sie mochte diese Augen nicht.

»Dann bringe ich dich am besten so schnell wie möglich zurück. Wir wollen doch nicht, dass du verhungerst.«

Er führte sie ab, sein Griff lockerte sich nicht, bis sie das Zimmer erreicht hatten. »Betreibt Pawel auch ein Casino?«, fragte sie, so unschuldig wie möglich.

Er presste sie gegen den Türrahmen. Schon wieder waren sein Gesicht, sein Atem, sein Unterleib viel zu nah. »Hör zu. Ich habe Anweisung, dir kein Haar zu krümmen.« Er drückte ihre Wange gegen das Holz. Sie keuchte auf, als sich die Schwellung an ihrem Kiefer mit einem dumpfen Pochen meldete. »Ich werde dir nichts tun. Aber ich kenne einige, die das anders sehen würden. Vielleicht sogar Pawel selbst. Du wärst gut damit beraten, keine Fragen zu stellen und nicht herumzuschnüffeln. Alles klar?« Mit einem Stoß wurde sie ins Zimmer befördert.

Pryschtsch blieb draußen stehen, bis sie die Tür vor seiner Nase zuknallte. Verdammt. Jetzt war sie wirklich eingesperrt. Was ging hier nur vor? Sie ließ sich auf das Bett fallen. Das Essen wartete auf sie auf einem Servierwagen. Der erkaltete Duft nach Gebratenem füllte den Raum. Zumindest für ihr leibliches Wohl war gesorgt. Mit dem Frettchen vor ihrer Tür – ein beunruhigender Gedanke.

Die Stunden vergingen quälend langsam. Wenn sie nicht auf dem Bett saß und sich selbst Vorwürfe machte – wie konnte sie nur so dumm gewesen sein, Leah in diesen verdammten Club zu folgen? – machte sie ein paar Taiji-Übungen. *Geduld. Habe Geduld, Juna!* An diesem Abend hatte sie es nicht mehr gewagt, nackt ins Bett zu gehen, und verkroch sich gleich in der Bluse unter die Decke. Als sie am nächsten Tag aufwache, fand sie einen neuen Satz Wäsche neben ihrem Bett, dafür war die Cordhose verschwunden. Bei dem Gedanken daran, wie das Frettchen reingekommen war und sie im Schlaf beobachtet hatte, war sie kurz davor, sich zu übergeben.

Die Jeans, die sie heute anziehen musste, war zu eng geschnitten und zwickte. Das Top aus schwarzer Seidengeorgette ließ sie liegen, es zeigte entschieden zu viel Haut für ihre derzeitige Stimmung. Es schüttelte sie innerlich bei dem Gedanken, darin Paschik gegenübertreten zu müssen.

Sobald sie aus dem Zimmer kam, versperrte das Frettchen ihr den Weg. Doch diesmal war sie nicht bereit, klein beizugeben.

»Sag Paschik, dass ich ihn endlich sprechen muss«, knurrte sie. Doch er sah sie einfach nur an und regte sich nicht. Entschlossen wich sie einen Schritt zur Seite, um an ihm vorbeizukommen. Er versuchte sie zu packen, doch sie duckte sich unter seinem Arm hinweg. Jetzt sich bloß nicht an die Wand drängen lassen, wo sie nicht manövrieren konnte.

Er kam näher. »Willst du etwa Ärger machen?« Und näher. Trotz seiner schmalen Statur war er größer und kräftiger als sie. Nur zählte die blanke physische Kraft selten viel. *Der richtige Kern*, hatte ihr Vater oft gesagt, *immer und überall kommt es auf diesen Kern an*.

»Ich gehe jetzt zu Pawel«, zischte sie und versuchte die Leere in seinem Blick zu deuten. Ihr heftig schlagendes Herz nahm ihr beinahe den Atem, aber das Frettchen ließ sie tatsächlich durch und folgte ihr mit ein paar Schritten Abstand. Da er keine Anstalten machte, ihr den Weg zu weisen, irrte sie ein Weilchen durch den Club, bis sie in den Flur einbog, der zu Pawels Bürotür führte, vor der …

Nick!

Die Erkenntnis traf sie mit voller Wucht. *Da hast du sie, deine Schnappatmung wegen eines Kerls – Glückwunsch*. War sie in den Händen der Leute, die sie entführt hatten? Für die Nick arbeitete? *Denk verdammt nochmal nach, Juna*!

Noch bemerkte er sie nicht. Er hielt den Kopf gesenkt, und seine blonden Haarsträhnen fielen ihm ins Gesicht. Er sah matt aus, ein bisschen teilnahmslos, als wären seine Gedanken woanders. Dann musste er etwas bemerkt haben, sein Blick schnellte hoch.

Na hallo aber, wollte sie sagen und schwieg. Er bemerkte das Frettchen, fing sich erstaunlich schnell, das Gesicht blieb ausdruckslos. Sein Blick glitt über sie hinweg, als hätte er sie kaum wahrgenommen. Aber sie kannte ihn inzwischen erschreckend gut. Die Fältchen, als er bei ihrem Erscheinen die Augen leicht zusammenkniff, die harte Linie seines Mundes entgingen ihr nicht. Und wie bleich er mit einem Mal geworden war!

Sie ging auf ihn zu wie auf einen Fremden. »Ich will sprechen mit Pawel. Jetzt.«

Er verschränkte die Hände. »Ich fürchte, das ist im Augenblick nicht möglich. Er telefoniert.«

»Ich muss sehen ihn. Wenn er mich hier will festhalten, dann muss er mir ins Gesicht sagen.«

»Er ist beschäftigt. *Miss.* Aber ich bin mir sicher, er wird Sie empfangen, sobald er Zeit dazu hat.«

Er stand da, unverrückbar wie der Elbrus, und machte es ihr unmöglich, an die Klinke zu gelangen.

»Und wann wird die Hoheit opfern für mich seine teure Zeit?«

Sie merkte, wie seine Mundwinkel leicht zuckten, als er ein Lächeln unterdrückte, um teilnahmslos wie vorhin auszusehen.

»Ich fürchte, in der Woche, als in der Schule das große Orakeln dran war, hatte ich Masern, *Miss*.« Er durfte sie nicht *mon chou chou* nennen, nicht in der Gegenwart des Frettchens. Zumindest hoffte sie sehr, dass dies der einzige Grund für dieses abweisende, kalte *Miss* war.

Die Tür öffnete sich. »Nikki. Alles gut. Natürlich kann Juna mich jederzeit sprechen.« Pawel neigte den Kopf, bat ihr galant seinen Arm und wechselte ins Russische: »Ich glaube, ich bin dir ein paar Antworten schuldig.« Behutsam führte er sie zum Sofa, während sie Nicks Blick im Rücken spürte.

»Ist alles in Ordnung?« Pawel beugte sich zu ihr, nach der besten Alain-Delon-Manier, die früher ihr Herz ein klein wenig höher schlagen ließ, weil ihr gefiel, wie galant und stilvoll er sie umwarb. Doch jetzt kamen ihr seine Bemühungen plump vor, ihr Herz schlug *mon-chou-chou*. »Juna? Was ist los? Du siehst so abwesend aus.«

Sie zwang sich, den Blick von der Tür abzuwenden, und ihm in die Augen zu schauen. »Alles gut.«

»Ich weiß, dass du viele Fragen hast, und es tut mir leid, dass du so lange auf die Antworten warten musstest. Kaffee? Ach nein, du trinkst Tee. Mit einem Löffel gezuckerte Kondensmilch, nicht wahr?«

Sie bemühte sich um ein Lächeln. Verdammt, sie musste sich endlich konzentrieren. Die richtigen Fragen stellen oder zumindest unauffällig bleiben. »Das hast du dir gemerkt?«

»Natürlich. Du bist keine Frau, die man schnell vergisst. Nikki?«, rief er, und dieser erschien auf der Schwelle, lautlos wie eine eindrucksvolle Fata Morgana. Fern und unerreichbar. »Bring uns Tee und etwas zum Naschen. Pryschtsch zeigt dir alles.« Er wandte sich wieder ihr zu. »Nikki ist halt neu hier. Noch etwas unbeholfen, aber ich bin geneigt, ein Auge zuzudrücken. Weißt du, was sein größter Vorteil ist?«

»Was?«, hauchte sie. Sie spürte seine kalte Ruhe und fror, irgendwo tief im Inneren.

»Dass er kein Wort von dem versteht, was ich zu dir sage.« Erst jetzt wechselte er ins Russische: »Wie weit seine Loyalität reicht, muss ich noch herausfinden. Aber genug davon. Du brauchst keine Angst mehr zu haben.« Er tätschelte ihre Schulter. »Ich werde dafür sorgen, dass dir nichts Schlimmes mehr widerfährt.«

»Indem du einen Typen vor meinem Zimmer postierst, der mich nicht rauslässt?«

Pawel schwieg einen Moment. »Im Augenblick ist es das Beste für dich, hierzubleiben. Und nicht so viel Aufmerksamkeit zu erregen. Je weniger Leute wissen, dass du hier bist, umso sicherer ist es.« Er verstummte, als die Tür sich öffnete.

Nick.

Sie suchte seinen Blick. Aber er sah sie nicht an.

»Muss ich eifersüchtig werden?« Pawels Stimme riss sie aus ihren Gedanken. Sein Gesicht, so nah vor dem ihren, sein Lächeln – sie wollte schreien. Er stellte eine Tasse vor sie. »Hier, bitte schön. Ein Stück Heimat gefällig?«

Als sie wieder aufschaute, war Nick bereits weg, genauso lautlos verschwunden, wie er erschienen war.

»Ja, danke.« Sie tauchte den Löffel mit der honig-zähen, gezuckerten Kondensmilch in den Tee und rührte gedankenverloren um. Sie nippte an ihrer Tasse und schloss die Lider, ließ den süß-herben Geschmack auf der Zunge zergehen. Dieses bisschen Vertrautheit so fern von Zuhause zu genießen, trieb ihr fast die Tränen in die Augen.

»Das hier dürfte dich noch mehr erfreuen.« Pawel reichte ihr eine Kristallschale mit Pralinen.

»Mischka na sewerje«, las sie. *Bärchen im Norden*, dolmetschte sie unwillkürlich, als wäre Nick noch bei ihr. Der Name klang auf Deutsch genauso ungelenk wie ihre Redewendungen, die sie für ihn zu übersetzen versucht hatte. Ihre Oma hatte das Konfekt immer zum Tee serviert, und bereits nach dem ersten Bissen, damals, kurz nach dem fluchtartigen Umzug nach Sankt Petersburg, war Juna bärchenabhängig geworden.

Sie biss ein Stück ab. Nussfüllung, zwei knusprige Schichten Waffel und dunkle, aber keinesfalls bittere Schokolade. Im Kühlschrank gekühlt und umso knuspriger. Unter Pawels aufmerksamen Blicken schmeckte es trotzdem wie Pappe. »Sag mir endlich, was los ist.«

»Ich fürchte, es geht um deinen Vater.«

»Was ist mit ihm?« Natürlich ahnte sie, was mit ihm war. Langsam sah sie ihre Überlegungen bestätigt: Sie war nur ein Mittel zum Zweck, ihren Vater aus seinem Versteck zu locken.

»Er ist ein sehr einflussreicher Mann. Und es gibt viele Menschen, die ihn liebend gern beseitigen würden.«

Ja, ganz sicher war das so. Und Pawel war bestimmt einer von ihnen.

»Ich habe mehrfach versucht, ihn zu kontaktieren, bin jedoch gescheitert. Dabei ist es unglaublich wichtig, dass ich mit ihm spreche. Deshalb brauche ich deine Hilfe. Wie erreichst du ihn, wenn du mit ihm unbedingt sprechen musst?«

»Ich projiziere eine riesige Fledermaus in den nächtlichen Himmel.«

Er nahm seine Tasse. »Jetzt weiß ich wieder, was ich an dir so liebe.« Mit einem Schmunzeln lehnte er sich im Sessel zurück und trank seinen Tee. Schluck um Schluck, bedächtig, genüsslich. »Ich wünschte mir, das alles wäre nur ein böser Scherz, aber das Leben deines Vaters ist in Gefahr, fürchte ich. Wir müssen mit ihm sprechen. Solange es noch nicht zu spät ist. Ich weiß, dass er im Plaza Hotel abgestiegen ist und die Präsidenten-Suite bezogen hat. Aber anscheinend hat er sich dort verbarrikadiert. Niemand dringt zu ihm durch.«

»Du sagst, du kennst ihn. Dann weißt du sicherlich, dass er unsichtbar ist, wenn er nicht gefunden werden will. Er hätte sich bei dir gemeldet, wenn er es für nötig gehalten hätte.«

»Verstehe. Ich dachte nur, das Wohl seiner Tochter würde ihm etwas mehr am Herzen liegen. Nun. Wie auch immer, er wird schon wissen, was er tut.« Er trank die Tasse in einem Zug leer. Mit einem Mal wurde sein Ton hart und abgehackt. »Du bleibst hier. Solange ich keine Möglichkeit gefunden habe, deinen Vater zu kontaktieren. Da draußen ist es nicht sicher für dich. Wir müssen sehr vorsichtig sein. Ich nehme an, das ist dir klar, oder?«

»Ich nehme an, ich habe keine Wahl.«

»Gut, Juna.« Er stellte die Tasse beiseite, stand auf und kam um das Sofa, auf dem sie saß. »Nicht böse sein. Ich weiß, ich hatte versprochen, bereits gestern mit dir zu reden. Aber ich habe eine Spur verfolgt. Nicht ohne Erfolg.« Er legte eine Hand auf ihren Nacken. »Nikki! Bring sie rein!«

Die Tür öffnete sich. Scharf saugte Juna die Luft ein. Es war nicht Nick, der da hereinkam.

Sie sprang auf.

Die Tasse entglitt ihren Fingern, die plötzlich nichts mehr fühlten, und zerbrach auf dem Boden.

»Pyschka!« Sie stürmte auf ihre Freundin zu, schloss sie in Arme, drückte sie immer wieder an sich. Tränen verschleierten ihren Blick, liefen ihre Wangen hinunter. »Du bist da. Pyschetschka …« Blass sahen die Wangen aus, matt und verwirrt der Blick ihrer blauen Augen. Das schöne Haar, die frechen Korkenzieherlocken, lagen verfilzt auf ihren Schultern. Nur schwach erwiderte ihre Freundin die Umarmung, stammelte etwas.

»Was ist los? Pyschka, ich bin's. Juna. Ich bin hier. Bei dir. Ich werde dich nie wieder gehen lassen. Nie wieder, hörst du?«

Pyschkas Hände lagen schwer auf Junas Schultern, die Lider bebten, sie flüsterte wieder, dann erschlaffte ihr Körper. Sofort war Pawel da und half ihr auf das Sofa.

»Sie ist noch zu erschöpft. Am besten, wir bringen sie zu dir aufs Zimmer.« Juna nickte. Sie könnte kaum noch aufhören zu nicken. Ihre Pyschka war wieder da. Alles würde gut werden. Alles.

13

Juna saß in völliger Dunkelheit auf dem Bett und konzentrierte sich auf ihr Inneres. Neben ihr drehte sich Pyschka von einer Seite auf die andere in einem Bausch von Bettdecke, und ihr süßes Fiepen begleitete ihren unruhigen Schlaf.

Einatmen. Für den Moment waren sie beide in Sicherheit. Mit der Hilfe ihres Vaters würden sie Pawel entkommen und ihr altes Leben in Sankt Petersburg wieder aufnehmen.

Ausatmen. Träum weiter. Selbst wenn es ihnen gelänge zu fliehen, wäre es niemals vorbei. Würden diese Monster einfach aufhören, sie zu jagen?

Einatmen. Pyschka murmelte etwas im Schlaf. Ein Kauderwelsch aus geträumten Lauten. Sie musste etwas unternehmen, nur was? Zu aller erst brauchte sie Informationen, um endlich zu begreifen, was hier vor sich ging.

Ausatmen. Vergiss es, vergiss alles. Wie Pyschka. Die liebe Pyschka, die so fertig gewesen war, dass sie kein grades Wort herausgebracht hatte.

Informationen. Genau. Wenn sie Pyschka und sich selbst hier herausbringen wollte, musste sie mehr über den Club wissen, die Gänge kennen, die Leute, die alles bewachten.

Juna schlüpfte aus dem Bett und schlich in den Flur. Kein Frettchen. Die Luft war rein. Sie trug ein Negligé für die Nacht, es war ein apricotfarbenes Teil mit schwarzer Spitze und Spaghetti-Trägern, blickdicht aus kaltem Satin, dafür aber mit einem Schlitz bis zur Brustpartie, der bei jeder Bewegung weit aufzuklaffen drohte.

Der Teppich dämpfte ihre Schritte, sie selbst kam sich wie ein Geist vor in dem rosa-schimmernden Feenlicht der Wandlampen. Der Club schien ihr so groß, dass sie sich hier für immer verirren könnte. Einfach verschwinden. Aus jedermanns Leben.

Sie gelangte in einen Saal, den eine runde Bühne in der Mitte zierte. Am anderen Ende des Raumes stand die Bar, an der sie sich vor zwei Tagen einen Singapore Sling bestellt hatte. Hätte sie gewusst, dass sie zwei Minuten später Pawel begegnete, und hier gezwungenermaßen einziehen würde, hätte sie die Kurve gekratzt. Aber rapido.

Juna sah hoch, zur Glasfront des Büros in der zweiten Etage. Nur eine Notbeleuchtung. Ein schwacher Schein, der die Konturen des Mobiliars andeutete. Wer sollte hier auch sein, um diese Uhrzeit, mal von ein paar Sicherheitsleuten an den Türen abgesehen?

Über der Bühne hingen weiße Tücher, deren Saum bis zum Boden reichte. Juna kletterte auf die Plattform und tauchte in die fließenden Stoffplanen, die sie vor der Leere und der Dunkelheit verbargen. Das Material war weich, sie schloss die Augen und genoss die zarten Berührungen der Tücher an ihrer Haut, als sie zur Mitte schritt, dort stehen blieb und die Arme hob. Sie musste nachdenken. Kraft schöpfen, um Pawel zu trotzen, Klarheit erlangen und ihren Geist ins Gleichgewicht bringen. Nur so würde sie es schaffen, einen Weg von hier weg zu finden. Sie stellte sich vor, wie sie durch die Füße mit der Erde verbunden war. Yin. Und über dem Kopf mit dem Himmel. Yang. Seltsam, diese Gefühle, die von diesem Hauch Stoff auf ihrer Haut ausgelöst wurden, die Gänsehaut. *Konzentrier dich auf die Wahrnehmung deines Körpers, auf den Fluss des Qi …* Vom *Dantian* die Rückenmitte hinauf und an der Armaußenseite entlang bis zur Hand. Yang. An der Arminnenseite zurück, an der Körperseite hinunter zum *Dantian*. Yin. Kleine, kreisende Bewegungen, in allen Gelenken gleichförmig, fließend, wie beim Herauslösen eines Seidenfadens aus dem Kokon des Seidenspinners. Sie war die Bewegung selbst, eine einzige Strömung des *Qi*, in sanften Übergängen von Yin, weiblich und aufnehmend, zu Yang, männlich und aktiv. Die herabhängenden Tücher umhüllten sie wie ein fließender Strom aus Seide, der Stoff streichelte ihre nackte Haut, und ihre Hände streichelten zurück. Die Wärme strömte bis in die Fingerspitzen und Zehen, der sanfte Herzschlag zügelte jegliche Verzweiflung, drängte alles Unnötige fort.

Eine Regung am Rande ihres Sichtfeldes … war jemand da? Sie verharrte mitten in der Bewegung. Am anderen Ende des Raums glaubte sie eine dunkle Silhouette wahrzunehmen, reglos, wie ein Einrichtungsgegenstand. Juna wich zurück, in der Hoffnung, die Tücher würden ihr etwas Schutz bieten. Trotz ihres Negligés fühlte sie sich nackt und begann zu frösteln.

»Wer ist da?«, fragte sie, wiederholte es auf Deutsch und sicherheitshalber auch auf Englisch. Bevor sie auf ihr schlechtes Französisch zurückgreifen musste, setzte sich der Schatten in Bewegung. Also war es keine Einbildung gewesen, es hatte tatsächlich jemand dort gestanden und ihr die ganze Zeit zugesehen, ihren Seidenübungen in einem apricotfarbenen Nichts. Was, wenn es das Frettchen war?

Der Club kam ihr unglaublich still vor, die Leere des Saals – lauernd. Sie sammelte ihre Kräfte, um dem Beobachter gegenüberzutreten, ohne sich einschüchtern zu lassen.

»Ich bin's, Juna.«

Sie mochte es, wie er ihren Namen sagte, es klang so natürlich und mühelos. Er blieb vor der Bühne stehen, und sie erkannte seine Züge.

»Nick.« Ihre Stimme klang viel zu unsicher. Sie versuchte es noch einmal und trat zu ihm an den Bühnenrand. »Nick! Was machst du in Nacht hier?«

»Du bist doch auch hier. Und machst es mir äußerst schwer, mein Versprechen zu halten.«

Sie schwiegen einander an. Ein Weilchen.

»Versprechen?«, wiederholte sie schließlich.

»Dass dir nichts passieren wird. Ich hätte vermutlich erwähnen sollen, dass diese Zusage Grenzen hat, *mon chou chou*. Und dieser Club liegt weit außerhalb.«

Er klang ein bisschen angekratzt. Nicht direkt verärgert, eher besorgt. Sie hockte sich vor ihm hin, das Negligé teilte sich und entblößte noch mehr Haut, aber sie fühlte sich schon lange nicht mehr nackt und verletzlich, nicht in seiner Nähe. »Entschuldigung. *Mon chéri.*«

Er schüttelte den Kopf, doch trotz der Dunkelheit bemerkte sie eine Ahnung von Lächeln auf seinen Zügen. »Du machst es mir so unglaublich schwer«, murmelte er, aber nun wusste sie nicht mehr, was er damit meinte.

Sie richtete sich auf und streckte ihm ihren Arm entgegen. »Komm. Hier hoch. Komm.«

Seine Hand umschloss ihre Finger, zog ganz sanft daran. »Komm du lieber herunter.«

Sie lachte. »Ich mache Taijiquan. Du kannst mich nicht bringen aus *Balance*. Schon vergessen? In Lager. Ich bleibe stehen. Du fällst.«

»Das werden wir sehen.«

Mit der anderen Hand fuhr er ihre Wade hoch, seine Fingerspitzen streiften ihre Kniekehle. Es kitzelte. Sie kicherte, versuchte, sich ihm zu entwinden, als er sie am Handgelenk packte und zu sich zog. Sie fiel von der Bühne. In seine Arme, mit der Eleganz eines betrunkenen Renntiers, das durch die Lüfte kullert. Er stellte sie behutsam wieder auf die Beine.

»Ich würde sagen, die Runde geht an mich.« Seine Hände blieben auf ihrer Taille liegen. Durch den dünnen Stoff fühlte es sich an, als würde er ihre bloße Haut berühren. »Gegen dein Taiji komme ich locker an, *mon chou chou*.«

»Das war nicht … ehrlich!«, hauchte sie atemlos.

»Ja, ich gebe zu, ich habe ein gewisses Problem mit Regeln.« Er zog sie näher an sich heran. Mit ihrem Körper fühlte sie seine Muskeln, durch den kalten Satin und den störenden Stoff seines Hemdes. Ihre Fingerspitzen fuhren seine Oberarme entlang. Sie mochte kräftige Männer, die es nicht nötig hatten, mit ihren Bizepsen zu protzten.

Sie hatte nichts zu befürchten, ihr war nur ein bisschen schwindelig. Vielleicht wegen des überraschenden Sturzes von der Bühne. Das Kitzeln hallte in ihr nach, überall, ein bisschen wie Brause unter der Haut. Seine Hände glitten von ihrer Taille zu ihrem Po-Ansatz. Sie wollte wissen, wie es war. Jetzt wusste sie es, und es war zu schön, als dass sie dem noch Einhalt gebieten könnte, wenn sie noch weiter zögerte.

Sie stieß ihn leicht von sich und wich aus seiner Umarmung. Er versuchte, sie wieder zu fangen, doch sie griff nach einem der Tücher und schwang sich auf die Bühne.

»Was wird das jetzt?« Er sprang auf den Bühnenrand. An Wendigkeit und Geschick mangelte ihm nicht.

Sie lachte, während sie zwischen die Stoffbahnen tauchte. Die Bühne war klein, sie konnte nicht weit fliehen und vor allem: nicht aufhören zu lachen.

»Warte doch! Ich muss mit dir reden.« Er hatte sie erreicht, langte nach ihr, erwischte jedoch nur den Zipfel des Negligés.

»Dann rede!« Sie wickelte ein Tuch um ihren Arm, hielt sich fest und ließ sich fallen.

»Vorsicht!«, hörte sie ihn rufen. Schon flog sie außen herum auf die andere Seite der Bühne.

»Was ist? Nick. Wie Nicholas. Du sagst, du willst nicht anlügen mich. Erzähle über dich! Ohne Lügen.« Ein wenig bange wartete sie auf seine Reaktion, obwohl sie sich so unbeschwert fühlte, wie lange nicht mehr.

Er kam auf sie zu. Sie duckte sich hinter einer Stoffbahn, und wieder kriegte er sie nicht zu fassen. »Das habe ich nicht gemeint, als ich gesagt habe, ich müsse mit dir reden.«

Sie blieb stehen. Wenn er Deutsch sprach, fühlte sie sich fremd hier. Daran erinnert, dass sie weit weg von all dem war, was sie kannte.

Was ist, wenn sie bliebe?

Bei ihm.

Doch zu bleiben – das stand nicht zur Diskussion.

»Aber ich!«

»Gut. Mal sehen.« Er strich die Stoffplane beiseite und grinste. »Ich schnarche im Schlaf. Meinst du, das reicht als Enthüllung?«

»Schnarchen? Was ist das?«

Jetzt lachte auch er. Mit den Finger fuhr er ihren Arm hoch und schob den heruntergerutschten Spaghetti-Träger zurück. »Geräusche machen. War nur ein Witz.«

»Dann sag mir ohne Witz und ohne Lügen.« Sie knotete zwei Stoffbahnen zusammen und ließ sich in der Schlaufe nieder. Vorsichtig wiegte sie sich vor ihm hin und her, eine Wange an das Tuch gelehnt. Sie hätte gern ihre Hände auf seine Schultern gelegt, ihm über die Brust und den Bauch gestrichen, an der Linie des Gürtels entlang, bis sie *seinen* Po-Ansatz ertastet hätte. Sie würde seine Gürtelschnalle aufmachen, und sich bestimmt verheddern, und der Reißverschluss würde mit Sicherheit klemmen, aber das war doch das Schöne daran, dass die Realität so unperfekt war. Er würde etwas Witziges dazu sagen, und sie würde lachen – nicht, weil sie den Witz tatsächlich verstünde, sondern weil sie so glücklich sein würde, trotz der widerspenstigen Gürtelschnallen und klemmenden Reißverschlüsse. »Sag«, bat sie ihn noch einmal.

»Was willst du denn wissen?«

Slip oder Boxershorts? Hatte sie gerade wirklich daran gedacht? Anscheinend. Kein Grund, so eindringlich seinen Hosenbund anzustarren.

Sie tippelte nach hinten, um die Schaukel in Bewegung zu setzen. Er gab ihr einen leichten Schwung. Ihre Füße lösten sich vom Boden. Sie schloss kurz die Lider und genoss den Luftzug auf ihrem Gesicht und das Gefühl der Stoffbahnen, die sie streichelten. »Irgendwas«, hauchte sie, als sie an ihm vorbeischwebte.

Sie bewegte ihren Oberkörper im Takt des Wiegens. Dass Schaukeln eine so angenehme Erfahrung sein konnte, war ihr bis jetzt entgangen.

»Irgendwas«, wiederholte sie.

Sie wollte nur seine Stimme hören und sich darin wiegen. Der Luftzug kühlte ihr Gesicht und kam doch nicht gegen die Hitze an. Es war unmöglich, stillzusitzen, sie rutschte auf dem Knoten hin und her, und manchmal spürte sie seine Hand an ihrem Po, die ihr mehr Schwung gab, und sie wünschte, seine Finger würden noch ein bisschen weiter gleiten.

»Mehr«, hauchte sie.

»Ich habe doch gar nichts gesagt.« Seine Stimme klang belegt. Vielleicht bildete sie es sich bloß ein. Sie könnte sich verlieben in seine Stimme. In seine Augen. In sein Gesicht.

»Ich will dich …«, sie schluckte, »kennen … kennenlernen. Nick. Wie Nicholas. Warum du bist so.«

Der erste Schwung klang aus. Nur noch leicht trug die Schaukel sie hin und her.

Seine Hand legte sich auf ihren Rücken und strich hinunter, als er ihr wieder Schub gab. »Wie – so?«

»Ich weiß nicht. Traurig«, sagte sie schließlich, auch wenn ihr Wortschatz bei Weitem nicht ausreichte, das, was sie fühlte, zu beschreiben. Er war wie der Klang der Gedichte, die sie mit ihrer Seele nicht zu umfassen vermochte.

»Ich bin nicht traurig.«

»Aber doch! Wenn ich sehe dich, und du nachdenkst, über etwas, dann siehst du traurig, ja.« Sie drehte sich zu ihm. Die Schaukel beschrieb eine Kurve. Er wollte sie auffangen, doch der Schwung brachte ihn aus dem Gleichgewicht und sie polterten beide auf die Bühne.

Sie landete direkt auf ihm, seine Hände rutschten unter ihr Negligé und sie fühlte seine warmen, etwas rauen Finger. Nein, wenn sie ihn jetzt anschaute, wie er versuchte, ihr Haar aus seinem Gesicht zu pusten, war er ganz und gar nicht traurig. Sorgenfrei, und wenn sie ihren Unterleib etwas fester an ihn drückte, auch erregt. Vorsichtig schob sie ihr Bein zwischen seine Oberschenkel. »Alles gut?«

Er strich ihr die Haarsträhnen zurück. »Ja.« Zusammen mit ihr rollte er zur Seite. Im Rücken fühlte sie den harten Boden und seufzte auf.

Sein Gesicht senkte sich über sie.

Er würde sie küssen. Sie hatte Angst davor, weil sie es noch nie schön gefunden hatte, bloß irgendwie … feucht und manchmal aufdringlich. Aber sie wollte wissen, wie es war. Mit ihm.

Sie öffnete leicht die Lippen.

Er wollte es doch auch …

Plötzlich wich er zurück, kam auf die Beine und zog sie in einem Schwung hoch. Verwirrt sah sie ihn an.

»Sag mir, warum du Kays Studio verlassen hast. Warum um alles in der Welt bist du gerade hierhergekommen?«

»Was?«, keuchte sie.

»Wer hat dich in diesen Club gebracht? Wie haben sie dich gefunden?«

»Hm?«

»Wir wollten miteinander reden. Ich muss es wissen.«

Reden? Natürlich mussten sie miteinander reden, aber ausgerechnet jetzt? Doch er meinte es ernst.

»Ich bin gefahren«, schnaubte sie. »Mit Taxi. Er war nett. Hat geholfen mir.«

»Ein Taxi?« Er wirkte alarmiert. »Wer war der Fahrer?«

»Was?«

»Wie sah der Fahrer aus?«

Sie lächelte verlegen. »*Tscheburaschka*.« Es war das Erste, was ihr einfiel. Doch sie wusste nicht, wie sie es ihm erklären sollte, dieses teddyartige Wesen mit großen Ohren, die ihm stets zum Verhängnis wurden. Um *Tscheburaschka* zu verstehen, musste man das fühlen, was so viele russische Kinder fühlten, wenn sie ihren Helden ›Ich war mal ein skurriles, ein namenloses Spielzeug‹ singen hörten.

»Warum bist du hinausgegangen? Was ist vorgefallen?«

Das Schwingen der Schaukel klang noch in ihr nach. Ihre Brustwarzen schimmerten durch die schwarze Spitze der Brustpartie, jedes flüchtige Reiben des Stoffes daran, ließ sie sich noch fester zusammenziehen. Ihr Körper wollte anscheinend noch immer nicht begreifen, dass es das, wonach er verlangte, nicht geben wird. »Ich wollte nicht, dass Leah geht allein.«

Sie spürte seine Hand auf ihrem Arm, aber es war ein fester, unangenehmer Griff. »Leah? Du weißt, wo sie ist?« Sofort ließ er sie los, als hätte er diese Härte genauso eindringlich wie sie gespürt. »Wo ist sie? Etwa hier? Sag es mir!«

»Ich weiß das nicht. Leah wollte wissen Wahrheit, ob ihre Schwester hier gearbeitet hat.«

»Ihr wart also hier zusammen? Und dann?«

»Aber nein, nicht zusammen. Sie ist nicht zu Hause? Sie ist nicht zurück?«

»Eben nicht. Kay macht sich Sorgen. Er kann sie nicht erreichen.«

Sie hielt still, lauschte diesem großen Raum, als könnte sie irgendeinen Laut durch all die Wände hinweg vernehmen. Leah war noch hier, in diesem Club? Hatte Pawel sie weggesperrt?

»Es ist alles meine Schuld …«, brach Nick das Schweigen.

Sie fröstelte. Wie kühl es hier war, merkte sie erst jetzt. »Du kennst ihre Schwester, richtig?«

»Ja. Ich kannte sie.«

»War sie Sneschana? Die Schneeflocke?«

Er zögerte, ging ein paar Schritte weg und blieb am Rand stehen. Sie schaute ihm nach und fühlte sich verloren zwischen den Stoffbahnen.

»Unter diesem Namen trat sie hier auf. Sie war sehr jung, als sie von Zuhause auszog. Sie wollte Model werden, aber das wollen so viele. Leah unterstützte sie, aber das Geld reichte nicht zum Leben, also tanzte sie hier, um sich über Wasser zu halten.«

»Und hier hast du sie kennengelernt? Weil du auch gearbeitet hast im Club?«

»Nein. Nicht ganz. Damals habe ich hier noch nicht … *gearbeitet*. Ich habe sie auf einer Model-Party kennengelernt, die dieser Club ab und zu veranstaltet, um Mädchen wie sie anzulocken. Wir haben uns gut verstanden. Ich habe ihr versprochen, sie mit Kay bekannt zu machen.«

»Und sie?« Juna trat an ihn heran. »Was hat sie versprochen?«

»Mich mit dem Clubbesitzer zusammenzubringen. Sie kannte ihn anscheinend besser als jemand sonst.«

»Paschik?«

»Ihr Russen habt zu viele Namen.«

Ihr Russen. Sie war nicht wie er, vielleicht würde dieses *ihr Russen* immer zwischen ihnen stehen und ihn daran erinnern, wie unbeholfen, anders und ahnungslos sie in all dem war, was ihm so vertraut schien und seine Welt ausmachte. Sie setzte sich und ließ die Beine von der Kante baumeln. »Hat sie gut gemacht? Getanzt?«

»Ja.«

»Und dann, sie ist gestorben?«

Er setzte sich neben sie. Ihre Schultern berührten sich. Fast. »Ja.« Er schwieg für einen Moment.

»Ja, sie ist gestorben«, sagte er dann. »Es war furchtbar, was ihr widerfahren ist, aber das – das konnte ich unmöglich kommen sehen.«

»Was ist mit Paschik?«

»Ich weiß nicht, warum Pawel so ein Interesse an dir hat, warum er dich entführen und als du geflohen bist, mit so einem Druck nach dir suchen ließ. Irgendetwas Großes geht hier vor.« Er zögerte, dann holte er sein Handy aus seiner hinteren Tasche. »Ich möchte dich um einen Gefallen bitten. Kannst du übersetzen, was hier gesagt wird?« Er drückte eine Taste.

Zuerst hörte sie nichts als Rascheln, dann tönte irgendwo in der Ferne eine undeutliche Stimme – Paschiks Stimme? Die Worte waren kaum zu verstehen, sie klangen verwaschen und gedämpft wie durch eine Socke genuschelt. »Mache noch mehr laut, okay?«

»Ich kann es nicht lauter machen, das ist alles, was ich da rausholen kann.«

Sie lauschte angestrengt. »Paschik spricht. Ja, das ist er. Bin sicher. Er telefoniert?«

»Ja. Er hat telefoniert. Aber ich weiß nicht, mit wem.«

Er beugte sich ebenfalls über das Telefon. Sein Haar streifte ihre Stirn; sie konnte einfach nicht anders, als ihm durch die Strähnen zu fahren, merkte, wie er innehielt, und senkte rasch die Hand.

»Pawel spricht mit Frau«, beeilte sie sich, ihre Verlegenheit zu überspielen. Ihre Stimme klang sogar überraschend geschäftlich und fest.

»Woher weißt du das?«

»*Ty soglasna*?, fragt er, *bist du einverstanden?* An Verb weißt du in Russisch, ob Mann oder Frau. Wenn er mit Mann spricht, heißt das: *Ty soglassen*?«

»Er spricht also mit einer Frau. Nennt er ihren Namen? Hast du eine Ahnung, wer das sein könnte?«

»Dshanan. Ich glaube, sie heißt Dshanan.«

»Die Frau aus dem Mercedes …« Nachdenklich kaute er auf der Unterlippe.

»Du kennst diese Frau? Wer ist sie?«

»Ich wünschte, ich wüsste das. Worum geht es bei dem Gespräch?«

Sie runzelte die Stirn. Es fiel ihr so schwer, die einzelnen Wörter auseinanderzuhalten. »Sehr schlecht zu hören. Irgendein Treffen. *Dieses Mal wird das anders*, sagt er. Und: Verschwinden … Da! Er sagt was über die *Krähe*. Aber ich verstehe nicht, was.«

»Jemand muss verschwinden? Plant er einen Anschlag auf die *Krähe*? Verdammt, was geht da vor?«

Sie rieb sich über die Stirn. Pawel sprach immer leiser, die kargen Sätze wurden noch undeutlicher. »Er weiß … Ort … ja, es geht um einen Ort – jetzt sagt er: Gut vorbereiten …« Jäh verstummte sie. *Das Plaza Hotel*, hatte Paschik gesagt, gerade eben. Sie hatte es genau gehört. Ein Gefühl der Unwirklichkeit kribbelte ihre Wirbelsäule hoch bis zum Verstand. Das Gespräch im Treppenhaus. *Keine Sorge, schon bald wird keiner mehr den Schatten der* Krähe *fürchten müssen.* Den Schatten der Krähe. *Ich weiß, was zu tun ist. Alles ist vorbereitet. Du bekommst, was du willst …* Was bedeutete das? Wer stand hinter Pawels Machenschaften?

»Juna? Was ist los?«

»Nichts.«

Sie musste sich abstützen, tastete nach einem Halt und taumelte. Nick war sofort bei ihr. Sie war so unendlich dankbar, sich an ihn anlehnen zu können. Konnte es wirklich sein? Konnte es sein, dass ihr Vater die *Krähe* war?

Ihr Blick schnellte hoch zu der Fensterfront von Pawels Büros.

Alles dunkel. Leer.

Bis auf eine Silhouette, die hinter dem Glas verharrte.

Sie riss sich von Nick los und stürmte davon.

Nick

Die Nachtluft durchströmt mich, als würde sich der sternenweite Himmel auf mich herabsenken. Nach ein paar Atemzügen denke ich wieder klarer, und der Gedanke lautet: Scheiße! Ich hole mir eine Zigarette aus der Schachtel. Als ich die Taschen mechanisch nach einem Feuerzeug abklopfe, ertaste ich das goldene von Pawel. Ich will es nicht anrühren, und zünde mir den Stängel doch noch damit an. Ich will nur einen Zug nehmen, und dann folgt der zweite, der dritte, der vierte … Die Packung informiert mich, dass Rauchen mir und den Menschen in meiner Umgebung erheblichen Schaden zufügt. So wie ich also.

Die Zigarette schmilzt mit jedem Zug. Als sie bis zum Filter abgebrannt ist, schnippe ich sie weg. An dem Mülleimer vorbei. Ich sehe, wie sie auf dem Bürgersteig ausglüht. Ich hole mein Handy hervor – es ist gerade mal halb eins – und starre auf das Display. Was war da los, im Club? Verdammt. Ich hätte Juna dieses Gespräch nicht zeigen dürfen. Kann ich ihr wirklich vertrauen? Ich stecke mir noch eine Zigarette an, die Schwaden wölben sich und zergehen in der Dunkelheit. Ich stelle mir ihren geschmeidigen Körper vor, der sich biegt und wiegt in fließenden, grazilen Bewegungen. So etwas Elegantes habe ich noch nie gesehen, noch nicht einmal, als ich einmal zu *Giselle* mitgeschleppt wurde und mir lauter Ballerinas in Gardinenröcken ansehen durfte. Bei Juna habe ich mir gewünscht, ewig dastehen und ihr zusehen zu können. Aber dann bemerkt sie mich. Und ich denke, es ist vorbei – aber das ist es nicht. Im

Gegenteil. Ihr »*Komm. Chier choch. Komm!*«, klingt noch in mir nach. Ich liebe ihre süßen Fehler, ihre Satzstellung, die ihrer Sprache eine ganz besondere Melodie verleihen. Ich wusste gar nicht, dass Deutsch zu so etwas fähig ist.

Hinter mir schlägt eine Tür zu. Ich bin nicht mehr allein.

Aus dem Club kommt Pryschtsch, ein Typ, der wie ein Geburtsunfall aussieht. Ich mag seine Augen nicht, die fast nie stillstehen. Er schlendert auf mich zu und leckt permanent seine Lippen ab, die von kleinen Pickelchen gesäumt sind. »Na?«

Er will so sehr deutsch sein, dass er alle Ai's, Oi's, und Ey's aus seiner Sprache verbannt hat. Ich denke wieder an Juna und vermisse sie – und ihre russischen Einsprengsel. Ohne ihre Ai, Oi und Ey ist diese Sprache arm.

»Hast du'n Zigarette?«, fragt er. Silben zu verschlucken, und manchmal ganze Wörter, auch an falschen Stellen, das hat er inzwischen auch gelernt.

Ich halte ihm die Packung hin. Er zwirbelt einen Stängel heraus und schiebt ihn sich in den Mund. »Pawel hat dich gesehen.«

Ich zwinge mich, weiter die Packung anzustarren. Sie hat mir nichts Neues mitzuteilen. Nur, dass mir und den Menschen in meiner Umgebung Schaden zugefügt wird. Pawel hat mich also gesehen. Als ich sein Telefonat aufgenommen habe? Ich war vorsichtig. Aber offensichtlich nicht vorsichtig genug.

Ganz langsam drehe ich den Kopf und schaue Pryschtsch an. Er trägt eine Waffe.

»Pawel hat dich gesehen«, wiederholt er und die Zigarette hüpft zwischen seinen Lippen bei jedem Wort. »Dich und die Hübsche.«

Im ersten Moment bin ich erleichtert. Doch nur kurz. Ich wünschte mir, es ginge hier nur um mich.

»Er war *not amused.*« Pryschtsch grinst. Jetzt will er nicht nur deutsch sein, sondern auch noch britisch. »An deiner Stelle wäre ich vorsichtig. Sie ist seine *Ljarva,* behauptet er. Hast du Feuer?«

Ljarva. Meine Faust ist schneller als mein Verstand. Der Kerl schafft es nicht einmal, seine Zigarette auszuspucken. Er krümmt sich, sackt in sich zusammen. Ich packe ihn am Haar und ziehe ihn hoch. »Nennst du sie noch einmal so, bist du tot.«

Ich stoße ihn beiseite und gehe. Nach dem fünften Block zücke ich das Handy und bestelle mir ein Taxi. Nicht irgendeins, sondern Falko. Er braucht eine gute halbe Stunde, um aus dem Bett zu kriechen und sich hinter das Steuer zu schwingen. »Hast du eine Ahnung, wie spät es ist?«, begrüßt er mich.

»Ja. Du auch? Oder soll ich's dir sagen?« Ich setze mich auf den Beifahrersitz und ziehe die Tür zu.

»Wehe, es ist nicht wichtig.«

Das Auto fährt los. Der Geruch des Duftbäumchens erinnert mich daran, dass ich das Katzenklo putzen muss. Ich reiße das Ding ab und schmeiße es ins Handschuhfach.

»Okay, Vanille ist also auch nicht deins. Das nächste Mal versuche ich es mit Grünem Apfel.« Er boxt freundschaftlich meine Schulter.

Ich lehne mich zurück, lasse das Fenster herunter und zünde mir eine Zigarette an. Meine dritte bereits. Scheiße. Ich glaube, ich sage es laut.

»Hey, eigentlich hatte ich nicht vor, dich einfach so die ganze Nacht durch die Gegend zu kutschieren. Hast du nun neue Informationen oder nicht?«, brummt Falko. »Ich brauche meinen Schönheitsschlaf.«

»*Die Krähe* ist in der Stadt.« Ich puste den Rauch aus dem Fensterspalt. Falko mag es nicht, wenn man in seinem Auto raucht. Er ist ein notorischer Gesundheitsprediger, der an keiner Chipstüte kommentarlos vorbeigehen kann.

Nachdenklich streicht er sich über den Kopf. Sein dunkelbraunes Kräuselhaar ist fettig, er hatte heute tatsächlich nicht vorgehabt, unter die Leute zu gehen. »Bist du dir sicher?«

»Die Jungs munkeln so einiges. Ich hab … nachgeforscht. In dem Punkt labern sie keinen Mist.«

»Es wird also tatsächlich ein Treffen geben. Die Gerüchte brodeln ja schon länger.«

Ich glaube nicht, dass es Pawel nur um dieses Treffen geht. Aber Falko ist wie besessen davon. Die Ampel blendet mich mit ihrem schneidenden Licht. Es ist grün – und die Gegend so unglaublich still. Die Straße ist leer um diese Uhrzeit.

»Geht es dir gut?« Das Auto setzt sich in Bewegung. »Was ist nur los mit dir? Du gefällst mir nicht in der letzten Zeit.«

Ich habe ihm noch nie gefallen. »Das Treffen. Ich glaube, dieses Mal geht es um einiges mehr als um eine Zusammenkunft der Autoritäten. Pawel will die *Krähe* beseitigen. Vielleicht will er ihren Platz einnehmen und nicht mehr in ihrem Schatten stehen, aber dieser Schuh wäre ihm eindeutig zu groß. Er hat nicht die Persönlichkeit für so einen Schritt.«

»Pawel ist dein Ziel«, knurrt Falko, »ich habe sehr genaue Anweisungen. Also halte dich gefälligst daran.«

Meine Zigarette ist fast ausgegangen. »Hier –« Mit der linken Hand stochere ich in der Seitentasche meiner Jeans herum, bis ich einen Stick herausbefördere. »64 Gigabyte unserer Seifenoper à la russka.« Er wird den Stick dem Chef bringen. Der Chef wird zufrieden sein. Und es ist so was von egal, ob ich Falko gefalle. Solange ich funktioniere. Und die Anweisungen befolge. *The show must go on.*

»Wo wird das Treffen stattfinden?«, drängt Falko weiter. »Und Wann? Worum geht es dabei?«

»Pawel spricht von der Expansion seiner Geschäfte. Und vielleicht stört ihn die *Krähe* dabei, vielleicht wildert er auf fremdem Terrain. Vor der bereits erwähnten Zusammenkunft veranstaltet er einen Spieleabend. Sein eigenes *Treffen*, sozusagen. Er will verlässliche Leute um sich scharen, verdächtigt überall Spitzel. Seine Ausgangsposition ist nicht die günstigste, er ist jung. Den nötigen Respekt muss er sich erst einmal verdienen, und genau da hapert es – er wird nicht respektiert, nicht einmal von seinen eigenen Leuten.«

Nastojaschtschaja krowj. Will er damit zeigen, in welcher Liga er zu spielen vermag?

Die toten Augen des Mädchens starren mich wieder an. Die Kleine, die an den Boden genagelt wurde – das war ein Au-pair-Mädchen eines Richters. Mehr weiß ich nicht. Nicht einmal, in welchem seiner Fälle damit die *richtige Entscheidung* herbeigeführt werden sollte. Gräbt man danach, scheint das arme Ding nie existiert zu haben. Der Richter schweigt. Seine jüngste Tochter ist genauso alt wie das Mädchen.

Ich habe Angst um Juna. Denn *wessen* Tochter sie ist, weiß ich inzwischen. »Vielleicht liefern die Dateien mit Gesprächen aus Pawels Büro mehr Anhaltspunkte«, sage ich. Jedenfalls geht es in zwei Tagen los. Sagt Maria, die kleine Chiquita.

»Du musst daran teilnehmen. Kommst du da rein?«

»Hängt davon ab, ob *Janus* mir inzwischen vertraut.« Ich nehme noch einen Zug von der Zigarette und drücke sie im jungfräulichen Aschenbecher des Autos aus. Dass Falko mich hier rauchen lässt, zeigt mir, wie wichtig meine Informationen für ihn sind.

»Er hat dich immerhin als seinen Bodyguard verpflichtet.«

»Weißt du, warum er das getan hat? Weil ich kein Russisch kann. Er traut niemandem über den Weg. Mit jedem Tag wird er nervöser. Irgendetwas ist da im Busch.«

»Was ist mit dieser Juna Kutscherowa?«, fragt er unverwandt und mustert mich eindringlich.

»Pawel hat ihren Vater im Visier, wie es aussieht.«

»Der Vater, ja. Wir haben recherchiert. Aber der Mann ist ein Geist. In den Neunzigern war er eine ganz große Nummer, und dann hat er plötzlich aufgehört zu existieren. Mehr wissen wir nicht, zumindest nicht mit Sicherheit.«

Ein Geist, wie wahr. Und jetzt sitzt er womöglich an der Spitze des größten Kartells der russischen Mafia und nennt sich die *Krähe*.

»Du musst herausfinden, was sie weiß. Hast du verstanden?«

»Pawel will ihr weismachen, dass er sie beschützt. Aber sie weiß Bescheid. Solange er noch nicht an ihren Vater herangekommen ist, ist sie sicher.«

»Wir hätten aus ihr alles herausquetschen sollen, als wir noch die Gelegenheit dazu hatten. Stattdessen hast du zugelassen, dass sie dir entwischt.«

»Ich habe dir bereits gesagt: Sie war noch nicht soweit.«

»Du kannst ihr nicht trauen. Sie ist kein Unschuldslamm, vergiss das nicht.«

»Weißt du etwas, was ich nicht weiß?«

Er wird unruhig auf seinem geheizten Sitz. »Ich meine nur. Als du ihr helfen wolltest, hat sie gleich *Janus* angerufen.«

»Woher weißt du, wen sie angerufen hat?«

Er leckt sich die Lippen. »Du hast es mir selbst erzählt. Als ihr aus deiner Wohnung fliehen musstet.«

Habe ich nicht.

Ich schweige eine Minute. Vielleicht auch zwei.

»Hast du es schon vergessen? Was ist los mit dir?«

»Nichts.«

Ich erinnere mich an das, was Juna über den Taxifahrer gesagt hat und nehme mir vor, so bald wie möglich das Wort *Tscheburaschka* zu googlen.

»Nichts«, wiederhole ich und lasse das Fenster nach oben gleiten. »Sag lieber, was mit Oleg ist. Redet er?«

Nach *der* Aktion hätte ich in die Fußstapfen von David Copperfield treten können. Pawel hat nichts gemerkt.

»Der Kerl erholt sich erstaunlich schnell. Mit Sicherheit bringen wir ihn bald dazu, uns alles zu verraten.«

»Er weiß, wer ich bin.«

»Keine Sorge, er ist keine Gefahr für dich. Wir kümmern uns darum. Was diese Juna angeht …«

»Noch einmal.« Meine Hand ballt sich zur Faust. »Lasst sie da raus, okay!«

14

Juna richtete sich im Bett auf, blinzelte verwirrt den Schlaf aus den Augen, während sie noch benommen beobachtete, wie Pyschka mit einem Tablett auf sie zukam und die Abdeckungen der Teller öffnete. Warmer Dampf kräuselte sich empor. »*Syrniki*! Hast du Hunger? Ich sterbe vor Hunger!«

Die gebratenen, frikadellengroßen Teile aus Quarkteig verströmten den Duft nach unbeschwerten Kindertagen, als noch kein weibliches Geschöpf dazu verdammt war, Kalorien zu zählen. Die goldbraune Kruste zierte jeweils ein Klecks saure Sahne, die mit Zucker bestreut worden war. Das Aroma nahm den gesamten Raum ein. Wer auch immer die Dinger zubereitet hatte, er hatte echte Vanille in den Teig gemischt.

Pyschka langte tüchtig zu. Im rechten Mundwinkel klebte saure Sahne. Bereits zu dieser frühen Stunde waren die Lippen ihrer Freundin mit einem rosa schimmernden Gloss betont, auf den Lidern lag perlmuttfarbener Lidschatten. Hatte Pawel ihr das Make-up gegeben? Juna fragte sich, ob sie dieses auf eine kindliche Art hübsche Gesicht je ohne Schminke gesehen hatte.

Sie rieb sich über die Wangen. Noch nie hatte sich ihr Gesicht so verwaschen und müde angefühlt wie jetzt. »Was hältst du eigentlich von ihm?«

Pyschka legte ihre Gabel beiseite, schmunzelte und neigte den Kopf, was ihrem Ausdruck etwas Freches verlieh. »Von wem denn?«

»Von Pawel.«

Die Locken hörten auf zu beben, das Gesicht wurde starr, als wäre es eine Wachsmaske, hinter der sie sich versteckte. Mit einem Mal wirkte Pyschka fremd, als hätte jemand ihre Freundin ausgetauscht. »Er hat mich gerettet.«

»Wie konnte er dich finden? Woher wusste er, wo du bist?«

Pyschka kniff die Lippen zusammen, sodass diese faltig, fast schrumpelig wirkten. »Kannst du nicht einfach nur dankbar sein? Du hast keine Ahnung, was ich durchmachen musste!«

»Doch. Weiß ich. Und ich will verstehen, was hier vorgeht. Wie alles zusammenhängt. Ich bin mir sicher, dass Pawel damit zu tun hat.«

»Aber es war nicht Pawel! Es war Oleg.« Ausdrucklos starrte Pyschka in die Luft. »Er hatte gesagt, er würde mich zu diesem Casting fahren. Ich war so nervös, es sollte doch mein erster richtiger Model-Job werden! Mein Durchbruch, da war ich mir sicher. Ich habe es schon vor mir gesehen: mein Gesicht, riesengroß am Nevskij Prospekt. Oleg meinte, alles würde klargehen, ich müsse mich nur etwas entspannen. Er hatte Sekt mitgebracht. Wir haben angestoßen und sind runter zu seinem Auto gegangen. Während der Fahrt ist mir schlecht geworden, das weiß ich noch, danach ist alles wie ausradiert.« Pyschkas Stimme klang gefasst, ein bisschen apathisch. Und gerade diese Ruhe war so beklemmend. Als ginge es um jemand anderes und nicht um sie selbst.

»Er hat dir etwas in den Sekt getan.« Juna kämpfte gegen den Kloß in ihrem Hals an. »Anscheinend gehört das zu seiner Masche. Und dann? Er hat dich nach Deutschland gebracht, richtig?«

»Mich und die anderen, ja. Wir haben tagelang kein Licht gesehen, bis wir in ein Lager oder so gebracht wurden. Die Wachmänner meinten, sie müssten uns noch gefügig machen. Wenn wir Glück hatten, dann schlugen sie uns nur.«

»Aber irgendwie hast du es geschafft, mich anzurufen.«

»Einer von denen hatte ein Handy. Es ist ihm herausgefallen, als er … mit mir beschäftigt war. Es war ein unglaublich schlechter Empfang dort. Ich wusste nicht, ob ich es geschafft habe, dich zu erreichen. Ich wusste es bis zuletzt nicht.«

Juna schloss die Lider. Aber auch in völliger Dunkelheit kämpfte sich dieses eine Bild in ihrem Verstand empor: das schlaffe Kondom auf Zdenkas weißem, vollem Busen … Tief saugte sie die Luft ein, um sie langsam entweichen zu lassen, noch ein Mal, bis die Übelkeit sich etwas gelegt hatte und sie sprechen konnte. »Wie … hat Paschik dich da rausgeholt?«

»Ich weiß nicht. Er hat nur gesagt, dass er einen von denen erwischt hat und … etwas sehr Schlimmes getan hat, um mich zu finden.«

Er war derjenige, der Olegs Tod veranlasst hat! Nicks Stimme in ihrem Kopf. *Weil du ihm entwischt bist.* Weil sie ihm entwischt war, oder weil er Pyschka finden wollte, egal mit welchen Mitteln?

»Er hat Oleg auf dem Gewissen.«

»Na und? Das Schwein hat es verdient!«

»Du vertraust Pawel also?«

»Du nicht?«

»Doch.« Sie schaffte es, flüchtig zu lächeln. Es fühlte sich wie ein Verrat an. Ein Verrat an ihrer besten Freundin. Aber sie musste ihren Vater warnen. Nachdem, was sie heute Nacht in dem von Nick aufgenommenen Gespräch aufgeschnappt hatte, schwebte er in ernster Gefahr. Nachdenklich schob sie sich ein Stück Quarkmasse in den Mund. Es gab nur einen Weg, ihm die Nachricht zu übermitteln. »Weißt du was, vielleicht können wir uns ein wenig für deine Rettung revanchieren. Pawel hat mir gesagt, er möchte mit meinem Vater sprechen. Ich glaube, ich habe eine Idee, wie man an ihn herankommt.«

»Wirklich? Das ist doch wunderbar!« Pyschkas Bambi-Augen glänzten aufgeregt. Die Röte auf den rundlichen Wangen wurde tiefer. Sie war so leicht zu begeistern, ihre kleine Pyschka.

»Gut. Ich muss meine Oma anrufen. Sie ist die einzige, die ihn in einem Notfall erreichen kann. Keine Ahnung wie, aber wenn ich mich bei ihr ausgeweint habe, stand er am nächsten Tag auf der Matte und brachte mir Atemübungen bei.«

»Das ist doch schon was. Ruf deine Oma an! Am besten gehen wir gleich zu Pawel.« Entschieden nahm Pyschka ihr die Gabel aus der Hand und wollte sie schon zur Tür ziehen.

»Warte! Lass mich doch wenigstens etwas anziehen.« Sie schlüpfte aus ihrem Negligé und streifte die frischen Sachen über. Heute waren es eine türkisfarbene Bluse, eine weiße Hose, durch die ihr Höschen durchschimmerte, und ein taillierter Cardigan.

Sie öffnete die Tür, und ein Mann trat ihr in den Weg. Von der Statur her konnte er locker mit den schweren Jungs konkurrieren, mit denen sich ihr Vater gern umgab. »Brauchen Sie etwas?«, brummte er freundlich.

Juna wich zurück und stieß gegen Pyschka.

»Das ist Byk«, hörte sie die begeisterte Stimme ihrer Freundin. »Unser Bodyguard. Bodyguard! Wie geil ist das denn?«

»Ich bin entzückt«, murmelte Juna, ohne den Blick von diesem Muskelberg abzuwenden. Byk? Nick hatte doch auch einen Byk erwähnt, als er sie nach dem Mädchenlager ausgefragt hatte. Diesen Kerl hatte sie dort nicht gesehen. Aber dass Pawel ihn hier abgestellt hatte, verhieß nichts Gutes.

Die Silhouette an der Fensterfront seines Büros … *Bitte, lass ihn nichts gesehen haben …*

»Na komm schon!« Pyschka dirigierte sie in den Flur.

Byk begleitete sie beide zum Büro.

Bereits vom Ende des Flurs aus sah sie Nick und verlangsamte den Schritt. Am Rand ihres Bewusstseins tauchten Omas frühere Bemühungen auf, eine richtige Lady aus ihr zu machen: die Schulter straffen, den Kopf gerade halten, die Füße auf eine Linie stellen, was ihren Hüften einen geschmeidigen Schwung verleihen sollte. Sie hatte mit einem Buch auf dem Kopf geübt! Das Buch wäre jetzt garantiert heruntergefallen, weil ihr Herz so heftig gegen die Brust hämmerte und jeder Schritt immer unsicherer wurde. Er beachtete sie nicht.

»Guten Tag«, hauchte sie ihm zu. Schluckte.

»*Miss*.« Er öffnete ihr die Tür. *Juna.* Das letzte Mal, dass er ihren Namen gesagt hatte, schien schon Ewigkeiten her zu sein.

Er würdigte sie keines Blickes. Er musste es tun, und dennoch … Wenn sie bloß in seinen Augen lesen könnte, dass die letzte Nacht nicht vergessen war!

Pawel stand hinter seinem massiven Tisch und stützte sich mit den ausgestreckten Fingern an der Kante ab. Er wartete, bis Pyschka die Tür hinter ihr schloss. »Ihr hattet Glück, ich wollte gerade gehen. Heute ist ein wichtiger Tag.«

»Juna weiß vielleicht, wie sie mit ihrem Vater Kontakt aufnehmen kann«, sprudelte Pyschka los. »Stimmt's?«

Alle Blicke wandten sich ihr zu. »Nun ja. Ich könnte versuchen, meine Oma anzurufen. Sie hat einen Draht zu ihm. Aber sie ist schwierig, weißt du.«

Wortlos reichte Pawel ihr das Telefon. Sie tippte die Nummer ein. Sogleich drückte Pawel den Lautsprecherknopf und deutete auf den Sessel. Sie setzte sich, lauschte den langen Tönen, bis es in der Leitung knackte.

»Alöö?«

Eine so vertraute Stimme, die nach heißem Tee an kalten Winterabenden und nach ferner Heimat klang!

»Alö?«, kam es fordernder.

»Oma, ich bin's. Juna.«

»Juna. Schön. Wie geht es dir? Wie ist das Wetter bei dir in Deutschland?«

Instinktiv blickte sie zur Fensterfront, sah aber nur den menschenleeren Club, die schwarze, polierte Bühne, die Bar mit ihren perfekt arrangierten Gläsern und Flaschen. »Gut. Gut. Tut mir leid, dass ich abgehauen bin, ohne mich zu verabschieden …«

»Du wirst schon deine Gründe gehabt haben.«

Sie hörte ihre Oma schnauben und merkte gleichzeitig, wie Pawel die Stirn in Falten legte und sie intensiv beobachtete. Seine Hand stützte sich neben dem Telefon ab, unter der sonnengebräunten Haut spannten sich die Sehnen an.

»Ich rufe wegen meines Vaters an«, schob sie schnell nach.

»Er wollte doch zu dir. Und er war nicht in bester Laune, wenn du mich fragst. Du hättest auf ihn hören sollen.«

Ja. Vielleicht hätte sie auf ihn hören sollen, aber warum hatte er ihr auch nicht geholfen, als sie zu ihm gekommen war, um ihn um Hilfe bei der Suche nach Pyschka zu bitten? Sie hatte doch nicht gewusst, an wen sie sich sonst hätte wenden können. Aber statt seine Hilfe anzubieten, hatte er nur den sechzehnten Spruch aus dem *Tao Te King* rezitiert: *Und kämen auf einen Wunschlosen auch alle Wesen zu – er bliebe still, ihr Kommen und Gehen schauend.* Und hinzugefügt, dass Freundschaften das Gefährlichste waren, was ihr je widerfahren könnte.

»Im Moment kann ihn niemand erreichen.« Sie schielte zu Pawel, sein Gesichtsausdruck verriet jedoch nicht, was in ihm vorging. »Ich muss mit ihm sprechen. Es ist wichtig.«

»Ich bin nicht seine Sekretärin.«

»Ich habe gehofft, du kannst mir helfen.«

»Die Hoffnung stirbt zuletzt, Kind. Und sonst? Alles gut bei dir?«

Juna hielt inne. Omas Stichwort. Das hieß, sie würde ihn kontaktieren. »Ach, wie sagt man so schön? Voller Aufmerksamkeit waren sie, wie Fährleute, die im Winter über den Strom setzen.« *Und scheu waren sie, wie Menschen, die von allen Seiten bedrängt werden*, ergänzte sie im Geiste. Natürlich würde er wissen, wie der Spruch weiterging, und die Warnung verstehen.

Das tiefe Schweigen, irgendwo im fernen Sankt Petersburg, machte ihr Gänsehaut. Noch nie hatte sie sich so weit von zu Hause gefühlt.

»Sagt man das? Nicht bei uns, Kleines. Nicht bei uns.«

Pyschka verdrehte die Augen und stöhnte kaum wahrnehmbar auf. Doch Oma hörte es. »Wer ist da noch bei dir?«

»N-niemand.« Sie blickte zu Pawel auf. Er kritzelte etwas auf ein Blatt. *Frag sie, welche Ziele er verfolgt.*

»Weißt du zufällig, was genau er in Deutschland macht? Er wollte doch ... still bleiben.«

»Er hat gesagt, du hättest hier etwas sehr Wichtiges vergessen. Er bringt es dir. Aber jetzt muss ich bügeln. Viel Spaß noch in Deutschland. Und bleib gesund, hörst du?«

Die Verbindung brach ab.

Sie lehnte sich zurück. »Sehr hilfreich war das nicht gerade.«

Pawel legte den Hörer auf. »Einen Versuch war es wert. Mach dir nichts draus.« Er kam um den Tisch herum und fuhr ihr mit der Hand durchs Haar. »Was war das für ein Spruch, den du deiner Oma aufgesagt hast?« Seine Hand massierte ihren Nacken, erst sanft, dann immer kräftiger. Energisch entzog sie sich seiner Berührung und stand auf. »Nichts. Nur ein paar Zeilen aus dem *Tao Te King*. Meine Oma und ich teilen eine Liebe für alte chinesische Texte und fernöstliche Philosophie.«

Pawel seufzte und tätschelte ihre Schulter, bevor er sich zur Fensterfront wandte und die Hände hinter dem Rücken verschränkte. »Gut. Dann bitte ich dich, mich zu entschuldigen, ich habe heute einen straffen Terminplan. Ich lasse euch etwas Tee und etwas zum Naschen bringen.«

»Wenn ich bei all dem Naschen zum Ausgleich joggen müsste, könnte ich glatt bei der nächsten Olympiade mitmachen. Und was soll dieser Byk vor meiner Tür?«

»Nur zu deiner eigenen Sicherheit, Juna. Beachte ihn gar nicht.« Er begleitete sie zur Tür, Pyschka folgte.

Nick stand draußen, ohne ihr auch nur die geringste Beachtung zu schenken. Im Vorbeigehen streifte sie seinen Arm und spürte … eine leichte Erwiderung. Pyschka zog sie davon, redete und redete. Irgendetwas.

An diesem Tag wurde ihr nicht mehr gestattet, das Zimmer zu verlassen. Zum Abend hin sollte der Club für Gäste geöffnet werden, und es war sicherer, in diesen vier Wänden zu bleiben, wie Byk ihr geduldig erklärte. Die warme Freundlichkeit seiner Stimme irritierte sie, von den schweren Jungs war sie anderes gewohnt, aber sie ließ sich davon nicht einlullen.

Irgendwann schaffte sie es einzuschlafen, auch wenn die Träume unruhig an ihr herumzerrten. Morgens wachte sie früh auf, Pyschka war noch im Bad, und so wollte sie das Frühstück holen, doch Byk meinte, er würde damit gleich jemanden beauftragen und drängte sie zurück ins Zimmer. Einige Zeit später kam er mit einem Tablett herein, das er auf das Bett stellte, bevor er sich schweigend auf seinen Posten verzog.

Juna nahm den Becher mit dem Tee und nippte daran. Er schmeckte viel zu stark, daran vermochte nicht einmal die Kondensmilch etwas zu ändern.

Endlich kam Pyschka aus dem Bad und kletterte zu ihr auf das Bett. »Mmhhhh. Wie das duftet! Oh. Was ist denn das?«

Juna warf einen Blick auf die abgedeckten Teller. »Weiß nicht.« Sie lächelte ihrer Freundin zu. »Sicher lecker!«

»Nein, warte, ich meine: das da!«

Mit ihrem neonpink lackierten Zeigefinger deutete sie auf den Rand des Tabletts. Ein aus Zeitungspapier gefalteter Kranich klemmte unter einem Abdeckteller. Mit einem Ruck griff Juna danach. Der heiße Tee schwappte aus ihrer Tasse über Pyschkas Hand. Ihre Freundin keuchte auf, sprang vom Bett und hastete ins Bad.

Mit den Fingern, die ihr kaum gehorchen wollten, faltete Juna das Papier auseinander. Etwas in ihr vibrierte, vibrierte so stark, dass die Buchstaben vor ihren Augen hoch und runter zu springen schienen.

Eine Schlagzeile.

Der verheerende Brand in der Präsidenten-Suite des Plaza Hotels wirft Rätsel auf.

Darunter, etwas kleiner: *Drei Menschen sind tot. Die Opfer müssen noch identifiziert werden.*

Zu spät. Ihr Vater hatte die Warnung nicht mehr bekommen.

15

Ihr Vater … tot?

Der Meister kam in diese Welt, als seine Zeit da war, hatte Tschuangtse einst über das Ableben von Laotse geschrieben. *Der Meister ging aus dieser Welt, als seine Zeit erfüllt war. Wer auf seine Zeit wartet und der Erfüllung harrt, über den haben Freude und Trauer keine Macht mehr.* Wie passend, dass ausgerechnet diese Zeilen ihr in den Sinn kamen. *Lau Dan war gestorben. Tsin Schi ging hin, um sein Beileid zu bezeugen. Er stieß drei Klagelaute aus und kam wieder heraus.* Das würde ihr Vater von ihr erwarten, drei Klagelaute, mehr nicht.

Sie hatte keinen Vater mehr. Sie hatte nie einen gehabt. Bis ihre Mutter ihn damals zu ihr gebracht hatte, hatte seine Abwesenheit ihr auch nichts ausgemacht. Während der unregelmäßigen Treffen, in denen er sie ans Taiji geführt hatte, hatte sie ihn *Lehrer* genannt. Er verlangte Gehorsamkeit und Gleichmut, er erklärte, man finde den inneren Frieden nur, wenn man alle Menschen auf Distanz und die Gefühle auf Sparflamme halte.

Ihr Vater. Tot.

»*Was wir ein Ende nehmen sehen, ist nur das Brennholz*«, flüsterte sie ihm in Gedanken zu. Er würde Gefallen an diesen Worten finden, wo auch immer er jetzt war. »*Das Feuer brennt weiter. Wir erkennen nicht, dass es aufhört.*«

»Was redest du da?«, rief Pyschka aus dem Bad. »Nun mach es doch nicht so spannend! Weswegen hast du mich mit dem Tee verbrüht?«

Juna stieg aus dem Bett, darauf bedacht, das Tablett nicht umzuwerfen, kam heran und lehnte sich an den Türrahmen zum Bad. Mit leichten, schwungvollen Bewegungen zeichnete Pyschka die Wimpern mit Tusche nach. Im Spiegel suchte sie den Blick ihrer Freundin, beobachtete stumm, wie die Wimpern immer schwerer von den vielen Farbschichten wurden.

»Was ist denn los? Sag schon!« Pyschkas etwas pausbackige Züge, die sonst so sehr einem Gesicht aus einem liebevoll gezeichneten Märchen-Machwerk des Moskauer *Sojusmultfilm*-Studios glichen, wirkten unförmig und schlaff. Das Rouge lag fleckig auf der blassen Haut. Mit dem ganzen Make-up erinnerte Pyschka an eine *Matrjoschka*, die von zu vielen Touristenhänden begrapscht worden war.

Der Gedanke versetzte ihr einen Stich. Von welchen Händen dieses Mädchen bereits begrapscht worden war, wollte sie sich nicht einmal vorstellen. Ihre tapfere Pyschka, die es geschafft hatte, das Unerträgliche zu ertragen.

»Ju-nah! Rede mit mir.«

»Es ist Pawel.«

»Was ist mit ihm?«

»Ich will wissen, welche Ziele er verfolgt. Wie gut kennen wir ihn eigentlich?«

»Wie gut wir ihn kennen? Ach, was für eine Frage!« Mit einem roten Lippenstift betonte Pyschka die Lippen, drückte sie fest aneinander und bot ihr Gesicht dem Glanz des Spiegels dar, nach bester Marilyn-Monroe-Manier. »Was dich angeht: nur drei Wochen und sechzehn Quickies lang. Stimmt's? Meine Güte! Er will uns doch nur helfen!«

»Sieh dich doch mal um!« Sie kam näher heran und drehte das Wasser ab, das die ganze Zeit lief. In ihrer Petersburger Wohnung hatte Pyschka keinen Zähler und vertrat die Ansicht, sie könne das Wasser ruhig auch verbrauchen, für das sie jeden Monat so hohe Pauschal-Summen ausgab. »Was glaubst du eigentlich, wo wir hier sind? Denkst du, das ist hier ein Hotel?«

Pyschka fuhr herum. Mit einer zornigen Geste fegte sie den Lippenstift und die Tusche von der Waschkommode in die oberste Schublade. »Jetzt wirst du auch noch paranoid. Statt ein wenig mehr Dankbarkeit zu zeigen. Statt darüber nachzudenken, was mir alles erspart geblieben ist, weil er mich da rausgeholt hat!«

»Ich meine nur, dass wir keine Ahnung haben, was er wirklich macht und wie tief er in all dem drinsteckt.«

»Ich meine nur! Ich meine nur! Ja, ich merke sehr gut, was du meinst.« Pyschka stürmte vorbei und schlug die Badtür hinter sich zu. Und kurz darauf die Eingangstür, mit ähnlicher Hingabe.

Juna stützte sich auf das Waschbecken. Nein, sie hätte mit Pyschka nicht über ihre Zweifel reden sollen. Mit Pyschka, die so sehr an Pawel glaubte. Die so sehr an ihn glauben wollte.

»Paranoid – verdammt, das wäre doch mal ein Fortschritt.« Sie senkte den Kopf und strich mit den Händen über den kalten Waschbeckenrand. »Jetzt denk gefälligst nach, was du tun kannst.«

Nick. Vielleicht wusste er auch mehr darüber, was im Plaza Hotel geschehen war.

Pyschka war abgerauscht, das Tablett mit dem Frühstück stand unberührt auf dem Bett. Gedankenlos hob sie einen der abgedeckten Teller hoch. Lauwarme Zucchinis. Perfekt. Sie nahm das Tablett und schritt zur Tür. Sobald sie auf die Schwelle trat, stellte sich Byk ihr schweigend in den Weg.

»Ich will das Essen zurückbringen«, erklärte sie.

Skeptisch beäugte er das Gemüse, und sein Gesicht zeigte mitfühlendes Verständnis. Seinen Bizeps hatte er sich sicher nicht gerade mit vegetarischer Ernährung angezüchtet. »Nicht geschmeckt?«

»Alles in Ordnung, wir haben einfach nicht so viel Hunger gehabt.«

Sie wollte an ihm vorbeigehen, doch er nahm ihr das Tablett aus den Händen und deutete mit dem Kinn in Richtung Zimmer. »Ich kümmere mich darum, bitte gehen Sie rein.«

»Ich bin durchaus in der Lage, selbst hinter mir abzuräumen.«

»Ich befolge nur meine Befehle. Gehen Sie bitte rein.«

»Und was ist mit Pyschka? Sie ist vor einigen Minuten gegangen.«

In seinen klobigen Gesichtszügen spiegelte sich eine innere Anspannung. »Für Ihre ... Freundin ... bin ich nicht zuständig.«

Würde sie es schaffen, ihm zu entkommen? Am Ende des Flurs bemerkte sie das Frettchen. Allein der Gedanke, sich mit Byk anzulegen, war mehr als gewagt, gegen zwei war sie chancenlos.

Sie kehrte ins Zimmer zurück. Und nun? Nachdenklich betrachtete sie die Tür zum Badezimmer. Aus handelsüblichen Reinigungsmitteln konnte man angeblich etwas Explosives basteln. *Ja, ja,* meldete sich ihr Verstand, *MacGyver lief auch im russischen Fernsehen.*

Dennoch inspizierte sie das Bad, fand allerdings nicht einmal die besagten Reinigungsmittel. Nur Fläschchen mit Duschgel, Shampoo ... Seifenblasen gefällig? Genau. Wirken auf schwere Jungs höchst beängstigend.

Aus einem Unterschrank fischte sie einen Waschlappen hervor, diese seltsame Erfindung des westlichen Geistes, die einen dazu ermutigte, sich zu streicheln, statt ordentlich den Dreck von der Haut zu schrubben. Das Teil war flauschig, weinrot und roch nach Kirschen.

Plan B begann Formen anzunehmen.

Entschlossen versenkte sie das Ding in der Kloschüssel. Zur Sicherheit stopfte sie einen weiteren Lappen nach und Toilettenpapier. Viel Toilettenpapier. Dann spülte sie. Das wirbelnde Wasser stieg bis zum Rand. Sie wartete, bis sich der Spülkasten wieder auffüllte, und spülte noch einmal. Der nächste Wassergang ergoss sich auf die Fliesen.

Geschafft. Die ganze Sauerei dürfte Byk lange genug beschäftigen, um ihm zu entwischen. *Einatmen. Ausatmen.*

Sie riss die Eingangstür auf. »Mit dem Klo stimmt was nicht.« Schon zog sie Byk ins Zimmer, er folgte, blieb unschlüssig vor der Toilette stehen und musterte die beachtliche Pfütze zu seinen Füßen. »Hier!« Sie drückte ihm ein Handtuch in die Hände. »Ich hole gleich mehr, nun mach schon. Hilf mir, bevor es hier eine riesige Sauerei gibt!«

Während er sich vor die Toilette kniete und das Handtuch hastig in das ausgelaufene Wasser tauchte, verließ sie das Zimmer durch die unbewachte Tür. Das Frettchen kam auf sie zu, aber sie duckte sich an ihm vorbei und lief zum Ausgang. Er rief ihr etwas hinterher, das sie nicht mehr verstand.

Nick. Wo war Nick? Wie viel Zeit hatte sie, ihn zu finden? Sie steuerte Pawels Büro an, dort hatte sie ihn doch zuletzt gesehen. Sollte sie ertappt werden, könnte sie behaupten, sie wolle die Schäden an der Toilette melden. Irgendetwas in der Art. Mit etwas Glück bräuchte sie die Ausrede nicht. *Bitte sei da.*

Er war da. Postiert vor Pawels Tür.

Sie wusste, dass er sie gesehen haben musste, doch auf seinem Gesicht zeigte sich nicht die kleinste Regung.

»Miss?«

»Ich …« Mit Mühe klaubte sie die Deutschwörter zusammen, die in ihren zerwirbelten Gedanken wie ein Sack Flöhe herumhüpften. Irgendwie gelang es ihr, einen passablen ersten Satz zu finden. »Ich muss reden – mit dir. Über Kranich. Was du …«

Hinter der Tür erklangen Pawels Schritte.

»Komm. Schnell.« Nick zog sie fort vom Büro, raus aus dem Korridor. Sie eilte neben ihm her durch die Gänge. Irgendwo vorne sprach jemand Russisch. Nick wechselte rasch die Richtung, nahm eine Treppe nach unten, und ehe sie sich versah, war sie mit ihm in irgendeinem Lagerraum.

Sie hielt seine Hand. Ein wenig außer Atem. In ihrem Herzschlag glaubte sie, seinen zu fühlen. Eine Glühbirne über ihren Köpfen beleuchtete die aufgestapelten Kisten und Regale mit Weinflaschen. Die trockene Luft reizte ihre Kehle. An der Glühbirne zitterte ein Fetzen Spinnweben. Sie betrachtete diesen Hauch von Fäden über seinem Kopf und schmunzelte. Hoffentlich würde sie ihn nicht vor – wie hatte er es genannt? – einer *Win-kel-spinne* retten müssen.

Er drehte sich zu ihr um. »Du hast die Nachricht also bekommen, ja?« Seine Stimme war voller Sorge. »Es tut mir leid, dass du es auf diese Weise erfahren musstest.«

»Dieses Feuer in dem Hotel, wo mein Vater ist … war … Pawel hat getötet ihn, richtig?«

»Ob dein Vater tatsächlich unter den Opfern ist, weiß ich nicht. Aber anscheinend hat Pawel den Anschlag tatsächlich vorbereitet.«

»Kranich ist Hoffnung, oder?« Ihre Finger glitten aus seiner Hand. Vorsichtig ließ sie sich auf einer der Kisten nieder. Sie rieb sich über ihre nackten Knie. Sie trug noch immer das Negligé von heute Nacht. Daran, sich umzuziehen, hatte sie gar nicht gedacht. Die Treffen mit ihm schienen durch einen ganz eigenen Dresscode geprägt zu sein. »Ich habe zwei gesehen in deiner Wohnung. Bei dem Brett.«

»Bei dem Brett. Du hast es also entdeckt. Das Brett.«

»Katze hat gemacht viel Durcheinander in deiner Wohnung«, beeilte sie zu erklären.

»Die Katze. Verstehe.«

Er antwortete zu einsilbig, als dass sie erkennen konnte, was in ihm vorging. Aber jetzt spürte sie, dass etwas Befremdliches zwischen ihnen lag.

Er setzte sich ihr gegenüber, ein Bein etwas nach vorne gestellt, sodass sie ihn mit den Zehen berühren könnte, würde sie den Fuß nur ein klein wenig bewegen. Schuhe hatte Pawel ihr noch immer nicht gegönnt.

»Juna? Weißt du noch, wie ich gesagt habe, dass ich dir vertraue?«

Er wartete auf eine Antwort.

Sie nickte.

»Das tue ich noch immer.«

Sie nickte wieder.

»Der erste Kranich fiel mir vor zwei Jahren in die Hände. Eine Uhrzeit, die Koordinaten – der Zug. Ich dachte damals, ich könnte etwas sehr Schlimmes verhindern, aber ich habe mich geirrt. Stattdessen musste ich zusehen, wozu diese Leute hier imstande sind.«

Sie verstand nicht alles von dem, was er erzählte, aber sie unterbrach ihn nicht.

»Den zweiten habe ich entdeckt, als ich nach einer … Brandverletzung aus dem Krankenhaus entlassen wurde. Da war bereits alles zu spät. Die Busexplosion vor einem Hotel. Es stand in allen Zeitungen. Ein gottverdammtes Massaker. 17 russische Kinder, die nach Deutschland zu irgendeinem Sportereignis gereist sind, wurden getötet.« Er schloss die Augen. Seine Hände ballten sich, und sie sah, wie die Muskeln und Sehnen auf seinen kräftigen Armen hervortraten.

»Nick?«

Er hörte nicht, als wäre alles, was ihn umgab, nicht real, als wäre es ihm unmöglich, die Lider aufzuschlagen und ihr Gesicht vor sich zu sehen.

»Nick!« Mit einem Mal hatte sie Angst – Angst um ihn. Sie legte ihre Finger auf seine Wange und spürte das wulstige Gewebe der Narben unter ihren Kuppen. Er zuckte zusammen, als hätte die Berührung ihn in die Wirklichkeit zurückgerissen.

»Kraniche«, flüsterte sie ihm zu. »Woher kommen sie?«

»Von Pawel. Glaube ich. Bin mir nicht sicher. Ich glaube, er will damit zeigen, wozu er fähig ist. Seine Macht demonstrieren. Aber die wirklichen Autoritäten nehmen ihn nicht ernst. Umso mehr will er nach oben, zur *Krähe* – deinem Vater. Er ist wie besessen davon.« Nick schüttelte den Kopf. »Er scheint alles mit dieser Besessenheit anzugehen. Anders kennt er es offensichtlich nicht.«

»*Krähe.* Ist das der … Chef?«

»Die *Krähe* diktiert die Gesetze. Ohne ihre Zustimmung geschieht rein gar nichts, und ich glaube, das gefällt nicht allen. Wenn sie von der Bildfläche verschwindet, kommt Bewegung in die Strukturen, und Männer wie Pawel bekommen eine Chance, mehr Macht zu erlangen. Ob er ganz nach oben kommen kann, bezweifle ich, aber sollte es ihm tatsächlich gelingen, die *Krähe* aus dem Weg zu räumen, wird er sich zumindest die Dankbarkeit dessen erwerben, dem es gelingt, die Macht an sich zu reißen. Scheitert er – ist er nur ein Bauernopfer.«

»Und was ist mit dir? Was willst du?«

»Juna, ich …« Er schüttelte den Kopf. »Nein, ich kann nicht.«

»Du kannst nicht? Was?«

»Juna!« Er legte die Hände auf ihre Oberarme. »Ich muss dich von hier wegbringen. Sollte dein Vater wirklich tot sein, dann bist du in Gefahr. Denn Pawel braucht dich nicht mehr.«

»Nicht ohne Pyschka.« *Und nicht ohne dich.*

Sie konnte unmöglich dulden, dass er hierblieb – nicht nachdem Pawel sie beide da unten auf der Bühne gesehen hatte.

»Juna, verdammt«, seine Hände drückten ihre Schultern, »ich kann nicht zulassen ...«

Er redete, immer weiter. Sie lauschte so unglaublich gerne seiner Stimme; wenn er mit ihr sprach, schien alles in Ordnung zu sein, sie fühlte sich sicher, geborgen. Seine Hände massierten ihre Schultern und sie gab sich für einen Augenblick ganz dem Gefühl hin.

»Verstehst du mich?«

Sie holte tief Luft und hob den Kopf, betrachtete verwirrt sein Gesicht, das er über sie beugte. »Was?«

»Juna, ich hole deine Freundin auch hier raus, sobald ich kann. Das verspreche ich. Aber ich muss wissen, dass du in Sicherheit bist.«

»Nein, nein. Nick ...« Sein Gesicht – viel zu nah. »Ich kann Pyschka nicht lassen hier. Wenn Pawel ... das alles weiß ... wird er sie ... dafür bestrafen. Verstehst du?«

»Du bringst mich noch um den Verstand.«

Du mich auch. Sie war doch nicht geschaffen für eine romantische Liebe, für das Herzklopfen und die Schmetterlinge im Bauch. *Lass los. Das alles ist nichts für dich.* Sie wich zurück, und auch er senkte rasch die Arme.

»Du musst erfahren, wer wurde getötet in dem Hotel. Und du musst anrufen meine Oma, unbedingt!«

»Deine Oma?« Er hob eine Augenbraue, als würde er starke Zweifel an ihrer Zurechnungsfähigkeit hegen.

»Wenn mein Vater wusste etwas, dann kann sie sagen vielleicht, was. Hörst du? Meine Oma, sie hat gesagt ...«

»Okay, stopp. Hier, das wollte ich dir schon längst geben.« Er legte etwas in ihre Hand. »Der Pin ist dein Vorname auf der Tastatur. 5-8-6-2. Meine Nummer ist abgespeichert. Sei vorsichtig, niemand darf es bei dir sehen. Nicht einmal deine Freundin. Versprichst du es mir? Ich melde mich, sobald ich weiß, wie ich euch beide hier rausbringen kann.«

Sie befühlte das flache Gehäuse des Mobiltelefons. Ungläubig drehte sie es in den Fingern.

»Sei vorsichtig und gehe kein unnötiges Risiko ein. Ich weiß zu gut, wozu Pawel fähig ist, besonders wenn er … unter Druck steht.«

»Wir müssen haben viel Glück, um zu durchstehen alles.«

Er schmunzelte und holte etwas hervor, das er behutsam zwischen dem Daumen und dem Zeigefinger hielt und schließlich ihr gab. »Hier. Ein Glückscent für dich.«

Sie betrachtete die Münze auf ihrer Handfläche. »Hast du drei?«

»Drei hält besser?« Er stocherte in den Taschen herum und fand tatsächlich noch zwei weitere Münzen. »Warum unbedingt drei?«

Doch bevor sie etwas erwidern konnte, erklangen draußen Schritte – und undeutliche Stimmen. Pawels Leute? Durchkämmten sie die Räume?

»Sie dürfen uns hier nicht finden.« Mit einer fließenden Bewegung betätigte er den Schalter und versenkte den Raum in völliger Dunkelheit. »Schnell!«

Sie stolperte gegen einen Karton. Flaschen klirrten. Er schob sie weiter in den Raum, hinter ein Weinregal, und drückte sie mit seinem Körper gegen die Wand. Hier mussten sie sicher sein. Vor fremden Blicken verborgen. Sogar vor den eigenen.

Nichts sehen. Nur spüren. Mit dem ganzen Wesen – im Einklang mit ihm.

Denn Sein und Nichtsein erzeugen einander.
Schwer und Leicht vollenden einander.
Lang und Kurz gestalten einander.

Hoch und Tief verkehren einander.
Stimme und Ton sich vermählen einander.
Vorher und Nachher folgen einander.

Der zweite Spruch des *Tao Te King* klang in ihr nach, Silbe für Silbe, in jeder Zelle ihres Körpers. Ihre Fingerkuppen ertasteten seine raue Haut am Kinn, mit den Daumen zeichnete sie seine Wangenknochen nach, fuhr ihm durch das Haar, strich über seinen Nacken. Er neigte den Kopf, und sie spürte seinen Atem auf ihren Lippen. Sie hielt die Augen offen und konnte ihn doch bloß mit ihrem Körper fühlen. Die kräftige Brust, die sich bei jedem Atemzug hob und senkte. Sein Becken, das sich gegen ihren Schoß stemmte, etwas Festes in seiner Mitte, dem sich ihr Unterleib entgegen schob.

Das alles durchflutende Licht schnitt ihr in die Augen. Unwillkürlich schnappte sie nach Luft, als Nick sie fester gegen die Wand drückte und seine Lippen an die ihren presste. Sein Mund verschluckte ihren Ausruf.

Jemand kam herein.

Sie schmiegte sich enger an Nick, lauschte seinem Herzschlag, der sie zurück in Sicherheit wiegte.

Uns wird nichts passieren. Ihre Hände fuhren seinen Hals entlang, strichen die Linien seiner kräftigen Schulter nach. *Uns kann nichts passieren.*

Mit der Zunge traute sie sich etwas vor und drang in seinen Mund ein. Vorsichtig erwiderte er ihre Leidenschaft, fest, und dann weicher, ihre Zungen begegneten und erkundeten einander. Langsam fanden sie in ihren ganz eigenen Takt hinein, schrieben ihre eigenen Worte in die Verse, die nur ihnen beiden gehörten. Sie konnte sich nicht mehr zügeln, war noch nie so sehr von einem Rhythmus erfüllt, so frei in ihrer Interpretation der russischen Romantik. Auf der Zunge ließ sie die Worte zergehen, die noch nie gesagt worden waren, egal ob in seiner oder ihrer Sprache. Sie fuhr mit der Zungenspitze über seine Zähne und den Gaumen, presste ihre Lippen fester an die seinen und wünschte sich, sie könnte mehr, so viel mehr von ihm haben.

Er stöhnte auf. Nein! Man würde sie hören, entdecken … auseinander bringen.

Doch die Dunkelheit hielt sie beide wieder fest umfangen. Die Dunkelheit? Wer auch immer hier gewesen war – er war gegangen, und sie hatte es nicht einmal gemerkt. Ihr Puls beruhigte sich langsam. Ihr Mund fühlte noch immer den Druck seiner Lippen.

Sein Gesicht lag zwischen ihren Handflächen. Er neigte den Kopf, Stirn an Stirn hielten sie beide inne. Bis er einen Kuss auf ihre Lippen hauchte, so, als müssten sie sich durch die Dunkelheit zurück zueinandertasten. Vorsichtig, zaghaft, so anders als ihre Leidenschaft vorhin, doch nicht minder schön. Sie wusste, dass es gleich vorbei sein würde, dass sie keinen davon würde festhalten können. Sie umarmte ihn. Sanft strich er ihr über das Gesicht, sie fühlte seine weichen Fingerkuppen auf ihren Lidern, seine Finger glitten ihren Nasenrücken entlang, über die Lippen … Er atmete tief ein und schmiegte seine Wange an die ihre. Noch einen Augenblick lang fühlte sie ihn bei sich, dann schob sie ihn vorsichtig zurück. »Bringe mich zu Pawel.« Sie schluckte, als sie merkte, wie belegt und unsicher ihre Stimme klang, als müsste sie das Sprechen neu lernen. »Sag, du hast mich gefunden. Sag, ich war verlaufen.«

16

Sie hatte das Handy in ihrem Höschen verstaut, bevor Pawel sie in sein Büro gebracht hatte. Sie musste auf dem Sofa Platz nehmen und warten. Er war wieder gegangen und hatte die Bürotür abgeschlossen. Neben der Fensterfront fühlte sie sich wie das Meerschweinchen, das in seinem Kasten ausharrte. Erst nach einer Weile kehrte Pawel zurück, holte aus dem Schrank eine Whisky-Flasche und schenkte sich ein. Schweigend kippte er ein Glas nach dem anderen in sich hinein. Fast eine Stunde lang stand er wie versteinert vor dem Fenster und blickte nach unten zur Bühne. Eine starre, unbewegliche Silhouette, ein Schatten seines Selbst. Bis er herumfuhr und ihr mit der Macallan-Flasche drohte. »N…niemand, niemand hält mich z-zum Narren, hast du gehört?«, zischte er. »Niemals mehr. Kapiert? Hast du's kapiert?«

Sie zwang sich, ruhig zu bleiben. »Ich habe keine Ahnung, was du meinst. Ich habe mich verlaufen. Nick hat mich gefunden. Das ist alles. Beruhige dich.«

»Alles?« Er schnaufte schwer und nahm einen letzten Schluck direkt aus der Flasche. »Ich zeig's dir, wie ich mich … beruhige.«

Er packte sie am Arm und zerrte sie aus dem Büro zu ihrem Zimmer. Das Negligé bedeckte ihren Körper nur notdürftig, und sie musste höllisch aufpassen, dass Pawel nichts von dem Telefon merkte, auch wenn das Gehäuse unglaublich flach ausfiel. »Beweg deinen Arsch!«

Pyschka hockte auf dem Bett und blätterte in einer Illustrierten. Sie hob den Kopf, als Juna eintrat und rief: »Wo warst du nur!« Ihre Unterlippe zitterte. Die Korkenzieherlocken. Jedes Wort.

»Ich wollte zu Pawel und habe mich verlaufen. Nick hat mich gefunden.«

Pyschka richtete sich auf und verschränkte die Arme vor der Brust. »Wer ist Nick?«

»Mein neuer Bodyguard«, lallte Pawel beinahe zärtlich. Sie spürte, wie er eine Hand auf ihren Nacken legte, roch seinen vom Alkohol schwangeren Atem. »Juna ist mit ihm sehr vertraut geworden, stimmt's? Wo h-hat er dich noch mal gefunden?«

»Unten.« Sie fühlte jeden seiner Finger, der sich um ihren Hals legte und leicht zudrückte. »Im Lagerraum.«

»Unten im Lagerraum, na-natürlich. Hattet ihr Spaß miteinander? Ihr müsst ganz schön lange da drin gewesen sein?«

»Ja, hatten wir. Jede Menge Spaß. Was soll diese Aufführung, Paschik?« Sie legte all ihren Ärger in ihre Stimme, um die Unsicherheit zu überdecken. Die Tür zum Bad stand offen. Auf den Fliesen vor der Kloschüssel kroch das junge Mädchen mit dem vernarbten Gesicht herum und wischte das Wasser auf. Das Frettchen lauerte neben ihr und grinste Pawel beinahe verächtlich an.

Der Druck der Finger in ihrem Nacken … Sie hielt es nicht mehr aus. Entschlossen ging sie ins Bad, zerrte ein Handtuch vom Halter und kniete sich nieder, um dem Mädchen zu helfen. »Tut mir leid für die Sauerei. Ist meine Schuld.«

Das Mädchen mied ihren Blick. Die Nägel verkrallten sich in den schmuddeligen Lappen. Die Haut schimmerte von einem Schweißfilm, obwohl es hier alles andere als zu warm war. Unter ihren Augen lagen dunkle Ringe.

Als Pawel ins Bad schwankte, verharrte es wie ein Tier zu

seinen Füßen. Die hellgrauen Wildlederschuhe blieben neben Junas Hand stehen – mit einer Schuhspitze zog er das Handtuch unter ihren Fingern hervor, beugte sich zu ihr hinunter und zerrte sie auf die Beine. Das Handy! Noch hielt es, aber bei jeder Bewegung drohte es, aus dem Höschen zu rutschen.

»Das ist do-doch keine Arbeit für dich«, säuselte er ihr ins Ohr.

»Ich bin es nicht gewohnt, dass andere hinter mir herwischen.« Trotzig sah sie das Mädchen an. »Du musst es nicht machen.«

»Fürchte, die Arme kann nicht antworten. Sie hatte 'n Unfall. Das hübsche Gesicht is wech. Und die Stimme, ihre süüüüße Stimme. Was nicht alles passieren kann, wenn man mich zum Narren hält …«

»Ich habe mich verlaufen. Nick hat mich gefunden«, wiederholte sie. »Mehr habe ich dir nicht zu sagen.«

Er stieß sie Richtung Zimmer, wo Pyschka sie tapfer anlächelte und auf die Bettdecke neben sich klopfte.

Kleine, vorsichtige Schritte machen – dankbar ließ sie sich auf der Kante nieder. Das Handy war in Sicherheit, zumindest würde es nicht mehr vor Pawels Augen auf den Boden fallen. »Wie soll es weitergehen, Pawel? Was hast du mit mir vor? Willst du, dass ich mein ganzes Leben in diesem Zimmer verbringe?«

Pawel stolperte auf sie zu. Eine Flanellhose, ein Karo-Hemd mit hochgekrempelten Ärmeln – heute ganz lässig. Seine Finger spielten in ihrem Haar. »Ist so viel los im Moment. Ich durfte ein … interessantes Präsent bestaunen. Dein Vater hat's mir hinterlassen, weißt du? Hübsch, sehr hübsch. Was es mir wohl sagen soll, hm?«

Ein Präsent von ihrem Vater? Was meinte er damit bloß?

Ihre Oma hatte doch erwähnt, ihr Vater wollte ihr etwas mitbringen – hatte Pawel es sich beim Anschlag unter den Nagel gerissen? »Ich weiß nicht, was du meinst.«

»Was rede ich da! Natürlich hast du keine Ahnung, du hast nie Ahnung, Kleines, nicht wahr?« Mit zwei Fingern hielt er ihr den Kranich aus dem Zeitungsausschnitt unter die Nase. Sie hatte das Papier zurückgefaltet und … wohin gelegt? Sie wusste es nicht mehr. Aber anscheinend hatte Pawel ihr Zimmer durchsucht. Verdammt. Das Handy. Sie musste höllisch aufpassen. Er beugte sich zu ihr hinunter. »Sei versichert, sollten in meinem Club Spitzel zugange sein, werde ich jeden einzelnen von ihnen finden und vernichten«, flüsterte er, mit einem Mal vollkommen klar. »Hab nur etwas Geduld. Bald ist alles vorbei …« Unvermittelt ließ er sie los und ging. Pryschtsch folgte, das Mädchen hinter sich her zerrend.

Juna wagte nicht, sich zu rühren. Hatte Nick recht, würde Pawel sie beseitigen, sobald er keine Verwendung mehr für sie hatte?

»Bin gleich wieder da«, entschuldigte sie sich bei Pyschka, verschwand in der Toilette und verriegelte die Tür.

Nick hatte gesagt, seine Nummer sei abgespeichert. Im Adressbuch fand sie nur einen einzigen Eintrag. *DS*. War er es? Sie drückte auf ›Neue SMS‹, tippte vier Buchstaben ein und ein Fragezeichen. Absenden.

Warten.

Sie schloss die Augen. Atmete tief ein und langsam wieder aus. Noch nie hatte sie sich so fern ihrem inneren Frieden gefühlt. Im Taiji gab es keinen Platz für ein romantisches Verliebtsein.

Sie dachte trotzdem an ihn. An den letzten Augenblick. Byk, der mit dem Frettchen an seiner Seite in den Lagerraum zurückgekommen war. Pawels Hand an ihrem nackten Oberarm, als er sie fortführte. Er hatte sie so fest gepackt, dass sich auf ihrer Haut noch immer seine Finger abzeichneten.

»Juna?« Pyschkas Ruf aus dem Zimmer ließ sie zusammenzucken. Sie betätigte die Spülung. Der Waschlappen war jedem Anschein nach erfolgreich aus den Windungen der Röhre geborgen worden. »Alles prima«, rief sie zurück, wusch sich die Hände, einfach, um das Wasser laufen zu lassen und auf die Antwort zu warten.

Nichts. Sie drückte auf die Zeile ›Ausgang‹, wählte ihre Nachricht zur Ansicht. Vier Buchstaben. Ein Fragezeichen.

Nick?

Vielleicht hatte er keinen Empfang, keine Zeit oder das Handy nicht dabei. Es konnte viele Erklärungen geben, kein Grund, verrückt zu spielen. Doch die Hilfslosigkeit drohte ihre Gedanken zu lähmen.

Sie zog sich an. Anscheinend wollte Pawel sie gern in Khakigrün sehen. Heute wartete eine Pumphose auf sie, die zum Glück nicht zu sehr ausuferte, und eine Volantbluse aus Chiffon. Die Farbe stand in gutem Kontrast zu ihrer hellen Haut und den schwarzen Haaren. Sie verstaute das Handy in der Hosentasche und kam aus dem Bad.

»Juna, was ist?«

Sie legte sich aufs Bett, mit einem Mal ermattet, als hätte Pawel jegliche Energie aus ihr gesaugt. Pyschka robbte zu ihr und bettete den Kopf auf ihren Bauch. »Dich bedrückt doch irgendwas? Was ist los? Ist es wegen Pawel? Dass er sich betrunken hat?« Die Bambi-Augen, mit einem blauen Kajal betont, glänzten voller Hingabe. »Er mag dich. Er hat es nicht leicht, weißt du?«

»Ach Pyschka!« Eine Weile lag sie ganz still da. Was konnte sie bloß sagen, um ihr klar zu machen, was hier eigentlich vor sich ging? Durch den Stoff ihrer Hose ertastete sie das Telefongehäuse. Schon bald blätterte Pyschka in einer der Illustrierten, also riskierte sie einen Blick auf das Display.

Keine Antwort.

Melde dich. Bitte! Verdammt, Nick, sag mir einfach, dass du nicht tot bist!

Pyschka schlief bereits, gab schnaubende, leicht gurgelnde Geräusche von sich, ein bisschen wie ein Pony beim Trinken. Mit beiden Händen hielt Juna das Mobiltelefon vor sich. Sie hatte Angst, wie bereits die vielen Stunden davor. Angst um Nick. Angst, es aufzumachen und keine Antwort vorzufinden. Was ist, wenn er … Nein. Nicht daran denken.

Pyschka murmelte etwas und drehte sich um. Verschreckt schob Juna die Hand mit dem Telefon unter das Kissen. Falscher Alarm. Ihre Freundin schlief den Schlaf der Gerechten, fern von allen Sorgen und Ängsten, immer noch zuversichtlich und voller Glaube an Pawel.

Juna holte das Telefon hervor. Würde sie erfahren, dass Nick etwas zugestoßen war? Oder würde Pawel ihn einfach verschwinden lassen?

Na los. Sieh nach.

Vorsichtig klappte sie das Handy auf. Das Briefumschlag-Symbol! Er hat tatsächlich geantwortet. In der Dunkelheit und mit bebenden Fingern tippte sie auf eine falsche Taste und musste sich mühsam den Weg zurück suchen. Ihr Herz schien das Blut direkt in ihre heißen Wangen zu pumpen.

Endlich öffnete sie seine Nachricht.

Zwei Buchstaben. Ein Fragezeichen.

Ja?
17:23 5-APR-12

Sie war … enttäuscht. Wütend. Erleichtert. Alles auf einmal. Es ging ihm gut, er hielt es zwar offensichtlich nicht für nötig, auf ihre Nachricht sofort zu antworten, aber es ging ihm gut. Das wollte sie doch wissen. *ICH HABE SORGEN GEMACHT, DU MISTKERL.* Nein. Löschen. Von der Großschreibung zurück zur normalen Schrift wechseln.

Wie kann ich wissen, dass du bist du?

Wieder auf die Antwort warten. Vielleicht war sein Handy in die falschen Hände geraten. Und Pawel tippte am anderen Ende die Antworten? Die neue Nachricht kam fast sofort.

Kak dela?:)
20:32 5-APR-12

Sie schmunzelte. Er war es wirklich, und sie war froh, ihn bei sich zu fühlen, in absolut jedem Zeichen.

Choroscho

Sie überlegte und fügte doch noch hinzu:

Bin froh dass dir nichts passiert hat

Absenden. War das zu offenherzig? Zu melodramatisch? Die Unruhe kribbelte in ihr. Wie Ameisen in ihrem Bauch. Die anderen schworen auf Schmetterlinge, aber sie hatte natürlich Ameisen erwischt. Verdammt, was sollte das, sie war doch kein Teenager mehr! Oder doch? Auf die nächste SMS musste sie nicht lange warten.

Hast du deine oma angerufen?
20:34 5-APR-12

Das ernüchterte sie irgendwie. Sie wusste gar nicht warum. Was hatte sie anderes erwartet?

Nein. War zu beschäftigt sorgen um dich machen

»Mh?« Pyschka hob den Kopf und blinzelte verschlafen drein, ihr Blick fixierte das blau schimmernde Display, ohne es wirklich wahrzunehmen.

Hastig schob Juna die Hände mit dem Telefon unter die Decke und presste die Schenkel fest zusammen. »Hab ich dich geweckt? Tut mir leid.«

»Wie spät ist es?«

»Halb neun. Man verliert hier vollkommen das Zeitgefühl, nicht wahr?«

»Mh.« Pyschka drehte sich auf den Bauch, quetschte das Kissen hoch und drückte ihre Wange hinein.

Juna wartete. Ihre Freundin hielt die Augen geschlossen, der Mund stand halb offen. Sie erinnerte an eine zerknautschte Blüte. Kein Schnarchen. Sollte sie es trotzdem wagen? Sie hob die Decke etwas an. Ein weiteres Briefumschlagsymbol begrüßte sie vom Display. Sie rutschte etwas höher und stemmte ihren Rücken gegen das Bettende. Wieder das unruhige Kribbeln, dieses Mal war es Vorfreude und keine Ameisen.

Was, du hast den ganzen tag an mich gedacht mon chouchou?

20:37 5-APR-12

Sie grinste und tippte zurück:

Aber ja mon cheri. Besonders ob pawel kauft mir ein kleid für deine beerdigung

Es dauerte ein bisschen, im Simsen war sie nicht geübt, mit einem fremden Handy sowieso nicht. Sie hatte nie viel davon gehalten und rief grundsätzlich an, selbst wenn es um ein ›Ja‹ oder ›Nein‹ ging. Noch einmal las sie die abgeschickte Nachricht durch. Kommas fehlten. Der Satz hörte sich irgendwie nicht richtig an, wenn sie ihn vor sich hinflüsterte. Ach ja, das Verb gehörte nach hinten. Verdammt. Sie nahm sich vor, sorgfältiger zu schreiben. Immerhin hatte sie hier Zeit, die Satzstellung und die Wörter zu überdenken.

Schon war eine neue Nachricht für sie da:

So schnell bin ich nicht unter die erde zu kriegen:) ruf deine oma an

20:40 5-APR-12

Sie lächelte dem Smiley zu. Hatte er gelächelt, während er

die Nachricht verfasste? Wenn er es tat, erschienen seine dunklen Augen immer so friedvoll und warm.

Was war mit byk und dir? Als pawel mich weggebracht hat?

Die Oma anrufen – das würde sie auf später vertagen. Wenn sie nicht Gefahr lief, Pyschka aufzuwecken. Das klang doch vernünftig, oder? Vernünftiger jedenfalls, als mit Nick zu simsen und so voller Ungeduld auf seine Antwort zu warten.

Byk lebt ebenfalls noch. Das kleid wirst du auch für ihn nicht zu tragen brauchen. Obwohl ein kleid dir sehr steht, mon chouchou

20:43 5-APR-12

Sie unterdrückte ein Kichern. Wenn es so weiterging, weckte sie Pyschka noch endgültig auf! Und dann – kein Nick. Keine SMS mehr. Nur dieses Kribbeln in ihr.

Der rosa alptraum hat dich sehr beeindruckt wie ich sehe

Abschicken. Sie legte den Kopf in den Nacken und seufzte. Das Dauergrinsen wollte nicht aus ihrem Gesicht weichen. Sie spürte, wie es ihre Lippen spannte, und dachte daran, dass sie ziemlich albern aussehen müsste, wie sie dasaß und die Decke angrinste.

Oh wenn du gesehen hättest, wie beeindruckt ich wirklich war, wäre das extrem peinlich geworden

20:46 5-APR-12

Nun kicherte sie wirklich. Sie konnte einfach nichts dafür. Pyschka murrte etwas und grub die Wange tiefer in das Kissen. Durch den zusammengequetschten Mund entwich ein leises Pfeifen. *Bitte, wach jetzt nicht auf, bitte!*

Etwas farbe auf deinem gesicht harmoniert bestimmt gut mit diesem kleid

Sie wartete auf ihn. Das Telefon lag still in ihrer Hand. Sie dachte daran, wie sie es unter der Decke fast zwischen ihren Beinen verstecken musste. Sie war versucht, es noch einmal zu tun.

Abgesehen von dir, gibt es nicht vieles, was mit diesem kleid irgendwie harmoniert.

19:50 5-APR-12

Sollte ich lieber ausziehen kleid?

Oh nein, hatte sie es tatsächlich abgeschickt? Nur langsam ließ sie die angehaltene Luft entweichen. Sie. Nackt vor ihm. Kein bisschen Stoff, der störte. Schnell tippte sie hinterher:

Jetzt habe ich farbe auf gesicht

Und wartete. Die Sekunden zogen sich scheinbar endlos in die Länge, dabei war seine Antwort beinahe augenblicklich da:

Bitte verzeih, mon chouchou. Ich wollte dich mit meinen albernheiten nicht in verlegenheit bringen

20:53 5-APR-12

Bloß nicht aufhören jetzt! Seine Worte gaben ihr die Zuversicht, nicht allein zu sein. Schenkten ihr dieses warme Gefühl, bei ihm zu sein. Fieberhaft überlegte sie, wie sie es ihm schreiben sollte. Das mit dem warmen Gefühl. Damit er verstehen konnte, wie viel ihr seine Zeilen bedeuteten.

Nein! Deine wörter sind schön. Sie machen mich ganz heiß drin wenn ich bin allein

Abgeschickt. Würde er wissen, was sie ihm sagen wollte? Sie biss sich auf die Lippe. Hoffentlich. Hoffentlich war er noch da.

Nichts.

Warum antwortete er nicht?

Ihr Herz pochte wie ein warmes, weiches, lebendiges Etwas in ihrer Brust. Alles in ihr war lebendig, so lebendig wie noch nie.

Eine neue Nachricht. Fast traute sie sich nicht, sie aufzumachen.

Du hast keine ahnung, wie süß du bist, wenn du deutsch sprichst. Oder schreibst.

20:58 5-APR-12

Erleichtert seufzte sie auf. Alles gut. Sie hatte nichts Falsches geschrieben.

Süß? Du denkst das über mich jetzt?

Rasch kam seine Antwort:

Wenn ich an dich denke, werde ich ganz unruhig, mon chouchou

21:00 5-APR-12

Unruhig war sie auch, wenn sie an ihn dachte. Sie rutschte etwas tiefer und merkte, wie sich eine Falte der Decke unter ihr merkwürdig *empfindlich* anfühlte. Wie der Knoten der Schaukel, auf dem Nick sie schwingen ließ.

Sie tippte, den Unterleib mit jedem Wort etwas mehr angespannt, um dem Gefühl Einhalt zu gebieten:

Unruhig bin ich auch, cheri

Sie ließ das Handy auf ihren Schoß sinken. Es fiel ihr leicht zu träumen, vom sanften Wiegen, von seinen Händen, die ihr Schwung gaben und dabei leicht ihren Rücken oder Po streichelten.

Wenn wir beide unruhig werden, sollten wir dringend das thema wechseln. Wetter? Der sonnenuntergang ist unglaublich schön

21:04 5-APR-12

Nein, so einfach würde sie ihn nicht davonkommen lassen. Sie biss sich auf die Lippe.

Ich will nich sonnenuntergang. Ich will dich.

Und sie wollte ihn jetzt. Ihr Finger verharrte über der Absende-Taste, doch natürlich hatte sie nicht darauf gedrückt. Löschen. Ganz schnell löschen. Stattdessen tippte sie:

Ich kann ihn nicht sehen. Den sonnenuntergang. Keine fenster hier

Sie wartete auf die Antwort, flatterig, als hätte sie die erste Nachricht doch noch abgeschickt. Als stünde sie vor ihm, das

Gesicht ihm zugewandt. Doch dieses Mal ging er nicht fort, sondern ließ die Hände dort, wo es schön war.

Sie schaute auf das Handy. Da war sie, eine neue Nachricht. Ihre Erregung wuchs. Dieses Mal waren es keine Worte, die alles in ihr so empfindlich stimmten, sondern ein Bild.

Über der Skyline senkte sich die glühende Sonne und hüllte die Stadt in einen diesigen roten Schleier. Der Feuerball schien sich in Federwolken zu verflüssigen, die Kräne der Baustelle in der Ferne sahen wie geflochten aus.

Sanft hielt sie das Telefon zwischen den Handflächen. Alles war ein wenig irreal, so unwirklich schön. Wie ihre Gefühle, die ihr ein kleines bisschen Angst machten. Und die Sonne – die in ihren Handflächen rot-golden schmolz und ihrem empfänglichen Körper die Wärme schenkte.

Du hast schönen blick aus deinem fenster

Sie schickte es ab, fügte das Foto als Hintergrundbild ein und stellte das Handy auf Vibration. *Vibration! Bist du vollkommen bescheuert?* Irgendwie … ja. Durchaus. Sie hielt es einfach … nicht mehr aus.

Sie legte die Hände über dem Telefon auf ihrem Bauch zusammen und schloss die Augen. Das Warten machte sie unruhig. Wuschig, würde Pyschka sagen.

Das Handy vibrierte und ein sanftes Echo hallte in ihrem Inneren nach, tief in ihren Schoß. Sie stöhnte verstohlen. *So verzweifelt kannst du doch unmöglich sein*, hielt ihr Verstand dagegen an.

Nick hatte geantwortet. Sie spannte wieder die Oberschenkel an, um dem Druck in ihrem Inneren entgegenzuwirken, schaute auf das Display.

Will nicht angeben, aber dafür bin ich aufs dach geklettert. Hat etwas gedauert, bis ich einen guten winkel gefunden habe

21:20 5-APR-12

Schnell tippte sie zurück:

Bin beeindruckt. Will auch auf dach zu dir

Sie drückte auf die Senden-Taste, um sich im selben Moment auf die Lippe zu beißen und die Nachricht zurückzuwünschen. Aber die war fort.

Seine Antwort vibrierte auf ihrem Bauch … etwas tiefer … noch tiefer … schon lange keine Vibration mehr, nur ihre Hand … seine Zärtlichkeit, die sie sich so wünschte … und ihre Hand, die sanft all das Empfindliche in ihr umkreiste, mal etwas stärker, mal etwas milder.

Ich wäre gern auf diesem dach mit dir. Es ist noch warm. Fast windstill. Alles scheint fern. Der verkehrslärm, der tag, die nacht

21:24 5-APR-12

Sie seufzte verstohlen, antwortete:

Erzähle mehr. Wie es ist, bei dir sein und dort am rand zu stehen

Es war so verstörend, sich selbst so intensiv zu spüren, sich seine Hände vorzustellen, den sanften Druck seines Daumens …

Wenn du bei mir bist, hätte ich gefragt, ob du an dein zuhause denkst. Ob dir dein sonnenuntergang in russland fehlt

21:26 5-APR-12

Sogleich vibrierte es erneut in ihren Händen.

Und vorsichtig am rand. Ich glaube ich halte dich lieber fest

21:27 5-APR-12

Ja, halt mich fest.

Als wäre ich ein bisschen da.

Als wärst du ein bisschen hier.

Es war leicht, ihn in der Dunkelheit zu fühlen. Seine Nähe, seine Hände – überall, und vor allem dort. Ein bisschen wie die Federwolken, in die sich die schmelzende Sonne hinabsenkte.

Ich kann nicht an anderen sonnenuntergang denken, nur an den mit dir

Mit dir. Seinen Körper ganz nah zu fühlen, ihn zu streicheln. Seine Muskeln unter den Handflächen zu spüren, ohne Stoff dazwischen. Haut an Haut. Sie fragte sich, ob ihre Finger mit Härchen auf seiner Brust spielen konnten oder über die glatte, warme Haut gleiten würden. Ob sie seinen Bauch berühren durfte und die Zunge um den Nabel kreisen lassen konnte, immer tiefer … Sie mochte es, wie er roch. Sie würde es mögen, wie er schmeckte.

Sie presste die Lippen zusammen, drehte den Kopf – und sah Pyschka, die im Schlaf Grimassen schnitt. *Wach jetzt bloß nicht auf!*, beschwor sie alle guten Geister. *Nicht jetzt.*

Ich habe angst, dass es dir irgendwann zu wenig wird. Wenn ich dich da bloß festhalte. Dass du merkst, wie fern dein zuhause ist

20:35 5-APR-12

Zu wenig?

Du hast keine Ahnung, wie viel es ist.

Besonders im Moment. Besonders unter ihren Fingern.

Ich habe keine angst.

Dich zu lieben, dem Sonnenuntergang entgegen, und das letzte Licht auf der nackten Haut fühlen. Es ist windstill. Und alles, außer dir, scheint fern. Was machte sie bloß? Sie stöhnte wieder, drehte sich auf die Seite und umarmte die Bettdecke. Nein, presste sie fest zwischen ihre Beine. Ihre Atmung ging rebellisch schnell … sie spürte ihn, wollte ihn spüren, die Beine um ihn schlingen, ihn ganz fest an sich drücken … fester … fester … bis sie kaum noch Luft bekam, bis es nur diesen Augenblick mit ihm zu geben schien – und danach nichts mehr …

Nur eine wohlige Erschöpfung.

Und das Abklingen des Sonnenuntergangs in ihr, die in ihren

Schoß sinkende Sonne und die Wärme, die mit jedem Herzschlag, der sich langsam beruhigte, durch ihre Adern getragen wurde.

Sie rollte sich auf den Rücken. Sie war erschöpft und gleichzeitig erfüllt. Alles in ihr war diffus, leicht und diesig, wie die Stadt im rötlichen Licht des ausglühenden Tages. Sie blinzelte in die Dunkelheit, fühlte die Hitze in ihrem Gesicht.

Eine sanfte Vibration, die sie willkommen hieß.

Ich auch nicht.

21:36 5-APR-12

Pyschka hob den Kopf. Plötzlich hellwach. »Juna? Was war denn das?«

»Nichts.« Unter der Decke presste Juna das Handy gegen den Bauch.

Pyschka räusperte sich. »Aha. Ich wünschte, ich hätte so viel Nichts, wenn ich allein bin.«

Das Telefon brummte auf.

Aber sie würde seine Nachricht nicht mehr lesen können.

Nick

Ich warte noch. Auf ein paar Zeilen, einen Abschiedsgruß, aber das Handy bleibt stumm. Sie wird nicht mehr schreiben, etwas in mir weiß es bereits. *DAAD*, tippe ich aus einem Impuls heraus und schicke es ab. Eigentlich vollkommen absurd, denn sie würde die Abkürzung nicht verstehen. Und ich hasse es, wenn eine Nachricht mehr Sonderzeichen enthält als sinnvolle Worte. Nur dieses eine Mal kann ich einfach nicht anders.

Ich verlasse das Dach, ohne zurückzublicken, und gehe geradeaus in meine Wohnung. Der Weg ist lang genug, um mich ein wenig … abzuregen. Pawel ist es nicht gelungen, Junas Telefonanruf zurückzuverfolgen, andernfalls hätten sie mich längst enttarnt. Falko und seine Jungs mussten ganze Arbeit geleistet haben.

Ich lege das Handy neben die Tastatur. Die Wohnung ist verflucht still, und ich fühle mich wie ein Fremdkörper darin. Juna. Sie ist nicht mehr hier. Sondern in irgendeinem Zimmer ohne Fenster.

Denk an dich. Ich hätte es schreiben sollen, so wie ich es fühle. Ich fühle eindeutig zu viel und müsste damit schleunigst aufhören. Es gibt Sachen, die von vornherein nichts Gutes versprechen, wie die Idee, am ersten Ferientag vom Garagendach ins Planschbecken zu springen.

Ich muss mich überwinden, mich wieder an meinen Computer vor die Videos zu klemmen. Leah bleibt seit Tagen verschwunden, sie geht nicht ans Handy und gibt auch sonst kein Lebenszeichen von sich, und ich kann es mir nicht mehr schönreden. Sie ist in Schwierigkeiten. Ich wünschte, ich hätte etwas von ihrem Vorhaben gewusst, um sie davon abzuhalten. Aber so ist Leah nun einmal. Draufhauen, dann Fragen stellen. Mein armer Schädel erinnert sich noch zu gut an die Begegnung mit ihr im Wald, auch wenn die Beule schon längst verheilt ist.

Schon wieder muss ich das Video etwas zurückspulen, mich zusammenreißen und genau hinsehen. Noch kann ich Kay davon abhalten, Dummheiten zu machen. Sonst hätte er sich schon längst kopflos in eine Suche nach ihr gestürzt und Pawels Leute aufgescheucht, und ich weiß nicht, ob ich in der Lage sein würde, ihn noch einmal zu retten. Also muss ich etwas finden, ihm beweisen, dass ich an der Sache dran bin. Die Aufnahmen habe ich mir erst heute besorgen können, es war leichter als gedacht, und niemand hat etwas bemerkt.

Ich sehe zu, wie die Menschen am Monitor hin und her laufen. Die Schlange vor dem Club, die sich kaum rührt, hoffnungsvolle Besucher, die zur Kordel eilen. Einige kommen sogleich wieder zurück, anderen gibt Detlev den Weg frei. Alles hektisch, ruckartig, wie in einem Stummfilm.

Ich lehne mich mit einer Schale Studentenfutter zurück und picke mir die Rosinen heraus. Prinzessin kommt angeschlichen und springt auf den Tisch. Ich erwarte, dass sie gleich über die Tastatur spaziert, doch sie klettert auf meine Schulter und breitet sich auf meinem Nacken aus. Ich hätte nie gedacht, dass ich einmal echten Pelz tragen würde.

Vielleicht habe ich die Uhrzeit falsch geschätzt, denn ich kann Leah nicht entdecken. War sie überhaupt im Club? Von Juna weiß ich, dass sie hierher wollte, aber was ist, wenn ihr unterwegs etwas zugestoßen ist? Wenn ihr Verschwinden nichts mit dem *Perles d'Or* zu tun hat? Bei Célines Tod habe ich mich schließlich auch geirrt.

Stopp! Ich rucke so heftig nach vorne, dass Prinzessin ihre

Krallen durch mein Hemd in meine Haut schlägt und trotzdem herunterkullert. Mein Rücken fühlt sich an wie das Stück Parmesan, das ich heute über meine Spaghettis gerieben habe. Aber ich habe Leah entdeckt – endlich.

Ich halte das Video an und betrachte die schmale Figur im aufgeknöpften Trenchcoat genauer. Das ist sie, kein Zweifel. Unter dem Trenchcoat schimmert das kleine Schwarze durch, dazu hat sie Leggins angezogen und helle Halbstiefel, die an orthopädische Schuhe erinnern. Sie verhandelt geschlagene zehn Minuten lang mit Detlev, was im Schnellmodus richtig witzig aussieht. Ich habe vorher nie bemerkt, dass Leah ihren Pferdeschwanz über die rechte Schulter nach vorne zieht, wenn sie verunsichert ist oder etwas umständlich erklären muss. Vor der Kamera macht sie es sieben Mal.

Sie geht, kommt wieder, und sie unterhalten sich erneut. Sie zeigt ihm etwas, aber aus diesem Blickwinkel kann ich nicht sehen, was. Detlev bleibt cool, während Leah immer verzweifelter gestikuliert. Schließlich erscheint jemand vom Sicherheitsdienst und flüstert Detlev etwas ins Ohr. Er wirkt überrascht, lässt Leah aber rein.

Ich merke mir die Zeit und suche sie auf den anderen Videos, die die Kameras im Club aufgenommen haben. Sie ist drin, und man merkt, dass sie sich zuerst orientieren muss. Sie geht herum, ich kann ihr aus verschiedenen Kamera-Winkeln folgen. Ihr Rundgang endet bei der Lounge-Ecke, sie hält einen Kellner an und unterhält sich mit ihm. Schließlich zeigt sie ihm etwas aus ihrem Portemonnaie. Ein Foto, vermutlich von Céline. Der Kellner schwirrt ab, nicht ohne sich mehrfach nach ihr umzublicken. Sie versucht es bei einem anderen, mit dem gleichen Ergebnis. Und bei dem nächsten.

Währenddessen merke ich, wie der erste Kellner im Hintergrund ein paar Worte mit dem Sicherheitsmann wechselt, der daraufhin verschwindet. Inzwischen steht Leah etwas verloren da, und das Personal macht einen Bogen um sie. Die glückliche *Perles d' Or*-Familie behält ihre Geheimnisse für sich.

Ich warte, zusammen mit Leah. Schließlich entscheidet sie sich, die Lounge zu verlassen, offenbar unschlüssig, was sie als Nächstes unternehmen soll.

»Wieso bist du nicht nach Hause gegangen?«, flüstere ich dem Monitor zu. Wenige Sekunden später weiß ich es.

Als sie den kurzen Übergang vom Lounge-Bereich zur Tanzfläche betritt, kommt Pawel auf sie zu, Byk im Gefolge. Sie bleibt irritiert stehen, sie … scheint Pawel zu kennen, ist überrascht, ihn vor sich zu sehen. Ich wüsste gerne, worüber sie reden, aber die Qualität des Videos ist zu schlecht, als dass ich von ihren Lippen lesen könnte. Abgesehen davon bin ich ein miserabler Lippenleser. Eigentlich ein Analphabet, was das betrifft. Manchmal rate ich und liege richtig, aber ich hatte auch schon mal vier Richtige im Lotto.

Einige Zeit später folgt Leah Pawel zum Personal-Abschnitt und verschwindet von der Bildfläche. Danach ist sie weg, wie ausradiert.

Zur Sicherheit lasse ich das Video von der Außenkamera am Club-Eingang weiterlaufen. Nach zwei Stunden ist es zu Ende, und ich habe Leah nicht herauskommen sehen. Sie war im Club. Und sie hat *Perles d'Or* nicht verlassen.

Das Summen des Handys auf dem Tisch lässt mich zusammenzucken. Eine seltsame Aufregung ergreift von mir Besitz, während ich beobachte, wie das Briefumschlag-Symbol über das Display herbeieilt. Prinzessin springt auf den Tisch und langt mit der Pfote nach dem Handy, als wäre sie eifersüchtig auf das, was mir dort zuflattert.

Endlich öffne ich die SMS.

Sie ist nicht von Juna.

Sie ist von Pawel:
Komm in den Club
23:54 5-APR-12

Die Straße vor dem Club ist leer, die schwere Metalltür zu. Ich klingele fünfmal nacheinander und werde durch den Spion gemustert, bevor sich die Tür öffnet. Pryschtsch grinst mich mit seinem Pickel-Lächeln an, als hätten wir uns nach meinem Schlag in die Magengrube wieder versöhnt. Dabei ist das Lächeln noch das Angenehmste an ihm. Er läuft vor mir her, und sein Gang wackelt, als hätte er eine Dauererektion. Mehrfach blickt er sich über die Schulter und grinst weiter.

Ich ignoriere es.

»Stimmt es?«, wirft er mir endlich zu.

»Was?«

»Dass du Pawels … *Kleine* anbaggerst?«

Er ist klug genug, auf seine Ausdrucksweise zu achten. Ich balle trotzdem die Hand. Er hat etwas an sich, das einen dazu verleitet, zuerst zuzuschlagen und dann nach einer Begründung zu suchen. Aber ich beherrsche mich. »Keine Ahnung, wovon du sprichst.«

»Du bist doch ein schlauer Kerl. Solche Frauen bedeuten nur Schwierigkeiten. Ist sie es wenigstens wert?«

»Sei ruhig und bring mich einfach nur zu Pawel.«

Er schafft es tatsächlich, die nächsten zehn Meter die Klappe zu halten. Beim elften dreht er sich vollständig um und macht sogar ein paar Schritte rückwärts. »Hey, Mann, du bist doch Deutscher. Ihr Deutsche habt andere Regeln, nicht? Wie gut bist du mit unseren vertraut? *Pravilnyje ponjatija*, sagt es dir was?«

Tut es. Und er scheint mir das anzusehen. »Dann weißt du bestimmt, dass du die Kleine besser nicht angefasst hättest?

Mann, du kannst jede andere haben, das weißt du doch, oder? Naja, zumindest solange ein Ranghöherer sie von dir nicht einfordert. Was selten passiert.« Er muss mir das alles nicht erklären, aber er tut es trotzdem: »Es ist ehrlos, den Brüdern ihre Weiber streitig zu machen. Aber lass um alles in der Welt die Finger von der Tussi. Die Jungs reden schon.«

»Da gibt es nichts zu reden.« Ist das der Grund, warum Pawel mich hierher bestellt hat? Ich denke an den Lagerraum. Daran, wie Byk und ich zurückbleiben, und ich meine ganze Beherrschung aufbringen muss, um nicht durchzudrehen, als ich zusehen muss, wie Pawel Juna fortführt. Und daran, wie Byk mich durchsucht, den Inhalt meiner Taschen auf einem Karton ausbreitet.

Ein paar Minuten später ist Pawel zurückgekommen und hat Byk mit einem Kopfnicken rausgeschickt. »Es ist doch schön zu wissen, dass sich meine Mitarbeiter so zuvorkommend um mein Eigentum kümmern.«

Ich sage noch immer nichts.

Pawel wiegt den Kopf und umkreist mich, wie er damals den gefesselten Oleg in der Werkstatt umkreist hat. Beinahe freundschaftlich tätschelt er meine Schulter. »Natürlich wolltest du das. Du bist doch so *eifrig*. Du willst doch *mehr*.« Er grinst mit seinem rechten Mundwinkel, umkreist mich immer weiter. Sein Schatten bricht sich an den Kartons und Regalen. Nun stehen wir wieder Angesicht zu Angesicht, wie an diesem Tag vor Olegs Werkstatt. Er nimmt das goldene Feuerzeug aus meinen Sachen heraus und betrachtet es. Mit einem Schnippen lässt er die kleine Flamme ausbrechen und führt es so nah an mein Gesicht, dass ich die Hitze an meiner unversehrten Wange spüre.

Ich bleibe still.

»Feuer ist unberechenbar«, sinniert er, und die Flamme zittert in seinem Atem. »Du auch. Aber das ist schlecht in unserem Geschäft. Ich muss mich auf meine Leute verlassen können, verstehst du?«

Das Feuerzeug schnappt zu.

»Ich mache es dir einfach, Nikki. Und rede halt Klartext. Von Mann zu Mann.« Seine Finger spielen mit dem Feuerzeug, das im Licht der Glühbirne funkelt. »Sehe ich euch nochmal zusammen, verbrenne ich ihr die halbe Visage so, dass ihr im Partnerlook auftreten könnt. Haben wir uns verstanden?«

Ich selbst höre mich kaum. Aber Pawel hat es gehört. Mein Ja. Und er ist zufrieden.

»Gut«, sagt er. »Sehr gut. Weißt du, was du gleich machen wirst? Du gehst nach oben in die Bar und machst dir einen Wodka-Cola. Vielleicht auch zwei. Und dann gehst du nach Hause und vergisst die Kleine.« Er steckt das Feuerzeug ein und lässt mich stehen.

»Hey, Mann, alles okay?« Eine Hand landet auf meiner Schulter. Ich schrecke hoch. Pryschtsch steht feixend vor mir Wir sind an Pawels Büro angelangt.

Die Tür ist offen. Ein Fiepen ertönt. Wie das eines verendenden Meerschweinchens. Ich trete ein. Pawels Meerschweinchen liegt in seiner Hand, während er an der Fensterfront seines Büros steht und hinunterblickt. Byk lehnt am Schreibtisch. Zu seinen Füßen kauert eine Frauengestalt auf dem Boden. Sie ist es, die fiept, nicht das Tierchen in Pawels Armen. Ihre Beine sind gebrochen, ich sehe die Knochen, die ihre Haut unnatürlich wölben. Es ist Maria.

Sofort bin ich bei ihr. »Was ist passiert?« Erst dann fällt mir ein, dass sie kein Deutsch versteht und nur gebrochen Englisch spricht. Sie fiept nur und schaut verängstigt zu Pawel, der eine nichtssagende Handbewegung macht. »Chiquita ist halt unglücklich von der Bühne gestürzt. Byk war dabei, ihre Beine zu schienen.« Er dreht sich zu mir um. »In der Zwischenzeit haben wir uns ein bisschen unterhalten. Weißt du, was Chiquita mir erzählt hat? Dass du dich für die *Spiele* interessierst.«

Die Selbstbeherrschung ist das, was mich hier überleben lässt. »Hab ein paar Jungs quatschen hören. Chiquita hat damit nichts zu tun.«

»Oh ja, meine Jungs quatschen anscheinend viel. Diese Spiele – willst du wirklich dabei sein?«

»Du weißt doch, dass ich *mehr* will.« Ich mache einen Schritt auf ihn zu. »Ja, ich habe Chiquita nach den Spielen gefragt. War eben neugierig. Aber sie hat mir nichts gesagt. Bring sie zum Arzt, Pawel, sie hat nichts Falsches getan.«

»Ist gut. Ich glaube dir.« Er winkt Byk zu. »Uberi jejo otsjuda.«

Byk zerrt Maria hoch und schleift sie aus dem Büro. Sie schreit vor Schmerzen. Selbst durch die geschlossene Tür höre ich sie noch eine Weile.

Pawel kommt heran und drückt mir sein Vieh in die Hände. Ich setze es in den Glaskasten und drehe mich schließlich zu ihm um. Er hat sich in seinen Sessel bequemt. »Nun. Du willst spielen?« Er holt einen Kartenstapel und legt ihn auf die Mitte seines Tisches. »Dann spielen wir halt. Aber es ist dir hoffentlich klar, dass es in Anbetracht der Umstände nur eine Variante geben kann, die hier laufen wird?«

»*Mit Interesse*«, antworte ich.

Er nickt zufrieden. »So gefällst du mir.«

In diesen Kreisen gibt es nur zwei Möglichkeiten zu spielen: *mit Interesse* oder *ohne Interesse*. Unwissende fallen oft darauf rein, wenn sie auf die Frage, wie sie spielen wollen, *einfach so* statt *ohne Interesse* antworten. Sie verlieren und müssen plötzlich einen Tausender zahlen, und wenn sie sich beschweren, sie hätten doch einfach so gespielt, wird unschuldig gefragt, was denn an dem Spiel kompliziert war, es war doch total *einfach* so.

»Ja, so gefällst du mir«, wiederholt Pawel und grinst wieder sein halbes Lächeln. »Und ich weiß schon, wie ich dein Interesse ein wenig anheizen kann.« Er wirft das Feuerzeug auf den Tisch. Es landet auf einer Zeitung, das grobkörnige Bild und die Überschrift beziehen sich auf den Brand im Hotel. Die Leichen wurden noch immer nicht identifiziert.

»Ich hab nachgedacht. Weißt du was? Du kannst die Kleine haben«, sagt er und mustert mich.

Ich schweige.

»Du kannst alles mit ihr machen. Was du willst. Wenn halt du gewinnst.«

»Und wenn nicht?«

Er legte die Hände zusammen und führt die beiden Zeigefinger an seine Nasenspitze. »Ist dir der Begriff *Torpeda* bekannt?«

»Nein«, gebe ich zu.

»So nennt man Leute, die einen Befehl zu erledigen haben, den sie vermutlich nicht überleben werden.« Mit den zusammengelegten Zeigefingern deutet er auf das Bild. »Diese Jungs hier waren meine *Torpedy*. Leider waren sie nicht allzu erfolgreich. Kornej Sergejewitsch war so freundlich, mir ihre Zehen zukommen zu lassen.«

»Wenn ich verliere, willst du, dass ich die *Krähe* töte?«

Pawel beugt sich etwas vor. Seine Augen funkeln. Er riecht nach Alkohol, ist aber klar bei Verstand. Ich glaube, die ganze Situation gibt ihm einen besonderen Kick. »Wenn du verlierst, wirst du jeden töten, auf den ich zeige. Ohne Fragen zu stellen.« Er zuckt die Schultern und lehnt sich zurück. »Wenn du gewinnst, kriegst du halt meine Kleine. Ich denke, das ist ein faires Angebot.«

Ich stütze mich mit den beiden Händen an der Tischkante ab und sehe ihm in die Augen. »Misch die Karten.«

17

Irgendwo unter ihrem Bauch hatte es vibriert, erschreckt hob Juna den Kopf und blinzelte unter der Decke hervor. Sie war doch nicht allen Ernstes auf dem Handy eingeschlafen! Wie leichtsinnig von ihr! *Was, wenn jemand es entdeckt hätte, du Mata Hari?* Hastig tastete sie nach dem Telefon und stellte den Vibrationsalarm aus.

Pyschka war nicht da. Hatte er ihr geschrieben? *Dann guck eben nach!*

Sie nahm das Handy und ging ins Bad. Ein paar Spritzer kalten Wassers ins Gesicht erfrischten sie genug, um auf die Nachricht einen Blick zu werfen. Es waren zwei. ›DaD‹ konnte sie nicht entziffern, vielleicht hatte er sich einfach vertippt. Die andere las sich dagegen umso schöner:

Guten Morgen :)

7:46 6-APR-12

Ihr wurde heiß. Im Gesicht natürlich, am liebsten hätte sie sich geohrfeigt für das, was ihr gerade durch den Kopf ging. Und dafür, dass sie gerade ganz dämlich grinste, wie ihr auffiel. Sie sollte sich duschen. Und etwas Vernünftiges tun. Solange Pyschka weg war, musste sie die Gelegenheit nutzen, um ihre Oma anzurufen. Sie spähte aus dem Bad. Noch keine Spur von Pyschka. Das Holen des Frühstücks schien heute eine komplexere Mission darzustellen. Gut so. Das Zimmer und die Tür nach draußen fest im Blick, wählte sie die Nummer von daheim.

»Alö?«, kam es nach dem dritten Ton.

»Juna ist hier. Dieses Mal bin ich allein, wir können frei miteinander reden. Vermutlich habe ich nicht so viel Zeit, Pyschka wird jede Minute zurückkommen, aber ich wollte dich nach meinem Vater fragen. Hast du ihn gesprochen? Geht es ihm gut? Auf das Hotel, in dem er angeblich war, wurde ein Anschlag verübt.« Juna verstummte jäh, als ihr auffiel, wie still es am anderen Ende war. Ein Wortschwall dieser Art sorgte bei ihrer Oma meistens nur für heftiges Augenrollen.

»Oma? Bist du noch dran?«

»Nein, bin kurz zum Kiosk gelaufen, Auberginen waren alle.«

Sie holte tief Luft. »Hast du etwas von meinem Vater gehört?«

»Er sagt: Auch ein Pickel kann nützlich sein, und diesem kannst du vertrauen.«

Pickel. Pryschtsch. »*Was?*« Sie verschluckte sich und musste husten. Das Frettchen arbeitete für ihren Vater? »Wann hat er das gesagt? Lebt er?«

»Ja er lebt. Und schwelgt wie immer in Erinnerungen.«

»In was für Erinnerungen?«

»Deine Mutter hat ihn immer damit aufgezogen, dass er genau wusste, an welchem Tag er sie kennengelernt hat, während sie das Datum jedes Mal vergaß.«

»Was ist mit meiner Mutter?«

»Weißt du, wie dein Vater ihr begegnet ist? Auf einer Auktion hat er eine sehr seltene Briefmarke erstanden, irgendetwas mit einem Vogel. Deine Mutter war auch dabei, natürlich hatte sie kein Geld für solche Raritäten gehabt, aber sie wollte die Briefmarke wenigstens sehen. Nach der Auktion sind sie sich nähergekommen, dein Vater und meine *Norka*. Er hat ihr das Teil geschenkt – für ihre Sammlung. Du … erinnerst dich? Natürlich musst du dich daran erinnern!«

Die Briefmarkensammlung ihrer Mutter, ja. Einmal hatte

sie im Album blättern dürfen. Es war in einen festen, dunkelroten Einband eingefasst, und die Farbe erinnerte sie an ›Seid bereit! – Immer bereit!‹ und ›Sozialismus siegt!‹. Mitten drauf prangte eine goldgeprägte Abbildung eines Feuervogels – gerade er hatte sie so angezogen.

Ihre Oma hatte ihr das Album schnell wieder aus den Händen genommen und weggebracht. Sie hatte es nie wieder zu Gesicht bekommen.

»Ich erinnere mich«, brachte sie schließlich hervor.

»Gut. Du musst es unbedingt bekommen. Was auch immer passieren sollte – dein Vater zählt auf dich. Du bist die Tochter einer ganz besonderen Frau. Du schaffst es.« Schon hatte ihre Oma aufgelegt.

Nur langsam senkte Juna die Hand mit dem Telefon. Was hatte das alles zu bedeuten? Ihre Oma wollte offensichtlich nicht im Klartext sprechen, anscheinend befürchtete sie noch immer, dass jemand das Gespräch belauschen könnte. Die Briefmarkensammlung, ihren Vater und ihre Mutter hatte sie aber sicherlich nicht umsonst erwähnt. Was ging hier also vor sich?

Ihre Mutter. Ihr Vater. Das Schwelgen in Erinnerungen. Es musste etwas mit der Vergangenheit zu tun haben. *Denk nach, Juna!* Was zählte, waren verlässliche Fakten. Also los.

Im Mai 1989 kommt nach den ersten freien Wahlen der Volksdeputiertenkongress zusammen, der sich über die Probleme im Land beraten soll. In Moshajsk wird Juna Kutscherowa geboren.

Gut, weiter. 1994. Der Tschetschenienkrieg beginnt. In ihrem Leben taucht Kornej auf. Ja, es musste 1994 gewesen sein, sie war kaum älter als fünf.

1996. Präsidentenwahlen, die Boris Jelzin für sich entscheidet. Der Umzug nach Moskau.

2000. Wladimir Putin löst Jelzin ab. Ihr Vater verschwindet von der Bildfläche.

12. August 2000. Das Atomunterseeboot Kursk sinkt, nur wenige Besatzungsmitglieder überleben den Unfall und schicken Klopfzeichen aus dem inneren des Bootes. Während das ganze Land um das Leben der Menschen unter den Tonnen von Wassern bangt, bricht Juna mit ihrer Oma überstürzt nach Sankt Petersburg auf. Ihre Mutter kommt nicht nach.

Was noch? 2008. Dmitrij Medvedev wird zum Präsidenten der Russischen Föderation gewählt. Ihr Vater taucht erneut auf. Gratuliert ihr zur Volljährigkeit. Mit nur einem knappen Jahr Verspätung. Er fängt an, ihr die Grundlagen des Taiji beizubringen.

Ihr Leben wäre beinahe angenehm übersichtlich, wenn da nicht die großen Lücken wären, die alles auseinanderrissen. Und jetzt war sie hier, in Paschiks Gewalt. Der sicherlich nicht grundlos in ihrem Leben aufgetaucht war. *Ich durfte ein … interessantes Präsent bestaunen. Von deinem Vater, weißt du?*, klang seine betrunkene Stimme in ihrem Kopf nach und sie fühlte seine Finger wieder, die in ihrem Haar fummelten. Hatte er das Album in die Hände bekommen? Sie musste in sein Büro! Unbedingt. Ihr Vater zählte auf sie.

Das Problem war nur, dass Pawel sie nicht einmal aus ihrem Zimmer ließ, er würde ihr kaum erlauben, in seinem Büro zu herumzuschnüffeln. Nick! Sie brauchte seine Hilfe. Also wählte sie seine Nummer.

»Ja?«, meldete er sich. Es kam leise, etwas zögerlich. Beim flüchtigen Hinhören klang das gar nicht nach ihm.

Sie wollte, dass er mehr sagte und lauschte der Stille zwischen ihnen. Den Augenblick festzuhalten, erschien ihr schwieriger denn je. »Ja?«, wiederholte er geduldig.

»Wo du bist jetzt?«, entfuhr es ihr.

»Unterwegs«, antwortete er.

Im Hintergrund hörte sie den Straßenverkehr und beneidete ihn um seine Freiheit.

»Ist alles in Ordnung bei dir?«, fragte er.

»Ja.«

»Es ist schön, deine Stimme zu hören«, sagte er plötzlich. Juna ließ die angehaltene Luft entweichen und lehnte sich gegen das Waschbecken. »Nick. Ich brauche Hilfe. Ich bin in Kontakt mit meinem Vater. Er hat gebeten mich, ihm was von Pawel zu besorgen. Etwas, das ihm gehört. Ein rotes Briefmarkenalbum.« Sie hörte, wie er scharf die Luft einzog. »Nick, das ist wichtig. Hilfst du mir, es zu kriegen?«

»Also ein Album. Und Pawel hat es in die Finger bekommen, als er die Suite deines Vaters überfallen hat?« Es war keine Frage mehr, sondern eine Feststellung. Ihr wurde mulmig zumute. Was wusste er darüber?

»Ja. Ich denke, ja. Das Album ist im Büro.« Sie zögerte. »*Vielleicht*. Es ist unglaublich wichtig. Dieses Album.«

Schritte näherten sich. »Pyschka!« Ausgerechnet jetzt. Nein! Der Gedanke durchfuhr sie, als hätte sie einen Eiszapfen verschluckt. Eilig schloss sie die Tür zum Bad und stolperte bis zur Duschkabine zurück.

»Okay«, sprach Nick schnell. »Ich schaue, was ich tun kann.«

»Ich weiß was. Ich werde wegbringen ihn von dem Büro. Ich kann schaffen das!«

»Nein! Juna, nein, ich will nicht, dass du dich in Gefahr bringst. Wenn Pawel …«

»Pyschka kommt. Ich bringe ihn weg von dem Büro, ich kann das. Auf Wiedersehen!«

»Halt! Okay. Nicht heute. Hörst du mich? Nicht heute. Ich sage dir Bescheid, wenn ich soweit bin.«

»Ja.« Sie schloss die Augen. Pyschkas Schritte kamen näher. *Du musst auflegen, Juna.*

Sie hörte, wie er schlucken musste. »Ich … ich wünschte mir, du würdest es nicht tun. Ich will dich nicht mit Pawel allein lassen. Ich will nicht, dass er dich … Juna, ich …« *Leg auf!* Die Tür ins Bad öffnete sich. Sie drückte ihn weg.

18

Sie musste warten. Geduld üben. All das, was sie eigentlich können sollte, doch Ruhe zu finden, fiel ihr immer schwerer. In den wenigen Momenten, in denen sie mit ihrem Handy sicher und allein sein konnte, schrieb sie Nick Nachrichten, doch seine Antworten kamen mit reichlich Verzögerung zurück und waren ausweichend. Sie konzentrierte sich auf die Taiji-Übungen, um ihre geistige Stabilität wiederzuerlangen, doch immer wieder drängten sich Gedanken in ihren Kopf, die sie nicht abstreifen konnte. Sie würde niemals so sein wie ihr Vater, der über alles erhaben war, der schon ihre Freundschaft mit Pyschka verurteilte:

Himmel und Erde sind nicht gütig.
Ihnen sind die Menschen wie stroherne Opferhunde.
Der Berufene ist nicht gütig.
Ihm sind die Menschen wie stroherne Opferhunde.

Verdammt, Nick. *Wenn du noch immer nicht soweit bist, dann mache ich es allein.* Aber das schrieb sie ihm nicht. Erpressen war etwas Grässliches, schlimmer als das Warten und all ihre Zweifel zusammen. Nur ein paar Mal hatte sie ihn flüchtig gesehen, immer von Weitem und ohne Blickkontakt. Die Isolation machte sie stumpfsinnig und resigniert. Passierte außerhalb ihrer vier Wände überhaupt etwas? Dachte er an sie und ihr Vorhaben?

Es musste etwas geschehen. Das untätige Herumsitzen, Pawels Andeutungen und Pyschkas unerschütterlicher Glaube an das Gute in diesem Mann machten sie krank. Sie merkte, dass sie immer öfter müde wurde, das Essen unberührt ließ und im Bett blieb. Yin und Yang brachen entzwei.

Nick, ich kann nicht mehr, schrieb sie ihm in ihrer Verzweiflung und schickte es ab, obwohl es wehleidig und schwach klang, und so gar nicht nach ihr. Wenn sie etwas nicht wollte, dann war das sein Mitleid.

Es war eine lange Nacht mit trüben Träumen. Er antwortete nicht. Sie konnte nicht schlafen, war aber auch nicht richtig wach. Sie hatte geweint und wusste selbst nicht wann und warum. Sie wachte allein im zerwühlten Bett auf. Pyschka war im Bad, Juna hörte das Wasserrauschen und das Klappern der Make-up-Döschen.

Sie hatte Angst, irgendwelche Erwartungen zu haben, riskierte dennoch einen Blick auf das Handy. Eine neue Nachricht.

Geh heute mit ihm essen. Außerhalb des clubs. Nimm pyschka mit! Bring dich nicht in gefahr. Bitte versprich es mir

08:23 5-MAI-12

Ihre Finger bebten leicht. Sie konzentrierte sich auf die Tastatur, darauf, wie sich das Handy in ihrer Hand anfühlte und die Tasten, wenn sie darüber strich, und tippte:

Versprochen

»Was machst du da?« Pyschka stand im Türrahmen. Ihre Stimme hörte sich kratzig und verwaschen an, dafür strahlte ihr Gesicht mit dem künstlichen Glanz eines aufgehenden Pop-Sternchens. Die Locken dagegen bauschten sich verwahrlost auf, als wäre die alternde Diva Pugatschowa im Bett von einer Horde Paparazzi überfallen worden.

»Nichts.« Zum Glück musste sie nur die Hände senken, um das Telefon unter der Bettdecke verschwinden zu lassen.

Pyschka rieb sich die Augen, ungeachtet des frisch aufgetragenen Lidschattens. Anscheinend hatte sie auch mit der

Bleichcreme experimentiert, mit eher fragwürdigem Ergebnis. »Na dann. Ich hole uns Frühstück.«

»Weißt du was?« Sie kämpfte gegen den Kloß in ihrem Hals an. »Ich hätte Lust, mit Paschik und dir irgendwo zu frühstücken. Was denkst du? Schaffen wir es, ihn aus seinem Büro zu locken?«

Allein beim Gedanken daran, neben Pawel zu sitzen, verging ihr der Appetit. *Bist du dir sicher, dass du weißt, was du tust?*, murrte ihr Verstand. Nein, höchstwahrscheinlich nicht.

»Okay, Süße!«, flötete Pyschka gestochen hoch, auf ihre leicht überdrehte Art. »Es ist eine Schande, so einen Mann wie Pawel fortzustoßen. Komm, wir fragen ihn, na komm schon! Ach, ich freue mich so!«

»Meinst du, ich sollte mich zuerst ein bisschen hübsch machen? Ich brauche nicht lange.«

»Klar.« Pyschka grinste verschwörerisch und steckte sich ein paar pinkfarbene Haarspangen ins Haar, die ihre wasserstoffblonde Mähne etwas bändigten.

Das Telefon in der Hand verborgen, schlüpfte Juna ins Bad und ließ sich auf den Boden gleiten. *Zu was für einem Irrsinn hast du Nick da nur überredet?*

Pawel war nicht dumm. Was ist, wenn er dahinterkam, hatte sie ihm bisher doch stets kalte Schulter gezeigt. *Jetzt mach dir nicht gleich in dein hübsches Höschen.* Ihr Kampfgeist hatte anscheinend nicht vor, klein beizugeben. Sie musste das alles beenden, denn noch länger hielt sie es in diesem Zimmer einfach nicht aus, ohne ihren Verstand zu verlieren.

Sie betrachtete das Telefon in ihrer Hand. Der karminrote Rock, der heute für sie bereitlag, hatte keine Taschen. Er fiel in einem luftigen, schrägen Volant um ihre Beine, der Po dagegen war vom Stoff eng umspannt, sodass darunter nicht einmal ein Taschentuch Platz gefunden hätte, ohne sich zu verraten.

Sie steckte das Handy seitlich in den Push-up-BH, in der Hoffnung, dass die Bluse das Telefon gut kaschieren würde, machte vor dem Spiegel ein paar Dehnungen und Drehungen, um zu prüfen, ob es sicher genug verstaut war. Der BH hielt. Mit etwas Glück würde ihr Dekolleté Pawels Blicke von den verdächtigen Umrissen ablenken.

In der Schublade fand sie das Make-up und betonte ihre Augen. Den Lippen gönnte sie nur einen blassen Gloss. Auf dem Boden des Fachs fand sie die drei Cent-Stücke, die Nick ihr gegeben hatte. Was soll's. Glück würde sie brauchen. Sie steckte die Münzen in das andere BH-Körbchen, strich ihre Kleidung glatt und warf ihrem Spiegelbild den letzten prüfenden Blick zu. *Sieh es mal positiv*, wandte ihr Kampfgeist ein, *der Rock sorgt für genügend Beinfreiheit, um jemanden in den Arsch zu treten.*

Pawel würde von dem Make-up und ihrem angetackerten Blend-a-med-Lächeln sicher entzückt sein.

»Oi, nicht schlecht!« Euphorisch begann Pyschka, in ihrem Haar herumzuzupfen. »Gut siehst du aus! Wunderschön! Ach, ihr wart schon immer ein so tolles Paar!«

»Nu hör jetzt aber auf. Komm.« Sie führte Pyschka aus dem Zimmer. Früher hatte sie ihrer Freundin nahezu alles erzählt und sich einen vielleicht nicht immer klugen, aber zumindest gut gemeinten Rat geholt. Jetzt steckte all das Ungesagte in ihrer Kehle und raubte ihr die Worte, und Pyschka ahnte nichts, zutraulich wie sie war. Sie hakte sich bei ihr unter und plapperte davon, wie gut bald alles sein würde.

Byk heftete sich sofort an ihre Fersen, schweigend und ohne sie daran zu hindern, Pawel aufzusuchen. Sie bemühte sich, ihm keine Beachtung zu schenken, doch seine Gegenwart bescherte ihr ein unangenehmes Kibbeln im Nacken. Wie er lautlos hinter ihr her schritt, wie sie seine Präsenz in ihrem Rücken spürte. Sie hatte den alten Schwarz-Weiß-Film über Heinrich VII. schon immer unheimlich gefunden, jetzt glaubte sie zu wissen, wie es sich anfühlte, in der Haut von Anne Boleyn auf ihrem letzten Gang zu stecken.

Vor Pawels Büro entdeckte sie Nick. Sein kühler Blick und der beinahe leblose Gesichtsausdruck mahnten sie zur Vorsicht. Es war nicht der Nick, der ihr die SMS schrieb und zugab, wie sehr er ihre Stimme hören wollte. Es war ein Fremder, den ihr Herzrasen nichts anging.

»Chef hier?« Sie lächelte ihn unverbindlich an.

»Selbstverständlich. Miss.«

Er sah sie nicht an.

Nach einem energischen Klopfen seinerseits tönte aus dem Büro das russische »Herein!«. Nick öffnete ihr die Tür.

»Danke«, hauchte sie ihm zu und ging an ihm vorbei. Ihre Hand streifte seine Finger, sie hoffte auf eine Erwiderung – vergebens. Pawel saß hinter dem Tisch, zurückgelehnt in seinem Sessel. Nachdenklich rieb er mit einem Zeigefinger seine Nasenwurzel. »Juna!« Zusammen mit dem Ausruf erhob er sich, ganz Gentleman. Heute trug er ein Hemd in altrosa, das seinem Teint schmeichelte, über die Schultern hatte er sich lässig einen Pullover geworfen. Mit einem Seitenscheitel in seinem ordentlich gekämmten Haar machte er auf braven Komsomolzen, den Vorzeige-Zögling aus Sowjet-Zeiten. Normalerweise hätte sich Pyschka bei diesem Anblick übergeben müssen, aber jetzt klimperte sie ihn mit ihren Wimpern an.

»Was führt die Damen zu mir?«, erkundigte er sich.

»Ich hoffe, du hast ein wenig Zeit für mich!« Das Lächeln hielt sich wacker auf ihren Lippen, als Juna auf ihn zuging. Seine Stirn legte sich in Falten, während er sie taxierte. Verdammt. Überspannte sie ihre Rolle nicht ein bisschen? »Ich halte es hier nicht mehr aus.«

»Nimm doch Platz.« Er deutete auf das Sofa. Sie setzte sich, erst dann kehrte er zurück zu seinem Sessel, sagte jedoch nichts.

»Paschik! Du kannst mich doch nicht ewig einsperren.«

Er stützte sein Kinn mit einer Hand ab, sein Ellbogen drückte eine Kuhle in das Leder der Lehne. »Juna, das hatten wir doch schon. Hab etwas Geduld. Bald ist alles vorbei, das verspreche ich dir.«

»Bald!« Sie rollte mit den Augen und hoffte, es genauso charmant wie Pyschka hinzubekommen. »Ich weiß, wir hatten ein paar Differenzen, das tut mir wirklich sehr leid.« Sie stand auf, beinahe selbst ergriffen von ihren eigenen Worten. »Lass uns von vorne anfangen.«

»Juna.« Pawel erhob sich ebenfalls und kam auf sie zu. Im Vorbeigehen fuhr er mit den Fingern durch ihr Haar, bog ihr den Kopf in den Nacken, um sie sogleich loszulassen, weiter zur Fensterfront zu schreiten und melancholisch hinauszublicken. »Wie stellst du dir das vor?«

Sie zwang sich, zu ihm zu gehen und an seiner Seite stehen zu bleiben. Unten auf der Bühne rekelte sich in den Tüchern ein junges Mädchen. Ein Mann im Trainingsanzug ging umher, klatschte rhythmisch in die Hände, gestikulierte herum. Die Bewegungen des Mädchens wirkten hölzern. Wie gebrochen. Arme, Beine, der dünne Körper – eine Marionette in den Händen eines verärgerten Puppenspielers.

»Paschik, lass uns zusammen frühstücken.« Sie wandte den Blick ab, konnte das Mädchen nicht länger ansehen. »Gleich, ganz spontan, es gibt doch bestimmt ein nettes Lokal in der Nähe. Wir drei. Wie in den alten Zeiten. Weißt du noch? Ich vermisse sie wirklich sehr.«

Er hob ihr Gesicht am Kinn an und sah ihr in die Augen. Seine Finger liebkosten ihre Wange. Dann wandte er seinen Kopf ab, um an ihr vorbei zu Pyschka hinüberzuschauen. Pyschka stand neben dem Schrank und kraulte das Meerschweinchen im Glaskasten, das sich nicht mehr bewegte. »Uns fällt bald tatsächlich die Decke auf den Kopf«, sagte ihre Freundin. Auf Pyschka war eben Verlass.

»In Ordnung, Juna.« Er streifte ihr über die Schulter, fuhr mit den Fingern den Oberarm entlang. Ihr Blick flog zur Wanduhr, die nur aus einer kleinen, runden Halterung und zwei Zeigern bestand. Keine Ziffern. Sie ließ seine Berührungen zu, wartete und dachte an das Mädchen in den Tüchern. An Nicks SMS. Seine dunklen Augen, die manchmal so zärtlich unter den blonden Strähnen hervorblickten. Nur nicht an Pawels Finger, die auf ihrem Arm verharrten, wenige Millimeter von ihrem Busen entfernt, vom Handy.

Pawel neigte den Kopf, vergrub das Gesicht in ihrem Haar und lachte leise auf, als hätte er ihre Angststarre bemerkt und amüsierte sich köstlich darüber. »Ich schätze, es wird dir gut tun, ein wenig auf andere Gedanken zu kommen. Lass uns gehen. Ich kenne ein hübsches Lokal hier in der Nähe, das wunderbare Milchbrötchen macht. Du wirst sie lieben.«

»Du glaubst gar nicht, wie sehr ich mich freue!« Sie hakte sich bei ihm unter und zog ihn zur Tür. »Pyschka, hast du es gehört? Wir gehen aus!«

Sein Atem an ihrem Ohr. Sein Körper, gegen den sie sich stemmte, als er sie herumdrehte und an der Taille packte. »Hast du nicht etwas vergessen?«

Er ließ sie stehen, ging zu seinem Tisch und holte die Riemchensandalen hervor, die er demonstrativ auf die Tischplatte stellte. »Aber Pyschka sollte besser hierbleiben.«

Natürlich. Pyschka als Absicherung.

»Geht nur«, hörte sie ihre Freundin unbeschwert sagen, »ich würde doch bloß stören!«

»Siehst du, sie versteht das. Mach dir keine Sorgen.« Er lächelte sie mit seinem rechten Mundwinkel an, holte ein Plättchen Schokolade und legte es sich auf die Zunge. Sein Atem roch süß und minzig-frisch. »Zieh deine Schuhe an. Kleines.«

Ja. Die Schuhe anziehen. Die zitternden Finger unter Kontrolle bringen. Es behagte ihr ganz und gar nicht, Pyschka hier allein zu lassen. Pawel hielt ihr die Tür auf. Im Vorbeigehen drückte sie ihre Freundin an sich. »Wenn etwas ist – lauf zu Pryschtsch«, flüsterte sie Pyschka rasch zu. »Er arbeitet für meinen Vater.«

Sie hatte eindeutig zu schnell vergessen, wie viel Freude die sonst so nervtötenden Dinge des Lebens bereiten konnten. Die träge Luft einer Großstadt. Der Lärm des Verkehrs und das wütende Bimmeln einer Fahrradklingel irgendwo in der Ferne. Sie saugte jedes Geräusch in sich auf und fühlte sich seit langer Zeit das erste Mal wieder lebendig.

Das Café konnte zwar nicht mit *Syrniki* zum Frühstück punkten, dafür aber mit den in allen Farben leuchtenden Margeritenblüten auf jedem Platz. Die Café-Besitzer hatten Tische und Stühle direkt auf die Straße gestellt, auf den Sitzen lagen Veloursdecken gegen die morgendliche Kühle. Es war tatsächlich noch sehr frisch, und sie war dankbar, sich in die Decke wickeln zu können.

Von überallher drangen deutsche Worte auf sie ein, und sie genoss jeden Atemzug unter dem unendlich blauen Himmel. Sie mochte den Frühling. Besonders den russischen Frühling. Das Weichen des Winters, wenn die Sonne wie neugeboren herab scheint und der Schnee unter den Füßen taut, noch ohne sich mit dem Dreck der Stadt zu vermischen und den Müll der letzten Monate preiszugeben. Der Frühling hier war dagegen mit seinen Narzissen und Café-Tischen auf dem Bürgersteig wie das dekorierte Innere einer Einkaufspassage. Geradezu niedlich.

»Kaffee? Oder Tee?« Pawel hatte einen Platz gewählt, der am weitesten von der Straße entfernt war, und setzte sich so, dass er alles im Blick hatte. Byk hatte sich etwas abseits postiert und beobachtete die Passanten mit Argusaugen. Er flößte sichtlich Respekt ein, denn in seiner Nähe verstummten die Gespräche, um erst ein paar Schritte weiter fortgesetzt zu werden.

»Juna? Was möchtest du trinken?« Pawels Russisch rüttelte sie wach. Sie schämte sich ein bisschen der Sprache, als würde diese sie bloßstellen.

»Tee.«

Er übersetzte und übernahm auch die restliche Bestellung.

Juna registrierte die Kellnerin, die mit einem schmalen Block und einem Kugelschreiber über sie wachte; das Pärchen, das am Tisch herumturtelte; einen Pulk Mütter, die mit ihren Kinderwagen ein gutes Viertel der Fläche einnahmen und emsig ihre Cappuccinos löffelten. Ungeschminkt aber frisch. Wenn junges Mutterglück *so* aussah, war sie durchaus bereit, über Kinder nachzudenken. Bis jetzt war ihr Bild einer typischen Mutter eher von ausgemergelten Frauen geprägt, die einen viel zu großen Kinderwagen in einen viel zu überfüllten Bus zu zwängen versuchten.

Pawel nahm die Margerite und zwirbelte den Stiel zwischen den Fingern. »Sie liebt mich, sie liebt mich nicht.« In seinen Augen schimmerte es neckisch, als er an der Blume roch und enttäuscht eine Grimasse schnitt.

»Hast du es oft gemacht?«

»So ein Unsinn. Normalerweise weiß ich, woran ich bin. Mich kann man nicht an der Nase herumführen. Aber du, Juna – du bist mir ein Rätsel.« Er zupfte ein Blatt ab und ließ es zu Boden rieseln.

Juna schauderte. Es waren die Worte ihres Peinigers gewesen. Damals, im Lagerhaus. *Du bist wahrlich ein Rätsel, Juna. Ich mag Rätsel.*

»So?«, brachte sie kaum hörbar hervor.

Er zwinkerte ihr zu. »Sag es mir. Führst du mich an der Nase herum, Kleines?«

Betont gelassen bewegte sie die Schultern. »Das verrät dir doch gleich deine Blume, oder etwa nicht?«

Er lachte, seltsam freudlos, und warf die Margerite auf seine Serviette. »Genau das liebe ich an dir. Du kuschst vor niemandem. Hast deinen eigenen Kopf.« Sein Blick bannte sie. Die Augen sahen beängstigend leer aus. »*Wenn kleiner Wind die kleine Flamme facht, so bläst der Sturm schnell Feu'r und alles aus. Das bin ich ihr, und so fügt sie sich mir*«, rezitierte er mit einer entrückten, monotonen Stimme.

»Der Widerspenstigen Zähmung. Was willst du mir damit sagen?«

»Dass ich meine Widerspenstige schon noch zähmen werde. Ich war einmal sehr verliebt gewesen, weißt du? Und habe mich zum Idioten gemacht, nur um ein paar Augenblicke bei ihr sein zu können. Aber jetzt – jetzt hält mich keiner mehr zum Narren, das weißt du hoffentlich, oder?«

Der Pulk der Mütter lachte auf. Eine von ihnen schaukelte ihr Baby im Arm und schob ihm ohne hinzusehen ihre Brust in den Mund, während sie mit den anderen schäkerte. Es gehörte sich nicht, so offen hinzustarren, aber diese nackte Brust vom Babykopf verdeckt, bannte sie auf eine ganz besondere Weise. War es okay, sich so in der Öffentlichkeit zu entblößen? Die Mutter blickte zurück, und Juna suchte eilig nach einem anderen Objekt ihres Interesses.

Etwas weiter saß ein Mann mit Sonnenbrille. Die drei Stühle neben ihm waren frei geblieben, anscheinend traute sich niemand, sich dazuzusetzen. Oder war es hier einfach nicht üblich?

Die Kellnerin brachte den Tee, Brötchen, Minipackungen mit Marmelade, Pflaumenmus, Honig und dazwischen etwas Obst. Juna wartete, bis die Frau wieder gegangen war, gab einen Löffel Zucker in ihre Tasse und rührte mit Bedacht um. Nick brauchte Zeit, also musste sie versuchen, Pawel in ein echtes Gespräch zu verwickeln. »Erzähle mir über die *Krähe*.«

War ihr Vater wirklich die *Krähe*? So ganz konnte sie es immer noch nicht glauben.

»Kleines. Du solltest dir nicht so viele Gedanken machen. Solange ich in deiner Nähe bin, kommt keiner an dich heran, das verspreche ich dir.«

»Ich will endlich wissen, mit wem wir es hier zu tun haben.«

»Er ist ein Phantom. Niemand hat ihn wirklich gesehen, sein Wille ist unbeugsam und seine Befehle Gesetz. Er beherrscht hier alles und …«, Pawel nippte an seinem Becher, »… er ist gefährlich.«

»Weißt du, was seltsam ist, Paschik? Die Entführer im Lager haben nach meiner Mutter gefragt. Warum?« Sie trank den Tee, ohne den Blick von ihm abzuwenden. Doch er zeigte kaum Reaktion. Sein Lächeln hielt sich wie eingefroren auf seinen Lippen.

Er schlürfte an seinem Espresso. Diesem Nichts von Kaffee in einer Puppentasse. »Iss dein Frühstück, Juna.«

Die Kellnerin kam wieder nach draußen. Sie brachte dem Mann mit der Sonnenbrille ein Fläschchen Mineralwasser und ein Glas, er bezahlte sofort. Juna wusste nicht, warum sie ihn so musterte. Lag es an der auffälligen blauen Verspiegelung seiner Sonnenbrille?

»Juna? Was ist los?« Pawel drehte sich leicht, um den Mann ebenfalls zu betrachten. Der nippte an seinem Wasser und schien sein Gesicht in der Sonne zu bräunen.

»Nichts.« Sie schüttelte den Kopf und schenkte sich aus dem Kännchen ein. »Ich bin es gar nicht mehr gewöhnt, unter Menschen zu sein.« Es sah nicht so aus, als würde es ihr gelingen, aus Pawel etwas herauszubekommen. Sie dachte an Nicks Whiteboard und die Kraniche. Was ist, wenn sie Pawel direkt damit konfrontierte? »Meinst du, die *Krähe* hat mit dieser Sache zu tun, *Richtiges Blut*, heißt es nicht so?«

Jetzt regte sich tatsächlich etwas in seinem Gesicht – die Furcht. Ein kurzer Anflug zwar, aber doch unübersehbar. Pawel hatte Angst – nur vor wem? Und warum schielte er zu Byk, als müsse er sich vergewissern, dass dieser nichts gehört hatte. Es war jedenfalls kein Blick, den man einem Angestellten zuwarf. »Was weißt du darüber?«, zischte Pawel.

Interessant. Er fragte, was sie darüber wusste, nicht woher. Nahm er an, sie könnte tatsächlich eingeweiht sein? Sie musste aufpassen. Nichts Falsches sagen und ihn dennoch verlocken, mehr preiszugeben. »Der Zug«, begann sie langsam. Ihre Finger spielten mit der Serviette. »Eine heftige Sache.«

»Du weißt tatsächlich eine Menge.«

Sie machte eine Pause, stützte die Ellbogen auf den Tisch und beugte sich zu ihm vor: »Ich bin kein naives Mädchen, das gezähmt werden kann. Hast du wirklich geglaubt …«

»Schon gut. Du überraschst mich, Juna, wirklich. Der Zug. Ja. Es war nur ein Spaß. Wir hatten eine kleine Party, die etwas aus dem Ruder gelaufen ist. Aber es hat seinen Zweck erfüllt. Der Richter hat eingelenkt, Murtas ist freigekommen.«

Murtas. Ein Name aus dem Kaukasus. Wie Dshanan. Nein, es wäre falsch, nachzufragen. Sie nickte nur. »Ja. Der Bus war auch ein guter Job.«

Er stutzte. Mist. Hatte sie etwas Falsches gesagt? Anscheinend.

Pawel lehnte sich zurück. Erneut warf er einen Blick zu Byk – der sie beide beobachtete. »Die Bombe im Bus? Aber Juna, wie kannst du nur glauben, ich hätte damit etwas zu tun? Es war ein terroristischer Anschlag.« Er leckte sich die Lippen ab, holte ein Plättchen Minz-Schokolade und legte es sich auf die Zunge. »Tja, heutzutage ist man einfach nirgends sicher!«

Ein terroristischer Anschlag. In was waren Nick und sie da bloß hineingeraten? Pawel ließ sie nicht aus den Augen. Nicht gut. Das war ganz und gar nicht gut. Sie trank den Tee. Pawel – den Espresso. Und der Mann mit der Sonnenbrille genoss sein Wasser. Die Mütter lachten.

»Juna, du isst ja gar nichts.« Die Grübchen auf seinen Wangen verliehen ihm einen frechen, spitzbübischen Ausdruck.

Unter seinem wachenden Blick schnitt sie ein Brötchen auf und beschmierte eine Hälfte mit Honig. Sie hatte das Gefühl, jeden Bissen sechsunddreißig Mal durchzukauen, ganz wie die Ernährungswissenschaftler empfahlen. Und doch bekam sie kaum etwas runter. Schließlich entschuldigte sie sich und ging auf die Toilette. Byk folgte. Er überprüfte die Kabinen; überzeugte sich, dass sich das schmale, milchverglaste Fenster nur auf Kipp stellen ließ, und erlaubte ihr erst dann einzutreten.

Endlich allein, holte sie ihr Handy aus dem BH. Keine Nachrichten von Nick. Und kaum noch Energie. Daran, wie sie das Teil aufladen sollte, hatte er wohl nicht gedacht.

Sie öffnete eine leere Nachricht und tippte eine Warnung.

Wir kommen zurück. Pass auf

Nach dem Abschicken wusch sie sich das Gesicht und die Hände. Als sie merkte, wie ihr Make-up auseinander floss, beeilte sie sich, die Katastrophe mit den Papiertüchern in den Griff zu bekommen. Noch ein paar Minuten mehr für Nick.

Byk klopfte bereits von draußen an die Tür.

Sie musste raus. Byk begleitete sie nach draußen, wo Pawel bereits gezahlt hatte und in Aufbruchsstimmung auf sie wartete. Irgendetwas hatte sich verändert. Die kleinen Gesten verrieten eine ungewohnte Unruhe – wie er die Rechnung zusammenfaltete, bis nur ein schmaler Streifen davon übrig blieb. Wie er das Wechselgeld nachzählte und einsammelte – ohne Trinkgeld auf dem Tisch zu lassen.

Der Typ mit der Sonnenbrille war bereits gegangen.

»Ist etwas passiert?« Hoffentlich nicht mit Nick!

Er prüfte erneut sein iPhone und wiegte den Kopf. »Weiß ich noch nicht. Komm.«

Sie stellte den Stuhl zurück, rückte die Stoffserviette zurecht und legte die Blume in die Mitte.

»Komm schon!« Pawel packte sie am Arm und manövrierte sie zwischen den von Pärchen belagerten Tischen und an dem Mutter-Pulk vorbei. Sie gingen die Straße entlang, Byk folgte ihnen mit etwas Abstand. Juna stöckelte neben Pawel. »Beeil dich ein bisschen«, knurrte er und zog sie unbarmherzig hinter sich her.

»Was ist los?« Sie befreite ihren Arm und blieb stehen, um die Riemchen ihrer Schuhe neu zu binden. Am linken Knöchel hatte es die Haut wund gerieben. »Hätte ich gewusst, dass ich mit diesen Absätzen an einem Marathon teilnehmen muss, hätte ich ein wenig trainiert.«

Irgendwo ganz in der Nähe knallte es. Byk war sofort da, drückte Pawel hinter ein parkendes Auto. Es knallte wieder. Ein Schuss? Juna taumelte zur Seite und knickte um.

Der Absatz brach ab. Neben ihr bremste ein Wagen.

Ein Van.

Pawel brüllte etwas. Sie versuchte, sich aufzurappeln, geduckt machte Byk ein paar Schritte auf sie zu, aber er kam zu spät. Jemand packte sie und schleifte sie zum Auto. In der blau gespiegelten Sonnenbrille sah sie ihr eigenes Gesicht – der Typ vom Café! Er schob sie in den Van, sie fühlte den Metallboden unter ihren Händen und drängte sich gegen die hintere Wand. Mit einem Schwung schlug die Tür zu, und der Wagen setzte sich in Bewegung.

19

Der Van musste sich noch immer im Stadtverkehr befinden, denn er hielt oft an und es ging nur langsam voran. Die Ladefläche hatte lediglich an der hinteren Tür zwei milchige Fenster, durch die sie jedoch nichts sehen konnte. Zumindest ließen sie etwas Licht herein, und sie musste nicht in völliger Dunkelheit ausharren. Juna versuchte nicht einmal, darauf zu kommen, wer hinter der Entführung stecken könnte, und was das für sie bedeutete. Dafür war alles viel zu verwirrend, und es kostete sie schon Mühe, nicht in völlige Panik auszubrechen. Sie setzte sich hin, lockerte den Körper, doch es gelang ihr nicht, ihr zerrütteltes Inneres zurück ins Gleichgewicht zu bringen. *Einatmen, ausatmen*, ganz ruhig. *Entspann dich. Die Gedanken kommen … und gehen … du kriegst das in den Griff …* Unter ihrer Handfläche spürte sie ihren Bauch, der sich hob und senkte. Sie dachte an Nick. Ging es ihm gut? Und was würde mit Pyschka geschehen, wenn Pawel glauben sollte, sie hätte eine Flucht geplant? Sie holte das Handy aus ihrem BH und schaute auf die Uhrzeit. Seit ihrer letzten Nachricht waren bereits sechsundzwanzig Minuten vergangen. Sie musste Nick wissen lassen, was passiert war. Sie wusste schließlich nicht, wann sie das nächste Mal eine Gelegenheit bekommen würde, ihm ein Lebenszeichen zu senden.

Womöglich nie wieder.

Pawel arbeitet vielleicht auf terroristen.

Sie riskierte nicht, weiterzuschreiben, und schickte die Nachricht ab. Im gleichen Augenblick gab der Akku den Geist auf. Das Display ging aus. Hatte Nick die SMS bekommen? In ihrem Schoß hielt sie die Handvoll unnützer Elektronik und hätte weinen mögen.

Sie weinte aber nicht. Trotz allem verstaute sie das Telefon sicher in ihrem BH, bevor sie eine Erkundungstour durch die Ladefläche des Vans wagte. Viel zu entdecken gab es allerdings nicht. Sie fand nichts, was sie als Waffe benutzen könnte, und mit ein paar Sicherheitsgurten und Möbeldecken könnte vermutlich nicht einmal MacGyver etwas anfangen. Eine Wand trennte die Fläche von der Fahrerkabine. Sie drückte ein Ohr dagegen und lauschte. Durch die Motorgeräusche und das Rauschen der Räder über den Asphalt vernahm sie tatsächlich gedämpfte Stimmen, doch was gesprochen wurde, konnte sie nicht verstehen. Sie setzte sich zurück in ihre Ecke und lehnte den Kopf gegen die Wand.

Irgendwann blieb der Van stehen, sie hörte, wie jemand ausstieg und zur Seitentür ging. Mit einem Ruck wurde diese zur Seite geschoben. Das Licht strömte ins Wageninnere und wurde verdeckt von einer männlichen Gestalt. Der Sonnenbrillentyp.

»Komm mit.« Er streckte seinen Arm aus und wartete.

Juna verharrte in der Ecke.

»Komm schon, dir wird nichts passieren.«

Die deutsche Sprache irritierte sie. Warum sprach er deutsch? Hatte das Ganze doch nichts mit den Machtspielchen russischer Krimineller zu tun? Womit dann? Internationalen Terroristen?

Der Kerl drehte sich nach hinten und rief: »Hey, ich glaube, sie versteht überhaupt nicht, was ich von ihr will. Kennst du ein paar russische Wörter?«

»*Dostoprimetschatelnosti*«, kam als Antwort aus der Fahrerkabine. »Hab's mal von Danny gehört.«

»Und was heißt das?«

»Keine Ahnung.«

»Das heißt keine Ahnung? Oder du hast keine Ahnung, was das heißt?«

Als Antwort wurde etwas Undeutliches gemurmelt.

»Dann eben nicht.«

Sie quiekte, als seine Hand sich auf ihren Knöchel legte, aber da zog er sie schon heran und hob sie aus dem Wagen. Die Sonne blendete sie. Ihre Augen gewöhnten sich nur langsam an die plötzliche Helligkeit, doch irgendwann erkannte sie die Konturen eines Hauses. An der Wand versuchte sie ein Straßenschild zu entdecken, aber es gab nur eine Nummer: 14. In ihren ersten Tagen in Deutschland war sie mehr als verwirrt gewesen, die Straßennamen nur an den Straßenecken vorzufinden. Wie orientierte man sich nur in diesem Land, wenn man nicht gerade an einer Ecke stand? Lief man einfach in irgendeine Richtung und hoffte auf die nächste Kreuzung?

Sie nahm die *Datscha* näher in Augenschein. Der kleine Garten vor dem Haus verfügte über einen gemähten Rasen, weit und breit keine Gemüsebeete, und in einem Kübel unter dem Vordach wiegten sich Fuchsien im Wind und keine Tomatenpflanzen. Sogar der Baum hinter dem Haus, der seine Krone über dem Dach ausfächerte, machte nicht den Eindruck, als wäre er in seinem Baumleben schon irgendwann auf den Gedanken gekommen, etwas Nützliches zu tragen. Wie seltsam. Sogar die Villa ihres Vaters war von Weinreben gesäumt.

Der Sonnenbrillentyp führte sie zum Eingang, sein Komplize blieb wohl in der Fahrerkabine, denn sie konnte ihn nirgends sehen. Schon startete der Van und fuhr davon. Juna humpelte den Gehweg entlang auf ihrem heil gebliebenen Stöckelschuh. Unmöglich, so davonzulaufen.

Aus den Fuchsien fischte der Kerl einen Schlüssel und dirigierte sie ins Haus. Während er seine Schuhe auszog und sie ordentlich an der Wandleiste abstellte, streifte sie ihr Riemchen-Ungetüm vom Fuß. Endlich. Sie richtete sich auf und wurde mit einer eingerahmten Urkunde an der Wand konfrontiert, die einem Herrn Werner Gaden den ersten Platz im Biotopfschutzwettbewerb ›Stille Wasser‹ bescheinigte. Ach nein. Biotop. Nicht Biotopf.

Was allerdings noch weniger erklärte.

Geschwind schob der Typ sie weiter ins Wohnzimmer, sodass sie keine Gelegenheit bekam, noch weiter über Biotope und Herrn Werner Gaden nachzudenken.

Beim Anblick der gehäkelten Tischdeckchen, die absolut jeden freien Platz bedeckten, fragte sich Juna, ob dieser talentgesegnete Herr auch darin irgendeinen Wettbewerb gewonnen hatte. Oder noch dafür übte.

Ihr Entführer, der auch drinnen nicht gedachte, seine Sonnenbrille abzunehmen, deutete zu einem Veloursessel. Sie setzte sich. Auf dem Fernseher hatten gleich drei goldene Maneki-neko Platz genommen und winkten ihr mit ihren Pfoten zu wie auf Ecstasy. Vielleicht sollte sie langsam anfangen, *wirklich* in Panik auszubrechen. Wer seine Entführungsopfer in ein solches Haus brachte, war zu allem fähig. Ihr unter den Klängen der *Buranowskije Babuschki* einen Finger nach dem anderen abzuschneiden zum Beispiel. *Party for Everybody* eben.

Der Typ holte aus der Küche ein Glas Wasser und stellte es vor ihr auf eine Anrichte. Das Tischdeckchen darunter war weiß und bestand aus großen gehäkelten Rosen. Herr Werner Gaden hatte sich damit anscheinend besonders große Mühe gegeben.

Ihr Entführer setzte sich auf das Sofa und holte ein Handy hervor. Juna starrte auf die Wand hinter ihm, die mit unzähligen Bilderrahmen übersät war. Unter dem Glas präsentierten sich weitere Urkunden, allerdings nicht für Werner, sondern für einen gewissen Marc Gaden: erster Platz im 100-Meter-Brustschwimmen, Fahrradprüfung 4. Klasse Grundschule, erster Platz im 50-Meter-Rückenschwimmen, 2. Platz Staffel. Sogar eine ›Ich kann Schnürsenkel binden‹-Urkunde des Kindergartens Sausewind und vier Siegerurkunden der Bundesjugendspiele waren dabei. Als sich der Typ umdrehte und ihrem Blick folgte, murmelte er etwas wie ›Ach du Scheiße‹, sprang auf die Beine, tippte sie an die Schulter und deutete auf das Sofa. Juna rührte sich nicht. Er nahm das Glas mit dem Wasser, stellte es auf einen Couchtisch, das mit dem zitronengelben Deckchen mit den sich kräuselnden blauen Rändern geschmückt worden war, und gestikulierte erneut in Richtung Sofa. Zögernd wechselte Juna den Platz. Nun konnte sie keine weiteren Urkunden betrachten, dafür aber eine gehäkelte Eule beobachten, die sich an einem Faden unter einer Lampe langsam im Kreis drehte.

»Hey, ich bin's«, sagte der Typ ins Telefon und lehnte sich im Sessel ein Stück zurück, nicht ohne wachsame Blicke auf Juna zu werfen. »Erledigt. Sie ist hier. Melde dich. Ciao.« Er steckte das Handy wieder ein.

Schweigend sahen sie einander an. Anscheinend wusste er nicht, was er mit ihr anfangen sollte. Unheil versprechend drehte sich die Eule zwischen ihnen. Eine große Standuhr schlug zur halben Stunde.

»Verstehst du irgendwas von dem, was ich sage?«

Juna verzog keine Miene. Wenn sie sich dumm stellte, konnte er ihr keine Fragen stellen und mit den Fäusten nach Antworten verlangen. Also würde sie sich größte Mühe geben, ihn nicht zu verstehen.

»Das wird ja spaßig.«

Ein Weilchen hielt er es noch im Sessel aus, dann stand er auf und pilgerte in die Küche. Durch die weit geöffnete Tür konnte sie beobachten, wie er den Kühlschrank plünderte. Zwei Miniwürstchen mussten dran glauben.

Was um alles in der Welt ging hier vor? Sie hatte mit allem gerechnet, aber nicht mit einem Häkel-Haus. Der Sonnenbrillentyp ließ sie jedenfalls in Ruhe. Nur ab und zu spähte er ins Wohnzimmer, um sicherzugehen, dass sie nicht türmte oder die Siegerurkunden studierte. Irgendwann waren die Miniwürstchen alle. Er begann, den Geschirrspüler auszuräumen.

Die Ungewissheit trieb sie in den Wahnsinn. Was sollte das alles? Und was konnte sie unternehmen? Sie schielte zur Terrassentür. Die modernen Kippfenster verfügten über Griffe, die sie stets an den Rand der Verzweiflung brachten. Bei Pyschka hatte sie einmal versucht, so ein Fenster aufzumachen, und es beinahe aus den Angeln gebrochen.

Sie dachte an Nicks Münzen, die sie in ihrem BH verborgen hielt. Sie konnte das I Ging damit befragen. Ihr Vater bediente sich der Methode der fünfzig trockenen Schafgarbenstängeln, was ziemlich zeitintensiv und aufwendig war. Münzen waren praktischer und sie erfüllten ebenfalls ihren Zweck.

Sie holte die drei Cent-Stücke heraus und schloss sie in der Faust. Ihr Bewacher schenkte ihr keine Aufmerksamkeit, also entschied sie, es zu riskieren, auch wenn sie kein I-Ging-Buch dabei hatte und nicht alle Zeichen auswendig kannte. Besser, als beim Warten nervös zu werden.

Dem Eichenblatt wies sie die Zahl zwei zu, die andere Seite bekam die Drei als Wert. Sie schüttelte die Münzen in den Handflächen und warf sie auf den Couchtisch. Die Cents blieben schön nebeneinander liegen. Sie zählte die Summe der zugewiesenen Werte. Es ergab eine durchgezogene Linie, ein Yang.

Der Geschirrspüler war ausgeräumt. Der Typ spähte wieder hinein, bemerkte die Münzen auf dem Tisch jedoch nicht. Oder sie waren ihm egal.

Sie warf die Münzen noch fünf Mal, bis sie vor ihrem inneren Auge das vollständige I-Ging-Zeichen aus den durchgezogenen und unterbrochenen Linien sah.

Sie kannte es – ein Zufall oder eine Vorsehung?

Das gleiche Zeichen hatte sie bekommen, als sie vor ihrer Reise nach Deutschland das I Ging befragt hatte. Nur waren damals die Münzen beim letzten Wurf weit auseinander liegen geblieben, weswegen sie ihn für nichtig erklärt und es erneut versucht hatte. Dieses Mal gab es keine Zweifel. Sie hatte das 54. Zeichen zusammenbekommen, das lautete: ›Das heiratende Mädchen‹.

Unternehmungen bringen Unheil.
Nichts, das fördernd wäre.
Neun auf zweitem Platz:
Ein Einäugiger, der sehen kann.
Fördernd ist die Beharrlichkeit eines einsamen Menschen.

Das waren äußerst unerfreuliche Aussichten. Sollte sie die Initiative ergreifen, würde sich die Lage gegen sie wenden. Ihre Position war schwach, die gehäkelten Tischdeckchen durften sie nicht in Sicherheit wiegen. Vielleicht hätte sie schon damals, in Russland, auf das Orakel hören sollen. Das ganze Unternehmen stand von Anfang an unter keinem guten Stern.

Ihr Entführer brachte ihr eine Handvoll Kaubonbons auf einem Teller und verduftete erneut in die Küche. Sie wartete – irgendetwas müsste bald geschehen, man entführte kein Mädchen, wenn man mit ihm nichts anzufangen wusste, und irgendjemanden hatte der Typ schließlich informiert. Die Uhr schlug zur vollen Stunde.

Es war bereits später Nachmittag, als endlich etwas passierte. Sie hörte einen Wagen, der an das Haus heranfuhr. Kurz darauf schlug eine Autotür, und ihr Entführer huschte in den Flur. Sein Gang wirkte entspannt, auch wenn seine Sonnenbrille keine Gefühlsregung verriet. Die Eingangstür wurde geöffnet, dann trat jemand ein, der mit einem deutlich erleichterten ›Danny!‹ begrüßt wurde. Ah ja. Der Danny, der seinen Kumpanen anscheinend beibrachte, was *Sehenswürdigkeiten* auf Russisch hießen. Daraufhin folgte ein mahnendes ›Pscht!‹

»Hey, dein Dienstgrad ist nicht hoch genug, um mich anzuzischen«, beschwerte sich der Typ.

»Ich weiß, Marc. Gleich.«

Sie hörte Schritte, sprang auf und verlor direkt wieder den Boden unter den Füßen.

»Nick!«, hauchte sie und ließ sich zurück auf das Sofa sinken.

20

Nick! Alles in einem einzigen Ausruf. Ihm war nichts passiert. Er war bei ihr. Aber … wie hatte der Sonnenbrillentyp ihn genannt? *Danny?* War das überhaupt ein Name? Für einen Mann? In ihrem alten Schulbuch war Danny ein kleiner Hund gewesen, der dem obligatorischen Otto gehörte. So konnte er doch unmöglich heißen, ihr Nick. Wie Nicholas. Vor ihren Augen drehte sich im Luftzug die Eule. »Was passiert hier? Warum bin ich in diesem … Haus?«, stammelte sie und blickte von einem zum anderen.

»Juna, ich musste dich fortbringen. Du warst in Gefahr, das konnte ich nicht länger … aushalten.«

Sie schloss die Lider, um nicht gleich loszuheulen. Sie hatte mit allem gerechnet. Kriminelle, Terroristen. Nur nicht mit … *Danny*. »Und Pyschka? Was ist mit Pyschka? Wo ist sie?«

»Tut mir leid. Ich habe es wirklich versucht.«

»Was? Was hast du versucht?«

»Sie hierher zu bringen.«

Sie blinzelte, doch alles ringsherum schien zu verschwimmen. »Du hast versucht. Und das ist alles?«

»Hör mir bitte zu.« Er trat auf sie zu, doch sie sprang auf und stolperte fast über das Bein des Couchtisches.

»Nein!«

Augenblicklich blieb er stehen und hob abwehrend die Hände. »Bitte! Ich habe nach ihr gesucht, aber sie war nicht mehr im Club. Ich weiß, wie viel sie dir bedeutet und welche Sorgen du dir ihretwegen machst. Aber sie war nicht da.«

Ihre Pyschka. Das glückliche, runde Gesicht, die wippenden Korkenzieherlocken, ihr euphorisches *Oi, nicht schlecht!* von heute früh. Was hatte er nur getan! Sie blickte zu dem Sonnenbrillentyp, der die Unterhaltung schweigend verfolgte. Sein Gesicht verriet keine Regung, nur die Muskeln an seinem kräftigen Kiefer arbeiteten. Die Welt schien von seiner verspiegelten Sonnenbrille abzuprallen.

»Und dann er hat mich entführt? Das wolltest du von Anfang! Nicht in Pawels Büro suchen. Du hast das geplant so. Stimmt das?«

»Juna, du musstest da raus. Pawel ist zu allem fähig. Ich musste dich schützen.«

»Das nennt sich Grundsatz des Opferschutzes«, wandte sein Komplize ein. »Du musst dich nicht rechtfertigen, du hast nichts Falsches getan.«

»Marc. Bitte nicht!« Nicks Stimme klang alarmiert. Nicks Stimme … aber er war kein Nick. Nicht mehr.

»Aber doch ich habe gesagt, ich bleibe! Ich gehe ohne Pyschka nicht!« Sie schrie und merkte selbst, wie hysterisch das wirkte. Ihre Hände zitterten, zu Fäusten geballt, und sie konnte nichts dagegen tun. »Ich habe gesagt! Ich habe gesagt!«

»Ja, das hast du gesagt.«

»Warum du hast nicht gehört!«

»Ich musste etwas unternehmen, Juna. Ich will dich nicht … verlieren. Was Pawel vorhat …«

»Pawel wird töten meine Freundin! Und wie schnell wird er erfahren, dass sein …« Sie stockte, taumelte zurück und fand Halt an der Wand hinter ihr. Ihr fehlte das deutsche Wort für *Leibwächter*, »… dass sein *Bodyguard* hat mit der Sache zu tun? Du hast alles … schlecht gemacht. Für uns alle.«

Sie hatte kaum noch Kraft, aufrecht zu stehen. Ihr Körper fühlte sich schlaff an. Ihr Geist – völlig verstört. Noch immer wollten sich die Puzzleteile nicht zu einem sinnvollen Bild zusammenfügen, dabei war alles doch so einfach! Nick hatte sie hintergangen.

Der Sonnenbrillentyp löste sich von dem Rahmen. »Bodyguard? *Nick*? Langsam verstehe ich, was das für eine *Spezial-Polizeidienststelle* ist, zu der sie dich geschickt haben. Du hättest es mir sagen sollen, als du mich um Hilfe gebeten hast. Das ist dir hoffentlich klar, oder?«

Sie merkte, wie Nick erblasste. »Ja.«

»Ja. Wie gut, dass wir das geklärt haben.« Diese Erkenntnis haute ihn anscheinend so sehr von seinen Socken, dass er sogar die Sonnenbrille abnahm.

Er hatte graue Augen. So grau, wie Juna es noch nie gesehen hatte. Im Kontrast zu seinen schwarzen Haaren wirkte die Farbe so irritierend, dass Juna eindeutig zu spät merkte, wie sie ihn anstarrte. Trug er deswegen so gern eine Sonnenbrille? Brauchte er nicht. Er sah gut aus.

Nick schwieg.

Erst nach und nach verarbeitete Juna das Gehörte, bis die teils fremden Wörter einen Sinn ergaben.

»*Polizei*?« Sie hatte gar nicht mitbekommen, dass sie es laut ausgesprochen hatte. Sie merkte es erst, als sich Nicks Ausdruck mit einem Mal vollkommen veränderte. Als spürte er selbst diese Angst, die das Wort in ihr auslöste.

»Bitte lass mich das erklären.«

»Nein!«

Nun wusste sie es, und trotzdem konnte sie es nicht glauben. Die ganze Zeit mit ihm – nein, unvorstellbar. Sie hatte ihm vertraut, er war bei ihr, er hatte sie … angefasst. Sie sah die Fratze des Milizionärs, dicht vor sich, die schlaffen Wangen, die Tränensäcke unter den Augen und dieser stechende, wachsame Blick, der ihren Körper entlangglitt.

Nein, er würde sie nicht brechen. Sie musste hier weg. Irgendwie.

»Wer bist du?«

Er wollte einen Schritt auf sie zu machen, da wich sie zur Seite, weg von den Möbeln. »Du heißt nicht Nick. Richtig?«

Polizei … Das Wort ließ ihr Herz immer heftiger schlagen. *Atmen! Konzentriert atmen!* Sie spürte Übelkeit in sich aufsteigen, musste schlucken.

»Mein Name ist Danny Stahl.«

»Danny.« Sie leckte sich über die Lippen, sah sich rasch um. Ihr Mund fühlte sich ausgetrocknet an. »Wie Daniel?«

»Meine Eltern konnten sich die volle Form nicht leisten, würde ich sagen. Zu meiner Zeit war der Name sehr populär in Ostdeutschland.«

Sein Partner schnalzte mit der Zunge. »Lass mich raten. Wärst du ein Mädchen geworden, müssten wir dich jetzt Sandy nennen?«

»Wahrscheinlich. Insofern habe ich noch Glück gehabt.«

Danny Stahl. Jedes Wort – ein Betrug für jeden, der ihm nahestand, der glaubte, ihn zu kennen.

»Leah hat gesagt, du hast …« Sie dachte kurz nach, bis das Wort in ihrem Gedächtnis wieder auftauchte. »Pflegeeltern.«

»Nick Milla hatte Pflegeeltern. Sein Vater saß hinter Gittern, ich glaube, er hat ihn nie kennengelernt, und die Mutter stand die meiste Zeit unter Drogen. Sie hat ihn an ihre Dealer verkauft, um an den Stoff heranzukommen. Erst viel später hat das Jugendamt Wind davon bekommen und ihn da rausgeholt.«

»Und du?«

»Zu dieser Zeit ging ich noch mit Pittiplatsch ins Bett, und das Schlimmste, was ich von meiner Mutter zu befürchten hatte, war, keinen Gute-Nacht-Kuss zu bekommen.«

Sein Partner machte ein Geräusch, als hätte er sich verschluckt, hüstelte in eine Faust und brummte: »Also, das sind mir eindeutig zu viele Enthüllungen. Ich gehe mir jetzt einen Kaffee machen. Wer will auch einen?« Ohne eine Antwort abzuwarten, verschwand er in der Küche.

»Juna, ich wollte dich nicht belügen. Aber ich durfte dir nicht die Wahrheit sagen. Niemandem. Nicht einmal Marc.« Er machte einen Schritt auf sie zu.

»Nein! Bleibe dort!« Energisch wies sie ihn mit dem Zeigerfinger von sich.

»Okay. Du bleibst auf deiner Hälfte, ich auf meiner. Aber lass uns bitte reden. Hörst du? Lass uns weiterreden. Bitte.«

»Was hast du gedacht? Dass ich erfahre nicht, was du bist?«

Er schwieg einen Moment. »Irgendwie schon. Ja. Es ist etwas dumm gelaufen.«

In der Küche gurgelte die Kaffeemaschine. »Dumm gelaufen ist ein bisschen untertrieben, *Nick*«, tönte es durch die Geräuschkulisse. »Mag jemand übrigens Zwieback? Die Kekse sind anscheinend alle.«

Juna schob sich ein Stück weiter zum Fenster, ertastete den Sims und war erleichtert, sich darauf stützen zu können. Er hatte nie vorgehabt, ihr die Wahrheit zu sagen. Er hatte sie nur benutzt. Es gab gar keine Beziehung zwischen ihnen. Er hatte keine Gefühle. Er war ein Polizist.

»Warum? Warum alles das?« Ihre Stimme zitterte. Sie blinzelte wieder, um klarer zu sehen, und musste sich rasch über die Wangen wischen.

»Die Polizei ermittelt schon lange im Fall eines Menschenhändlerrings, der hier sehr aktiv ist. Der Verdacht lag einige Zeit auf Oleg Woronin, der sich als Model-Scout ausgab und junge Mädchen zu Prostituierten machte. Aber man konnte ihm nichts nachweisen, er hatte nicht einmal die Straße bei Rot überquert. Meine Aufgabe war es, sich ihm unauffällig zu nähern und Beweise zu sammeln. Ich brauchte einen Insider, jemanden, der mir mehr Informationen geben konnte …«

»Céline.«

»Ja. Sie war bereit, mir zu helfen.«

»Und ist gestorben deshalb.«

»Dachte ich. Aber es war anders. Komplizierter.«

»Hat sie auch … vertraut? Hat sie dich auch … *geliebt*?« Sie biss sich auf die Zunge. Wortwörtlich, und schmeckte etwas Blut.

»Nein, Juna. Nein …« Er wollte wieder auf sie zukommen, doch sie drückte sich stärker gegen den Sims.

»Bleibe dort!«, rief sie und hätte heulen können. »Bleibe dort. Geh nicht nah zu mir!«

»Bitte, Juna. Céline und ich waren kein Paar. Sie wollte Model werden. Ich habe gesagt, ich kann ihr helfen, indem ich sie mit Kay bekannt mache. Seine Empfehlung zählt viel in der Modebranche.«

»Kay. Ist er auch … wie du?«

»Nein. Um an Oleg ranzukommen, brauchte ich einen Zugang zur Modebranche. Vor einiger Zeit wurde Milla wegen Drogenhandels festgenommen. Es stellte sich heraus, dass er in seiner Kindheit Kay gekannt hatte. Die beiden haben sich nie im Erwachsenenalter gesehen. Nick Milla hat mit uns kooperiert und uns alles erzählt, was ich wissen musste. Kay hat nie Verdacht geschöpft.«

»Er denkt, du bist sein Freund!«

»Ich bin sein Freund! Er weiß nur nicht, dass sein Freund Danny und nicht Nick heißt. Das ist alles.«

»Das ist *alles*?«

»Ich weiß, es ist ein bisschen zu viel auf einmal. Ich wünschte, das wäre anders gekommen. Ich wünschte, du hättest es nicht so erfahren müssen.«

Und am meisten wünschte er sich bestimmt, sie hätte es überhaupt nicht erfahren. Irgendwann wäre er einfach in sein Danny-Leben zurückgekehrt, und sie hätte nie wieder etwas von ihm gehört.

Sie hätte gedacht, er wäre tot.

Sie hätte gedacht, Pawel wäre ihnen auf die Schliche gekommen und hätte ihn umgebracht. Dabei wäre er einfach nur abgezogen worden. Um irgendwo anders ein neues Spiel zu beginnen, mit einer anderen Juna, die lernte, ihm zu vertrauen. Ihn zu lieben.

»Und? Du hast bekommen, was du wolltest?«

»Ja, ich habe angefangen, für Woronin zu arbeiten. Und schließlich für Pawel. Und plötzlich ging es um mehr, um so viel mehr! Ich will diese Leute aufhalten. Mädchen wie deine Pyschka beschützen. Verstehst du?«

Jetzt kam er mit Pyschka.

Die er bei Pawel zurückgelassen hatte.

»Pyschka, ja!«, stieß sie verbittert aus. »Deshalb hast du sie zurückgelassen dort! Weil du hast Sorgen gemacht um sie!«

»Weil ich mir Sorgen um *dich* gemacht habe.«

»Ja. Natürlich. Das auch.«

»Bitte glaub mir!«

»Dir glauben?« Sie lachte auf, unnatürlich hoch. Glauben? Nein. Kein Wort. Sie schielte zur Küche. Der Typ stand in der Nähe der Tür und hantierte mit den Tassen. Sie brauchte Abstand. Musste nachdenken. Ihr Gleichgewicht finden.

»Warte, wo willst du hin?«

»Kaffee ist fertig«, presste sie durch die zusammengebissenen Zähne. »Bleibe da von mir!«

Langsam bewegte sie sich in Richtung Küche.

Der Typ lächelte ihr zu, als sie sich an ihm vorbeischob. Der Schlüssel zur Tür steckte im Schloss. Sie konnte sich unmöglich ausmalen, warum jemand ein Schloss an einer Küchentür anbringen sollte, vielleicht klauten die Familienmitglieder hier zu gern die Kekse, die ja anscheinend alle waren. Oder weil jede Tür hier aus Prinzip ein Schloss brauchte. Wer verstand schon diese *Deutschen*.

»Trinkst du deinen Kaffe mit Milch?«, fragte der Kerl.

Sie sah die Kaffeemaschine, in der eine silbern glänzende Kaffeekanne mit der heißen Flüssigkeit gefüllt wurde.

»Ja«, antwortete sie gedehnt.

Er wandte sich dem Kühlschrank zu.

Sie langte nach der Kanne und zog sie ihm über. Eigentlich hatte sie seinen Kopf treffen wollen, aber sie erwischte nur die Schulter. Die Kaffeekanne fiel scheppernd zu Boden, während Marc überrascht aufschrie und sich ungeschickt umdrehte – sie nutzte es, um seine Energie in andere Bahnen zu leiten und ihn aus der Küche zu befördern. Sogleich schlug sie die Tür zu und drehte den Schlüssel im Schloss um.

Sie hatte nicht viel Zeit.

Musste handeln.

Jetzt.

Aus dem Messerblock zog sie ein Fleischmesser und kletterte auf die Arbeitsplatte. Das Fenster stand auf Kipp. Mit einem Fuß in der Spüle zerrte und rüttelte sie an dem Griff.

»Juna, bitte!« Nick schlug von der anderen Seite gegen die Tür. »Juna! Verdammt, du bist in Gefahr, verstehst du das nicht? Mach auf! Ich will dir helfen.«

Endlich schaffte sie es, das Fenster zu öffnen, und riss es auf. Ein Porzellantopf mit rot-violetten Alpenveilchen schepperte zu Boden. Sie kletterte hinaus, kämpfte sich durch ein Rosenbeet und lief über den Rasen, der sich weich unter ihren nackten Fußsohlen anfühlte. Sie hatte die Gartenpforte fast erreicht, als die Eingangstür aufgerissen wurde und Nick …

… Danny. Verdammt, so heißt er, Danny. Deinen Nick hatte es nie gegeben …

… als er nach draußen stürmte. »Juna! Nein!«

Sie machte ein paar Schritte rückwärts und blieb stehen, das Messer erhoben. Sollte er doch kommen.

Sollte er doch kommen.

Sie würde nicht zögern.

Nick blieb stehen und sah sie an. »Bitte, Juna, sei doch vernünftig.«

Sie fuhr herum und rannte davon.

21

Sie rannte, bis sie nicht mehr konnte, drehte sich immer wieder um, doch niemand folgte ihr. Die Gegend mit den leeren, kleinen Straßen und stillen Häusern umgab sie mit gemütlicher Gelassenheit. Sie musste in eine Glasscherbe getreten sein, denn ihre Sohle brannte und schmerzte beim Auftreten. Aber sie musste weiter. Er würde nach ihr suchen. Und er durfte sie auf keinen Fall finden.

Juna prüfte die Schneide des Messers an einer Thuja-Hecke, die ihre Triebe durch einen filigranen grünen Metallzaun streckte. Die Klinge ging fast widerstandslos durch einen strohhalmdicken Zweig. Wunderbar. Jetzt fühlte sie sich bei weitem weniger hilflos.

Sie trennte mit dem Messer ein Stück von ihrem Saum ab, wickelte die Schneide ein und steckte sie in den Bund des Rockes. Mit der Bluse kaschierte sie die Waffe. Wenn sie in Bewegung blieb, fiel es ihr leichter nachzudenken. Außerdem war ihr Vorsprung nicht groß genug. Nick könnte sie jederzeit einholen.

Beim Gedanken an ihn prüfte sie noch einmal die Umgebung. Nein, keiner zu sehen. Sie würde es schaffen.

Der einzige Mensch, dem sie jetzt noch vertrauen konnte, war ihre Oma. Und wenn ihre Oma meinte, das Frettchen könnte sie zu ihrem Vater bringen, dann würde sie dem Frettchen folgen. Sie musste zurück zum Club und versuchen, den Mann abzupassen. Auch wenn er der letzte Mensch war, dem sie gegenübertreten wollte.

Falsch.

Vor dem letzten Menschen lief sie gerade fort. Verglichen mit ihm war das Frettchen gar keine so üble Wahl.

Fast hätte sie aufgelacht.

Ein Weilchen irrte sie durch die Gegend. Die Einfamilienhäuser standen brav und ordentlich nebeneinander und sahen wie ein Musterbeispiel der westlichen Vorstadtidylle aus. Das, was sie früher bestenfalls aus dem Fernsehen kannte, breitete sich vor ihr in all seiner Pracht aus. Es wirkte so unglaublich irreal. Daheim kannte sie nur ›Dorf‹ oder ›Stadt‹, es gab nichts dazwischen. Ein paar Wohlhabendere kleideten ihre *Datschas* in Stein und Holz, um ihnen das für ihr Verständnis zu profane Antlitz zu rauben, aber im Grunde blieb alles beim Alten und würde es noch lange bleiben. Auch wenn sich die russische Seele doch ab und zu nach den westlichen Standards sehnte.

Und leider fiel sie hier auf wie eine Vogelscheuche, die jemand barbarisch in den gepflegten Rasen des Vorgartens gestellt hatte. Einige der Normalbürger saßen auf ihren Terrassen, tranken Kaffee und musterten sie wie ein aus dem Zirkus entflohenes Tier.

Es dauerte, bis sie an eine befahrene Straße kam und sich vor der gemächlichen Bürgerlichkeit in Sicherheit gebracht hatte. Und nun? In Russland, mit seinem unregelmäßigen öffentlichen Verkehr, bei dem man am besten Tarotkarten legte, um die Busfahrzeiten herauszubekommen, war es nichts Ungewöhnliches, per Anhalter zu reisen. Nicht kostenlos natürlich, aber manchmal fand sich auch eine gute Seele, die einen ein Stück mitnahm. Wie der Taxifahrer, der sich damals erbarmt hatte und sie zum Club gebracht hatte. Gab es hier mehr von seiner Sorte? Ihr blieb kaum etwas anderes übrig, als es auszuprobieren.

Hoffnungsvoll streckte sie die Hand aus, wartete, aber es passierte nichts. Die Autos rauschten an ihr vorbei, und abgesehen von ein paar neugierigen Blicken erntete sie wenig Aufmerksamkeit. Sie ging ein Stück, versuchte es erneut, und eine kurze Zeit später – wieder. Mit demselben Erfolg.

Na toll.

Sie sah an sich herunter. Gut, ihr barfüßiger Auftritt weckte auch nicht gerade Vertrauen. Sie versuchte, wenigstens ihr Haar zu bändigen und flocht einen Zopf, der nur lose hielt. Ordentlicher sah es nicht unbedingt aus.

Inzwischen hatte sie auch ihre Legende – die ›Leidensgeschichte eines armen russischen Mädchen‹ – perfektioniert, aber es brachte wenig, wenn es keinen gab, dem sie sie vortragen könnte. Bis schließlich doch noch ein Opel bremste. Das Beifahrerfenster glitt herunter und der Fahrer schaute sie so skeptisch an, dass sie sich fragte, warum er überhaupt angehalten hatte. Sie beugte sich zum Fenster und erzählte, sie wäre im Rahmen eines Studenten-Austauschprogramms nach Deutschland gekommen. Ihre Gruppe wurde zum Grillen eingeladen, sie wollte in der Gegend spazieren gehen und hätte sich vollkommen verlaufen. Dummerweise wusste sie nicht die Adresse der Grillparty, dafür aber die Straße, wo ihre Gruppe einquartiert wurde.

Sie nannte die vom Club.

Der Fahrer gab den Namen in sein Navigationsgerät und schüttelte den Kopf. Zu weit weg.

Sie brauchte weitere vier Versuche, bis sie jemanden fand, der sie zumindest ein Stück weit in die richtige Richtung mitnahm. Es dämmerte bereits, als sie die Straße nach vielen Zwischenstationen endlich erreicht hatte und die rosafarbene Schrift des Clubs durch den Abend schimmern sah.

Langsam kühlte sich der Tag ab, und sie begann zu frieren.

Und hungrig zu werden. Und der Fuß tat höllisch weh. *Genug gejammert.* Höchste Zeit, ihren Vater zu finden.

Sie wählte einen Standort, von dem aus sie den menschenleeren Eingang gut im Blick hatte, selbst aber nicht gesehen werden konnte. Ihr war klar, dass ihr Plan erhebliche Schwächen hatte. Es gab bestimmt mehr als nur diesen einen Zugang zum Club. Wie hoch standen ihre Chancen wirklich, den Typen zu erwischen? Vielleicht war er bereits gegangen. Oder überhaupt nicht da gewesen. Und sie hatte keine Ahnung, wie sie diese Nacht überstehen sollte.

Es wurde dunkel und kälter. Sie ging auf und ab, ohne die Tür aus den Augen zu lassen, manchmal setzte sie sich hin und zog den Rock bis zu den Zehen lang, aber es brachte keine Erleichterung. Ans Zittern hatte sie sich gewöhnt. Manchmal krampften ihre Muskeln, sie rieb sich warm, irgendwie, und zwang sich immer wieder, die Tür im Auge zu behalten. Allein das war wichtig.

Und alles wird gut.

Zumindest solange sie keinem Nick beziehungsweise *Danny* erlauben würde, sie zu verunsichern. Sie hatte sich entschieden zu oft vorgestellt, wie es wäre, ihn zu berühren, ihn zu haben und sogar … zu küssen. Seine Hand auf ihrem Rücken, die ihr einen Schwung auf der Schaukel aus Tüchern gab; sein Körper, der sie gegen die Wand im Lagerraum drängte und nichts vor ihr verbarg; sein Kuss, den sie zu gern erwidert hatte. Jetzt bekam sie die Rechnung.

»*Reich und vornehm und dazu hochmütig sein: das zieht von selbst das Unglück herbei*«, flüsterte sie die weisen Worte aus dem *Tao Te King*. Sie hätte es nie vergessen dürfen.

Das Unglück … wie von selbst …

Eine Hand legte sich auf ihren Mund.

Juna wollte aufschreien, doch außer einem verwirrten Stöhnen drang nichts durch die Finger, die ihre Lippen zusammenpressten.

»Wen haben wir denn da?«

Juna wurde herumgedreht, sie hatte nicht einmal nach Luft schnappen können, als die Hand erneut ihren Mund verschloss. Grob wurde sie gegen eine Wand geschoben. Aber es war nicht Nicks Körper, der sich gegen ihren zitternden Leib schmiegte.

Das Frettchen!

Seine Finger quetschten ihre Wangen zusammen. Der unruhige Blick huschte über ihr Gesicht, die kleinen schwarzen Augen schienen nie stillzustehen.

Sie tastete nach dem Messer, zückte es und setzte ihm die Spitze der Klinge an die Rippen.

»Oh.« Er grinste. Seine Augen wurden schmal. »Hat dir jemand schon einmal gesagt, dass du so scharf bist, dass es wehtut, Schätzchen?«

Sie drückte das Messer etwas fester gegen seine Seite. Er gab ihren Mund frei. Tief holte sie Luft. »Bring mich zu meinem Vater. Sofort.«

»Du kommst ganz schön schnell zu Sache, was? Wozu die Eile, wo wir doch gerade dabei sind, uns etwas näher kennenzulernen?«

Sie bewegte das Messer. Mühelos bohrte sich die Spitze durch die Schichten seiner Kleidung. Das Lächeln gefror auf seinem pickeligen Gesicht. »Ach, was?«, zischte sie.

»Na, dir kann ich doch keine Bitte abschlagen, Süße.« Er ließ sie frei, hob die Hände und trat ein paar Schritte zurück. »Komm mit.«

Sie folgte. Er führte sie die Straße entlang zu einem dunkelblauen Polo, der aussah, als hätte er damit noch schnell seine Kids zur Schule gebracht, bevor er zu seinem Job als Mädchenschänder weiterfahren musste. Das Frettchen stieg ein und wischte ein paar CDs vom Beifahrersitz.

Juna nahm Platz, das Messer fest im Griff. *Hoffentlich irrst du dich nicht, Oma.*

»Anschnallen!«

Sie legte den Gurt an. Das Frettchen startete den Motor. Umständlich brachte es den Polo aus der Parklücke und schloss sich dem Verkehr an. Er fuhr gemächlich, als ob er den Führerschein erst gestern bekommen hätte. Ab und zu warf der Typ ihr spöttische Blicke zu, das Messer schien ihn nicht sonderlich zu beeindrucken. Sie zitterte. Die Kälte hatte sich tief in ihren Knochen eingenistet.

Das Frettchen schaltete die Heizung ein, und warme Luft strömte in den Innenraum. Nach und nach legte sich das Zittern, ihr Körper wurde wohlig schwer, doch sie hütete sich davor, sich zu sehr entspannen. »Wie lange arbeitest du schon für meinen Vater?«

Er zuckte mit den Schultern. Von der Ablage fischte er einen Streifen Kaugummi, riss ihn entzwei und bot ihr die andere Hälfte an. »Schon immer. Ist eine Familientradition.«

Sie schüttelte den Kopf, also schälte er beide Kaugummihälften aus den Papierschichten heraus und schob sie sich in den Mund.

»Eine Familientradition. Das heißt, deine Eltern sind …«

»Kriminell?«, fiel er ihr ins Wort und schnalzte mit der Zunge. »Ich glaube, das ist Ansichtssache. Hängt davon ab, wen du fragst. Für die Gesetzeshüter daheim – mit Sicherheit. Die Bullen haben meinen Vater lange verhört, als deiner eingefahren werden sollte. Bei so einem Verhör ist er schließlich auch gestorben. Da war ich vierzehn.«

Sie schluckte. Das schlaffe, teigige Gesicht des Milizionärs tauchte vor ihrem inneren Auge erneut auf.

»Und deine Mutter?«

Er warf ihr einen raschen Blick zu, und zum ersten Mal bemerkte sie darin etwas Warmes, Gutes. »Meine Mutter ist eine ganz besondere Frau. Sie hat schon immer zu mir gehalten. Seit die mich zum ersten Mal eingebuchtet haben.«

»Wann war das? Dein erstes Mal.«

»Mit fünfzehn. Eine Jugendstrafanstalt. Man sagte ihr, sie dürfte mich nur sehen, wenn sie quatscht. Über meinen Vater und deinen.«

»Sie haben dich verhaftet und verurteilt, nur um deine Mutter zu erpressen?«

»Neeee.« Er lachte und sah sie herablassend an. »Verhaftet und verurteilt haben die mich, weil ich auf eine Mitschülerin mit einem Messer eingestochen habe. Was denkst du denn? Dass wir hier alle Engel sind und unschuldig unter dem System leiden? Du bist mir auch eine …«

»Nein. Natürlich nicht.« Das Messer lag auf ihrem Schoß, sie hatte es losgelassen, und nun schloss ihre Hand wieder fest um den Griff. Und ihr Vater? Sie kannte ihn kaum, abgesehen von ihren gemeinsamen Taiji-Stunden. Ein Engel war er sicherlich genauso wenig. *Mit Wölfen leben, auf Wölfisch heulen* … Sie dachte daran, wie sie den Spruch für Nick ins Deutsche übertragen hätte, wie er sein Kinn auf ihre Schulter betten, vorsichtig lächeln und ihr zuflüstern würde: ›Süß, wie du versuchst, russische Redewendungen zu übersetzen‹. Er hatte sie belogen und benutzt. Und sie würde ihn nie wiedersehen.

»Was war im Club los, nachdem ich verschwunden bin?«, fragte sie endlich, als das Schweigen zu bitter wurde.

»Der Teufel war los. Zu behaupten, Pawel wäre aufgebracht, käme der Untertreibung des Jahres gleich. Dazu stellte er fest, dass jemand sein Büro durchsucht hat. Da mussten Köpfe rollen.«

Köpfe rollen. »Was ist mit Pyschka? Meine Freundin? Was ist mit ihr?«

»Weiß ich nicht. Die habe ich nach deinem Abgang nicht mehr gesehen. Aber seinen Hamster hat es erwischt. Liegt immer noch in diesem Glaskasten, aber fiepen tut er nicht mehr.«

Der Einbruch bedeutete … Nick hatte zumindest in dieser Sache sein Wort gehalten, er wollte ihr helfen und hatte alles riskiert, um bei Pawel einzubrechen.

»Lässt Pawel nach mir suchen?«

»Entspann dich, Schätzchen. Ich bringe dich nicht zu ihm. Es gibt Leute, die man viel mehr fürchten muss als ihn. Ich sag dir was: Er ist ein Nichts. Irgendjemand hat ihm versprochen, ihn in den Kreis der Autoritäten einzuführen, und dafür macht er Männchen nach jedem Pfiff.«

»Wer hat es ihm versprochen?«

»Keine Ahnung. Viele im Club scheinen anderen Befehlen zu gehorchen, halten aber dicht, was ihre wahren Auftraggeber angeht. Pawel hat versucht, eigene Leute um sich zu scharen. Die Ehre beim Kartenspiel auszunutzen und sich eigene Killer zu verpflichten. Vielleicht hat er vor, die Sache zu beenden.« Der Typ hielt an einer Ampel an. Seine linke Hand blieb lässig auf dem Lenker liegen, während die andere die Gangschaltung verfehlte und sich auf ihren Oberschenkel legte. »Und? Verrätst du mir, wer dir geholfen hat zu fliehen?«

Sie hob das Messer. »Berührst du mich noch einmal, steck ich dir dieses Ding in deine Hand!«

Er grinste und leckte sich über die Lippen. »Schon kapiert. Bin nicht dein Typ.« Er wandte sich wieder der Straße zu.

Den Rest der Fahrt verbrachten sie schweigend. Es dauerte noch über eine Stunde, bis das Frettchen den Polo anhielt. Aus dem Beifahrerfenster betrachtete Juna die Gegend. Hinter einem fein umzäunten Teich, in dem sich die Lichter der Stadt spiegelten, reckte sich ein mehrstöckiges Gebäude in den dunklen Himmel.

»Da drin«, erklärte er. »Geh schon.«

»Du kommst nicht mit?«

»Neee.«

Sie zögerte. Der Anblick war unheimlich. In keinem der Fenster brannte Licht, der massive Bau vermittelte das Flair eines Bürogebäudes, das noch nie benutzt und trotzdem gut in Schuss gehalten wurde. Genau dieser Gegensatz ließ in ihr sämtliche Alarmglöckchen läuten.

»Na wird's bald?«, murrte ihr Chauffeur. »Ich stehe im Halteverbot.«

Jemanden mit so großem Respekt vor den Verkehrsregeln hatte sie selten gesehen. Sie zog am Türgriff, schlüpfte nach draußen und sah sich um. Folgte ihr jemand? Sie konnte niemanden entdecken, doch das Gefühl, beobachtet zu werden, war übermächtig. Das Auto an der gegenüberliegenden Seite des kleinen Platzes – saß dort nicht jemand drin? Aber vielleicht parkte es dort schon länger und es gab wirklich überhaupt keinen Grund, beim Anblick eines Mercedes so in Panik zu geraten. Oleg hatte diese Automarke geliebt, aber von Oleg hatte sie nichts mehr zu befürchten.

»Geh schon, geh schon.« Das Frettchen winkte unbestimmt in die Schwärze der Nacht. Was sie unbarmherzig daran erinnerte, wie kalt es war. Sogleich begann sie zu zittern, trat von einem Fuß auf den anderen und lief schließlich zum Hauseingang. Mit den Händen schirmte sie ihre Augen ab und versuchte durch die Glastüren ins Vestibül zu spähen. Nur mit Mühe erkannte sie einen riesigen Tresen, der zur rechten Seite einen Halbkreis beschrieb. Sie rüttelte an der Tür, doch sie war abgeschlossen. Die Gegensprechanlage leuchtete schwach. Die leeren Bereiche neben den Klingelknöpfen waren vermutlich für die vielen Firmen reserviert, die hier nie eingezogen waren. Auf gut Glück drückte sie auf irgendeinen davon.

»Ja?«, knirschte sogleich eine männliche Stimme aus dem Lautsprecher.

Vor Schreck sprang Juna zurück.

»Ja?«, wiederholte die Stimme. Russisch. Also war sie hier doch richtig?

»J-juna Kutscherowa«, stammelte sie und wusste nicht weiter. Sollte sie nach ihrem Vater fragen?

»Einen Moment«, verkündete die Stimme, ohne weitere Erklärungen zu verlangen.

Das Türschloss summte.

Sie zog an dem Griff und betrat die Empfangshalle. Sie war geheizt. Unter ihren Fußsohlen fühlte sie den glatten, polierten Steinboden, das Gebäude wirkte wie ausgestorben. Als hätte eine seltsame Seuche alle dahingerafft und nur eine Erinnerung an die einst turbulenten Tage hinterlassen.

Sie wartete, das Messer fest umklammernd.

Schritte. Irgendwo rechts. Sie fuhr herum und wurde vom Schein einer Taschenlampe geblendet. Sie blinzelte, versuchte die Augen mit dem freien Arm zu verdecken, als eine ruhige, tiefe Stimme befahl: »Legen Sie das Messer auf den Tresen und gehen Sie zehn Schritte zurück.«

Sie stand da wie zur Salzsäule erstarrt und blinzelte ins Licht, als hätte es ihr Hirn auf eine seltsame Art leergebrannt.

»Na machen Sie schon. Ich richte gerade eine *Jarygin PJa* auf Sie. Was können Sie da mit einem Küchenmesser schon ausrichten?«

Sie sah die Pistole nicht, meinte jedoch zu spüren, wie die Mündung direkt auf ihre Stirn zielte. Ganz langsam legte sie das Messer auf den Tresen und zählte die Schritte ab. Als sie wieder stehen blieb, glitt das Licht ihren Körper entlang, als würde es sie abtasten.

»Hände hoch.«

Sie gehorchte.

Das Licht bewegte sich auf sie zu, der Mann umrundete sie und blieb hinter ihr stehen. Juna erstarrte, als sie eine fremde Hand auf ihrem Körper spürte.

Ruhig. Bleib ruhig!

Bewusst atmen.

Du schaffst das.

Die Hand ertastete das Handy an ihrer Brust. »Was ist das?«

Sie schluckte, obwohl ihre Kehle krampfte. Nur mit Mühe brachte sie einen Ton heraus: »Mein Handy. Akku alle.«

»Zeigen. Und keine verdächtigen Bewegungen.«

Die rechte Hand ließ sie oben. Mit den Fingern der linken, die ihr kaum gehorchten, holte sie das Telefon heraus und hielt es hoch.

»Okay. Können Sie behalten.« Das Licht der Taschenlampe glitt durch den Raum und blieb an den Türen eines Aufzugs hängen. »Zwölfter Stock.«

Also hatte das Gebäude doch Strom. Vielleicht verzichtete man hier auf die Beleuchtung, um so wenig Aufmerksamkeit wie möglich zu erregen.

»Gehen Sie.«

Die Hand stemmte sich in ihren Rücken und schob sie ein paar Schritte vorwärts. Etwas staksend, wie auf Stelzen, durchquerte Juna die Halle ohne sich umzudrehen.

In ihrem Nacken glaubte sie noch immer den Lauf der Pistole zu spüren. Als sie auf den Rufknopf drückte, öffneten sich die Türen des einen Fahrstuhls und entließen etwas Licht in die Halle. Sie stieg ein, drehte sich um und wählte die zwölfte Etage an. Wer auch immer sie durchsucht hatte, er war bereits weg.

Aus den Lautsprechern strömten die Klänge eines Wasserfalls, begleitet von den Geräuschen eines Regenwaldes. Das sanfte Locken unberührter Natur, gebannt in einen nach oben strebenden Metallkasten.

Der Fahrstuhl hielt an. Die Klänge wurden leiser und verstummten, die Türen öffneten sich. Sie trat in einen weiten, fast leeren Raum. Es roch nach Sandelholz.

Eine Salzkristallleuchte verströmte einen sanften, orangefarbenen Schein, der nicht in alle Ecken vorzudringen vermochte und den Schatten ihr Recht ließ. Die Wände und die Decke waren in Naturholz gekleidet. Ein niedriger Tisch präsentierte eine große Marmorschale, aus der eine Bonsaipflanze wie eine Weide mit unzähligen, lilafarbenen Blüten ragte. An einer Wand stand ein Futon: weißes Laken, schwarze Nackenrolle und eine dünne, zusammengelegte schwarze Decke.

Mitten im Raum zeichnete sich die Gestalt ihres Vaters ab. In einen schwarz-weißen Taiji-Anzug gekleidet verharrte er, die Knie leicht gebeugt und die Arme angehoben, als würde er jemanden umarmen. Stehen wie ein Baum – er meditierte, und in dem orangefarbenen Licht sah es aus, als würde er schweben. Der Ruhepol ihres so hektisch gewordenen Lebens.

Ihre Fußsohlen hinterließen kein Geräusch auf dem edlen Holz. Als sie neben ihm stand, schob sie ihr linkes Bein etwas zur Seite und verlagerte ihr Gewicht.

Es war … wie eine Rückkehr nach Hause. Ihre Arme schienen von der Luft getragen zu sein, nach und nach entkrampfte sich ihr Körper. Die Welt fiel von ihr ab. Keine Fragen mehr, kein Suchen, keine Zweifel. Gleichmut.

Mit jedem Atemzug fühlte sie sich leichter. Als würde sie sich von einem ruhigen, verlässlichen Strom treiben lassen und müsste sich keine Sorgen mehr machen. Sie brauchte nicht mehr fortzulaufen. Sich nicht mehr nach Verfolgern umzusehen. Die Zeit verlor an Bedeutung.

Irgendwann nahm sie wahr, wie ihr Vater die Arme sinken ließ. Sie tat es ihm gleich. Noch einen Augenblick blieben sie beide da stehen, dann drehte er sich sachte zu ihr um. Er sagte nichts. Sie war ihm dankbar für diesen Moment, sie wollte so sehr, dass die Stille, von der sie getragen wurde, noch anhielt.

Schweigend ging er an ihr vorbei zum Futon-Bett und kniete sich davor. Seine Bewegungen wirkten bedächtig und konzentriert, keine Regung zu viel. Aus dem Boden nahm er eine Holzleiste heraus und holte ein Buch hervor. Die Leiste drückte er zurück an ihren Platz und setzte sich auf das Bett. Das Buch lag auf seinem Schoß. Er hielt es sanft zwischen beiden Händen.

Das Album.

Das ihre Mutter irgendwann in den Händen gehalten, in dem sie geblättert und ihre kleinen Schätze bewundert haben musste.

Das Album Also hatte Pawel es nie besessen.

Es war kleiner, als sie es in Erinnerung hatte. Das Rot war verblasst. Wie die Sowjet-Ideologie. Das Gold der Prägung – das stilisierte Bild eines Feuervogels – war an mehreren Stellen abgerieben.

Sie setzte sich vor ihrem Vater auf den Boden. Eine Weile hielt er das Buch auf seinem Schoß, bis er es ihr wie eine kostbare Reliquie reichte. Sie nahm es an.

Behutsam fuhr sie mit einem Zeigefinger über den Riss auf dem Cover, das sie an bessere Zeiten erinnerte – aber früher, früher war doch immer alles besser. »Ich habe so viel falsch gemacht. Bitte verzeih mir.«

»Das Tao ist das, von dem man nicht abweichen kann; das,

von dem man abweichen kann, ist nicht das Tao«, sagte er, ohne von seinen leeren Händen aufzusehen.

Sie betrachtete die hohe Stirn, seine schmalen Lippen, die etwas zu lange Nase – ihre Nase. Klar definierte Züge, die kein Lächeln entstellte.

»Ein Dunkles ist, das vollkommen war«, rezitierte er weiter, *»ehe Himmel und Erde entstanden;*
ruhig, still,
es steht allein ohne Wandel,
es bewegt sich ohne Gefahr.
Es könnte die Mutter aller Dinge sein.
Ich weiß seinen Namen nicht
und nenne es Tao.«

Sie suchte nach einer Antwort in seinem Gesicht. Wie sie es immer getan hatte, wenn sie mit ihm zusammen sein durfte. »Egal, was passiert, es kann nicht falsch sein? Weil es dem Tao, dem Weg, dem Lauf der Welt entspricht? Und dass ich trotz deiner Warnung nach Pyschka gesucht habe und mich und dich in Gefahr gebracht habe …«

Sie redete zu viel.

Er legte eine Hand auf das Album und strich behutsam über das raue Cover. »Wir wissen nicht, wohin das Tao uns bringen wird und was es mit uns vorhat.«

Wie sehr seine Hand doch gealtert war!

»Dieses Album – warum ist es so wichtig?«

»Du musst die *Krähe* finden und …«

»Aber Vater, ich dachte du wärst die …«

»Unterbrich mich nicht. Du musst die *Krähe* finden und ihr …«

Ein dumpfer Knall unterbrach ihn. Ihr Vater erhob sich. Festen Schrittes ging er zu den Fahrstühlen. Ein in die Wand eingebauter Monitor sprang an, als er seine Hand darauf legte.

Was war das für ein Knall? Ein Schuss? Sie stand auf und ging zu ihrem Vater. Er wählte etwas auf dem Touchscreen des Monitors und prüfte die Überwachungskameras. Seine Finger glitten schneller über die Fläche, das Gesicht blieb undurchdringlich ruhig, also frage sie nichts und wartete.

»Du musst gehen«, sagte er, während er die Aufnahmen studierte.

Sie wandte sich zum Fahrstuhl, wollte den Rufknopf betätigen, doch ihr Vater hielt sie davon ab. Aus einem in die Wand eingebauten Safe, der hinter der Holzverkleidung verborgen war, holte er einen Schlüssel und eine Taschenlampe hervor und reichte ihr beides.

»Da ist eine Tür.« Er zeigte hinter den Bonsai-Baum. »Du steigst nach oben. Dort ist Makar. Er bringt dich aus dem Gebäude raus. Verstanden?«

»Verstanden.«

Er nahm eine Pistole aus dem Safe und prüfte die Munition. Die Waffe wirkte so falsch in seinen Händen, so unpassend.

Sie half ihm, den Tisch mit dem Baum zur Seite zu rücken. Obwohl sie wusste, dass dort der Ausgang war, konnte sie die kleine Tür kaum sehen, so sehr verschmolz sie mit den Fugen der Holzpaneele.

»Los«, befahl er.

Die Schwärze der Luke erinnerte sie an das Maul eines Fisches. Sie tauchte in das Dunkel, drehte sich noch einmal um und sah ihren Vater im Spalt, der immer kleiner wurde.

»Was hat es mit der *Krähe* auf sich? Ich muss sie finden und – und was?«

Wortlos drückte er die Tür zu.

Einatmen. Ausatmen. In ihrem Inneren gab es keinen Platz für Panik. Sie würde es aus dem Gebäude schaffen und diese *Krähe* finden. So wie ihr Vater es von ihr erwartete.

Sie schaltete die Taschenlampe ein. Das Licht glitt die Wände hoch und verlor sich irgendwo da oben. Der Schacht war kaum einen Meter breit, an einer Seite erstreckte sich eine Rettungsleiter.

Sie steckte das Album in den Bund des Rockes. Es hielt. Sie durfte sich nur nicht zu heftig bewegen. Die Taschenlampe im Mund kletterte sie hoch, Sprosse um Sprosse. Mit zwei Fingern der rechten Hand hielt sie den Schlüssel. Ab und zu sackte das Album tiefer, und sie musste es mit einer Hand wieder hochziehen, darauf bedacht, den Schlüssel nicht zu verlieren.

Die Schüsse ließen sie zusammenzucken. Umso fester klammerte sie sich an die Leiter. Da! Wieder. Die Schüsse klangen gedämpft. Kamen sie aus dem Raum ihres Vaters? Wurde er angegriffen?

Sie musste weiter. Sie hatte es ihm versprochen.

Juna kletterte, immer höher, so, als ob ihr Körper genau wusste, was von ihm erwartet wurde und sie fast ohne ihr Zutun nach oben trug. Es musste ein Zwischenstockwerk gegeben haben, denn die Leiter wollte nicht enden. Ihr Kiefer schmerzte, so sehr biss sie auf die Taschenlampe.

Endlich endete der Schacht. Sie drehte den Kopf nach links und rechts, beleuchtete eine Tür neben der Leiter. Abgesperrt. Sich mit einer Hand an der Sprosse haltend, steckte sie den Schlüssel ein und drehte ihn herum. Er passte. Alles still. Sie stieß die Tür auf. Als Erstes schob sie das Album rein, dann versuchte sie, sich selbst durch die Öffnung zu zwängen, als jemand sie an den Armen packte und nach draußen zog.

»Makar«, brummte der Mann und stellte sie auf die Beine.

Makar war bewaffnet. Er trug eine Schutzweste; eine zweite, die bereits zu seinen Füßen lag, zog er Juna über.

»Was ist hier los?«, fragte sie, während sie die Verschlüsse der Weste zumachte.

»Jemand versucht, in das Gebäude einzudringen. Wir haben einen Toten. Bleib dicht hinter mir.«

»Wie viele sind es?«

»Weiß ich nicht. Meine Aufgabe ist es, dich sicher aus dem Gebäude zu bringen.«

Sie hob das Album und steckte es in ihre Weste. Makars Blick folgte dem Buch, bis es nicht mehr zu sehen war. Ihr Vater hatte gesagt, sie sollte diesem Mann vertrauen. Und das würde sie tun.

In völliger Dunkelheit schlichen sie durch die mit rauen Teppichen ausgelegten Gänge. Das Gewebe scheuerte schmerzhaft an ihrer verletzten Sohle. Sie begann zu humpeln. Das Gebäude schien riesig und die Stille war gespenstisch. Die Lichtkegel ihrer Taschenlampen irrten durch die Dunkelheit. Sie nahmen die Treppe, kamen in einem anderen Stockwerk raus, durchquerten es – wieder eine Treppe, ein neues Stockwerk. Die Gänge verzweigten sich wie in einem Labyrinth. Sie hatte schon längst jegliche Orientierung verloren.

»Weiter«, spornte Makar sie an, als sie langsamer wurde. Sie nickte, beeilte sich, ihn einzuholen.

Der Schuss kam aus dem Nichts.

Sie hatte kein Mündungsfeuer gesehen, kein verräterisches Geräusch davor gehört, nicht die kleinste Bewegung wahrgenommen.

Etwas Warmes, Klebriges und gleichzeitig Spitzes spritzte ihr ins Gesicht.

Nick

Juna ist fort. Und ich kann nur daran denken, wie sie mich angesehen hat.

Ich bin mir selbst zuwider.

Ich habe es getan, weil ich das Richtige tun wollte; weil ich mein Leben der Aufgabe gewidmet habe, Verbrecher zu jagen. Ich hätte unmöglich wissen können, dass ich dabei jemanden wie sie treffe.

Es war doch nur ein Job.

Ein Job. Ja.

Der in einem Verhältnis mit einer Zeugin endete. Ich hätte nie erfahren dürfen, wie zart ihre Haut ist, wenn man mit einem Daumen über die Innenseite ihrer Handgelenke streift. Wie ihr Haar mein Gesicht kitzelt, wenn ich ihr ›Ich liebe dich‹ ins Ohr flüstern möchte und es doch nicht tue.

Während ich im Vorgarten stehe, und Juna nachsehe, tritt Marc von hinten an mich heran und legt mir seine Hand auf die Schulter.

»Na komm schon. Uns fällt schon was ein.« Dann geht er wieder hinein und ich folge ihm. Im Wohnzimmer setze ich mich auf das Sofa. Die angenehme Kühle hier drin klärt meinen Kopf, anscheinend habe ich doch noch so etwas wie einen Verstand. Er bootet wie ein alter Windows-Rechner.

»Was trinken?«, ruft Marc herüber. Für jedes ernste Gespräch braucht er einen kleinen Anlauf, ein eigenes Ritual. Als ich ihn gebeten habe, mir zu helfen, Juna aus Pawels Fängen zu holen, musste er zuerst einen Baum pflanzen. »Ich schaue mal, was wir haben«, ruft er erneut. Schließlich kommt er mit einer Flasche Wein wieder und stellt sie weg. »Dann leg mal los. In was für eine Scheiße bist du da reingeraten? Du hast gesagt, es geht um eine wichtige Zeugin, die in Lebensgefahr schwebt. Ein entführtes Mädchen, das sonst getötet werden sollte. Wenn ein Menschenleben auf dem Spiel steht, bin ich zu unkonventionellen Methoden bereit. Aber du hättest mir sagen sollen, dass du als verdeckter Ermittler einen Bodyguard spielst.«

»Ich dachte, es wäre besser, nicht zu viel über meinen Einsatz zu reden.«

»Du hast mich um Hilfe gebeten.«

»Ja, tut mir leid, es war …«

»Ich meine: Warum mich? Warum hast du dich nicht an deinen VE-Führer gewendet?«

Eine berechtigte Frage. Ich muss meine Worte mit Bedacht wählen. »Ich traue ihm nicht.«

»Was ist vorgefallen?

Ich habe nach *Tscheburaschka* gegoogelt. Juna hatte ihn damit treffend beschrieben, muss ich zugeben. Reicht das wirklich, um ihn zu verdächtigen? Und wenn er tatsächlich ein doppeltes Spiel treibt, würde er mich Pawel gegenüber nicht schon längst verraten haben? Außer er arbeitet gar nicht für Pawel. »Es ist nur eine Ahnung. Ein paar Dinge sind geschehen, die nicht zusammenpassen. Ich habe Juna schon einmal in Sicherheit bringen müssen. Statt dort zu bleiben, wollte sie unbedingt eine Spur verfolgen. Ich glaube, Falko hat sie beobachtet. Noch mehr: Vermutlich hat er sie in seinem Taxi direkt ins Wespennest gebracht. Dabei habe ich ihn darüber informiert, dass sie eine wichtige Zeugin ist.«

»Ahnungen bringen uns nicht weiter. Wie sieht es mit Beweisen aus?«

»Hätte ich welche, müssten wir dieses Gespräch jetzt nicht

führen. Bei seinem früheren Ausrutscher hatte auch keiner Beweise. Deswegen kam er mit einem Beförderungsstopp davon.«

»Was für ein Ausrutscher war das?«

»Unterschlagung von Beweismitteln. Angeblich hat er Geld eines Verdächtigen eingesteckt.«

»Puh, okay. Und was ist mit diesem Mädchen? Juna? Was läuft da zwischen euch?«

Ich sehe mir die Eule unter der Lampe an. Ihr rechtes Auge ist etwas größer, das Gesicht schief. Ich senke den Blick. Auf dem Couchtisch liegen drei Cent-Stücke. Es sind die, die ich Juna geschenkt habe. Die eine Münze ist dunkler, die andere ganz neu, glänzend. Die dritte ist etwas zerkratzt an der Seite mit dem Eichenblatt.

»Ursprünglich sollte ich einen Menschenhändlerring aufdecken. Die Spur führte von einem angeblichen Model-Scout zu dem Inhaber des Nachtclubs *Perles d'Or*, Pawel.«

»Vor dem du dieses Mädchen retten musstest, richtig?«

»Genau.« Ich reibe meine Augen. Keine Ahnung, wann ich zuletzt geschlafen habe. »Es sah so aus, als wolle er an die *Krähe* ran, den Mann, der bei der russischen Mafia hier vor Ort angeblich den Ton angibt. Ob im Alleingang oder von jemandem gelenkt – man geht davon aus, dass Pawel die *Krähe* beseitigen will, um die Machtverhältnisse neu zu mischen.«

»Und was denkst du?«

»Er will an die *Krähe* ran, keine Frage. Und irgendjemand steht hinter ihm, sodass er eine Heidenangst hat. Aber es geht hier nicht um die Bosse der russischen Mafia.«

»Sondern? Herrgott, lass dir doch nicht alles aus der Nase ziehen!«

»Vielleicht Terroristen.« Ich muss dringend eine rauchen, aber ich habe Respekt vor Marcs Mutter. Vor ihr hat jeder Respekt, auch wenn sie gerade irgendwo in Barcelona ihren

Mann die Türme der *Sagrat Cor*-Kirche hochjagt. »Erinnerst du dich an die Busexplosion mit russischen Kindern vor einem Hotel? Ist schon ein Weilchen her, aber es ging durch alle Medien. Schon damals habe ich einen ... seltsamen Hinweis darauf bekommen.«

Marc murmelt etwas. Es klingt wie ›Ach du Scheiße‹. Nachdenklich zupft er an seiner Nasenspitze.

»Keine Ahnung, wie alles zusammenhängt«, rede ich weiter, da er keinen Ton mehr von sich gibt. »Von Beweisen sprechen wir lieber gar nicht. Deshalb will Falko auch nichts davon hören, ihm und der Staatsanwaltschaft ist anscheinend nur dieser Menschenhändlerring wichtig.«

Langsam reibt Marc sich über das Gesicht. »Okay, bleiben wir erst einmal bei der *Krähe*. Was will dieser Pawel von ihr?«

»Ich weiß es nicht. Nur so viel: Juna ist seine Tochter.«

»Bist du dir sicher? Ach du Scheiße!« Diesmal sagt er es laut.

»Pawel wollte die *Krähe* zwingen, sich zu zeigen. Also hat er auf allen Kanälen gefunkt: ›Ich habe deine Tochter, melde dich.‹ Und zum Teil hat er sein Ziel erreicht. Die *Krähe* ist in der Stadt.«

»So ein Mann wie die *Krähe* würde sich doch niemals erpressen lassen. Egal wie nahe ihm jemand steht, er kann sich nicht erlauben, unter Druck zu geraten. Tochter hin oder her. Solche Leute würden ihre gesamte Verwandtschaft eigenhändig erwürgen, wenn es hart auf hart kommt.«

»Ich weiß. Jedenfalls spielt die *Krähe* auf Zeit. Pawel verliert langsam die Geduld. Die Lage spitzte sich zu. Ich konnte sie nicht länger dort lassen, verstehst du?«

Marc sieht mir direkt ins Gesicht. Er hat die bemerkenswerte Gabe, meine Narben nicht zu beachten.

»Pawel ist unberechenbar«, sage ich wieder, weil ich irgendetwas sagen muss, und blicke zur Standuhr. Das Zifferblatt erscheint unscharf. Mein Hirn weigert sich offenbar, irgendwelche Informationen aufzunehmen.

»Okay, dieser Typ mit dem Club hat das Mädchen nicht mehr. Also auch kein Druckmittel. Gibt er sein Vorhaben auf?«

»Er hat schon einmal versucht, einen Anschlag auf die *Krähe* zu verüben. Er ist ein toter Mann, wenn er nicht endlich Erfolg hat.«

»Und warum hat die *Krähe* ihn nicht schon längst beseitigt?«

»Genau das ist so merkwürdig. Aus reiner Spekulation: Geht es hier wirklich um Terroristen, könnte das auch für jemanden wie die *Krähe* eine Nummer zu groß sein. Wir haben nicht mehr viel Zeit. Pawel hat mir aufgetragen, Junas Vater zu töten. Und dann sie selbst. Und jeden, der irgendwie zu dieser Familie gehört oder diese Familie unterstützt.« Ich zeige ihm die SMS, die ich heute Vormittag von Pawel bekommen habe. Dort steht:

Dein Einsatz, Torpeda. Folge Pryschtsch zum Versteck. Töte ALLE. Es darf KEINER lebend herauskommen

Marc steht auf und macht ein paar Schritte durch das Wohnzimmer. Jedes Mal stupst er die Eule mit dem Kopf an. »Meine Güte, gibt es irgendetwas in diesem Fall, das nicht eine völlige Katastrophe ist?«

»Heute früh ist es mir gelungen, in Pawels Büro einzudringen und einen Blick auf seine Termine zu werfen. Er scheint auf etwas sehr Wichtiges hinzuarbeiten. Ein ganzer Tag ist blockiert mit *Hellea*. Keine Ahnung, was das heißt. Und: Dshanan. Vielleicht ein Verbindungsglied zu den Leuten, die so einen Druck auf ihn machen.«

»Du musst da sofort aussteigen. Dass du deinen VE-Führer übergangen hast, ist nicht gut, aber ich bin im Rang höher gestellt als er. Das lässt sich geradebiegen.«

»Bitte, gib mir eine Chance, diese Leute aus dem Verkehr zu ziehen. Ich will nicht, dass nochmal ein Bus mit Kindern in die Luft gejagt wird. Vielleicht wäre es mir gelungen, mehr herauszufinden, wenn ich im Büro nicht gestört worden wäre.«

Marc schweigt. Ich auch. Die Uhr schlägt zur vollen Stunde. Als der letzte Ton verklingt, richtet sich Marc auf. »Gut, vielleicht kann ich helfen. Vielleicht.« Er klopft mir auf die Schulter. »Jetzt gehst du erstmal nach oben und haust dich für eine Stunde aufs Ohr. Du siehst nämlich Scheiße aus. Und ich mache ein paar Anrufe.«

»Warte, ich …«

»Es hilft niemandem, wenn du aus den Latschen kippst, sobald dich jemand anhaucht.«

Er hat recht, und ich bin zu müde, um mit ihm zu streiten. Also werfe ich mich oben aufs Bett, um in Ruhe nachzudenken. Wie lange braucht man, um eine Tagesdecke zu häkeln? Sie sehen komplex aus, die Muster …

Meine Uhr zeigt 06:07. Eine halbleere Flasche des fünfundzwanzig Jahre alten The-Macallan-Whisky steht auf dem makellos polierten Tresen. Die Flüssigkeit darin leuchtet im Licht meiner Taschenlampe wie ein lebendig gewordener Bernstein. Draußen kratzen die Zweige an das Metall der Zugwände. Ich muss weiter, versuche, nicht in die dunklen, noch feuchten Flecken zu treten, die den Teppich bedecken. Ich weiß, dass es Blut ist. Dass niemand so etwas überleben kann. Und hoffe trotzdem.

Der nächste Waggon. Der Lichtkegel zittert, als er den Körper erfasst, der an den Ketten von der Decke hängt. Der Kopf ist in den Nacken gebogen, das Gesicht mir zugewandt. Ein Einschussloch in der Stirnmitte. Die weit aufgerissenen Augen starren in meine Taschenlampe. Junas Augen.

06:18

Etwas rüttelte an mir, ich reiße die Lider auf und sehe ein Gesicht, das ich nicht sofort erkenne. Ein Teil meines Verstandes ist noch in diesem verdammten Zug. Bei Juna. Sie ist tot. Und dann hat mich die Realität wieder. Marc. Ich bin im Haus seiner Eltern. Noch kann ich Juna retten.

»Alles okay bei dir?«, fragt er.

Ich kann nur noch schwach nicken.

Er bohrt nicht nach.

Ich setze mich auf den Bettrand, bin noch zerschlagener als vorhin. Meine Hände zittern, als würde ich darin die Taschenlampe halten, die in Junas leere Augen leuchtet.

Marc setzt sich zu mir auf das Bett. »*Hellea*. Das ist altdeutsch und bedeutet ›Hölle‹.«

»Woher weißt du das?«

Er zuckt eine Schulter. »Wikipedia. Bringt uns aber nicht weiter. Also, folgender Plan: Jemand schuldet mir noch einen Gefallen. Ich glaube, ich kann deinen Pawel ein bisschen beschäftigen, dass du einen freien Zugang zum Club bekommst. Meinst du, du schaffst es, noch einmal sein Büro zu besichtigen?«

»Einen Versuch ist es wert.« Vielleicht werde ich dort auch Pyschka finden. Vielleicht hat sie eine Ahnung, was Juna unternehmen wird.

Er klopft mir auf die Schulter und steht auf. »Okay, dann mal los.«

Ich stehe ebenfalls auf. »Danke. Für alles.«

»Ist noch zu früh dafür.« Er begleitet mich zur Tür.

Draußen ist noch hell. Der Tag kommt mir jetzt schon unendlich lang vor. Ich kann kaum glauben, dass ich Juna erst vor zwei Stunden gesehen habe.

Mein Renault wartet auf mich neben der Garage mit seiner nicht ganz rostfreien Vertraulichkeit. Marc bleibt unter dem

Vordach stehen. Aus irgendeinem Grund erwarte ich, dass er noch etwas sagt, aber er verliert kein Wort. Es ist zehn nach sechs, als ich den Motor starte und losfahre.

Im Club geht etwas vor. Ich sehe Detlev vor der Tür, der die Straße im Blick behält, obwohl es heute keine Feier geben wird. Neben ihm steht Byk und telefoniert. Ich frage mich, warum diese Russen immer so laut sind. Sie melden sich nie mit Namen und brüllen so, als würden sie es stets mit Schwerhörigen zu tun haben. Wortfetzen fliegen bis zum heruntergelassenen Fenster meines Renaults, aber ich kann wenig damit anfangen.

Die Dämmerung lässt die Umgebung verwaschen wirken, aber vielleicht ist es nur meine Müdigkeit. Ich sitze seit zwei Stunden im Wagen und beobachte den Club.

Pawel hat anscheinend seinen Porsche vorfahren lassen. Ich frage mich, wo der Mercedes steckt. Seit Olegs Beinahe-Exekution habe ich diesen Wagen nicht mehr gesehen. Der Porsche ist sein Ein und Alles. Ich wette, das Auto hat sogar einen Namen.

Einer von Byks Jungs steigt aus und geht zu Detlev, im gleichen Moment öffnet sich die Tür und Pawel tritt heraus. Er ist sichtlich auf der Hut. Seine Kleidung ist leger und dennoch luxuriös: ein schwarzes Hemd, eine schwarze Hose, schwarze Schuhe. Nur ein bordeauxfarbener Rand an Manschetten und Kragen bringt etwas Akzent in seine düstere Erscheinung. Byk ist sofort bei ihm und schirmt ihn ab – was hat Marc da bloß angestellt?

An Pawels Seite stolpert eine Frau auf das Auto zu. Zuerst erkenne ich sie nicht. Ihr Gang ist wackelig, sie bleibt oft stehen und schwankt, während Pawel sie weiterzieht. Erst als sie an ihrem fast gelösten Pferdeschwanz zupft, weiß ich, wen ich da sehe.

Leah.

War sie die ganze Zeit im Club eingesperrt gewesen? Was hat Pawel mit ihr vor?

Ziellos dreht sie den Kopf von einer Seite zur anderen. Ihr südländischer Teint wirkt grau. Die Haut ist wie um Jahre gealtert, die Wangen eingefallen. Auch auf die Entfernung hin erkenne ich einen blauen Fleck unter dem Auge. Die Arme, die aus den Dreivierteläṙmeln ihres Kleides ragen, baumeln fast leblos an den Seiten ihres Körpers. Pawel nimmt die Schlüssel und öffnet ihr galant die Beifahrertür. Leah geht darauf zu wie ferngesteuert.

Das Büro? Pyschka? Mist.

Ich starte den Motor. Ich muss wissen, wohin er Leah bringen will. Ich kann sie unmöglich in seinen Händen lassen. Schon gar nicht in diesem Zustand. Hier geht es um ein Menschenleben. Um eine Frau, die ich womöglich unwissentlich in Gefahr gebracht habe, als ich Juna vor Pawel verstecken wollte.

Irgendwo vorne höre ich einen Wagen scharf bremsen, ein aufgebrachtes Hupen tönt, ein weiterer Wagen bremst. Ein Mann läuft auf die Fahrbahn, direkt auf Pawel zu.

Kay.

Verdammt, nein!

Er ist schon fast bei Leah, ich glaube zu hören, wie er nach ihr ruft. Alle anderen um ihn herum existieren für ihn nicht mehr. Er sieht nur sie. Bevor Byk ihm in den Weg tritt.

Pawel rührt sich nicht. Lässig lehnt er sich an die geöffnete Tür des Porsches, die er für Leah aufgemacht hat.

Ich zwinge mich, ruhig zu bleiben. Jetzt bloß keine Dummheiten machen. Kay hat es bereits für zwei getan.

Pawel sagt etwas, und Byk drängt Kay ein paar Schritte zurück. Leah schwankt, sie scheint nicht ganz da zu sein, und taumelt zum Auto. Pawel lässt sie keinen Moment aus den Augen.

Kay schafft es, Byk eine reinzuhauen. Ich glaube nicht, dass er eine Chance gegen diesen Muskelprotz hätte, aber als Detlev hinter ihm auftaucht, ist alles ganz schnell vorbei. Zu zweit ringen sie ihn zu Boden und fixieren seine Handgelenke. Byk zerrt ihn hoch. Mit einem Kopfnicken deutet Pawel zum Club.

Byk zieht Kay fort, der dagegen anzukämpfen versucht, aber es ist zwecklos. Leah macht einen Schritt auf ihn zu und wird von Pawel abgefangen. Fast ohne Widerstand schiebt er sie auf den Beifahrersitz des Porsches, die Tür wird zugeschlagen. Bevor Pawel selbst einsteigt, sagt er etwas zu Byk, der nickt.

Der Porsche fährt los. Kay schreit Leahs Namen. Ich kann jeden Laut deutlich hören und merke, wie meine Hände sich um das Lenkrad verkrampfen. Er wird in den Club geschleppt. Gegen Byk kommt er nicht an, schon gar nicht gefesselt.

Der Motor meines Wagens läuft noch.

Ich ziehe den Schlüssel aus dem Zündschloss und steige aus. So viel zum Plan, sich im Hintergrund zu halten. Aber ich werde Kay nicht dort drin lassen. Ich weiß genau, was im Club passieren wird.

Ich begrüße Detlev mit einem Kopfnicken. Er scheint mein Auftauchen keinesfalls verdächtig zu finden, also bin ich bei Pawel noch nicht auf der Abschussliste gelandet. Ich zucke zusammen, als die Tür hinter mir ins Schloss fällt. Weiter. Ich durchquere den Raum mit der Tanzfläche, höre Schritte und Stimmen.

Pryschtsch kommt mir mit irgendeinem anderen Typen entgegen, sie unterhalten sich auf Russisch, doch bei meinem Anblick wechselt Pryschtsch auf Deutsch und beendet den Satz mit: »Ne, also, das Tussi kannst du vergessen.«

Ich packe ihn an der Schulter. »Wo ist Byk?«

Pryschtsch holt den Kaugummi aus seinem Mund und rollt die weiche Masse zwischen seinem Daumen und Zeigefinger zu einer fast perfekten Kugel zusammen, die er von allen Seiten betrachtet, bevor er antwortet. »Im Keller. Hat zu tun.«

Ich lasse ihn los. Er grinst mich an, als wüsste er zu genau, was ich wirklich will, und geht mit seinem Kumpel weiter.

Erst jetzt fällt mir auf, wie still es im Club ist. Alles leer. Wie in einem Ferienlager, das man hastig geräumt hat. Ich nehme die Treppe nach unten.

Der Keller ist groß, und einige der fensterlosen und kahlen Räume werden nicht als Lager genutzt, sondern als Zellen. Einige der Mädchen waren schon häufiger hier unten untergebracht.

Ich will nicht daran denken, wo Leah die ganze Zeit gewesen sein mag. Mein Handy sagt mir, dass hier unten kein Empfang ist. Gut. Das gibt dem Plan eine Chance. Keine allzu große, aber im Zweifelsfall habe ich noch immer meine Waffe.

Ich hoffe, ich finde Kay, bevor er aussieht wie Oleg. Wenn er nicht mehr gehen kann, hilft auch meine Waffe nichts mehr. Allein werde ich ihn nicht hinausbringen können.

Ich höre etwas. Abrupt bleibe ich stehen. Ein dumpfes Geräusch, ein Keuchen – es klingt wie ein Schlag auf einen noch lebenden Körper. Eine der Türen steht offen. Eine Glühbirne beleuchtet die nackten Wände. Ich sehe Kay, der mit Kabelbindern an einen Stuhl gefesselt ist, und zusammen mit diesem Stuhl quer auf dem Boden liegt, während Byk auf ihn einschlägt. Auf dem staubigen Betonboden bemerke ich verschmiertes Blut.

»Hey!«, rufe ich. Byk dreht sich zu mir um.

Wir sehen uns an, und er lächelt, was sein massives Gesicht auf eine seltsame Weise zerfließen lässt, als hätte jemand willkürlich alle Konturen verschoben.

Ich winke ihn nach draußen. Keine Ahnung, ob Kay mich sieht, ich kann nur hoffen, dass er noch imstande ist, irgendetwas wahrzunehmen. Dass ich ihn regelmäßig atmen höre, werte ich als gutes Zeichen.

Byk kommt auf mich zu und bleibt breitbeinig im Türrahmen stehen.

»Ich soll die Sache zu Ende bringen«, sage ich.

Er stiert mich an. Vermutlich hat er nicht verstanden, was ich von ihm will; er holt seine Zigarettenpackung aus der hinteren Jeanstasche, fummelt einen Stängel heraus und bietet ihn mir an. Seine Knöchel sind blutig. »Alles best in West!«

Ich nehme die Zigarette. Er lächelt immer noch. »Aberr nikcht in Club!« Er deutet mit einem Zeigefinger umher. »No smocking. Überrall, no smocking.« Dann zwinkert er mir zu und lacht. Ich glaube, das war ein Witz. Ich nicke und zwinge mich, zurückzulächeln.

»Pawel sagt. Ich mache das. Tot. Und die Leiche – weg. Du weißt?« Ich rede langsam, mit unsinnigen Pausen, damit er mir folgen kann. Ich habe es schon immer gehasst, so zu reden, denn von uns beiden bin ich der Idiot in diesen Momenten. Bei Juna musste ich mein Deutsch noch nie so ausrenken. Wenn sie etwas nicht versteht, bekommt sie diesen schwärmerischen Ausdruck in den Augen, als würde sie sich die Bedeutung – aus dem Klang oder der Betonung zusammenträumen.

Byk träumt nicht.

»Pawel sagt?«, fragt er und runzelt die Stirn.

»Ich bin seine *Torpeda*. Weißt du? *Torpeda*.« Ich hoffe, ich betone das Wort richtig. Das rollende ›R‹ gelingt mir nicht wirklich.

Die Furchen werden tiefer. Er kann kaum Deutsch, aber er ist intelligent, und man darf sich nicht von seiner scheinbaren Begriffsstutzigkeit täuschen lassen. Er hat Maschinenbau studiert, aber was bringt einem schon so ein Diplom, wenn man es sich in jedem zweiten Metro-Übergang kaufen könnte.

»*Torpeda*«, wiederhole ich. Das Wort scheint ihn zu überzeugen. Er wirft einen Blick zurück in den Raum und kramt mühsam sein Handy hervor. Kein Empfang. Er seufzt, deutet auf das Handy. Dann nach oben. Ich nicke.

Das war's. Jetzt müssen wir nur noch raus. Und meine Legende ist hin, sobald Pawel mitbekommt, was hier läuft.

Byk geht. Ich warte, bis er nicht mehr zu sehen ist, hole mein Taschenmesser heraus und knie mich neben Kay. Seine Lider hält er geschlossen. Ich prüfe seinen Puls. Okay. Regelmäßig und stark. Das wird schon. Muss es. Irgendwie.

Vorsichtig schneide ich seine Fesseln durch und ziehe ihn hoch. Er stöhnt.

»Reiß dich zusammen. Wir müssen weg und zwar leise.« Ich weiß, ich bin unfair. Und verlange viel von ihm.

Er macht die Augen auf und kämpft um sein Gleichgewicht, meine Stimme lässt ihn seine Kräfte mobilisieren. Ich stützte ihn. Sein zerschlagenes Gesicht ist schmerzverzerrt, aber er kann gehen.

Der Flur ist unendlich lang. Schritt für Schritt kämpfen wir uns voran, bis wir endlich die Treppe erreichen. Byk wird nicht lange brauchen, um mit Pawel zu klären, dass ich ihm eine Lüge aufgetischt habe. Vielleicht musste er dafür nicht einmal weit gehen. Aber ich höre ihn nicht, und da er sonst so laut telefoniert, hoffe ich, dass er nach draußen gegangen ist, wo er noch eine rauchen könnte.

Die Treppe zerrt an Kays Kräften. Fünf Minuten mit Byk in einem Raum reichen aus, um auf der Intensiv zu landen. Dafür hält sich Kay relativ gut. Wie lange noch?

Die Treppe ist geschafft. Der Gang links von uns ist leer. Ich ziehe Kay dorthin. Nach ein paar Metern müssen wir eine Pause machen. Er lehnt sich gegen eine Wand. Ich muss ihn aufrecht halten, damit er nicht zu Boden sackt.

»Er hat sie …«, flüstert er durch die zerschlagenen Lippen und verstummt. Ich sage ihm, er soll nicht reden, aber er versucht es noch einmal. »Poul. Er hat sie …«

»Poul?«

»Poul … Rotaj. Er hat … schon lange … Leah nachgestellt.«

Anscheinend hat sich Pawel eine zweite Identität geschaffen. Wusste Falko davon? Er müsste es wissen. Und er hat mir nichts gesagt.

Ich helfe Kay, die Wand loszulassen. Er taumelt, aber ich lasse ihn nicht fallen. Er klammert sich an meine Schulter, dreht den Kopf zu mir und kämpft um Worte. »Wo hat er sie hingebracht?«

»Das weiß ich nicht. Los weiter!«

Er macht noch ein paar Schritte und stolpert. Wir machen Halt.

»Und du?« Seine Atmung ist flach und schnell. »Was machst du … hier?«

»Im Moment – dich in Sicherheit bringen. Wonach sieht es sonst aus? Also los.«

Der Flur macht einen Knick. Hinter mir höre ich Byks Schritte auf der Treppe, er läuft zum Keller und das bedeutet, dass es mit unserem Vorsprung vorbei ist. Ich versuche es einfach mit der nächstbesten Tür, ziehe Kay in den Raum und weiter zum Fenster. Er kann sich am Sims stützen, während ich die Tür mit einer Couch blockiere. Allzu lange würde das unsere Verfolger nicht aufhalten.

Das Fenster geht sofort auf, als ich an dem Griff drehe. Die kühle Luft weht mir entgegen und ich merke, wie sehr ich schwitze. Ich schaue mich nach Kay um. Er sieht nicht gut aus. Sein Gesicht ist zerschlagen, das linke Auge angeschwollen und kaum zu erkennen. Den rechten Arm hält er um seinen Bauch geschlungen, die Hand ist unbeweglich, vielleicht gebrochen.

»Wenn sie dich schnappen, ist es vorbei. Also sehen wir zu, dass wir hier rauskommen.«

Er schafft es, das Gesicht zu heben und mich anzusehen. Entkräftet nickt er.

Im Flur ertönen Schritte. Sie suchen nach uns.

»Dann mal los.«

Ich weiß, dass er es nicht länger durchhält. Aber wenn nicht jetzt – dann nie. Die Schritte kommen näher, ich höre Byks laute Stimme, Befehle, die er jemandem zubellt. Wir dürfen keine Zeit verlieren. Ich helfe Kay über den Sims, als er sicher auf dem Boden angekommen ist, merke ich, wie an der Klinke gerüttelt wird. Ich schlüpfe aus dem Fenster, helfe Kay auf die Beine und ziehe ihn in eine Gasse. Wir müssen weg vom Club, in Richtung meines Autos. Wir sind fast da, als Kay einknickt. Byk scheint uns nicht zu verfolgen, vielleicht ist es ihm zu riskant. Ich rufe einen Krankenwagen, setze mich neben ihn und behalte die Gegend im Blick. Die Hand habe ich auf der Waffe, aber alles bleibt ruhig. Die wenigen Passanten geben sich alle Mühen, uns zu ignorieren. Die Autos rauschen an uns vorbei. Ich lehne meinen Kopf gegen die Hauswand hinter mir. Es ist ein verdammt langer Tag heute. Ich habe noch Byks Zigarette, und irgendwo würde sich auch ein Feuerzeug finden, aber ich bleibe einfach nur sitzen. Vielleicht ist es ein guter Zeitpunkt, um mit dem Rauchen aufzuhören.

»Er hat gesagt, Leah hätte mich verlassen und ich müsse es akzeptieren. Dass sie sich doch noch für ihn entschieden hat.« Seine Stimme klingt undeutlich, als würde er im Wasser versinken.

»Halt jetzt lieber die Klappe.«

»Er hat sie direkt vor mir gefragt, ob sie bei ihm bleiben will. Sie sagte: Ja. Sie hat mich angesehen, als wäre ich ein Fremder, und gesagt: Ja.«

»Rede keinen Unsinn.«

»Er stand da und lächelte. Meinte, sie solle ruhig sagen, sie liebe ihn. Sie hat es getan. Aber Nick … Wie sie aussah …«

»Pawel muss sie unter Drogen gesetzt haben.«

»Pawel? Er heißt Poul. Er war Célines und Leahs Jugendfreund oder so etwas in der Art. Als sie zu mir gezogen ist, haben wir nichts mehr von ihm gehört. Was hat er mit ihr vor?«

»Keine Ahnung.« Ich tippe Marc eine SMS, um ihn zu bitten, den Namen Poul Rotaj für mich zu überprüfen. Vielleicht kommen dadurch ein paar Verbindungen mehr zustande. »Jetzt hör endlich auf zu reden, okay?«

»Ich habe Angst, sie zu verlieren.«

»Ich weiß. Und werde alles dafür tun, damit es nicht dazu kommt.«

Er versucht zu lächeln, was verdammt wehtun muss.

Auf der anderen Straßenseite sehe ich plötzlich Pryschtsch. Und Juna. Sie steigt mit ihm in ein Auto.

Nein. Verdammt, nein!

Ich sehe zu Kay. Ich kann ihn doch nicht allein lassen.

Das Auto müht sich, aus der Parklücke zu kommen. Ich denke an Pawels Nachricht. Wenn er weiß, dass ich ein Verräter bin, hat er bestimmt schon jemand anderen gefunden, um den Job zu erledigen. Ich muss ihn aufhalten. Ich bilde mir ein, irgendwo in der Ferne eine Sirene zu hören.

»Hör zu. Der Notarzt ist gleich hier. Schaffst du es allein?«

Er nickt. Ich glaube ihm nicht. Und stehe trotzdem auf.

Dieser Tag ist noch nicht vorbei.

22

Makars Körper sackte zu Boden. Juna duckte sich hinter eine Säule, schaltete ihre Lampe aus und beobachtete, wie Makars Taschenlampe über den Boden rollte und einen Kreis beschrieb. Sie sah seinen Kopf. Die Augen, die ins Leere starrten. In der Stirn – ein sauberes Loch. Dafür fehlte ihm fast der gesamte Hinterkopf.

Ihr Magen krampfte. Sie schluckte. Noch einmal. Und noch ein Mal. Nur mit Mühe gelang es ihr, die Übelkeit zu unterdrücken. Mit dem Ärmel ihrer Bluse wischte sie sich über das Gesicht und riskierte einen Blick hinter der Säule hervor. In der Dunkelheit konnte sie nicht das Geringste sehen. Aber irgendwo da vorne – da war eine weitere Treppe. Sollte sie nach unten? Jedenfalls weg von der Etage, auf der ein Killer lauerte. Sie musste es einfach versuchen, denn hier würde der Schütze sie kriegen.

Sie lief.

Zwölf Schritte, die ihr wie eine Ewigkeit vorkamen.

Er konnte sie sehen, irgendwo da in der Dunkelheit konnte er sie bestimmt sehen. Doch der Schuss, den sie jede Sekunde erwartete, kam nicht. Sie prallte gegen die Wand, tastete herum, fand die Klinke. Drücken. Raus. Die Taschenlampe einschalten. Die Stufen. Nach unten, schnell nach unten, bis zum Erdgeschoss. Folgte ihr jemand? Ihr Atem – viel zu laut.

Verdammt, sie hätte Makars Waffe mitnehmen sollen!

Sie erreichte das Erdgeschoss, doch es war nicht die Eingangshalle. Zum Teufel, wo war sie? Und wie kam sie hier wieder raus? Die Fenster? Waren alle verschlossen, und sie wollte keinen Lärm riskieren beim Versuch, eines aufzuschlagen.

Ein Weilchen irrte sie durch die Gänge, die sich wie Ameisentunnel durch das Gebäudeinnere fraßen. Endlich schlüpfte sie in einen breiten Gang und fühlte kühlen, polierten Steinboden unter den Füßen.

Mitten in der Bewegung hielt sie inne. Irgendwo in der Nähe hörte sie ein Geräusch. Ein Schluchzen. Sie tastete die Umgebung mit der Taschenlampe ab. Das Licht blieb an einer zu einem Spalt geöffneten Tür hängen. Das Schluchzen verstummte, aber sie hatte noch gehört, wie jemand ängstlich nach Luft schnappte.

Schritt für Schritt näherte sie sich dem Spalt. Ein Killer würde nicht schluchzen. Vielleicht war jemand verletzt und brauchte Hilfe. Sie konnte nicht fortlaufen, nicht einfach so, als hätte sie nichts gehört.

Sie stieß die Tür mit dem Fuß auf und ging in Deckung. Niemand schoss.

Du solltest von hier verschwinden und das Album in Sicherheit bringen. Das hätte ihr Vater ohne Zweifel getan. Aber ihr waren die Menschen noch nie wie stroherne Opferhunde.

Sie trat hinein. Das Licht ihrer Taschenlampe tastete hektisch die Umgebung ab und stieß in der Ecke auf einen zusammengekrümmten Körper. Unter dem Wirrwarr der blonden Korkenzieherlocken kam ein Wimmern, das verloren durch den Raum zitterte.

»Pyschka!«, rief sie schrill und lief hin. »Pyschka. Wie bist du hierher gekommen? Ich glaube es nicht. Du bist es! Pyschka!«

Das Wimmern wurde heftiger. Das Mädchen wandte ihr das Gesicht zu. Die roten, angeschwollenen Augen sahen Juna voller Tränen an. Die Lippe war am Mundwinkel geplatzt, auf der linken Wange prangte auf der milchigen Haut ein dunkler Fleck. »Juna … Junotschka … du hattest recht. Pawel … er ist böse … Er hat mich hierher gebracht. Er sagte, er tötet mich, wenn ich ihm nicht helfe. Er sagte, sie würden mich reinlassen. Weil ich deine Freundin bin. Die Sicherheitsleute – er hat sie einfach umgebracht! Erschossen. Es war so furchtbar. Ich bin ihm entwischt und habe mich hier versteckt. Juna. Er wird kommen. Er wird uns töten! Juna! Ich glaube, ich habe gesehen, wie er deinen Vater umgebracht hat. Ich habe es mit meinen eigenen Augen gesehen!«

»Psch.« Sie drückte den zitternden Körper ihrer Freundin an sich, streichelte den gekrümmten Rücken. »Psch, alles wird gut. Wir schaffen das. Wo ist er? Ist er allein?«

Pyschkas Schluchzen, das kurz zuvor noch versiegt zu sein schien, entfaltete sich mit neuer Kraft, wurde heftiger, panischer. »Ich weiß nicht. Ich weiß nicht. Juna! Was sollen wir nur tun? Er ist so … böse …« Pyschka warf sich hin und her, schlug mit den Armen umher, schrie. Ein Hieb traf Junas Hand, und sie verlor die Taschenlampe.

»Hör auf. Sei still!« Sie drückte ihre Freundin in die Ecke, hielt ihr die Arme fest.

»Juna …«

»Sei still!« Sie horchte. Da. Schritte auf dem Steinboden. Jemand kam in ihre Richtung. »Sei still, sei jetzt ganz still.« Verzweifelt drückte Juna ihre Hand auf Pyschkas Mund, aber das Wimmern drang auch durch die Handfläche. Mit ihrem eigenen Körper spürte sie, wie Pyschka zitterte.

Bitte sei still! Sei still …

Pyschka verharrte. Endlich. Es wird alles gut, ganz bestimmt.

Die Taschenlampe! Vom Korridor aus war das Licht mehr als deutlich zu sehen. Sie wollte hin, doch die Schritte waren bereits viel zu nah.

Und hielten neben der Tür an.

Bewusst atmen. Ruhe bewahren. Egal was passiert.

Mehr konnte sie nicht tun. Nur hoffen, dass der Killer da draußen weitergeht.

Aber er ging nicht weiter. Worauf wartete er? Hatte er etwas gehört?

Die Tür flog auf und krachte gegen die Wand. Juna zuckte zusammen und erstarrte, als das Licht einer Taschenlampe auf ihr Gesicht fiel. Sie kniff die Augen zusammen und riss die Arme hoch, als könnte sie damit einen Schuss aufhalten.

Aber es kam kein Schuss.

Ihr Herz klopfte so heftig, dass sie das Rauschen des Blutes in ihrem Kopf hörte.

»Juna …«

Dieses Rauschen, das so sehr nach *mon chouchou* klang.

Sie schloss die Augen. Nein, sie durfte nicht heulen! Und dennoch spürte sie warme Tränen, die sich unter ihren Lidern sammelten. Nicht heulen. Nicht vor ihm.

Sie legte die Hände vor das Gesicht und hielt sich die Augen zu. In der alles verschlingenden Dunkelheit nahm sie ihren eigenen Körper wahr, der langsam aufzutauen schien. Die Taubheit wich. Der Puls beruhigte sich langsam.

»Juna.« Er war bei ihr. Ihr Körper reagierte auf seine Nähe mit einem Verrat, wollte sich an ihn schmiegen, sich in seiner Umarmung verlieren. »Bist du verletzt?«

Sie spürte seine Hände, die sie untersuchten. Die Berührungen, die sie so vermisst hatte. Sie wusste gar nicht, dass ihr dieser Mensch so fehlen konnte.

»Nein«, flüsterte sie. »Es ist nicht mein Blut.

Langsam nahm sie die Hände vom Gesicht, zuversichtlich, nicht in Tränen ausbrechen zu müssen. Noch war es nicht vorbei. Irgendwo im Gebäude lauerte der Killer.

»W-wer ist das?«, stotterte Pyschka. Verwirrt und ein bisschen benommen blinzelte sie ihre Freundin an. »D-das ist doch … der … der …«

»Niemand«, fiel Juna ihr ins Wort. Nur derjenige, vor dem sie ans andere Ende der Welt fliehen wollte. Von dem sie sich so betrogen fühlte.

Nick stand auf. Sie konnte beinahe spüren, wie angespannt er mit einem Mal war. Sein Gesicht glich einer Maske. »Ich bringe euch hier raus.«

Ihr Nick. Ein Polizist! Und sie spürte keine Panik bei dieser Vorstellung. Hatte das I Ging ihr nicht vorausgesagt, sie solle bei ihm bleiben und nicht handeln?

Unternehmungen bringen Unheil.

Nichts, das fördernd wäre.

»Juna, bitte. Lass mich euch helfen. Komm mit mir. Ich habe zumindest eine Waffe.«

Sie nickte knapp. Ja, mit einer Waffe konnte sie natürlich nicht punkten. Sie verbat sich, an Makar zu denken, der auch eine Waffe hatte, und half ihrer Pyschka auf die Beine. »Komm. Wir müssen jetzt los. Keine Angst. Wir schaffen es raus. Alles wird gut, hörst du mich?«

Pyschkas warmer Körper schmiegte sich an sie. So viel Vertrauen in diesem zitternden Bündel Mensch! Sie musste dafür Sorge tragen, dass sie ihr Versprechen auch hielt. Sie mussten es hier rausschaffen!

»Bleibt hinter mir«, befahl er und trat zur Tür. Aus dem Flur kam kein Ton. Aber konnte man dieser Stille trauen?

»Hast du gesehen Killer? Er ist noch hier, richtig?«

»Ich habe ihn nicht gesehen. Wenn er seinen Auftrag erfüllt hat, dann ist er womöglich schon weg.«

»Wie hast du gefunden mich?«

»Ich bin dir und Pryschtsch vom Club aus gefolgt. Und jetzt

kein Wort mehr!« Er spähte in den Flur und machte ihr ein Zeichen zu folgen.

Sie hob ihre Taschenlampe und kam hinter ihm her. Pyschka klammerte sich an sie und erschwerte das Vorankommen, aber sie hütete sich davor zu jammern. Es war ein Wunder, dass Pyschka überhaupt noch in der Lage war, selbstständig zu gehen und sich nicht in irgendeiner Ecke verkroch.

Die Pistole im Anschlag schlich er den Korridor entlang. Seine Bewegungen waren geschmeidig und präzise. Er schien eine Einheit mit seiner Waffe zu bilden, dem Lauf der Pistole entging kein Winkel, und merkwürdiger Weise hatte sie das Gefühl, sicher bei ihm zu sein.

Sie stützte Pyschka, Schritt um Schritt bezwangen sie den Korridor, der im Schlund der Eingangshalle endete. Die Tür. Noch wenige Meter, dann wären sie in der Freiheit.

Pyschka wimmerte auf, drückte sich noch fester gegen Juna und ließ sie straucheln. Neben dem Tresen lag die Leiche des Wachmanns mit dem Gesicht nach unten. Eine Hand noch auf der nutzlosen Waffe. Die Kugel des Killers hatte seinen Hinterkopf buchstäblich explodieren lassen.

»Alles gut, sieh nicht hin.« Sie streichelte Pyschka über den Rücken und zog ihre Freundin weiter. Bloß nicht anhalten! Neben der Tür lag ein weiterer Körper. Pyschkas Wimmern ging in ein Winseln über, Juna spürte, wie ihre Freundin das Gesicht tief in ihre Schulter gegraben hatte.

»Sei leise.« Sie umarmte Pyschka noch fester. »Bitte, sei leise. Wir haben es fast geschafft.« Die Tür kam mit jedem Schritt näher. Sie musste nur einen Fuß vor den anderen setzen.

Ihr Blick streifte die Leiche. Es war das Frettchen. Das Einschussloch prangte wie ein Bindi, das Mal eines Inders, auf seiner Stirn. Die Präzision des Killers ließ sie schaudern. Sie stieg über die Blutlache, um zur Tür zu gelangen, schaffte es trotzdem nicht ganz und spürte das klebrige, bereits erkaltete Blut an ihren nackten Fußsohlen.

»Kommt!« Seine Stimme gab ihr die nötige Kraft, um in Bewegung zu bleiben. Mit einem Fuß hielt er die Tür offen und versuchte, sowohl die Halle als auch den Platz draußen im Blick zu behalten.

Zusammen mit Pyschka stolperte sie aus dem Gebäude. Mit voller Brust atmete sie die Nachtluft ein. Sie lebte.

Pyschka begann, ihr aus dem Arm zu gleiten. Noch hatten sie es nicht geschafft. Sie konnte es sich nicht erlauben, hier auf der Schwelle in einer Umarmung mit ihrer Freundin zusammenzusacken.

Der Renault stand ganz in der Nähe. Sie zog Pyschka zum Auto, riss die Tür auf und schob ihre Freundin auf den Rücksitz. Mit einem letzten Blick zurück betrachtete sie das Gebäude. Hinter jedem Fenster konnte sich der Killer verbergen und sie beobachten, auf dem leeren Platz waren sie ihm ausgeliefert.

Vater … lebte er? Oder hatte der Killer ihn wirklich erwischt?

»Rein!«, befahl Nick. Völlig erschöpft fiel sie auf den Rücksitz neben ihre Freundin. Der Motor brummte und das Auto setzte sich in Bewegung.

Erst als der Renault den Platz weit hinter sich gelassen hatte, erlaubte sie sich, tatsächlich daran zu glauben, dass sie in Sicherheit waren. Sie gab sich dem gleichmäßigen, beruhigenden Schaukeln des Autos hin. Pyschka hatte den Kopf auf ihre Schulter gebettet und hielt die Augen geschlossen. Vielleicht schlief sie, ihre kleine Pyschka, ohnmächtig von den tausend Toden, die sie vor Angst gestorben war.

Die nächtlichen Straßen zogen sich dahin. Ab und zu warf eine der Laternen ihren trüben Schein ins Wageninnere. Durch den Rückspiegel sah sie ihm ins Gesicht, doch es war zu dunkel, um zu erraten, was in ihm vorging.

»Wohin willst du bringen uns? In Polizei?«

Ihr Visum war vermutlich bereits abgelaufen, sie wusste nicht einmal mit Sicherheit, welcher Tag heute war. Wobei – was kümmerte sie das Visum? Sie hatte nicht einmal mehr ihren Pass.

»Zu Marc.«

»Dein … Partner?«

»Nein, er ist nicht mein Partner, er war mal mein Vorgesetzter. Und ist noch immer ein Freund. Seine Eltern sind im Urlaub. In ihrem Haus seid ihr erst einmal sicher.«

»Also nicht Polizei?« Im Spiegel trafen sich ihre Blicke, und sie fühlte eine Wärme darin, die ihrem Körper fehlte.

»Nein, keine Polizei.«

Erleichtert legte sie den Kopf zurück. Eigentlich war es ihr egal, was er mit ihr vorhatte. Ihr war alles egal. Sie fühlte sich unendlich müde und wollte nur noch die Augen schließen und loslassen.

»Ich werde dich nie zu etwas zwingen, was du nicht möchtest«, sagte er. »Nie wieder, Juna. Es tut mir leid, dass ich dich heute gegen deinen Willen wegbringen ließ. Ich kann nicht erwarten, dass du es mir verzeihst. Ich wünschte, du würdest mir glauben, dass ich dich nur schützen wollte.«

Sie schwieg.

Den Rest der Fahrt verlor keiner von ihnen auch nur ein Wort. Sanft strich sie durch Pyschkas Locken und hörte, wie ihre Freundin tief und regelmäßig atmete, über alle Sorgen hinweg.

Sie kuschelte sich an Pyschka. Eine der Ecken des Albums, das unter ihrer Weste verborgen lag, drückte in ihre Rippen. Ja, das Album! Der nächste Schritt. Der sie vielleicht … zur *Krähe* bringen würde.

23

Dass der Wagen endlich stehen geblieben war, merkte sie erst, als die Tür an ihrer Seite aufging und eine Hand sich vorsichtig auf ihre Schulter legte. Juna zuckte zusammen, und er zog den Arm sogleich zurück.

»Wir sind da«, sagte Nick, wandte sich von ihr ab und ging zum Haus. Die Außenlampe an der Wand leuchtete auf und ließ seine Silhouette wie auf einer Kohlezeichnung erscheinen.

Sie kletterte aus dem Wagen und half Pyschka heraus. Es war dunkel, über der Gegend lag der Zauber des Dornröschenschlafes und ein Sternenhimmel, so dunkel und klar, wie sie ihn selten in einer Großstadt gesehen hatte. Hier war alles ein wenig anders, sogar der Himmel entsprach dem begehrten Euro-Standard, von dem so viele Russen träumten.

»Wo sind wir?«, nuschelte Pyschka verschlafen und lehnte sich an ihre Seite. Juna wusste nichts darauf zu antworten und murmelte bloß: »Bei einem Freund.«

Pyschka drückte sich fester an sie und flüsterte in ihr Ohr: »Der Mann, der uns gerettet hat, gehört zu Pawel. Ich habe ihn gesehen! Er ist einer von denen! Wir dürfen ihm nicht trauen.«

»Alles gut.« Sie streichelte Pyschka über den Rücken und führte ihre Freundin behutsam zum Haus. »Er ist okay.«

Okay. War das alles, was sie über ihn zu sagen hatte?

Von der Straße her hörte sie ein Motorgeräusch und fuhr herum. In Schrittgeschwindigkeit rollte ein Wagen am Garten vorbei, langsam und gemütlich. Sie konnte die Insassen nicht erkennen. Ihr Herz klopfte heftiger, aber der Wagen verschwand wieder, ohne dass etwas geschah.

»Kommst du?«

Pyschka. Juna nickte hastig und eilte zum Haus.

Die Fuchsien unter dem Vordach kamen ihr schon wie alte Bekannte vor. Noch heute früh hatte sie geglaubt, sie würde dieses Haus nie wiedersehen, und jetzt war sie froh, hierher zurückzukehren. Sie führte Pyschka an der Urkunde für den Biotop-Wettbewerb vorbei ins Wohnzimmer. Ihre Freundin sank sogleich auf das Sofa und zog die Beine an. Über der Lehne entdeckte Juna eine Fleecedecke. Sie breitete diese über Pyschka aus, die sofort einschlummerte, sobald sie sich darin eingekuschelt hatte.

Nick war nirgendwo zu sehen. Der andere Typ hantierte dafür in der Küche, die anscheinend sein Lieblingsplatz war. Sie grübelte, wann sie zuletzt einen Mann so oft in der Küche gesehen hatte. Als sie näherkam, drehte er sich um. Bevor er sie mit einem Handschlag überfallen konnte, streckte sie energisch ihren Arm aus, machte noch einen Schritt auf ihn zu und verkündete: »Juna!«

Der Ansturm schien ihn einen Moment zu irritieren, dennoch drückte er kurz ihre Hand. Sein Griff war angenehm kräftig, ohne ihre Finger wie in einer Presse zu zerquetschen. »Marc.«

»Der binden kann Schnürsenkel?«

Er lächelte. »Genau der. Möchtest du dich – hm – frisch machen? Oder zuerst etwas essen?«

Ans Essen konnte sie nicht einmal denken.

»Also duschen, nehme ich an«, erriet er ihre Gedanken.

Sie nickte. Das verkrustete Blut spannte auf ihrer Haut. Bei jeder Regung hatte sie das Gefühl, ihr Gesicht wäre zersplittert und aus vielen Bruchstücken wieder zusammengesetzt worden.

»Komm mit.«

Sie warf noch einen Blick auf die schlafende Pyschka, bevor Marc sie ins zweite Stockwerk brachte. Dort holte er ihr ein Handtuch und einen Bademantel und zeigte ihr die Räume im ersten Stock. »Deine Freundin würde ich jetzt nicht unbedingt wecken, aber sonst könnt ihr beide zusammen im Schlafzimmer meiner Eltern übernachten. Während du dich duschst, werde ich das Bett neu beziehen.«

»Wo ist N… D-danny?« Wie fremd sich sein richtiger Name anfühlte!

»Keine Ahnung. Wird schon irgendwo hier sein. Mach dir um uns keine Sorgen. Meine Eltern haben mein Jugendzimmer in Schuss gehalten und einen Schlafsack habe ich hier auch noch irgendwo.«

»Danke.«

»Kein Problem. Ist Zeit, diesen Tag endlich zu Ende zu bringen.«

»Warum willst du helfen uns?«

»Danny ist ein guter Kerl. In der Zeit, in der wir zusammengearbeitet haben, habe ich gelernt, ihm zu vertrauen.«

Sie senkte den Blick und nahm die Sachen aus seinen Händen. »Danke. Für das alles.«

»Bitte. Lass dir ruhig Zeit.«

Sie wollte schon im Bad verschwinden, als er sie noch einmal zurückhielt. »Er geht dir aus dem Weg.« Mit diesen Worten ließ er sie stehen. Sie hörte die Treppenstufen knarzen.

Das Bad war klein und gemütlich, und machte nicht den Eindruck, als wolle es mit dem von Leah und Kay konkurrieren, sodass Juna sich sogleich etwas entspannter fühlte. Das bisschen Normalität tat ihr gut. Trotz der Schlichtheit und der beige- und hellbraunen Töne war es hier dennoch anders als irgendwo daheim. Die Duschkabine lud zur Wasserverschwendung ein und davor lag eine gehäkelte Seltsamkeit von einem Fußabtreter, in den irgendjemand unendlich viele Arbeitsstunden investiert hatte. Er war zu schade, um mit ihren schmutzigen Füßen darauf zu steigen, deshalb hängte sie ihn an einem Handtuchhalter auf. Den Bademantel legte sie auf eine Anrichte. Sie schälte sich aus ihrer Weste und fing das Album auf, bevor es auf den Boden fallen konnte. Kurz überlegte sie wohin damit, dann hastete sie ins Schlafzimmer und versteckte das Buch unter der Matratze. Zurück im Bad legte sie die übrigen Klamotten ab. Etwas Kleines, Flaches schlitterte unter die Kloschüssel, aber Juna war zu müde, um nachzuschauen. Sie kickte ihre Sachen beiseite und stieg in die Duschkabine. Das Wasser spülte den Dreck von ihrem Körper. Sie stand da, ohne sich zu rühren, und beobachtete, wie die schmutzigen Bäche im Abfluss verschwanden. Nach und nach wurde sie ihrer selbst wieder bewusst, hob die Arme und rieb sich über das Gesicht. Unter dem Strom des Wassers tankte ihr Körper Energie, und der belebende Duft des Duschgels – Limette und Minze – erweckte wieder ihre Lebensgeister.

Als sie endlich die Mischbatterie abdrehte, war zumindest der oberflächliche Schreck weggespült. Die labyrinthähnlichen Gänge des Gebäudes, der Killer, der irgendwo in der Dunkelheit lauerte – alles schien einem Albtraum entsprungen zu sein, der nach und nach abklang. Sie fühlte sich erleichtert. Noch im feuchtwarmen, dampfumnebelten Bad stellte sie sich in Position – die Knie etwas gebeugt, die Arme erhoben – und lauschte der inneren Ruhe. Ein wenig so, als würde sie ihren Vater ehren, indem sie ihr eigenes Wesen zurück in die Balance brachte. Sie wusste nicht, wie viel Zeit vergangen war, als sie ihre Haltung löste. Das nasse Haar klebte an ihrem Rücken. In einer der Schubladen fand sie den Fön, trocknete die Haare und hüllte sich in den Bademantel.

Als sie ihre schmutzigen Klamotten ordentlich zusammengelegt und in einer Ecke gestapelt hatte, bemerkte sie unter der Kloschüssel das Handy. Ihr war gar nicht bewusst gewesen, das Telefon wieder eingesteckt zu haben, nachdem der Wachmann sie durchsucht hatte. Sie hob es auf. Das Gehäuse lag vertraut in ihrer Hand, ihr Schoß erinnerte sich gut an die Vibrationen und daran, was die wenigen Zeilen einer SMS mit ihr anstellen konnten.

DS

Seine Nummer war unter diesen Initialen eingetragen worden. Seine richtigen Initialen? Also wollte er es ihr doch irgendwie sagen?

Sie steckte das Handy in die Manteltasche.

Im Wohnzimmer schaute sie nach Pyschka, die friedlich vor sich hin schnarchte, die Beine wie ein Kind angezogen und die Wange in ein Sofakissen gedrückt. Die Decke war etwas zu Boden gerutscht, also zog Juna sie hoch und steckte den Rand behutsam ein, darauf bedacht, ihre Freundin nicht zu wecken.

Marc war nicht zu sehen. In einer Ecke hatte er eine Tischlampe angelassen, die den Raum in ein schummriges Licht tauchte. Juna las die Urkunden, und der Frieden dieses Hauses nahm sie immer mehr ein. Es musste schön sein, Eltern zu haben, die stolz auf ihren Sohn waren und dies auch zeigten. Es musste schön sein, überhaupt Eltern zu haben, nicht nur einen Taiji-Lehrer und eine verschwundene Mutter.

Als sie zurück aufs Zimmer wollte, fiel ihr Blick auf die Terrasse. Draußen brannte das Licht einer Wandlampe, die sie an eine altertümliche Straßenlaterne am Ufer der Newa in Sankt Petersburg erinnerte. Neben einer mannshohen, mustergültig geschnittenen Hecke, die den Garten vor Blicken von der Straße aus abschirmte, mit Sicherheit aber auch jeglichen Nachbarschnack über den Zaun hinweg unmöglich machte, stand eine Hollywoodschaukel mit knallrotem Bezug und großen, blauen Blumen darauf.

Er geht dir aus dem Weg.

Wollte er deshalb die ganze Nacht draußen auf der Schaukel verbringen? Das musste er nicht. Und wenn sie in sich hineinlauschte, kam ihr alles so einfach vor. Sie wollte mit ihm reden. Ihm endlich zuhören.

Sie beschloss, ihr Glück nicht bei der Terrassentür zu versuchen, sondern ging in den Flur. Die Eingangstür war noch nicht abgeschlossen. In einem Schrank mit Kipp-Fächern fand sie einen Schuh, den sie in den Spalt schob, als sie nach draußen trat.

Den Bademantel enger um den Körper gewickelt, blickte sie umher. Stand irgendwo ein Auto? Wurde sie beobachtet? Doch in der Schwärze der Nacht konnte sie nichts erkennen.

Sie schüttelte den Kopf, schaute dennoch zum letzten Mal umher und tippelte schnell um das Haus herum. Das Gras kitzelte ihre Fußsohlen.

Er schien sie nicht zu bemerken. Die Arme auf die Oberschenkel gestützt, drehte er in den Fingern eine Zigarette, vermutlich, ohne es zu merken. Nur noch wenige Schritte, und dennoch schien er unendlich fern zu sein.

Sie beobachtete ihn. *Das Tao ist das, von dem man nicht abweichen kann; das, von dem man abweichen kann, ist nicht das Tao.* Und wenn all das der Weg war, der Strom des Lebens, dann konnten die Gefühle, gegen die sie ankämpfte, nicht falsch sein. Zumal sie nach ihnen nicht gesucht hatte, sie waren ihr einfach … passiert. Und je länger sie dastand und ihn stumm anblickte, desto sicherer war sie sich.

Er steckte sich die Zigarette zwischen die Lippen, und aus irgendeinem Grund wollte sie nicht, dass er rauchte. Sie ging auf ihn zu durch das nachtfeuchte Gras. Überrascht hob er den

Kopf. Sie nahm ihm die Zigarette aus dem Mund und spürte, wie ihre Fingerkuppen seine Lippen berührten.

Er sagte nichts, sah sie nur an, als würde er in jeder ihrer Gesten einen Hinterhalt erwarten. Sie setzte sich neben ihn auf die Schaukel. Die Ketten quietschten in den Ösen. Sie lächelte, scheu, wie es ihr vorkam. Mehrfach strich sie den Bademantel über ihren Knien glatt, um ihren unsicheren Händen irgendetwas zu tun zu geben. Sie wusste einfach nicht weiter, in solchen Dingen war sie nicht geübt. Und doch schien alles klar zu sein wie ein strahlender Apriltag in Sankt Petersburg. Ihr ganzes Leben lang war sie auf steter Durchreise gewesen, doch hier, auf der Schaukel neben ihm, fühlte es sich nicht wie eine vorübergehende Rast an, sondern wie ein Ankommen.

Sie atmete tief ein, als würde sie den sternenklaren Himmel über ihr in sich aufnehmen.

»Es ist kalt. Du solltest wieder reingehen«, sagte er. Mehr nicht.

»Kann ich dich noch nennen Nick?«, stieß sie endlich hervor und suchte seinen Blick.

Er schüttelte den Kopf, vergrub das Gesicht in den Händen und kämmte sich langsam durch das Haar.

»Nein?«, stammelte sie und wusste nicht, warum ihr so mulmig zumute war. Sie biss sich auf die Lippe. »Nein?«, wiederholte sie. »Ich muss gewöhnen, ich brauche Zeit, weißt du? Ich …«

Als er aufblickte, merkte sie, wie etwas in seinem Blick ihr zulächelte. »Du kannst mich nennen, wie du willst.«

»Okay.« Vorsichtig lehnte sie sich zurück, um sich hin und her wiegen zu lassen. Die Ketten quietschten.

»Ist das alles?« Er schmunzelte. »Wenn du nur das mit dem Namen klären wolltest, solltest du jetzt wirklich reingehen, es ist kalt. Ich will nicht, dass du dich erkältest.«

»Sage mir alles«, bat sie ihn. »Ich bin hier, um … zu hören. Dich.«

»Was willst du denn hören?«

»Hast du …« Sie stockte. Wie sollte sie ihn fragen, ob er eine Freundin hatte? Wenn sie es wörtlich ins Deutsche übersetzte, hieß es ›Hast du ein Mädchen?‹ und klang genauso unbeholfen wie sein ›Kak dela?‹. »Hast du Schwester?«, entschied sie sich schnell und stellte fest, dass die Frage noch weniger Sinn ergab.

»Nein. Und auch keinen Bruder«, kam er ihr zuvor.

»Und deine Eltern?« Irgendwie verlief das Gespräch anders, als sie es sich vorgestellt hatte.

Er runzelte die Stirn. »Ob sie Geschwister haben?«

»Nein, was sie machen!«

»Meine Mutter ist Apothekerin. Sie heißt Heike und sammelt Uhren, deshalb wissen wir zu Hause nie, wie spät es ist, da jede davon ihre eigene Uhrzeit anzeigt. Mein Vater ist arbeitslos. Sein Name ist Lothar. Er spricht ein wenig russisch und hat früher ab und zu für die russischen Soldaten übersetzt, als diese bei uns stationiert waren. Es ist schon ein Weilchen her und heutzutage kann er damit wenig anfangen.«

»Vielleicht kann er sprechen russisch mit mir, wenn wir kennenlernen uns.« Sie biss sich auf die Lippe. Das stand überhaupt nicht zur Diskussion, ob sie seine Familie kennenlernte. Wenn sein Job hier vorbei war, würde er einen neuen anfangen. Und sie – zurückgehen. Danach vielleicht noch ein paar Mails, und das war es dann. Lief es nicht immer so?

Er wollte etwas antworten, doch sie wechselte rasch das Thema und redete, redete viel, damit sie bloß an nichts denken musste. »Das Brett. In deiner Wohnung. Das ist nicht nur Club, was du … suchst. Richtig? Was sind diese Papiervögel und die Nachrichten? Was bedeutet das? Und der Zug, der hat gebrannt?«

»Du meinst das Whiteboard und die Kraniche? Haben wir darüber nicht schon einmal gesprochen?«

»Erzähle von Anfang. Ich will verstehen.«

»Die Kraniche also.« Die Schaukel quietschte, als er sich bewegte. Es war windstill, und jedes Geräusch kam Juna umso eindringlicher vor. Für einen Moment glaubte sie, er würde nichts mehr sagen, aber dann redete er doch weiter. »Ich war gerade an Oleg rangekommen und stand kurz davor, seine Machenschaften aufzudecken. Mehr war auch nicht geplant. Der Fall schien klar. Da habe ich den ersten Kranich erhalten. Oleg hatte mich an jenem Tag zu einer Model-Party bestellt und es ist spät geworden. Erst gegen drei Uhr nachts konnte ich endlich heim. Eigentlich wollte ich nur noch ins Bett, keine Ahnung, wie ich auf den Gedanken gekommen bin, meine Mails zu checken – und da lag er, der Kranich, direkt auf meiner Tastatur. Es gab keine Einbruchsspuren, nichts deutete darauf hin, dass irgendjemand in meiner Wohnung gewesen war – außer diesem Kranich. Und ich hatte vier Stunden Zeit herauszufinden, was es damit auf sich hatte. Du hast es gelesen. Es gab Koordinaten, also bin ich hin; manchmal hinterließ Oleg nicht weniger kryptische Nachrichten auf meinem Anrufbeantworter. Aber es war keines dieser Treffen, zu dem er mich sonst bestellte.«

»Es war Zug, ja? Was ist passiert in dem Zug?«

»Ja, der Zug.« Er schluckte. Seine Hand legte sich auf ihre Finger, er schwieg, und sie wusste, dass er dieses Schweigen brauchte. »Du zitterst«, sagte er schließlich. Dabei zitterte er selbst. Es war wirklich kalt hier draußen.

»Erzähle das mir, bitte!«

»Es ist keine schöne Gute-Nacht-Geschichte.«

»Du hast gesagt einmal: Du wünschst, ich könnte vertrauen dir, weißt du das? Ich … will das auch. Ich will wissen, diese Geschichte.«

Er drückte ihre Finger etwas fester. »Gut.« Mehr kam nicht.

Sie wartete.

Seine blonden Strähnen fielen ihm ins Gesicht. Sie hätte ihm gern das Haar beiseite gestrichen, wagte es jedoch nicht. »Du willst das nicht sagen mir?«

»Doch. Ich weiß nur nicht wie.«

»Egal wie.«

»Gut«, sagte er wieder und schwieg, sodass sie glaubte, er würde keinen Ton mehr herausbringen, aber er schaffte es doch: »Es ist dunkel. Herbstanfang. Die Uhr zeigt 06:07, und mein Atem schlägt feine Wölkchen in die Luft.

Manchmal laufe ich auf diesen Zug zu …«

Er hatte schon lange aufgehört zu reden, doch sie ließ seine Hand nicht los. Sie saß neben ihm, starrte ohne zu blinzeln ins Licht der Lampe, und weinte still. »Deine Katze …« Ihre Stimme versagte, als wäre ihre Kehle zu eng, um auch nur ein einziges vernünftiges Wort durchzulassen.

»Ja. Sie hat wie ich überlebt. Und lässt sich inzwischen sogar anfassen.«

Sie schaute auf seine Hand, die ihre Finger festhielt. »Wenn ich habe gesagt, sie ist Mistvieh, ich habe das nicht gemeint. Ich wusste nicht, warum …« Sie musste nach Luft schnappen und unterdrückte ein Schluchzen.

Sein Daumen strich über ihren Handrücken. »Ich werde es ihr ausrichten.«

»Und Junge? Was ist passiert mit ihm?«

Er ließ ihre Hand aus seiner gleiten und stand auf. Die Schaukel wiegte sich ein paar Mal hin und her, bis der Schwung abgeklungen war. »Die Kugel ging einfach durch mich durch und erwischte ihn am Hals. Er hat nicht die geringste Chance gehabt.«

»Deshalb willst du Pawel? Weil er hat getötet den Jungen?«

»Ich habe nicht wirklich gut sehen können, wer geschossen hat. In deiner SMS hast du geschrieben, dass er für Terroristen arbeitet.«

»Er hat gesagt. Der Zug – ein wenig Spaß mit Mädchen. Er hat gesagt von Richter und Murtas, das war der Name, Murtas – frei.« Sie schnaubte und vergrub ihr Gesicht in den Händen. Ergaben ihre Worte überhaupt irgendeinen Sinn? »Wenn das war Pawel, du kannst ihn nicht … eh …«

»Überführen? Nein. Was ich habe, sind nur ein paar sehr vage Indizien. Ach was. Im Grunde nicht einmal das.«

Sie rutschte von der Schaukel und trat neben ihn. »Pyschka hat gesagt, das war Pawel! Heute! Er hat sie mitgebracht zu dem Haus. Er wollte sie benutzen, weil sie ist meine Freundin und die Wache reinlässt sie.«

»Pawel hat diese Leute umgebracht?«

»Hat Pyschka gesagt, ja. Sie hat geschafft, von Pawel weglaufen, oder sie …« Der Rest kam nicht über ihre Lippen. Wie viel Glück ihre Pyschka gehabt hatte, realisierte sie erst jetzt.

»Meinst du, sie wäre bereit auszusagen?«

»Aussagen?«

»Vor Gericht. Dann würde er zumindest mit dem Mord an deinem Vater nicht davonkommen.« Er rieb sich die Lider. »Was ich nicht verstehe, ist, warum der Tod der *Krähe* Pawel so wichtig ist, wenn es nicht um die Machtverhältnisse der Mafia geht.«

Sie legte eine Hand auf seinen Arm. »Mein Vater war nicht die *Krähe*.«

»Was?«

»Er hat mir was gegeben und gesagt, ich muss finden die *Krähe* und …«

»Und du glaubst ihm?«

»Ja.« Es war schwer zu erklären, ihr Verhältnis zu ihrem Taiji-Lehrer. Sie glaubte ihm jedes Wort. Und ihr Nick – er glaubte anscheinend ihr.

»Aber wer ist dann die *Krähe*?«

»Komm.« Entschlossen zog sie ihn mit sich. »Komm, ich zeige dir.«

Der Schuh steckte noch im Spalt. Sie war froh, in die Wärme des Hauses einzutauchen, schloss die Tür und führte ihn ins Schlafzimmer. Dort holte sie das Album unter der Matratze hervor und reichte es ihm.

Nick setzte sich neben sie auf die Bettkante. Gemeinsam betrachteten sie die Briefmarken, die durch das weiße Einlagepapier durchschimmerten. Juna dachte an die Geschichte ihrer Oma über eine kostbare Briefmarke, die ihre Eltern zusammengeführt hatte. War nicht ein Vogel darauf gewesen? Eine Krähe vielleicht?

»Ich denke, ich weiß was.« Sie nahm das Album an sich. Mit einem Zeigefinger fuhr sie Reihe um Reihe nach und betrachtete die Abbildungen. Viel Gagarin und eine Szene aus Nu, pogodi! Mit dem Wolf und Hasen; der Kreml in verschiedenen Ausführungen, sogar eine Samantha Smith. Unzählige Motive, aber kein einziger Vogel. Schließlich wendete sie die letzte Seite. Nichts. Vielleicht war Omas Geschichte einfach nur … eine Geschichte? Frustriert schlug sie das Album zu. Warum durfte in ihrer Familie nichts einfach sein? Sie kam sich vor wie der Märchenheld Fedot, dem der Zar einst befahl: Geh hin – ich weiß nicht wohin. Bring das – ich weiß nicht was.

Nick nahm ihr das Album aus den Händen und legte es auf den Nachttisch. »Es ist schon spät. Du solltest jetzt ein bisschen schlafen. Morgen fällt uns bestimmt etwas ein.«

Er wollte aufstehen, doch sie hielt ihn zurück. »Bleibe bei mir diese Nacht, bitte. Ich will heute nicht sein allein.«

Er umarmte sie, neigte den Kopf zu ihr und sie fühlte seine Lippen an ihrem Ohr. »Du musst dich doch ausruhen. Und meine Anwesenheit ist dafür vielleicht nicht gerade förderlich.«

»Ich bleibe brav. Und anständig.« Sie schmiegte sich an ihn, erschöpft wie von einer viel zu langen Reise. »Ehrlich.«

Behutsam hob er ihr Gesicht etwas an und küsste sie auf die Lippen. Vorsichtig, als erwarte er jeden Moment, dass sie ihn fortstoßen würde. »Ich schlafe nicht unbedingt … ruhig. Manchmal träume ich vom Zug, und ich möchte dich nicht erschrecken.«

»Wir probieren einfach, ja?« Sie zog ihn auf das Bett, legte sich gleich im Bademantel auf die Seite und spürte, wie er näher an sie heranrückte und einen Arm um sie legte. Sie rutschte ein wenig hin und her, bis sie eine bequeme Position gefunden hatte. Ihr Po schmiegte sich an seinen Schoß. Sie machte die Augen zu.

»Ich bleibe bei dir, bist du eingeschlafen bist«, flüsterte er in ihr Haar. »Was denkst du?«

Dass es eine ganz, ganz blöde Idee war, dir zu versprechen, brav zu sein.

24

Mühsam öffnete sie die Lider und blinzelte ins Tageslicht, das unangenehm grell und erbarmungslos ihren davonziehenden Träumen nachjagte. Das Gefühl der Geborgenheit wich dem Realitätssinn, sie stöhnte in ihr Kissen und kniff zum letzten Mal die Augen zusammen. Jetzt bloß über nichts nachdenken! Im Hier und Jetzt bleiben. Nichts anzweifeln, um es mit den Gedanken zu zermalmen; kein Blick zurück auf den Tod und das Erlittene.

Die Sonne schien ungehindert durch die Spitzenvorhänge und machte besonders den Kakteen viel Freude, die wie eine Reihe kleiner Soldaten auf der Fensterbank standen. Wie ein Kaktus fühlte sich Juna auch, morgens fast immer, und als sie ihren merkwürdig verrenkten Arm unter ihrem Kopf hervorgezogen hatte, begann er zu piksen, als hätte sie auch neben einem geschlafen. Sie streckte ihren Körper bis in die Zehenspitzen und dachte daran, dass sie gestern viel zu schnell eingeschlafen war. Noch bevor sie seine Nähe wirklich genießen konnte. Die Gedanken an seine Berührungen füllten sie mit wohliger Bettwärme, und sie seufzte der Vorstellung hinterher. Um dem Vergangenen nicht weiter nachzutrauen, schlug sie mit einem munteren ›E-ech!‹ die Arme auseinander und spürte, wie ihre Hand jemanden im Gesicht traf, was mit einem undeutlichen Stöhnen und Murmeln beantwortet wurde. Blitzschnell rollte sie sich auf die Seite und sah Nick, der sich rekelte, langsam die Lider öffnete und sie verwirrt anschaute, als wäre sie Wassilissa, die vor seinen Augen die Froschhaut abgeworfen hatte. Obwohl sie morgens ganz sicher eher nach Frosch als nach Prinzessin aussah.

Sie stützte ihren Kopf mit einer Hand ab und lächelte ihm zu. Es war schön, aufzuwachen, und sein zerknautschtes Gesicht mit Bartstoppeln zu sehen. So viel Gemütlichkeit hatte ihr Leben bis jetzt nicht zu bieten gehabt, und jede Momentaufnahme davon kam ihr so unglaublich kostbar vor. »Guten Morgen.«

»Morgen.« Er sah sich um, als müsse er sich zuerst orientieren. Das Gefühl kannte sie zu gut.

Einem Impuls folgend, strich sie ihm die Haare aus dem Gesicht, um seine Augen besser zu sehen. Unter ihrer Handfläche spürte sie seine Wärme und die raue Haut seiner Narben. »Ich dachte, du gehst. Bist nicht mehr hier, wenn ich aufwache.«

»Ich bin …« Seine Stimme klang rau. Sie liebte jeden Ton davon, auch wie er sich verlegen räusperte und neu ansetzte: »Ich bin wohl noch vor dir eingeschlafen.«

Sie lachte. »Das ist nicht möglich. Ich habe geschlafen, bevor ich konnte denken zu Ende. Und by the way: Du schnarchst nicht.«

»Was? Ach. Ja.« Er wandte sein Gesicht zur Seite, sodass sie jetzt nur seine schöne Hälfte betrachten konnte. »Um das Schnarchen mache ich mir eher weniger Sorgen.«

»Was dann?«

Er legte sich eine Hand auf die Augen. »Ich habe es ernst gemeint, als ich gesagt habe, dass ich eher unruhig schlafe. Du musst froh sein, dass du ohne ein Veilchen aufgewacht bist. Man sagt, ich schlage im Schlaf um mich, da hilft auch kein Doppelbett.«

Sie rollte zurück auf den Rücken und bettete den Kopf auf das Kissen. Das Indefinitpronomen ›man‹ war gerade dabei, ihr ernsthafte Sorgen zu bereiten. Was soll's. Er war kein Mönch.

Das hatte sie nicht anders angenommen. Nur ihre Unfähigkeit, ihm die Frage nach seiner Freundin oder gar Frau zu stellen, brachte ihre Schwierigkeiten mit dem unbestimmten ›man‹ auf ein ganz neues Niveau.

Sie hörte, wie er sich im Bett bewegte und das Holz unter ihm knarzte, so leise, als wäre es ein verstohlenes Aufstöhnen. »Wie geht es dir?«, fragte er.

»Gut.«

»Wirklich gut?«

Sie drehte sich zu ihm und realisierte erst jetzt, wie nah er war, nicht nur sein Körper, sondern auch sein Blick. Er hatte in voller Kleidung geschlafen, das Hemd steckte noch in der Jeans und nur die Falten im Stoff zeugten von der vergangenen Nacht.

»Ja. Wirklich gut. Wirklich.« Der Morgen brachte eine ganz eigene Zufriedenheit mit sich. Ihre gestrige Entführung und Flucht, die Suche nach ihrem Vater und die Schießerei lagen irgendwo tief in ihr verborgen, und der Schreck war nur ein blasser Nachtmahr, der sich im vollen Tageslicht nicht aus seiner dunkelsten Ecke wagte. Seltsam, dass all das erst gestern passiert war.

»Und du?«, fragte sie. »Bist du auch gut?«

»Ja.«

»Mmmhhhh.« Der Blick seiner dunklen Augen schien sie vollkommen unzurechnungsfähig zu machen, nicht einmal der richtige Kagor hatte sie je soweit gebracht, sich derart schlecht zu artikulieren. »Bist du – eh – froh, hier bleiben?«

Ihre Satzschöpfung hörte sich absolut bescheuert an, aber er lächelte, als hätte sie gerade Goethe zitiert. »Sehr.«

Sie liebte ihn für dieses Lächeln, das sie über all ihre Unbeholfenheit hinweg trug. In Russland war sie stolz auf ihre Sprachfertigkeiten gewesen. Deutsch, Englisch und Französisch – *un peu*. In den Sommermonaten musste sie sich oft durch die Menschenmassen des Stadtzentrums zwängen und ab und zu half sie ratlosen Touristen aus. Es fühlte sich gut an, wie leicht ihr die fremden Wörter über die Zunge gingen. Hier war es, als wäre sie schwerhörig und sprachbehindert.

Von unten vernahm sie Geräusche, vielleicht Stimmen und ein bisschen Musik. War Pyschka wach?

»Wie spät ist es?« Sie schaute sich um, aber eine Uhr war für dieses Zimmer anscheinend noch nicht gehäkelt worden.

Aus der vorderen Hosentasche zog er sein Handy hervor und warf einen Blick darauf. »Oh.«

»Oh? Wie spät ist ›Oh‹?«

»Viertel vor drei.« Er drehte das Display zu ihr, und die Uhrzeit war mit einem Mal unwichtig geworden.

Zwischen seinen Fingern leuchtete die untergehende Sonne. Er hatte es aufbewahrt, dieses Bild, das er für sie geschossen hatte und das ihr Gefängnis für eine Nacht verzaubert hatte.

Er wollte das Handy einstecken, doch sie hinderte ihn daran, und als das Display sich dunkel färbte, drückte sie die erstbeste Taste, um es aus dem Sparmodus zu holen, um diesen Sonnenuntergang noch einen Moment länger bei sich zu behalten.

»Jetzt können wir ihn doch noch zusammen sehen.« Er schmunzelte und lehnte seinen Kopf an ihre Schulter. So schön. Dieses glühende Licht in ihren beiden Händen.

»Ich habe keine Angst.«

»Ich auch nicht.«

Er legte das Handy beiseite und fuhr mit den Fingern zwischen die ihren. Unter ihrer Handfläche fühlte sie seinen Herzschlag, der jetzt ein bisschen schneller ging.

Und jetzt? Sie hatte doch gesagt, sie habe keine Angst. Sie öffnete den obersten Knopf seines Hemdes. Er würde sie aufhalten, wenn es ihm nicht gefiel.

Und was, wenn nicht?, wachte ihr Verstand auf. Willst du ihm jetzt demonstrieren, was du mit seinen SMS getan hast?

Simsen in 3-D und mit allen Sinnen, ganz egal, ob sein Handy vibrieren konnte. Er legte seine Hand auf die ihre. »Bist du dir sicher?«

Sie beobachtete so gern, wie er sprach. Es war ein bisschen wie küssen, nur mit Silben, die Gesichter einander zugewandt, und sein Mund nur wenige Zentimeter von ihrem entfernt.

Sie holte tief Luft. »Ja.«

Ja. Natürlich. Wie konnte er daran zweifeln? Mit einer alles bestimmenden Geste kämmte sie durch seine Haarsträhnen, hob seinen Kopf an und küsste ihn. Er japste, und sie hoffte, sie hatte ihm in ihrer Entschlossenheit keine Haare herausgerissen, da kam er ihr schon entgegen und rollte sich auf sie. Sogleich schlang sie die Arme um seinen Nacken, packte ihn, fuhr über seinen Rücken und die breiten Schultern, vergrub die Finger in seinem Haar – sie tastete wie eine Blinde nach ihm, schmeckte seinen Mund und fühlte jeden Muskel seines Körpers. Ihr Bademantel war bereits zerwühlt, ihre Lippen taub und wollten doch umso mehr. Sie langte nach seinem Hosenbund, zerrte und rüttelte daran, doch er drückte den Unterleib fester an sie und raubte ihren Händen die Bewegungsfreiheit.

»Ich fürchte … wir werden brav und anständig bleiben müssen.« Er küsste sie wieder, beinahe schon artig zupfte er mit seinem Mund an ihrer Unterlippe.

Sie zog ihre Hände unter ihm hervor und hielt seinen Kopf zurück. »Brav war gestern«, keuchte sie, »und anständig und …« Sie stöhnte leise auf, als seine Hand über ihre Wange fuhr und seine Lippen ihre Kehle entlangwanderten.

Er stemmte sich hoch, sie spürte sein Gewicht kaum noch; es fühlte sich an, als hätte sie ihn verloren. Aber er war da. Neckisch neigte er den Kopf, und seine Haarspitzen kitzelten ihr

Gesicht. »Wir schauen, wie weit wir brav und anständig ausdehnen können, ja?«

»Warum nicht mehr?« Sie spürte doch, dass er sie wollte, und dieses Wollen konnte er unmöglich noch länger undercover halten; vielleicht hatten sie auch nicht mehr viel Zeit, bis Pyschka nach ihr gucken würde … Diese Zeit mussten sie doch nutzen!

»Warum nicht mehr?«, wiederholte sie und zog ihn an sich, um das Mehr zu spüren, egal, was er sagte. Zusammen rollten sie zur Seite – das Bett war viel zu schnell zu Ende, Juna ächzte auf, als sie glaubte, gleich hart auf den Boden der Tatsachen aufzuschlagen, doch er behielt das Gleichgewicht und zog sie in seine Umarmung zurück. Sie bezwang den Reißverschluss, ihre fahrigen Finger schlüpften unter den Bund seiner Jeans und den Gummizug des Slips, und sie fühlte, wie sein Glied ihr entgegenzuckte. »Warum nicht mehr?«, wollte sie endlich wissen und schaute ihm in die Augen.

»Ich habe kein Kondom. Und würde jetzt ungern hier im Bad wühlen, um herauszufinden, ob Marcs Eltern ein aktives Sexualleben haben.«

Sie gluckste, was sicherlich nicht unbedingt sinnlich ausfiel. »Was? Du hast nicht Gon-don? Magst du – hm – Dirty Talk, ja?« Ihre Hand verzettelte sich in seiner Hose. Sie biss sich auf die Lippe. Was war bloß in sie gefahren? Sie stellte sich doch sonst nicht so stümperhaft an. Beschämt zog sie die Hände zurück.

Er richtete sich auf und riss sie in einem Schwung zu sich auf den Schoß. »Ist das wieder ein schlimmes Wort bei euch?« Mit den Lippen, die sich mal weich und zart, mal fest und ungestüm anfühlten, knabberte er an ihrem Ohrläppchen. Sie drehte seinen Kopf, saugte an seinen Lippen und fühlte ihn noch eindringlicher. Je mehr sie hin- und herrutschte, umso ungestümer wurde der Wunsch, noch tiefer in seinen Schoß zu versinken.

»Gondon …«, seufzte sie zwischen den Küssen, wenn er ihren Mund freigab und sie nach Luft schnappen konnte.

»Kondom …«

»Ja … ja! … ist nicht Wort, das man sagt bei Kuscheln.« Sie stieß ihn auf den Rücken. Zusammen fielen sie auf das Bett. Sein Kopf prallte gegen das Bettende.

»Autsch«, er rieb sich die Stelle und lächelte ihr zu.

Sie ließ von ihm ab. Er lächelte über jedes Ungeschick hinweg und machte es ihr umso schwerer, ihre eigene Tapsigkeit ausgerechnet in diesem Liebesspiel zu ignorieren. »Entschuldigung.«

Was zum Teufel war mit ihr los? Es war doch bloß Sex. Oder: Sollte es sein.

»Schon vorbei. Mach dir keinen Kopf. Was sagt ihr denn zu diesem … Wort sonst so?« Er zog sie auf sich, Bauch an Bauch schmiegten sie sich aneinander. Seine Hände schlüpften unter ihren Bademantel. Sie seufzte auf und rekelte sich unter seinen Fingern, die verschlungene Pfade auf ihre Haut zeichneten.

»Präservativ«, wisperte sie, »und das musst du nicht suchen. Ich habe …« Scharf atmete sie ein, als seine Hände über ihre Hüften fuhren, herunter und wieder herauf, weiter zwischen den Oberschenkeln, ihre Pobacken eroberten und schließlich … ein, vielleicht zwei Finger in die Spalte dazwischen rutschten. Empfindlich war kein Ausdruck mehr für das, was bei ihr dort unten vorging; und in was für einem Aggregatzustand sie sich befand, würde kein Chemiker je feststellen können, egal, wie viele Dr. er vor seinem Namen trug. Sie wollte doch etwas sagen, dachte angestrengt nach. »Ich habe …« Seine Finger fuhren noch etwas tiefer, um sich kurz darauf zurückzuziehen, um die viel zu langsame Reise zu ihrer Scham von vorne zu beginnen.

»Du hast … was?«, raunte er ihr zu.

Noch einmal versuchte sie ihre Gedanken zu sammeln, was beinahe unmöglich schien, bei all den Empfindungen. Er drückte sie fester an sich, und sie spürte, wie voll und hart sein Hosenbund war, keuchte, und schaffte es doch irgendwie, mit einer Hand ein paar Windungen anzudeuten, das erste, was ihr bei der Frage einfiel, wie sie das Wort visualisieren könnte. »Das. Verstehst du?«

Vermutlich nicht. Sie verstand es ja selbst nicht, vor allem nicht, was mit ihr gerade geschah. Es war unmöglich, den Atem noch unter Kontrolle zu halten, kühn und abgeklärt ihr Ding durchzuziehen, um für eine halbe Stunde, meistens weniger, ihrem Körper etwas Befriedigung zu schenken.

»Eine Spirale?«, half er.

»Ja. Ja …«, sie keuchte, »und nichts Ansteckendes. Ich meine …«

»Gut. Ich auch nicht.«

Sie wusste nicht mehr weiter, wusste nicht, wohin mit den Händen. Sie küsste ihn, und auch das kam ihr mit einem Mal so unbeholfen vor, als würde sie mit ihrem Mund den seinen nicht treffen; ihr ganzes Wesen war wie eine aus dem Takt gekommene Melodie, die nur noch leierte, statt in ihr zu erklingen. Sie berührte ihn hier und dort und machte es nur noch schlimmer.

Plötzlich waren seine Hände nicht mehr da. Oder nicht dort, wo sie sein sollten. Sie biss sich auf die Unterlippe, schmiegte sich mit ihrem ganzen Wesen an ihn. Er drehte sie auf den Rücken und sah auf sie herab. Er machte nichts mehr, stemmte sich mit einem Ellbogen hoch und betrachtete sie, als sehe er sie zum ersten Mal.

Verwirrt blinzele sie ihn an. Verdammt. Was war nur los? Wieso konnte es nicht so einfach und schön wie in ihrer Vorstellung sein?

Er küsste sie. Zärtlich und behutsam. »Willst du das wirklich?«

»Ja. Ja!«

Unbedingt. Wenn es nur möglich wäre, von vorne anzufangen und ihre unbedarften Erklärungen, ihr Herumfingern und Herumhibbeln auf ihm zu vergessen. Das war ja lächerlich. So dämlich hatte sie sich beim Sex noch nie angestellt. Es war ihr so peinlich.

»Was ist?«, flüsterte er.

»Nichts.« Sie mied seinen Blick.

Er strich ihr über das Gesicht, als würde er ihre Züge glätten; sie schlug die Lider auf und sah das Lächeln in seinen Augen. »Juna, ich sehe doch, dass dich etwas beschäftigt. Was ist?«

»Nein. Das ist nur. Ich rede so … dumm.«

»So ein Quatsch.«

»Ich kann das hören. Manchmal. Die Fehler. Und die Sätze, die so … so …« Schon wieder fehlten ihr Worte.

»Ich finde es unglaublich süß, wie du redest. Besonders, wie du das ›R‹ rollst. Dieser Ton hat etwas unglaublich Kribbelndes an sich. Es ist erstaunlich, dass ich es bis jetzt geschafft habe, mich in deiner Nähe zivilisiert zu verhalten.«

Sie schmunzelte. »Du findest mein ›R‹ sexy?«

»Und dein ›Ch‹, weil es etwas Raues, Reines in sich trägt. Aber wenn dich das stört, sollten wir vielleicht aufhören zu reden und endlich herausfinden, was passiert, wenn wir schweigen.«

Er fuhr mit den Fingern über ihre Lider, den Nasenrücken entlang und über den Mund. Sie hielt die Augen geschlossen.

Ja, auch die Stille konnte etwas Besonderes, erfüllt von ihm und so voller Erwartung sein. Für sie war die Liebe schon immer eine Fremdsprache gewesen, unlogisch und zu sehr nach Gefühl, mit mehr Ausnahmen als Regeln, ohne klare Formen und genaue Definitionen, Grenzen. Sie hatte immer eine gewisse Distanz gebraucht, mit der sie unbeirrt ihren Körper zufriedenstellte.

Ihn zu lieben war eine Sprache, die er ihr mit jeder seiner Bewegung beibrachte, wenn sie ihm nur gut zuhörte.

Sie hörte zu.

Mit ihrem ganzen Wesen, als könnten ihre Haut, ihr Bauch, ihre Brustwarzen, ihre Lippen seine Berührungen hören.

Ein sanftes Beginnen. Ein hauchzartes Spiel. Es war so leicht, darauf zu antworten, als würde sie die allerersten Laute mit ihren Fingerspitzen formen. Ohne die Lider aufzumachen, knöpfte sie sein Hemd auf, strich ihm den Stoff von den Schultern und warf es fort. Unter ihren Handflächen spürte sie das Spiel seiner Muskeln. *Still* und vor allem *langsam* konnte unbeschreiblich schön sein. Sie ließ ihn auf sich niedersinken, öffnete sich seinen Bewegungen und nahm seinen Rhythmus in sich auf, der in seinen Küssen, seinen Berührungen und in jeder seiner Regungen widerklang. Mit ihren Lippen formte sie Silben auf seiner Haut, kostete die dunklen, vollen Vokale aus – ein raunendes O, und ein verstohlenes A, die verwegen in ihrer Kehle vibrierten.

Seine Lippen flüsterten Liebkosungen auf ihre Haut, legten eine warme, leicht feuchte Spur über ihre Brüste, die Brustwarzen, ihren Bauch herab zum Bauchnabel und weiter bis zum schmalen Streifen ihrer Schamhaare. Unter seinem Atem kühlte diese Spur etwas ab und bescherte ihr Gänsehaut.

Sich zu lieben war ein Tu-Wort, geben und nehmen. Ihre Hände streichelten seine Schultern, den Nacken, den Rücken. Die Fingerkuppen ertasteten eine runde, beinahe unscheinbare Vertiefung in seinem linken Schulterblatt. Die Erkenntnis durchfuhr sie wie ein Stich. Die Kugel war dort in ihn eingedrungen. Er richtete seinen Oberkörper etwas auf und blickte sie an. Auf der Brust sah es schlimmer aus, als hätte ein Raubtier ein Stück Fleisch aus ihm herausgerissen. Sie schnappte nach Luft, spürte Tränen in ihren Augen aufsteigen, wollte etwas sagen … Er legte sich einen Zeigefinger auf die Lippen. »Schsch.«

Sie gehorchte. Kein Wort. Kein Ton.

Alles, was es zu sagen gab, war in den Regungen ihres Körpers, in einem einzigen, durchdringenden Stöhnen, als er sein Gesicht in ihren Schoß senkte und sie seine Zunge an ihrer Spalte spürte.

Spüren. Was für ein wundervolles Verb. Wie das Rascheln der Blätter auf ihrer Haut, wie das sanfte Pochen in ihrem Schoß: *spüren, spürte, gespürt. Sehnen, sehnte, gesehnt. Begehren, begehrte, begehrt.*

Vielleicht hießen sie deshalb regelmäßige Verben, weil sie ihr Inneres mit solcher Regelmäßigkeit zum Erschauern brachten, weil jeder Zentimeter ihrer Haut danach verlangte. Sie war erfüllt von diesem Wunsch nach ihm und diesem eigenen Rhythmus seiner Zärtlichkeit, die ihren Geist zum Flattern brachte, und ihren Körper zum … *schweben* …

Schweben, schwebte, geschwebt – immer höher, atemlos und schwach. Und es waren schwache Verben, weil sie ihren Körper so kraftlos machten. Schwach, weil sie die starken Erschütterungen eines Vokalwechsels nicht ertrugen. Juna stöhnte leise auf, spürte es in sich aufsteigen, gemischte Gefühle, eingeschlossen in ihr, hungrig nach all den Erschütterungen und dem Wechsel. Die Zunge in ihrer Scham schraubte ihre Lust in beinahe unerträgliche Höhen.

Doch dann ließ er sie aufatmen, quälte sie mit vorsichtigen Küssen auf ihrem Bauch, ihren Handflächen, den Innenseiten ihrer Unterarme. Sie seufzte auf und schloss die Augen, streichelte seinen Körper, den Rücken entlang, bis zur sanften Kuhle oberhalb seines Hinterns, drückte sanft seine Pobacken. Er senkte seinen Unterleib etwas tiefer, sie spürte seine Männlichkeit zwischen ihren Oberschenkeln ... Was ihren Körper, ihren Verstand noch so schwach machte, holte zum großen Wechsel aus: Ich *dachte* ... Er stieß in sie hinein, sein Rhythmus erschütterte ihren Leib, sie passte sich ihm an, fing seine Bewegungen auf – als sprächen sie gleichzeitig, ohne einander zu unterbrechen. Auch das hatte ein eigenes Gleichmaß, stark und durchdringend, in einer eigenen Melodie: *stoßen, stieß, gestoßen, wiegen, wog, gewogen*. Sie wurde lauter, mit jedem Stoß, klammerte sich an seine Schultern und grub ihre Finger in sein Fleisch. War es denn möglich? All das, was sie für ihn empfand? All das, was sie kaum noch aushielt, ohne aufzuschreien, egal was, vielleicht seinen Namen ...

... und dann ein Innehalten, angespannt, suchend ... bis zu einer letzten, starken Erschütterung in ihrer Mitte, bis zu einer letzten, ausklingenden Bewegung in ihr ...

Kommen, kam, gekommen.

Ein Verb wie das Summen und das Kribbeln unter ihrer Haut. Und während sie noch den Ausklang genoss, dieses summende *gekommen*, spürte sie, wie auch er sich entspannte und sich all seine Leidenschaft über sie legte.

Langsam löste sie ihre Beine, ließ von ihm ab und glitt in eine zerbrechliche, empfindliche Sprachlosigkeit. Als wären ihr alle Wörter ausgegangen. Erschöpft lag sie neben ihm und fühlte seinen hitzigen, schweißbedeckten Körper. Das Tageslicht spielte auf seinen Muskeln, und sie mochte sich nicht bewegen, nur da liegen und ihn ansehen.

Unten lief der Fernseher, jetzt hörte sie es deutlich. War er lauter gedreht worden? Hatten sie hier tatsächlich so viel eindeutigen Lärm verursacht?

»Wir müssen ... duschen«, stammelte sie. Und alles aufräumen: ihren Badenmantel auf dem Boden, seine Hose über dem Bettende, das Hemd am Nachttisch.

Er rückte etwas näher an sie heran und küsste sie auf die Schläfe. »Wie du meinst.«

Mit einer Hand tastete er nach seinem Hemd und zog es am Zipfel zu sich. Das Album, das darunter lag, krachte auf den Boden.

»Entschuldige.« Er hob es rasch auf und legte es zu ihr auf die Kissen.

Sie starrte den Einband an.

Wieso war es ihr nicht sofort aufgefallen?

Der Märchenvogel. Die stilisierte Goldprägung eines Phönix prangte von der Mitte des Buches: lange, an einen Pfau erinnernde Federn, ausgebreitete Flügel wie aus Flammen, ein zu einem Schrei aufgerissener Schnabel. Wenn der Feuervogel singt, kullern Perlen aus ihm heraus, hatte die Oma der kleinen Juna erzählt. Wenn er singt, werden Kranke gesund, und Blinde wieder sehend.

Und Blinde werden sehend!

Vorsichtig glitten ihre Finger über den Riss am Einband, der irgendwann von irgendjemandem sorgfältig zugeklebt worden war.

»Hast du Messer?«

25

Noch ein wenig high von ihrem Sinnesrausch, von dem Geruch ihrer Liebe und von der Aufregung beim Anblick des Feuervogels, forschte sie in seinem Gesicht. »Messer?«

Endlich schien er zu kapieren, was sie von ihm wollte. »War es so schlecht, dass du jetzt allem ein Ende setzen willst?«

Er tastete nach seiner Jeans. Aus einer Hosentasche holte er tatsächlich ein Klappmesser und reichte es ihr. Das Ding besaß einen Korkenzieher, eine Schere und sogar eine Mini-Säge. Es dauerte, bis sie tatsächlich auch eine Klinge gefunden hatte. Ohne zu zögern schlitzte sie den Einband auf und trennte die oberste Schicht, die mit ihrer Farbe so sehr die gute alte Sowjetunion in Erinnerung rief, ab. Dort, wo das Bild des Vogels gewesen war, hatte jemand eine Vertiefung eingearbeitet. Gerade mal so lang und breit, dass ein Schlüssel darin Platz fand. Vorsichtig holte sie ihn heraus und betrachtete ihn von allen Seiten.

Nichts Besonderes. Ein Schlüssel mit einem gelben, dreieckigen Plastikgriff. Das Metallteil war etwa vier Zentimeter lang. Insgesamt sah er aus wie ein der Länge nach abgeschnittener Metallstift mit unregelmäßig eingelassenen Kerbungen am Ende.

Noch einmal drehte sie den Schlüssel in den Fingern. In die Innenseite war eine Nummer eingraviert, die ihr allerdings nicht verriet, was sich damit öffnen ließ. »Für was ist das?«

»Keine Ahnung. Vielleicht kann Marc mehr herausfinden. Ist es in Ordnung, wenn wir es ihm zeigen?«

Den Schlüssel in einer Faust umschlossen, zupfte sie gedankenverloren an den Fransen des Schnittes, den sie in den Einband gemacht hatte. »Ja … ja … natürlich …«

Nur war das nicht der Weg, der vorgesehen war. Es konnte unmöglich sein, dass ihre Oma, ihr Vater – oder wer auch immer den Schlüssel hier deponiert hatte – keinen Hinweis hinterlassen hatte, wofür er war. Irgendetwas wollte das Album ihr mitteilen, sie musste nur verstehen was.

Die Seiten waren leicht vergilbt, die dünnen, durchsichtigen Folien-Leisten wölbten sich an den Rändern. Die Pappe selbst duftete nach Räucherstäbchen, und Juna dachte daran, wie oft ihr Vater mit diesem Album dagesessen und die Briefmarken betrachtet haben musste, bis sich jede Seite mit diesem Geruch vollgesogen hatte.

Noch einmal ging sie das Album durch auf der Suche nach etwas, was sie übersehen hatte. Doch ihr wollte partout nichts auffallen, was sie weiterbringen könnte. Lag die Antwort in den Marken verborgen – in den Motiven, der Anordnung oder dem Wert?

Nick strich ihre eine Strähne hinter ein Ohr. Seine Finger kitzelten sie sanft. Am liebsten hätte sie sich mit der Wange in seine Handfläche vergraben. Nur bei ihm sein und an nichts denken. Wenn er da war, brauchte sie keine Rätsel, sie könnte versuchen, einfach nur glücklich zu sein.

Aber nicht, wenn irgendwo da draußen ein Killer auf sie lauerte, der vielleicht genau das suchte, was sie gerade in den Händen hielt. Sie musste der Lösung schon so nah sein!

Und was dann?

Zurück nach Russland? Ein Gedanke, bei dem ihr mulmig wurde. Würde sie Nick hier zurücklassen müssen? Russland. Über siebzehn Millionen Quadratkilometer ohne ihn.

Er küsste sie auf die Wange, verharrte dort für einen Moment und flüsterte schließlich: »Okay, ich gehe mich jetzt duschen. Wenn du etwas brauchst, weißt du, wo du mich findest.«

Behutsam deckte er sie mit ihrem Bademantel zu und strich ihr noch einmal durchs Haar. Ohne den Blick von ihm abzuwenden, beobachtete sie, wie er vom Bett rutschte und schließlich zur Tür ging. Auf der Schwelle drehte er sich noch einmal um und lächelte ihr zu. Sie lächelte zurück. Noch hatten sie all das: die Blicke, dieses Lächeln und die vielen, vielen Berührungen zwischen ihnen.

Schon bald hörte sie das Wasser prasseln und konnte sich eindrucksvoll ausmalen, wie das Nass seinen kräftigen Körper hinunterfloss. Vielleicht einen Tick zu eindrucksvoll.

Sie zwang sich, wieder an die Marken zu denken. Ja, die Briefmarken mussten die Lösung sein. Also noch einmal. Bildchen für Bildchen ging sie die ganze Sammlung durch, bis sie in der Flut von UdSSR-Motiven auf eine Marke der Bundesrepublik Deutschland stieß. Es war bis dahin nicht nur die einzige Auslandsmarke in der Sammlung, sondern auch die einzige Marke, die noch nicht vom Papier abgelöst worden war. Die Ecke des Briefumschlags, an dem sie klebte, war einfach abgerissen worden.

Vorsichtig zog sie das kleine Ding heraus und betrachtete es. Ein Maiglöckchen. Das Maiglöckchen? Sollte ihr das irgendetwas sagen? Giftig waren diese Blumen und sie dufteten schön.

Eine weitere deutsche Marke fand sie zwei Seiten weiter. Sie blätterte weiter. Tatsächlich. Die deutschen waren die einzigen ausländischen Marken in der Sammlung.

Das Wasser im Bad wurde abgedreht. Eigentlich müsste sie sich ebenfalls duschen. Dringend! Doch die Aufregung, die sie gepackt hatte, ließ sie nicht mehr los.

Sie breitete die Fundstücke auf dem Kopfkissen aus: lauter Blümchen und Leuchttürme und irgendwelche Schlösser.

Eher unscheinbare Motive, insgesamt zwölf an der Zahl. Sie alle klebten noch am Papier.

Sie warf sich den Bademantel über, sammelte die Briefmarken ein und steuerte das Bad an. Es empfing sie mit warmem Dampf und dem Duft nach Duschgel, etwas Sportliches mit einem Hauch von Eisbergfrische. Sie kam nicht umhin, näher zu treten und verstohlen an seinem nach wie vor nackten Rücken zu schnuppern.

Er rasierte sich. Im Spiegel trafen sich ihre Blicke, und sie musste unwillkürlich daran denken, wie gelöst er aussah. Als wären die Schatten, die sonst tief in seinen Augen verborgen lagen, vorbeigezogen. Sogar seine Narben wirkten weicher, friedlicher.

Dachte er auch daran, das alles, was sie hatten, schon bald vorbei sein könnte?

Er runzelte die Stirn, sein Blick wurde fragend. Sie schüttelte den Kopf. Mit unsicherer Hand legte sie die Marken vor ihm aus, eine nach der anderen auf der schmalen Kante des Spiegelschranks. »Wie kann man wissen, in was für Post diese Briefe abgegeben … wurden?«

Er warf einen kurzen Blick darauf, bevor er sich wieder seiner Halspartie widmete. »Abgegeben – gar nicht. Wenn du etwas in einen Briefkasten wirfst, wie soll es kenntlich gemacht werden, in welchen?«

»Und wenn in Post? Gebäude?«

»Du meinst, in einer Filiale? Hm. Schwierig. Heutzutage werden die Einsendungen in ein Briefzentrum gebracht, soweit ich weiß. Da steht dann nur Briefzentrum 15 oder Ähnliches auf dem Stempel. Die Filiale wirst du dann nicht herausfinden können.«

Sie griff nach einer Briefmarke und musterte den Stempel, der bemerkenswert klar ausfiel. Vielleicht war die Briefmarke deswegen auf dem Stück Papier gelassen worden? Damit sie den Stempel lesen konnte? »Hier steht das nicht. Nicht Briefzentrum.«

Er legte den Rasierer beiseite und betrachtete die Briefmarke, dann die anderen. »Interessant. Man kann jeden Stempel sehr gut erkennen. Ist auch nicht selbstverständlich heutzutage. Vielleicht wurde der Brief doch noch in einer Filiale abgestempelt?«

»Wo?«, stieß sie ungeduldig hervor.

Er zuckte mit einer Schulter. »Ich bin kein Briefträger. Keine Ahnung, was die Zahlen hier bedeuten. An deiner Stelle würde ich das Marc zeigen, zusammen mit dem Schlüssel. Er kann mit Sicherheit herausfinden, was es damit auf sich hat. Glaub mir, er kann absolut alles herausfinden.«

Sie ließ den Bademantel auf den Boden gleiten und bemerkte, wie er sie durch den Spiegel beobachtete. Spielerisch verdrehte sie die Augen und drohte ihm mit einem Zeigefinger. »Nein!« Schließlich wollte sie sich anziehen und so lange angezogen zu bleiben, bis sie mit Marc gesprochen hatte.

»Nicht?« Er kam auf sie zu. Ihr Blick glitt seinen Körper entlang. Im Gegensatz zu ihm konnte sie ihr *Doch*!, das sich in ihr regte, bestens verhüllen.

»Nein«, beteuerte sie, vor allem für sich selbst. »Ich muss duschen.«

»Mit mir hättest du mehr Spaß.«

Mit dir käme ich überhaupt zu nichts. Entschlossen wies sie ihm die Tür.

Nach dem ausgiebigen Duschen fand sie im Schlafzimmerschrank eine Bluse, ein Jackett und einen passenden Rock. Sie beschloss, sich die Kleidung auszuleihen – was hätte sie sonst tun sollen? Die Sachen schlabberten an ihrem Körper, rochen nach angestaubtem Lavendel und waren so pastellfarben, dass sie sich mindesten wie fünfzig fühlte. Ein paar Mal drehte sie sich vor dem Spiegel und überlegte, ob sie nicht doch lieber nackt gehen sollte, entschied sich aber für die Körperbedeckung. Die stilsichere Kleidung für die moderne Frau jenseits der Wechseljahre zeigte eindrücklich den Unterschied zwischen ihrer Heimat und diesem Land. Hier waren es Senioren, während es daheim nur ›die Alten‹ gab.

Den Schlüssel und die Briefmarken in die Jacketttasche gesteckt, steuerte sie schließlich das Wohnzimmer an.

Pyschka saß im Schneidersitz auf dem Sofa, in ihrem Schoß türmte sich eine riesige Schüssel mit Salzstangen. Im Fernseher lief ein Cartoon mit Donald Duck, Chip und Dale, wobei die Letzteren Chip und Chap hießen und mit ihren entsetzlich piepsigen Stimmen für Tinnitus sorgten. Wer auf die Idee gekommen war, den beiden so etwas anzutun, gehörte weggesperrt. Pyschka amüsierte sich dagegen prächtig und lachte ein paar Mal laut auf. Dass sie kein Wort verstand, schien ihr nichts auszumachen.

Juna angelte nach ein paar Salzstangen. »Das ist Mittagessen? Oder Frühstück?«

»Nach der Inventur des vorhandenen Proviants muss ich leider gestehen: beides«, rief Marc aus der Küche. Er brachte eine weitere Schale mit Keksen und Crackern herbei, die er auf dem Couchtisch abstellte, und setzte sich zu Pyschka auf das Sofa.

Juna betrachtete die Knabbereien. Da vermisste man schon beinahe die Brötchen.

Nick kam ebenfalls aus der Küche und machte ihr ein unmissverständliches Zeichen, endlich mit dem Schlüssel herauszurücken. Sie zögerte. Geheimnisse wahrte man in der Familie. Brauchte sie wirklich die Hilfe eines deutschen Polizisten, um den Hinweisen ihres Vaters nachzugehen?

Während Chip und Dale dem überforderten Donald Popcorn stahlen, zückten Marc und Pyschka abwechselnd Salzstangen aus der Schale. Unter den Korkenzieherlocken warf ihre Freundin ihm kecke Blicke zu, und manchmal trafen sich ihre Finger in der Schale – zu oft, als dass man annehmen konnte, Pyschka würde es dem Zufall überlassen.

Na mach schon. Allein hast du es nicht wirklich weit gebracht.

Sie holte die Briefmarken und den Schlüssel aus der Tasche und breitete alles auf dem Couchtisch vor Marc aus. »Kannst du sagen, wo die Briefmarken gestempelt wurden? Und was kann sein dieser Schlüssel?«

Er ließ die Salzstangenschale in Ruhe, was Pyschka mit einer Schnute und einem zu deutlichen Blick in Junas Richtung quittierte, und studierte die Marken. »Ja, anhand eines Stempels kann man die Filiale durchaus ermitteln. Soweit ich weiß, beinhaltet so ein Abdruck die Postleitzahl und die Filialbezeichnung. Es sollte also möglich sein herauszubekommen, wo die Briefmarken abgestempelt wurden. Und der Schlüssel ist von einem Postfach. Ich habe selbst so einen.« Er holte seinen Schlüsselbund und warf ihn auf den Tisch. Am Ring baumelte absolut der gleiche Schlüssel mit einem gelben Plastikgriff. »Bestimmt lässt sich feststellen, zu welchem Postfach deiner gehört. Haben die Sachen mit unserem Fall zu tun?«

Sie wollte antworten, stockte, und schaute unsicher zu Nick rüber. Die Erklärungen sollte am besten er übernehmen, bevor sie hier einige deutsche Sätze misshandelte.

Während er erzählte, ging sie in die Küche, um herauszufinden, ob sie wenigstens eine Tasse Tee auftreiben könnte. Während der Wasserkocher rauschte, sah sie aus dem Fenster hinaus. Sie konnte über den Garten zur Straße blicken, etwas weiter zum Nachbarhaus – und zu einem Auto, das einsam auf der Straße parkte. Ein schwarzer Mercedes.

War es derselbe Wagen, den sie gestern Abend schon gesehen hatte?

Mit einem leisen Klacken ging der Wasserkocher aus. Sie fischte einen Teebeutel aus der Packung und übergoss ihn mit siedendem Wasser. Demonstrativ drehte sie dem Fenster den Rücken. Sie sollte aufhören, eine solche Paranoia zu schieben. Wären es die Verfolger, würden sie sich nicht so offensichtlich zeigen. Oder wollten sie ihr Angst machen?

Als sie mit ihrem Tee zurückkam, redeten die beiden Männer über etwas anderes. Sie wusste nicht, worum es ging, nur dass Nick wie ausgewechselt schien. Beunruhigt beobachtete sie, wie er ein paar Schritte durch das Zimmer machte. Die Geschmeidigkeit war aus seinen Bewegungen gewichen, er wirkte angespannt und in sich gekehrt.

»Was ist?«, fragte sie, als er wieder einmal auf sie zuging, ohne sie zu bemerken.

Er blieb stehen, doch die Unruhe schien ihn weiterzutreiben. Erst nach einigen Sekunden antwortete er: »Oleg Woronin ist aus dem Gewahrsam geflohen.«

26

Zum Abend hin hatte Pyschka Nick aus dem Schlafzimmer ausquartiert. Juna musste sich Mühe geben, ihre Enttäuschung nicht allzu offen zu zeigen, schließlich konnte sie ihrer Freundin kaum zumuten, jede Nacht auf der Couch zu verbringen. Die nächsten Tage musste Marc arbeiten, oder wie er es ausdrückte: »Einige von uns haben eben einen ordentlichen Bürojob zu erledigen.« Jeden Abend hoffte Juna auf Neuigkeiten, und es fiel ihr zunehmend schwerer, Geduld zu üben und tatenlos auf Antworten zu warten. Zum Glück bewies Nick ein erstaunliches Talent dafür, sie abzulenken. Zusammen mit ihm erforschte sie die Sinnlichkeit der Grammatik – im Bad direkt vor dem Waschbecken während dem Zähneputzen, in der Küche auf der Arbeitsplatte und auf der Hollywoodschaukel draußen, sofern die Frühlingssonne es schaffte, den Tag ein wenig anzuwärmen.

Am zweiten Tag kaufte Nick ihr Kleidung und Schmuck und holte seine Katze ab. Als er wieder ins Haus kam, lag Prinzessin in seinem Nacken und machte ihrem Namen alle Ehre. Ihre Meinung über den Umzug konnte man dagegen an seinen zerkratzten Armen ablesen. Bereits nach fünf Minuten zeigte Prinzessin zu deutlich, wem dieses Haus und besonders das Sofa gehörten. Juna nahm sich fest vor, dem Tier aus dem Weg zu gehen.

Sie dolmetschte viel für Pyschka. Besonders Marc brauchte bloß einen Ton von sich zu geben, damit ihre Freundin sogleich an sie heranrückte und verstohlen fragte: »Was hat er gerade gesagt?« Um sich nach der Übersetzung desillusioniert abzuwenden. Marc war unglaublich nett, wahrte aber Distanz, was ihre Freundin regelmäßig zur Verzweiflung und in mehrstündige Patience-Sitzungen trieb. Viel zu tun gab es ohnehin nicht.

Die Nächte wurden immer träger. Während Pyschka meistens sehr schnell einschlief, lag Juna oft bis spät nach Mitternacht wach und beobachtete, wie die Zweige des Baums draußen verwickelte Schatten auf die Decke des Zimmers zeichneten. Manchmal fuhr ein Auto vorbei, und sie brauchte ihre ganze Selbstkontrolle, um nicht aufzuspringen und nach einem schwarzen Mercedes Ausschau zu halten. Den Wagen hatte sie nicht mehr gesehen.

Als sie sich einmal mehr von einer Seite auf die andere drehte, in der Hoffnung, eine bequemere Lage zu finden, stieß sie mit einem Fuß ihre Freundin an. Pyschka murmelte etwas, rekelte sich und wühlte im Haar wie eine Filmdiva. »Kannst du auch nicht schlafen?«

Juna lächelte in die Dunkelheit. Wenn sie bloß so wie ihre Freundin ›nicht schlafen‹ könnte, wäre sie schon zufrieden. »Alles gut. In der letzten Zeit dauert es bei mir ein wenig, bis ich die Gedanken abschalten kann.«

»Es ist wegen deiner Mama, stimmt's? Das Album weckt Erinnerungen. Dein Vater hätte die Hinweise woanders verstecken sollen.«

Mama. In den letzten Tagen hatte Juna es erfolgreich vermieden, an sie zu denken, an ihre Gute-Nacht-Küsse und die Geborgenheit, die ihre Mutter ihr geschenkt hatte, als sie noch klein gewesen war. Sie drehte sich um und nahm Pyschka in den Arm. Ein wenig Geborgenheit konnte sie auch so haben. Bei ihrer Freundin. Oder wenn Nick sie manchmal zu sich heranzog und ihr ein behutsames Küsschen auf die Nase gab.

»Ist es schwer für dich?« Pyschkas frischer Zahnpasta-Atem strich ihr über die Wange.

»Was?«

»Nicht zu wissen, was ihr widerfahren ist.«

»Vielleicht ist sie schon lange tot.« Sie rutschte näher und erntete ein empörtes ›Ai!‹, als sie sich auf eine der Locken gelegt haben musste. Es tat gut, neben einem vertrauten Menschen zu liegen und sich so sicher zu fühlen.

»Meinst du wirklich, dass sie tot ist?«

Die Äste des Baums wogten unruhig hin und her. Wenn sie ihnen lang genug zusah, glaubte sie, die Schattenzweige würden sich gleich von den Wänden lösen, um nach ihr zu greifen.

»Ist es nicht seltsam? Ich habe genau gewusst, wer mein Vater ist. Dass er viel Geld und viel Macht hat. Dass andere Leute, die nicht weniger Geld und Macht haben, ihn gerne aus dem Weg räumen würden. Über meine Mutter weiß ich fast gar nichts.«

»Woran erinnerst du dich?«

An die Narbe, die aussah wie eine Eisblume. An das blaugraue, silberne Kleid, das ihre Oma erweitern musste. An einen Ausflug nach Karelien, ihre Eltern, spazierend Hand in Hand am Ufer eines Sees. Auf dem Weg zurück hatte sie sich übergeben, direkt auf die Ledersitze von Kornejs schickem Wagen.

»Da ist kaum etwas, woran ich mich erinnern kann. Alles sehr verschwommen, dabei war ich kein Kleinkind mehr, als sie verschwunden ist. Sie musste viel arbeiten, hat meine Oma immer gesagt.«

»Aber was genau ist kurz vor eurem Umzug passiert? Hast du etwas mitbekommen? Irgendetwas?«

Sie vergrub das Gesicht in Pyschkas Haar. »Die von der Miliz wollten damals dasselbe wissen.«

Ihre Freundin drückte sie fester an sich. »Du hast noch nie darüber gesprochen. Was haben die bloß mit dir gemacht? Man hört so … *Schreckliches* darüber.« Diese klare, helle Stimme war ganz leise geworden. *Schreckliches* hatte Pyschka wohl am eigenen Leib erfahren müssen.

Ja, sie hatte noch nie darüber gesprochen. Über das Gefühl der Ohnmacht, weil andere alles, absolut alles mit einem anstellen konnten.

»Zweimal«, brachte sie endlich hervor.

»Was?«

»Ich durfte zweimal die Bekanntschaft mit den Behörden machen.«

»Was ist passiert?«

»Ich war gerade zwölf geworden, es muss also einige Zeit nach dem Umzug und dem Verschwinden meiner Mutter gewesen sein. Eine neue Schule, keine Freunde – dazu musste ich jeden Tag fünf Haltestellen mit einem O-Bus fahren. Da haben sie mich abgepasst, an der Bushaltestelle. Ein Lada hielt an, der Milizionär meinte, ich soll einsteigen – meine Oma hätte einen Unfall gehabt. Er war nett, hat mich über meine Eltern ausgefragt, ist mit mir ein Eis essen gegangen. Ich musste über Nacht auf dem Revier bleiben, und er hat mich immer wieder nach meinen Eltern gefragt. Meinte, es wurde etwas Wichtiges gestohlen, und ich müsste helfen. Ich wolle doch nicht, dass die Sicherheit des Landes gefährdet wäre. Und so ein Zeug. Ich wusste aber nichts. Erst spät in der Nacht des nächsten Tages tauchte meine Oma auf. Sie brachte mich nach Hause und fragte, was ich der Miliz gesagt habe. Ich meinte: Nichts. Sie nickte nur. Erst später begriff ich, dass die Miliz durch mich vor allem Druck auf Oma machen wollte, damit sie erzählt, was sie weiß. Seit dieser Begebenheit verging kaum ein Tag, an dem sie mir nicht eingetrichtert hätte, wie sehr ich mich vor der Miliz in Acht zu nehmen hätte.« Juna atmete schwer durch. Es war nicht leicht, die Erinnerungen, die sie die ganze Zeit zu verdrängen versuchte, in Worte zu fassen. »Ich habe mich so gefürchtet.

Jeden verdammten Tag. Dann irgendwann nach meinem achtzehnten Geburtstag ist es passiert. Ich wurde als Zeugin auf ein Revier geschleppt, sie stellten Fragen, wollten wieder alles über meinen Vater wissen. Es war derselbe Milizionär von damals. Dieses Mal wollte er kein Eis mehr mit mir essen. Er hat mich stundenlang verhört. Meinte, meine Eltern wären Verbrecher und ich müsste alles erzählen, wenn ich nicht als Mitwisserin in einer Zelle landen will. Dann hat er mir befohlen, mich auszuziehen.« Weiter konnte sie nicht. Egal, wie sehr sie auf ihre Atmung und das Dantian achtete. Sie konnte es einfach nicht.

»Er hat dich doch nicht …«

»Nein, hat er nicht. Aber er hätte es tun können, und ich sollte spüren, dass er es kann.«

»Und dann ließ er dich laufen?«

»Im Raum saß noch ein Mann. Er hat kein Wort gesagt, aber ich glaube, er war vom FSB.«

»Dem Geheimdienst?«

»Ja. Vielleicht konnte ich ihn überzeugen, dass ich nichts weiß, vielleicht hatte er einen anderen Plan gehabt. Oder einen Rest von Schamgefühl. Jedenfalls hat er dem Milizionär irgendwann ein Zeichen gegeben, und ich durfte gehen.«

»Und du hast wirklich keine Ahnung, um was es genau ging? Was für ein Diebstahl das war?«

»Nein.« Auch nicht, warum es ihrem Vater so wichtig war, die *Krähe* zu finden. Was auch immer in diesem Postfach war, sie musste es bekommen. Und wenn Marc es nicht finden konnte, würde sie auf eigene Faust nachforschen. So, wie sie es ihrem Vater versprochen hatte.

Irgendwann schaffte sie es, trotz ihrer Gedanken an das Postfach, einzuschlafen. Viel zu früh wachte sie auf, und da Pyschka noch friedlich vor sich hin schnarchte, ging sie nach unten. Nick schlief auf dem Sofa. Sie fragte sich, wie man so zur Ruhe kommen konnte. Aber vielleicht war Ruhe nicht gerade das, was er suchte. Sondern eine Art Flucht.

Marc war bereits zur Arbeit gegangen. Prinzessin funkelte sie böse von der Sofalehne an, und noch grimmiger, als sie auf dem Sessel eine halb zerlegte Maus entdeckt und entsorgt hatte, ohne sich mit der Mülltrennung auseinanderzusetzen.

Marc kam erst sehr spät zurück und brachte etwas von McDonald's mit. Eine eher enttäuschende Abwandlung der täglichen Brötchen.

»Es gibt Neuigkeiten«, sagte er und stellte die Papiertüten auf den Küchentisch. Nick machte Tee. In Abwesenheit der kaputten Kaffeekanne war das Kaffeetrinken unmöglich geworden, was ihm sichtlich zusetzte. Juna fand es süß, wie er der nutzlosen Maschine gelegentlich einen Blick zuwarf.

Marc wartete, bis auch Pyschka in die Küche gekommen war, bevor er fortfuhr: »Recht viele Neuigkeiten sogar. Du hast mich gebeten, den Namen Poul Rotaj zu überprüfen. Sein Vater ist Deutscher, ein Kleinunternehmer. Seine Mutter ist Russin. Die Eltern sind geschieden, nach der Scheidung ist seine Mutter heimgekehrt, aber schon als Kind hat er sehr viel Zeit in Russland verbracht. Erinnerst du dich an *Hellea*, Danny? Es ist eine Yacht, registriert auf seinen Namen.«

»Und was hat er mit seiner Yacht vor?«, fragte Nick.

»Das wüsste ich auch gern. Dann wäre da die Schießerei im Gebäude. Dem ersten Eindruck nach wusste der Killer genau, was er tat. Er hat sich den Zugang zum Gebäude verschafft, die Wachleute beseitigt, ist ins 12. Stockwerk gefahren und hat dort die Zielperson eliminiert.«

Die Zielperson eliminiert. Was so beiläufig klang, bedeutete, dass ihr Vater tatsächlich tot war. Sie hatte gehofft, dass er es doch noch irgendwie geschafft hätte. *Der Meister ging aus dieser Welt, als seine Zeit erfüllt war.* Und jetzt war ihre Kehle zu eng, auch nur für die drei Klagelaute. War der Killer ihr gefolgt, nachdem er ihren Vater umgebracht hatte? Wusste er, dass sich dieses Album bei ihr befand? Der schwarze Mercedes … Was, wenn der Killer sie entkommen ließ, damit sie ihn zur *Krähe* führte?

Eine Hand legte sich auf ihre Schulter.

»Alles okay?« Nick setzte sich neben sie.

Sie antwortete nicht. Er wusste genau, dass nichts okay war, das konnte sie deutlich spüren – wie er sie ansah, wie er den Kopf zu ihr neigte. Sie nahm seine Hand von ihrer Schulter. und drückte leicht seine Finger.

»Der Killer hat Kaliber-50-Geschosse verwendet.« Marc nahm Platz ihnen gegenüber neben Pyschka, was diese mit einem entzückten Lächeln quittierte. »Nicht gerade diskret. Merkwürdig ist, dass er seine Waffe sowie seine Ausrüstung, ein Nachtsichtgerät, dagelassen hat.«

»Das Kaliber 50 wurde auch bei den Morden im Zug und im Bus verwendet«, wandte Nick ein.

»Das werden wir prüfen. Auch ob es sich um dieselbe Waffe handelt.«

Pyschka stöberte in den Tüten und holte die Pappschachteln heraus. Egal in welchem Land, McDonald's sorgte für ein vertrautes Gefühl bereits beim Anblick der Verpackungen.

»Warum hat er dagelassen die Waffe?«, fragte Juna. Der Geruch der noch warmen, fettigen Pommes rief in ihr Übelkeit hervor. Zu deutlich sah sie vor ihrem inneren Auge, wie Makar getötet wurde, wie sein halber Kopf ihr ins Gesicht spritzte. Die Kratzer von den Knochensplittern, die ihr beim Schuss entgegengeschleudert worden waren, waren noch nicht verheilt.

»Das ist wirklich seltsam«, erwiderte Marc. »Es war übrigens eine Desert Eagle. Eine ungewöhnliche Wahl.«

»Eine was?«

»Eine halb automatische Pistole. Groß, schwer, laut.«

Sie warf Nick einen Blick zu, der eine Hand auf den Tisch gelegt hatte und mit einem Zeigefinger unruhig auf die Platte tippte. War es richtig, mit ihm über diese Geschosse zu reden? Sie dachte an Makar, aber woran musste Nick immer wieder denken? An die Kugel, die ihn getroffen hatte? Und an den Jungen in seinen Armen?

»Eine Desert Eagle«, murmelte er. »Keine typische Waffe für einen Killer. Eigentlich eher ungünstig.«

»Warum?« Sie bemühte sich, Nicks Unruhe auszublenden, die sich auf sie übertrug.

»Schwer, teuer«, erklärte er, »sowohl die Waffe selbst als auch die Munition. Dazu kommt noch, dass nicht wirklich viele Patronen in das Magazin passen, weswegen man Ersatzmagazine mitführen muss.«

Jeder Schuss ein Treffer.

Ganz bewusst nahm sie ihre Umgebung wahr, um der aufsteigenden Panik nicht zu erlauben, sie zu übermannen: Wie sich der Stuhl mit dem Stuhlkissen anfühlte, wie die Standuhr im Wohnzimmer leise die Sekunden zählte, wie eine Fliege träge über die Deckenlampe kroch.

»Zu Oleg Woronin«, fuhr Marc fort, »gibt es bisher nicht viel Neues. Der Letzte, der ihn vor seiner Flucht besucht hat, ist ein gewisser Kriminaloberkommissar Falko Haymann.«

»Mein VE-Führer«, murmelte Nick nachdenklich.

Pyschka packte als Einzige ihren Burger aus und biss herzhaft hinein. Juna fand es schon immer süß, wie herrlich ihre Freundin sich über Essen freuen konnte. Die Zeiten mit Oleg, als sie der Meinung war, figurfreundlich essen zu müssen, hatten aus einem fröhlichen Mädchen eine blasse Erscheinung gemacht. Jetzt schien sie langsam wieder zu ihrer alten Form zu finden – in jeder Hinsicht.

»Und zuletzt gibt es Neuigkeiten wegen des Postfachs.«

Juna konnte nur noch zusehen, wie Pyschka kaute. Sie hatte so lange den Neuigkeiten in Bezug auf das Postfach entgegengefiebert, und jetzt, wo sie endlich etwas darüber erfahren sollte, war ihr Kopf wie leergefegt.

»Die Briefmarken verweisen alle auf ein und dieselbe Filiale. Diese Filiale hat auch Postfächer. Und jetzt ratet mal, auf welchen Namen eins angemeldet ist.«

Pyschka biss noch ein Stück von ihrem Burger ab. Etwas Mayonnaise quoll hervor. Ein Klecks würde gleich auf dem Tisch landen.

»Juna Kutscherowa«, sagte Marc in die Stille.

27

Aber so war es nicht. Die Nacht kam ihr unendlich lange vor, und das Frühstück nahm sie kaum wahr. Es gelang ihr nur mühsam, das Toastbrot hinunterzuschlucken, und der schwarze Tee schmeckte ohne gesüßte Kondensmilch bloß bitter. Sie sprach kaum und war dankbar, dass auch Nick nichts sagte. Sogar im Schweigen waren sie einig. Zumal Pyschkas Aufregung für sie alle reichte – seit dem Aufwachen hörte ihre Freundin nicht auf zu reden.

Erst am späten Nachmittag war Juna soweit, das Postfach aufzusuchen. In der Zwischenzeit hatte Nick ihr Handy aufgeladen. Zum Eintrag DS gesellten sich nun Marc Gaden und Pyschka mit der Festnetznummer des Hauses. Schon seltsam, dass ihr Adressbuch überwiegend die Nummern von Polizisten enthielt. Sie wollte sich nicht einmal vorstellen, welche Tao-Te-King-Zeilen ihr Vater zu diesem Umstand zitiert hätte. Schließlich brachen sie auf, und nach einer gemütlichen Fahrt durch die halbe Stadt hielt Nick den Wagen vor der Filiale an. Genauso schweigend wie am Tisch saßen sie im Renault, starrten durch die Windschutzscheibe auf die Straße und sahen dem Nieselregen zu, der das Glas besprühte. Als sie ausstiegen, hielt Juna nach dem schwarzen Mercedes Ausschau, doch der ließ sich nicht blicken. Sie sollte endlich aufhören, sich mit Gespenstern herumzuplagen.

Eng umschlungen gingen sie über die Straße. In der Postfiliale war es warm. Es roch nach Büroluft und Papier. Sie blieb stehen, um zu beobachten, wie die Menschen sich hinter einer

Absperrung zu einer ordentlichen Schlange sammelten. Der Nächste betrat die Pufferzone erst, wenn ein Schalter frei wurde. Sie stellte sich vor, wie ihr Vater hier mit den Briefen gestanden hatte, und plötzlich wollte sie wissen, was in den Umschlägen gewesen war. Eine Art Tagebuch seiner Suche nach der *Krähe*?

»Nummer sechzehn«, sagte Nick, als hätte sie es vergessen können. Sie betrachtete die lange Reihe an Postfächern, die eine gesamte Wand wie eine undurchdringliche Panzerung verkleideten.

Da war es, das Fach Nummer sechzehn.

Sie steckte den Schlüssel hinein. Er ließ sich widerstandslos drehen. Sie hatte nicht erwartet, dass es so einfach sein würde.

»Warum nicht Fach bei der Bank?« Sie verharrte mitten in der Bewegung.

»Keine Ahnung. Eigentlich dürfte es gar nicht dein Name sein, denn ein Postfach kann nur von einer Person mit deutscher Anschrift angemietet werden.« Er küsste ihren Scheitel. »Mach schon auf.«

So leicht der Schlüssel sich im Schloss gedreht hatte, so schwer fiel es ihr, diese letzte Bewegung ihrer Hand durchzuführen. Sie fühlte den Plastikgriff in ihren Fingern, den Widerstand der kleinen Metalltür und blickte ins Fach.

Es war leer. Abgesehen von ein paar Werbeblättchen – das oberste pries eine Immobilienfirma an – war nichts drin. Was auch immer hier drin gelegen hatte, es war weg.

»Weg«. Die Gedanken kreisten in ihrem Kopf wie Geier. Oder wie ein Schwarm Krähen – schwarze Gestalten mit ausgebreiteten, fransigen Flügeln. Was ist, wenn die *Krähe* von den Plänen ihres Vaters erfahren hatte und ihnen zuvorgekommen war, um ihre Spuren zu verwischen?

Nick nahm die Blätter aus dem Fach.

»Vielleicht – das?« Juna deutete auf den Immobilienprospekt. Sie wollte einfach nicht aufgeben. Nicht mit leeren Händen dastehen. Warum konnte dieses Unternehmen nicht eine Scheinfirma der *Krähe* sein? »Hinweis. Das ist Hinweis.«

»Vielleicht auch nicht.« Er hielt ihr ein Kärtchen entgegen. Eine schnörkellose Schrift verkündete: *Dream Impressions*, während sich auf das große I ein Rabe hinabstürzte.

Einige Sekunden lang betrachtete Juna die Visitenkarte, ohne dass sie wusste, was dies zu bedeuten hatte.

»Kay?«, brach es endlich aus ihr heraus. »Kay ist die *Krähe*?«

»Ich … kann's nicht glauben. Ich habe keine Ahnung, was das zu bedeuten hat. Hm. Die Karte sieht anders aus als die, die ich vom Studio kenne. Aber es ist ohne Zweifel Kays Telefonnummer.« Seine Stimme klang rau, brüchig.

»Aber er ist …« Was? So nett? Sie dachte daran, wie liebevoll er mit Leah umging, wie sich die Finger der beiden damals am Tisch trafen und wie jede dieser Berührungen etwas sehr Besonderes war. Außerdem hatte sie sich die Krähe mindestens zehn Jahre älter vorgestellt. Und was für eine Verbindung sollte er zu ihrer Mutter haben? Sie würde es nicht herausfinden, wenn sie hier stehen blieb.

»Wir fahren.« Vielleicht war er auch nur ein Bindeglied zur richtigen *Krähe*. Sie mussten der Spur folgen.

»Juna, warte. Ich weiß nicht, ob er schon aus dem Krankenhaus raus ist. Und ob es eine gute Idee ist, dort so aufzutauchen, sollte er wirklich … derjenige sein, nach dem wir suchen.«

»Krankenhaus?«

»Kay wurde von Pawels Leuten übel zugerichtet, als er vor dem Club aufgetaucht ist.«

Sie zögerte. Zu unvernünftig für die *Krähe*, dieses Vorgehen. Andererseits – Liebe hatte mit Vernunft meistens nicht viel zu tun. Das bewies sie selbst am eindrucksvollsten.

»Wir fahren trotzdem.« Entschlossen machte sie das Postfach zu. Ihr Vater hatte gewollt, dass sie dieser Spur folgte. Mit etwas Glück würde es ihr gelingen, ein paar Hinweise zu bekommen. »Wir sind vorsichtig«, versprach sie. Sollten sie sich irren, war es nur ein Besuch unter Freunden, um sich nach Kays Wohlergehen zu erkundigen.

»Okay. Aber wir sagen Marc Bescheid.«

»Und Pyschka! Sie ist allein. Sie macht vielleicht Sorge. Ich will nicht, dass sie …«

»Und Pyschka. Natürlich.« Er lächelte ihr zu und führte sie aus der papierstaubigen Luft der Filiale. Der kalte Regen erfrischte, sie streckte gern ihr Gesicht dem grauen Himmel entgegen und spürte auf jedem Zentimeter ihrer Haut, wie das feine Nass ihre Gedanken klärte.

Der alte Renault ächzte, als sie beide einstiegen. Die Beifahrertür quietschte. Es war ihr noch nie aufgefallen, jetzt nahm sie alles viel intensiver wahr. Während Nick Marc über die Lage informierte, rief sie bei Pyschka an, und es gelang ihr nur mit Mühe, den euphorischen Wortschwall ihrer Freundin zu unterbrechen. Die Aufregung steckte an.

Dream Impressions lag in der Nähe. Das Gebäude war den Bauten der Umgebung zum Verwechseln ähnlich, alles wirkte grau und trostlos. Auf dem Parkplatz stand ein himmelblauer Mazda. Kays Wagen?

Niemand würde sich je zufällig hierhin verirren. Und sollte ein renommiertes Fotostudio nicht etwas glamouröser ausfallen? Daheim kannte sie viele Scheingeschäfte, die für kriminelle Machenschaften genutzt wurden. Warum dann kein Fotostudio? Geführt von einem Fotografen, der viel in der Welt rumkam. Womöglich auch nach Russland. Natürlich! So musste es sein, oder nicht?

Sie wollte aussteigen, doch Nick hielt sie fest. »Warte!«

»Warum?«, wollte sie wissen.

»Ich muss noch etwas basteln.« Er wühlte im Handschuhfach nach Papier, langte nach dem Handbuch des Wagens und riss eine Seite heraus. »Einen Kranich.«

»Du willst machen Kranich? Warum?«

»Elinors Wagen steht da. Kay ist anscheinend noch nicht zurück. Aber vielleicht kann sie uns etwas erzählen. Ich kann mir kaum vorstellen, dass es im Studio etwas gibt, was sie nicht mitbekommen hätte.«

»Ja und?«

»Ich habe dir ja erzählt, dass ich das Studio im Visier hatte. Ich wollte sehen, ob jemand auf einen Kranich reagieren würde, aber da war nichts. Daraus ist aber eine kleine Tradition entstanden. Wenn ich herkomme, bringe ich einen Kranich mit. Elinor empört sich jedes Mal darüber, aber auch das gehört zu unserem Ritual. Ich habe das schon lange nicht mehr gemacht. Vielleicht ist es ein guter Zeitpunkt, es aufleben zu lassen.« Er zögerte, riss eine Seite aus dem Handbuch aus und faltete den Vogel, den er schließlich zwischen zwei Fingern hochhielt. »Hübsch geworden, oder? So, jetzt können wir gehen.«

Sie passte auf, um an den nassen, teilweise moosbedeckten Stufen aus altem Backstein nicht auszurutschen und beäugte kritisch die Wände, die sie vor der Eingangstür umschlossen. Noch ein paar Jährchen, und man müsste aufpassen, hier nicht lebendig begraben zu werden, wenn man klingelte.

Sie drückte auf den Knopf. Eine Zeit lang passierte nichts, dann wurde die Tür geöffnet. Auf der Schwelle erschien die Managerin. Sie trug eine elegante Kombination aus einer weiten schwarzen Hose und einer ebenfalls schwarzen Bluse mit langen Ärmeln, die sich vom Ellbogen aus weiteten und mit einem Zipfel über dem Handrücken endeten. Ihr kurzes, platinblondes Haar bildete einen deutlichen Kontrast zur Farbe ihrer Kleidung, die es schaffte, sogar ihrer Figur zu schmeicheln.

Juna erinnerte sich noch zu gut an die Begegnung mit ihr und lächelte zur Begrüßung, obwohl Elinor eine durchaus einschüchternde Ausstrahlung hatte. Der toughe Teigkloß *Kolobok* in einer Gremlin-Ausführung. Bloß nicht nach Mitternacht füttern. Sie holte tief Luft. »Elinor Martin, die Managerin des Fotostudios *Dream Impressions*, ja?«

Die Feststellung schien nicht gerade auf Begeisterung zu stoßen. »Womit kann ich dienen?«

Juna wollten die richtigen Worte partout nicht auf die Zunge kommen, deshalb stupste sie Nick an: »Sage du ihr!«

Er lehnte sich mit einer Schulter an die Wand, zog lässig den Kranich aus der Hosentasche und hielt es der Frau mit zwei Fingern entgegen. »Sag mal, Herzallerliebste, ist Kay da?«

Mit einem hochgestochenen ›Hm!‹ griff sie nach dem Papiervogel. »Nein, tut mir leid, er ist nicht im Studio, ich weiß nicht, wo er ist oder wann er zurückkommt.«

»Kennen Sie das hier?« Er zeigte ihr eine Visitenkarte.

Seufzend nahm Elinor Martin das Teil entgegen und betrachtete es von allen Seiten. Mit einem Gesichtsausdruck, als müsste sie bei einem Deal die Reinheit der Drogen überprüfen. Schließlich gab sie die Karte zurück. »Ein Fehldruck. Unser erster Versuch, eine Visitenkarte für das Studio zu entwerfen. Ist schon Jahre her. Wissen Sie was? Kommen Sie doch rein, wir reden drinnen weiter.«

Schwungvoll fuhr sie herum und klackerte den Flur entlang auf ihren Pfennigabsätzen.

Das erste, was Juna auffiel, während sie sich beeilte, die Managerin einzuholen, waren die leeren Wände. Die Bilder fehlten. Kein einziges Foto hing mehr im Flur. Sie hielt an, von den kahlen Wänden unangenehm berührt.

Vor einem der Räume drehte sich Elinor Martin scharf um und hielt einen Augenblick still. Dann sagte sie: »Ja, nachdem Leah verschwunden ist, hat er alle Bilder abgenommen, wirklich alle, und nicht nur das: Er hat seitdem kein einziges Foto mehr geschossen. Wir machen uns alle Sorgen. Hier haben wir unseren Empfangsraum, aber das ist Herrn Milla wohl bekannt, nehme ich an.«

Der Raum war spartanisch, aber sehr stilvoll eingerichtet, weiß mit ein paar Akzenten Schwarz, was ihn größer und heller wirken ließ. An der Wand standen ein kleiner Tisch und zwei Ledersessel, die einander zugewandt waren. Darüber verliefen Regale, einige davon so schief und chaotisch, dass man auf den ersten Blick erkannte: Es war Kunst. Oder zumindest sehr nah dran.

Elinor brachte einen Stuhl und nahm selbst in einem der Ledersessel Platz. In den Händen drehte sie den Kranich, den sie zuvor bekommen hatte, bis sie das Origami mit einer gönnerhaften Geste auf den Tisch legte.

Nick setzte sich auf den Stuhl und platzierte die Karte in die Mitte des Tisches. »Warum ist es ein Fehldruck?«

Enttäuscht ließ sich Juna im Sessel nieder. Das mit dem Fehldruck – das wollte sie doch gar nicht wissen! Viel eher, wie oft Kay schon in Russland gewesen war, wie lange, und in welchen Städten. Andererseits war es gar kein schlechter Zug, mit oberflächlichen Themen anzufangen.

Elinor Martin tippte mit ihrem pummeligen, sorgfältig lackierten Fingern auf das große I. »Die Krähe hier hat keinen schönen Neigungswinkel, sieht aus, als hätte sie jemand geworfen wie einen Ball.«

»Es ist eine Krähe?«, bohrte er nach. »Kein Rabe oder ein anderer Raubvogel?«

»Selbstverständlich ist es eine Krähe.«

»Und warum hat Kay ausgerechnet diesen Vogel für sein Logo gewählt?«

»Einst glaubte man daran, dass die Krähe ins Totenreich und zurück fliegen kann. Sein jüngerer Bruder ist im Kindesalter ums Leben gekommen. Vielleicht will er mit ihm in Kontakt bleiben? Mh. Kaffee?«

»Ja. Gerne.« Nick ließ sich keine Gelegenheit entgehen, etwas Koffein zu ergattern.

»Na wunderbar!« Elinor langte über den Tisch und tätschelte Junas Hand. »Komm Kindchen, ich zeige dir, wie eine brasilianische Hymne auf den Kaffee entsteht.«

Als wüsste sie nicht, wie man Kaffee kochte! Manchmal glaubte sie, ihr Russischsein bedeutete hierzulande nur ›nix verstehe‹ und ›zu blöd, um einen Einkaufswagen zu holen‹.

Die Managerin war bereits auf den Beinen, klackerte auf ihren Absätzen in Richtung Flur und zwitscherte unverfroren weiter, obwohl sie nicht mehr zu sehen war: »Krähen sind meiner Meinung nach wundersame Geschöpfe. Ich bin froh, dass er sich für das Motiv entschieden hat. Die Vögel können …«

Jetzt auch noch ein Vortrag über die Familie der Corvidae? Verunsichert suchte sie Nicks Blick. Das konnte doch nicht wahr sein!

»Geh schon«, flüsterte er ihr zu, »vielleicht sagt sie noch etwas Nützliches.«

Sie folgte der Managerin, holte diese aber erst etliche Meter weiter im Flur ein.

»… fast dem Menschenalter entspricht; haben sie einen Partner erwählt, bleiben sie ihm treu, und da soll mir jemand erzählen, dass eine Ehe unnatürlich sei! Und wie intelligent diese Tiere sind …«

Erst in der Küche war der Vortrag beendet, dafür begann einer über den brasilianischen Kaffee.

Irgendwann waren aber auch diese drei Tassen zubereitet. Über das Brutverhalten der Krähen und die Röstungsmöglichkeiten vom Kaffee wusste sie jetzt bestens Bescheid.

»Ach, ich habe gar keine Kekse mehr, nun, etwas zum Verschönern gibt es trotzdem.« Elinor Martin durchsuchte die Taschen ihrer Hose und verteilte auf den Untertellern die Origamikraniche – den aus dem Handbuch bei sich und zwei weitere auf den beiden übrig gebliebenen Tellern. »Das ist deiner.« Sie drückte Juna eine der Tassen in die Hände.

»Danke.«

»Keine Ursache.« Elinor Martin deutete auf den Kranich. »Ein wenig wie Glückskekse, was? Was mich angeht, halte ich mich immer an die klugen Sprüche – die alten Chinesen wussten schon Bescheid. Wie war das? Ach. Wenn der Gegner übermächtig ist, ist Hilfe zu suchen keine Schwäche.«

»Was?«

»Ach, was rede ich nur für einen Unsinn! Vergiss es. Komm endlich!«

Die Managerin nahm die zweite Tasse ebenfalls und tippelte in den Flur. Mit ihrer Energie erinnerte sie an den unermüdlichen Duracell-Hasen, der lief und lief und lief ... Juna steckte den Kranich ein und eilte der Frau nach. »Hilfe suchen keine Schwäche. Was meinen Sie?«

Sie waren bereits auf dem halben Weg zum Besprechungsraum, als das Schloss der Eingangstür rasselte. Elinor Martin blieb abrupt stehen.

»Kay?«, fragte Juna hoffnungsvoll.

Das Schloss rasselte weiter. Wenn es Kay war, dann wusste er anscheinend nicht mehr, was man mit einem Schlüssel anstellte. Oder er traf das Schlüsselloch nicht.

Die Managerin bewegte sich nicht, und ihr voluminöser Körper versperrte den Blick auf die Tür. Gerade als Juna zur Seite treten wollte, flog die Eingangstür auf und knallte mit einer ungeheuren Wucht gegen die Wand.

Elinor Martin ließ die Kaffeetassen fallen und stieß Juna in eins der Büros. Männer stürmten den Flur.

Als Juna sich umdrehte, sah sie, wie in Elinors so sorgfältig manikürter Hand eine Pistole lag, das rechte Hosenbein war hochgekrempelt. Die Frau schoss und ging in Deckung. Einer der Männer stolperte nach vorne, die anderen erwiderten das Feuer.

Eine der Kugeln schlug in die Wand neben Junas Kopf ein. Sie duckte sich, suchte Schutz – eine weitere Kugel ließ ein Stück Holz aus dem Rahmen absplittern. Mit hämmerndem Herzen drückte sie sich gegen die Wand neben der Tür und schob sich ein Stück weg. Sie glaubte zu hören, dass Nick ›Polizei! Waffen fallen lassen‹ oder etwas sehr Ähnliches rief, doch weitere Schüsse zersprengten den Klang seiner Stimme.

Während alles im Chaos versank, stürmte ein bewaffneter Mann ins Büro. Sein Schädel war kahl rasiert, die Gesichtszüge – wie versteinert. Er roch nach Schweiß, konserviert in Polyester-Klamotten.

Wo war Nick? War er am Leben?

Was passierte hier?

Der Mann griff nach ihrem Oberarm.

Sie merkte, dass sie noch immer den Unterteller in ihrer Hand hielt. Mit aller Kraft schlug sie damit ihrem Angreifer ins Gesicht und erwischte sein Nasenbein. Blut rann über seinen zusammengekniffenen Mund.

»Schlampe!«, zischte er auf Russisch und drückte die Pistole gegen ihre Schläfe.

Sie schloss die Augen.

Nein, ihr Leben zog nicht vor ihrem inneren Auge vorbei. Sie dachte an Nick. Dass er wie sie hier sterben würde.

»Beweg dich.« Der Typ manövrierte sie in den Flur und brüllte nun auf Deutsch: »Alles!«, womit er vermutlich ›Aus!‹ meinte, »Oderr sie – tot.«

Die Schüsse verhallten.

Sie wurde vorwärts geschoben, stolperte – über einen Arm. Zu ihren Füßen lag die tote Elinor. Der weite Ärmel ihrer Bluse war hochgerutscht. Auf der Innenseite des Armes zeichnete sich eine Brandnarbe ab, die aussah wie eine Eisblume.

28

Die kalte Luft strömte von draußen durch die weit aufgerissene Tür und ließ sie frösteln. War das wirklich möglich? Es kam ihr so unwirklich vor, aber das Mal an Elinors Unterarm ließ keinen Zweifel zu. Es war dasselbe Mal, das sie von ihrer Mutter in Erinnerung hatte. Und doch war diese Frau ganz anders, als sie sich ihre Mutter immer vorgestellt hatte. In ihrer Gangart, ihrem Aussehen, ihrer Figur – sogar in der Stimme und der Sprechart. Sie schloss die Lider. Zwölf deutsche Briefmarken im Album. Für jedes Jahr, in dem ihre Mutter verschwunden blieb? Waren es gar nicht Vaters Nachrichten, sondern ein Lebenszeichen von ihr? Mama … Das lange, schwarze Haar hast du von ihr, hatte Oma beteuert, wenn die Bürste vom Kopf bist zu den Haarspitzen glitt, immer und immer wieder. So schönes Haar. Und die Figur – ja, das ist meine *Norka*, hatte Oma des Öfteren geseufzt, pass auf deine Hüften auf, Kind.

Norka – wie der kleine Sumpfotter. *Norka*, wie Nora von Elinor?

»Weitergehen!«, bellte der Mann hinter ihr und stieß ihren Kopf mit dem Lauf an.

Sie ließ sich vorwärtsschieben, jede Bewegung fühlte sich steif an. Der hochgerutschte Ärmel, diese Narbe – vor ihrem inneren Auge schien die Eisblume größer und größer zu werden und alles hinter ihren verwobenen Mustern zu verbergen. Umso unwirklicher erschien ihr der Griff des Mannes, der mit solcher Gewalt zudrückte, als wolle er ihr den Oberarmknochen brechen.

Als Nick sie zum ersten Mal hierher gebracht hatte, war Elinor da. Wie befremdlich, jetzt diese erste Begegnung zwischen ihnen in allen Details durchzugehen, nach einem Hinweis zu suchen und nichts, absolut nichts zu finden. Diese Frau hatte sie wie eine Fremde angesehen. Um dann in der Nacht ins Zimmer zu schleichen und sie zu beobachten?

Aber die Narbe! Die Narbe log nicht.

Ihre Mutter … *Da liegt sie. Im Flur. Hinter dir. Du musst dich nur nach ihr umdrehen.*

Aber das konnte sie nicht. Jede unerlaubte Rührung führte einen heftigen Stoß mit der Pistole gegen ihren Schädel. Noch ein bisschen härter, und sie würde ein Loch darin haben ganz ohne die Kugel.

»Wo ist der andere?«, bellte der Mann und packte sie am Haar.

Noch hoffte sie … Hoffte, dass Nick es irgendwie geschafft hatte, hier rauszukommen. Aber er kam schon aus dem Empfangsraum, während ein Typ hinter ihm die Waffe in seinen Nacken drückte.

Bitte verzeih mir, formte sie stumm mit den Lippen. Auf Russisch. Er würde es nicht verstehen.

Wie blöd sie doch gewesen war, darauf zu bestehen, hierher zu fahren. Ohne für Rückendeckung zu sorgen. Ohne sich wirklich sicher zu sein, dass keiner ihnen folgte.

Auf der Treppe waren langsame, unregelmäßige Schritte zu hören, ein Schlurfen, und schweres Atmen, als forderten diese wenigen Stufen von jemandem die letzte Energie, und schließlich trat eine Gestalt in den Flur. Juna erkannte den Mann, der sich auf eine Krücke stützte, nicht sofort, so sehr war sein Gesicht, sein ganzes Wesen verunstaltet.

»Oleg?«

Er deutete eine Verbeugung an, soweit es ihm sein Körper erlaubte. Die Schmerzen, die dieses Schauspiel ihm verursachte, ertrug er stoisch, sogar mit einem rabiaten Halblächeln. »Ich frage mich, was ich bei dieser unserer Begegnung zitieren soll. Mal überlegen. Was hältst du von diesen Zeilen:

Wenn das Leben dich betrügt,
Sei nicht traurig, nicht beklommen!
Bleib auch beim Schicksalsschlag vergnügt:
Ein bessrer Tag, glaub mir, wird kommen.«

Wie er beim Rezitieren die Augen nach oben rollte, erinnerte sein Gesicht an Puschkins Totenmaske, nur in einer Van-Gogh-Ausführung.

»Oleg!«, sagte Nick, eindringlich und dennoch bedrohlich ruhig. »Du auch hier?«

Oleg fuhr herum und schwankte. Einer von seinen Jungs war sofort bei ihm und stützte ihn. Zuerst dachte Juna, er würde sich diese Blöße nicht geben, doch dann verlagerte er sein Gewicht, holte mit der Krücke aus und ließ sie auf Nick hinuntersausen. Er zielte auf den Kopf, doch Nick hob rasch die Hand und fing den Metallstab ab. Ohne Mühe trotzte er Olegs Versuchen, das Ding zurückzubekommen. Bis direkt neben seinem Ohr die Pistole abgefeuert wurde. Er keuchte, ließ die Krücke los und drückte sich eine Hand aufs Ohr. Im gleichen Augenblick drosch Oleg auf ihn ein, dann noch einmal und noch einmal, bis Nick in die Knie ging.

»Nein, lass ihn!« Juna machte einen Ruck auf ihn zu, doch der Mann hinter ihr riss sie am Haar zurück.

Oleg wandte sich ihr zu. »Juna, wo waren wir? Bei Puschkin, wenn ich mich nicht irre. Ja, er hat zu allen Lebenslagen was zu sagen, der Poet. Und recht hat er! Wie es aussieht, brechen für mich endlich die besseren Tage an.«

»Was willst du von uns?« Sie sah zu, wie ein Blutrinnsal Nicks Stirn hinunterkroch. Der Typ hinter ihm hielt ihn mit seiner Pistole unten.

»Von euch? Meinst du dich und diesen …« Er verzog das Gesicht und wechselte auf Deutsch. »Bullen! Na?«

Nick schwieg. Oleg seufzte und schüttelte bedauernd den Kopf. »Ja, er redet nicht mit jedem, Juna. Dass du dich mit diesem Stück Dreck abgibst! Hat er dir schon erzählt, wie tapfer er mir das Leben gerettet hat? Damit ich den Rest davon hinter Gittern verbringe? Nicht mit Oleg Woronin.« Er lachte auf, was krächzend wie ein Vogellaut kam. »Nikcht mit Oleg, Niekkie, klarr? Ich krrrieege alles zurrück! Alles!«

Nick sah auf. »Lass sie gehen. Und wir reden über die Sache. Es gibt sicher Möglichkeiten …«

Oleg machte ein Zeichen und der Typ schlug ihn mit dem Pistolengriff an die Schläfe.

»Lass ihn!«, rief Juna.

»Und dann? Willst du mit mir etwa auch reden? Nein, Juna, zum reden ist es zu spät. Anscheinend hat er es noch immer nicht kapiert, wie es bei uns läuft. Wir machen keine Deals mit der Staatsanwaltschaft, wir verraten unsere Brüder nicht. Und jetzt …«, er machte eine weit ausschweifende Geste, »habe ich alles, was ich brauche. Und noch mehr. Aber weißt du was? Ich tue dir einen Gefallen, Juna. Obwohl du mich fast das Leben gekostet hast, werde ich nett zu dir sein. Ich erspare dir zuzusehen, wie sein Hirn an der Wand landet. Was sagst du?« Er machte ein Zeichen.

Der Typ schob sie der Eingangstür entgegen.

»Nein!« Sie wehrte sich.

Wollte sich wehren.

Doch der Mann bog ihr den Kopf in den Nacken und zischte ihr ins Ohr: »Mach weiter so, und du wirst gleich sehen, wie viel Spaß ihm eine Kugel im Knie machen wird.«

»Nein. Bitte, nicht. Oleg! Ich mache alles, was du willst, nur tu ihm nichts an!«

Oleg stand bereits draußen vor der Treppe und stützte sich auf seine Krücke. »Das wirst du auch so tun, glaub mir. Beweg dich!«

Der Typ stieß sie über die Schwelle und zerrte sie die Treppenstufen hoch. Es nieselte wieder. Auf dem Parkplatz standen ein schwarzer Mercedes und ein protziger Geländewagen. Der Chauffeur der Limousine kam herum und öffnete die hintere Tür. Juna wurde immer weitergeschoben, dem Auto entgegen. Nick. Sie musste etwas tun. Irgendetwas versuchen. Verflucht, hatte sie etwa umsonst so lange Taiji geübt? Jetzt brauchte sie es so dringend wie nie zuvor. Aber gegen so viele Männer? Und ihre Waffen?

Oleg humpelte auf sie zu, blieb vor ihr stehen und tätschelte ihre Wange. »Ich fürchte, diese Reise wird nicht ganz so bequem für dich ausfallen, Juna.«

Ihre Hände wurden nach hinten geführt, eine Schlaufe legte sich um ihre Handgelenke und wurde festgezurrt. Sie fuhr mit den Fingern über ihre Fessel. Ein Kabelbinder. Verdammt. Irgendetwas, irgendetwas musste sie tun, und zwar sofort. Sonst war Nick tot. Jede Sekunde war kostbar. Vielleicht konnte sie ihn mit dem Album ködern?

»Oleg, ich weiß, was du willst. Ich gebe es dir!«

Der Mann, der sie die ganze Zeit festgehalten hatte, öffnete den Kofferraum des Mercedes und schob sie hinein. Sie rief nach Oleg, wand sich hin und her, rief, er solle ihr endlich zuhören …

Er trat in ihr Sichtfeld und legte eine Hand auf den Kofferraumdeckel. »Mach es dir doch nicht noch schwerer.«

Er lächelte.

Wartete.

Worauf wartete er noch?

Dann hörte sie den Schuss.

»Nein!«, brüllte sie und zappelte in ihren Fesseln.

»Wunderbar. Jetzt können wir los.« Oleg strich ihr die Haare aus dem Gesicht. Ein schwarzer Sack wurde über ihren Kopf gestülpt.

Dann wurde der Kofferraum zugemacht.

29

Sie schrie, nach Oleg, nach Nick, trat mit den Füßen gegen eine Wand des Kofferraums, sofern die Fesseln und die Enge es ihr erlaubten. Sie schrie, damit sie ihre eigenen Gedanken nicht hören konnte. Und aus der vagen Hoffnung, die Luft möge ihr ausgehen, damit sie ohnmächtig werden konnte.

Aber sie wurde nicht ohnmächtig.

Das Auto musste das Industriegebiet verlassen haben, das Schaukeln wurde gleichmäßiger und das Rauschen der Reifen über Asphalt – schneller. Jetzt blieb sie allein mit ihren Gedanken. Der Schuss. Sie zuckte zusammen, wimmerte und wurde von einer anderen Erinnerung übermannt – an etwas Warmes, teilweise Spitzes, dass ihr ins Gesicht geschleudert wurde. An den Geruch von frischem Blut und daran, wie es ihre Wangen hinunterkroch.

Nick.

Nein, es konnte nicht sein, dass er tot war. Dass es ihn nicht mehr gab: sein Lächeln, seine Küsse, seine tröstliche Umarmung.

Tot.

Das Wort war überall. Und klang in jeder Sprache erschreckend endgültig. So unbegreiflich. Wie konnte er tot sein? Er hatte doch schon einmal eine Schussverletzung überlebt …

Sie merkte, dass sie weinte. Dass die Tränen sich in das Material des Sackes einsaugten und den Stoff an ihren Wangen kleben ließen. Sie schrie nicht mehr. Lag einfach da und erlaubte den Tränen, über ihr Gesicht zu laufen.

Das Auto fuhr immer weiter. Es hielt nur kurz, vermutlich an den Ampeln, um sich sogleich in Bewegung zu setzen. Sie fragte sich nicht, wohin Oleg sie brachte. Es war ihr egal.

Erst nach einer Stunde hielt der Wagen an. Dieses Mal wartete der Mercedes nicht auf das Grün einer Ampel, sondern auf etwas anderes. Minuten vergingen, und nichts bewegte sich. Sie lag zusammengekrümmt im Kofferraum, ihr Körper wurde langsam taub, als würde er nach und nach absterben, und die Luft schien mit jedem Atemzug schwerer. Sie war froh um diese Benommenheit. Alles erschien fern und unwirklich. Als ob Nick noch irgendwo leben würde, sobald sie nichts mehr fühlte, sobald sie sich von ihrem Körper losgesagt hatte.

Eine Tür öffnete sich, jemand stieg aus. Undeutliche Stimmen drangen zu ihr durch, dann wurde der Deckel des Kofferraums aufgerissen. Kalte Luft strömte herein und rüttelte ihren Verstand wach. Sie erzitterte.

»Zufrieden?«, hörte sie Oleg fragen. »Was ist jetzt mit dem zweiten Teil unserer Vereinbarung?«

»Der wird geringfügig geändert.«

Ein Schuss tönte. Ein Körper sackte zu Boden, das Geräusch kam dumpf, weich, als wäre er im Gras gelandet.

»Oleg, du bist doch schon lange genug dabei, um zu wissen, dass ein Todesurteil unumkehrbar ist.« Die tiefe, männliche Stimme klang beinahe freundlich. »Auch bei den Bullen hätten wir dich erwischt. Sei dem Deutschen dankbar, dass er dir noch ein paar Wochen dieses bezaubernden Frühlings geschenkt hat.«

Er röchelte protestierend wie zu einer Antwort, bis ein zweiter Schuss jeden Widerspruch unterband.

Atmen! Du kannst noch immer atmen.

Sie brauchte einen Moment, bis sie es geschafft hatte, sich auf das Dantian zu konzentrieren und alle Gefühle, alle Gedanken vorbeiziehen lassen. Wer auch immer da stand und ihrer Verzweiflung zusah, er gönnte ihr diesen Moment.

»Juna, wie schön, deine Gesellschaft wieder genießen zu dürfen.« Während alles in ihr in eine Schreckstarre fiel, erkannte sie endlich die so freundliche Stimme. Byk! Was hatte er vor? Sie zu Pawel zu bringen?

Ohne Eile durchsuchte er sie und nahm ihr das Handy ab. Schließlich setzte er sich auf die Kante des Kofferraums und strich über den verrenkten Arm. »Du warst doch in diesem Mädchenlager. Erinnerst du dich noch an die Regeln, die meine Jungs dir dort beigebracht wurden?«

Seine Hand war an den Fesseln um ihre Gelenke angelangt. Sie hatte so sehr an der Schlaufe gezerrt, dass das Plastik sich tief ins Fleisch gegraben hatte. Die aufgescheuerten Stellen taten weh, jede Bewegung und jede fremde Berührung.

Er strich ihr über den kleinen Finger. »Anscheinend nicht mehr. Das ist schade. Aber keine Sorge, das haben wir gleich.«

Im nächsten Moment packte er den Finger und riss ihn herum, bis es knackte, sie aufschrie und sich in ihren Fesseln aufbäumte.

Erst nach einigen Minuten kam sie zu Besinnung.

Schwer atmend, still und fast betäubt vor Schmerz lag sie da. Der Stoff des Sackes klebte an ihrem Gesicht. Sie glaubte, bei jedem Schnappen nach Luft Tränen und Schweiß einzuatmen.

Den kleinen Finger konnte sie nicht mehr bewegen.

Sie bekam mit, wie Byk sich über sie beugte und darauf pustete. Allein bei diesem Lufthauch wollte sie vor Schmerz wimmern.

Byk richtete sich wieder auf. Das Auto ächzte unter seinem Gewicht. »Ich werde die Regeln wiederholen. Das tue ich nur dieses eine Mal. Also hör mir gut zu. Ich stelle die Fragen, und du beantwortest diese Fragen. Und so bringen wir das Ganze schnell hinter uns. Haben wir uns verstanden?«

Er legte seine Hand auf ihren gebrochenen Finger. Der Schmerz jagte in einer neuen Welle in ihr Hirn. »Ja«, stieß sie hervor und erkannte ihre eigene Stimme kaum noch. Es war mehr ein Krächzen als ein Wort.

»Wunderbar.« Er schlug den Kofferraum zu.

Einige Minuten später setzte sich der Wagen wieder in Bewegung. Sie bemühte sich, ihre Finger nicht zu regen und damit nirgends anzustoßen. Doch der Wagen bremste hart oder beschleunigte, als hätte er allein die Absicht, sie hin und her zu werfen. Immer wieder wurde ihre Hand gegen etwas gedrückt und der Schmerz in ihrem Finger schien zu explodieren. Schon bald schmeckte sie nichts als Blut, so sehr hatte sie an ihrer Unterlippe herumgebissen, um nicht schreien zu müssen. Sie wusste nicht, wie viel Zeit vergangen war, bis das Auto aufhörte, sie zu quälen. Der Deckel wurde aufgemacht.

»Endhaltestelle«, verkündete Byk und warf sie aus dem Kofferraum direkt auf den Boden. Sie landete mit dem Gesicht nach unten, drehte den Kopf. Etwas Warmes floss aus ihrer Nase. Ihr wurde schlecht. Hier, an der frischen Luft, wurde ihr so übel, dass sie glaubte, sich gleich übergeben zu müssen.

Byk durchtrennte die Fesseln an ihren Knöcheln und zog sie hoch. Der Boden schien zu schwanken, immer wieder gaben ihre Beine nach, doch ihr Peiniger hielt sie aufrecht. »Geh.«

Er dirigierte sie über den Asphalt, zumindest fühlte es sich so an, dann war es … Holz? Sie wusste es nicht. Aus ihrer Nase strömte Blut, sie roch nichts anderes, und neben ihrem Ohr löschte Byks Schnaufen alle anderen Geräusche aus.

»Stufen. Hoch mit dir.«

Eine Treppe. Eine sehr schmale, steile Treppe. Aus Metall?

Sie kämpfte um ihr Gleichgewicht, doch blind, gefesselt und auf schwachen Beinen war das ein Ding der Unmöglichkeit. Irgendwie hatte Byk es geschafft, sie trotzdem hochzuziehen. Ein paar Schritte gingen sie weiter, dann folgte eine weitere Anweisung: »Noch eine Treppe. Runter.«

Er drückte ihren Kopf nach unten und manövrierte sie rein – wo auch immer es war. Sie wurde auf einen Stuhl niedergezwungen. Er hatte eine hohe, leicht gebogene Lehne, die ihren Rücken stützte, und einen gepolsterten Sitz. Mit offensichtlich geübten Griffen zurrte Byk ihre Hände an der Lehne, und die Füße an den Stuhlbeinen fest.

Mit einem Ruck zog er den Sack von ihrem Kopf.

Sie befand sich in einem recht winzigen Zimmer. Die schmalen Fenster an der Wand zu ihrer rechten waren verdunkelt. Oder es war bereits Nacht geworden. Byk ließ sich auf eine Couch in der Ecke nieder. Der Stuhl, auf dem sie saß, stand direkt vor ihm, anstelle eines gläsernen Couchtischs, der dafür zur Seite gezogen war. Ein Korb mit Früchten – Ananas, Bananen, Granatäpfel, Orangen – befand sich darauf. Unzählige in die niedrige, holzverkleidete Decke eingebaute Halogenlichter verbreiteten einen Touch von Coolness und Eleganz.

Ihr wurde schwindelig. Die Lichter zogen immer längere Strahlen, wurden zu Sternen … sie ließ den Kopf auf die Schulter fallen. Ein flauschiger, hellblauer Teppich bedeckte den Boden. Das Blut aus ihrer Nase tropfte darauf.

Byk packte ihren Kopf am Kinn und drehte ihr Gesicht zu sich. »Wenn ich mit dir rede, wirst du mich ansehen. Verstanden?«

»Ja«, flüsterte sie kraftlos.

»Gutes Mädchen.« Er lächelte. Sorgfältig und beinahe zärtlich wischte er ihr das Haar aus dem Gesicht. »Ich wusste, dass wir uns bestens verstehen werden.«

»Was willst du von mir?«

»Ai-jaj-jaj.« In seiner anderen Hand erschien ein Springmesser, er drückte auf den Knopf und die Klinge schnellte empor. »Hast du vergessen, wer hier die Fragen stellt?«

Er schnitt ihr ins Gesicht. Von der Schläfe aus bis zur Wange zog er mit der Spitze eine durchgezogene Linie. Ihr Schweiß brannte in der Wunde. Aber er war noch nicht fertig.

Sie stöhnte. »Ihr habt meinen Vater ermordet. Und meine Mutter vor meinen Augen erschossen. Was wollt ihr noch?«

Byk zog die Klinge zurück. Er runzelte die Stirn und mit einem Mal wirkte sein Gesicht wie unbedarft zusammengeknetet – die tiefe Stirn, die fleischige Nase und das kräftige Kinn. »Deine Mutter erschossen? Was meinst du damit?«

»Oleg. Im Studio.« Sie schnaubte. »Hat er vergessen, das zu erwähnen?«

Byks Hand grub sich in ihre Wangen. Die Nägel ritzten in die Schnittwunde. »Wie war ihr Name? Antworte!«

»Elinor Martin.«

»Verdammte Scheiße!« Er ließ sie los. »Dieser Vollidiot!«

Eine Weile starrte er vor sich hin wie weggetreten. Erst nach ein, zwei Minuten fixierte sein Blick Juna. »Ich fürchte, diese Unterhaltung wird etwas länger dauern als gedacht.«

»Dann hoffe ich nur, dass du von Pawel pro Stunde bezahlt wirst. Was ist nur zwischen uns passiert, dass er mich nicht selbst foltern will?«

Er ohrfeigte sie. Ihr Kopf schien zu zerbersten, als würden Myriaden von Splittern darin herumgeschleudert. »Spiele nicht die Heldin. Es wird niemand kommen, um dich zu retten. Das weißt du doch, oder? Also lass uns reden wie zwei erwachsene Menschen. Deine Mutter, die *Krähe*, hat etwas bei der russischen Regierung gestohlen. Wo ist es?«

Sie hob den Blick. »Meine Mutter, die … wer?«

Er holte aus. Sie sah den Schlag kommen und konnte nichts, absolut nichts dagegen tun. Die Ohrfeige traf sie auf die Seite mit der eingeritzten Wunde.

»Dieses eine Mal werde ich die Frage wiederholen. Deine Mutter hat etwas bei der russischen Regierung gestohlen. Sie musste mit dem Diebesgut fliehen und hat sich hier in Deutschland versteckt. Die *Krähe* wurde geboren. Ein Phantom, das überall seine Fühler hatte, aber an das man nicht herankam. Sie hat ihren Einfluss gefestigt und ist trotzdem im Hintergrund geblieben. Und sie hat Jahre lang aufbewahrt, was sie aus Russland mitgenommen hat. Oder war es doch dein Vater? Hatte er die Aufzeichnungen? Wo sind sie?«

Schwer hob sie Kopf, um ihn anzusehen. »Ich habe keine Ahnung, wovon du sprichst.«

Er führte die Messerschneide zu ihrem Hals, dann weiter nach unten. Langsam schnitt er ihr die Kleidung vom Leib, bis ihr Oberkörper ganz nackt war. Vorsichtig, ohne sie zu verletzen, streichelte er ihr mit der Klinge über die Brustwarzen. »Du denkst vermutlich, ich werde dich gleich wieder schneiden. Aber ich habe keine Zeit für Kuschelspielchen. Am besten, du sagst mir gleich, was du weißt, Juna. Denn Strom ist wirklich nichts Angenehmes, glaub mir.«

»Hör zu.« Ihre Stimme zitterte. Vergeblich bemühte sie sich um Kraft und Ruhe. »Ich habe nicht die geringste Ahnung, was du suchst oder wo es ist. Ihr habt meine Mutter erschossen, noch bevor ich wusste, dass sie meine Mutter ist. Das erste und einzige Gespräch, das ich mit ihr nach all den Jahren geführt habe, ging über das Brutverhalten von Krähen.«

Byk stand auf. »Schade. Wirklich schade. Ich dachte, du wärst ein kluges Mädchen und würdest dir den unangenehmen Teil ersparen wollen.« Er ging zur Tür, dort drehte er sich noch einmal um und legte eine Hand auf den Lichtschalter. »Wir unterhalten uns gleich weiter, keine Sorge. Laufe mir bloß nicht weg.« Er schnalzte beinahe verspielt mit der Zunge und machte das Licht aus.

Alles um sie herum versank in Dunkelheit.

Nick

Er sagt, ich soll aufstehen. Also stehe ich auf. Er sagt, ich soll mich umdrehen. Mit dem Gesicht zur Wand. Und hebt die Waffe, sodass ich direkt in den Lauf sehen kann, doch ich sehe ihm in die Augen – grün mit braunen Sprenkeln. Er blinzelt schnell, als hätte er einen Fremdkörper darin. Ich weiß nicht, ob er schon einmal jemanden erschossen hat, der ihm dabei ins Gesicht geblickt hat. Er wirkt nicht wie ein abgebrühter Killer, aber er ist auf dem Weg dorthin. Die ganze breitbeinige Pose sagt: ›Hier bin ich der Typ mit der Knarre.‹ Er fuchtelt damit vor meiner Nase herum, aber nicht nahe genug, als dass ich eine Gelegenheit hätte, ihn schneller zu entwaffnen, als er feuern kann. Er weiß es. Und grinst.

Bevor wir hierhergefahren sind, habe ich Marc angerufen, und als die Schießerei losging, habe ich ihm SOS gesimst. Juna hat ihr Handy noch bei sich und es ist an. Marc wird sie retten, sage ich mir.

Auch wenn ich tot bin.

Er darf also ruhig weitergrinsen und abdrücken.

»Poworatschiwajsja!«, brüllt er.

Ein lustiges Wort. Klingt ein bisschen wie der Eintopf-Unfall meines Vaters, nach dem er sich nie wieder an den Herd getraut hat. Schade, dass ich diese Sprache nie lernen werde, um mit Juna zu reden.

»Poworatschiwajsja!« Er ist gleich mehrere Dezibel lauter.

In meinem Ohr fiept es, auch ohne dass er herumbrüllen muss. Als die Waffe abgefeuert wurde, habe ich einige Minuten lang überhaupt nichts hören können. Zumindest dieses unerträgliche Fiepen bin ich los, wenn er endlich schießt.

Hinter ihm bemerke ich eine Regung. Mein Blick wandert an ihm vorbei und ich sehe jemanden am Ende des Flurs stehen, bei der Treppe, die zur Wohnung führt. Es ist Kay. Und er hat eine Waffe.

Langsam hebt er den Arm und … feuert. Der Typ vor mir wirbelt herum und hat Kay schon fast im Visier, als ich mich auf ihn werfe und ihn zu Boden reiße. Die Pistole schlittert aus seiner Hand.

Einige Augenblicke lang kann ich mich nicht rühren. Ich drücke mein Knie in seinen Rücken, presse sein Gesicht gegen den Boden und kann mich nicht rühren. Ich bin am Leben. Mein Herz krampft und das Wummern dringt bis zu meinen Ohren. Ich bin am Leben.

Verdammt. Ich habe keine Zeit, hier Wurzeln zu schlagen. Juna! Sie braucht mich.

Ich lange nach seiner Waffe, zerre ihn am Kragen auf die Beine und schleppe ihn raus, während ich den Lauf in seine Rippen drücke. Er keucht und stammelt, dass ich ihn lieber gleich hier erledigen sollte, dass er tot sei, sollten die anderen mitbekommen, dass er mich nicht erschossen hat – und hört einfach nicht auf zu reden.

Ich schiebe den Kerl die Stufen hoch – doch ich bin zu spät. Mein Herz schlägt ins Leere. Oleg und seine Jungs sind verschwunden – mit Juna. Ich drehe den Typen herum und schleudere ihn gegen meinen Wagen. »Wo ist sie? Wo bringt Oleg sie hin?«

Er sagt, er wisse es nicht.

»Ich werde sie finden, so oder so. Aber wenn du es mir ein bisschen leichter machst, mache ich es dir auch leichter.«

Er sagt, er wisse es nicht.

Falsche Antwort.

Er grinst schon lange nicht mehr. Ich lasse erst von ihm ab, als sein Gesicht kaum noch zu erkennen ist, und denke: verflucht. Juna hat jedes Recht der Welt, die Polizei zu fürchten. Sie hätte jedes Recht, mich zu fürchten, hätte sie mir zugesehen.

Mit einem Mal kann ich ihn nicht mehr anrühren. Er röchelt, als ich ihn hochziehe und den Kofferraum öffne.

»Ich weiß nicht, wo er will sie bringen. Ich weiß nicht«, stammelt er in einem ganz annehmbaren Deutsch.

Ich schüttele ihn durch. »Was weißt du dann?«

»Dass er wird treffen Byk. Kennst du Byk?«

Ich werfe ihn in den Kofferraum und schlage den Deckel zu. Er trommelt dagegen. »Ich weiß nichts mehr! Wirklich! Ich weiß nicht.«

Ich kehre zum Studio zurück. Kay steht immer noch am Fuß der Treppe. Nur seine Waffe hat er gesenkt. Sein Gesicht ist grau, die Augen matt. Gerade hätte er jemanden getötet, zumindest wenn das Projektil nicht einen guten Meter danebengegangen wäre. Er ist kein Killer. Und schon gar nicht die *Krähe*, egal, was auf seiner Visitenkarte steht.

Ich strecke meinen Arm aus. »Gib mir die Waffe.«

Er gehorcht wie ferngesteuert. Es ist eine SIG Sauer P225, vor wenigen Jahren noch die Dienstwaffe der Polizei, bis die Walther P99 sie abzulösen begonnen hat. »Wo hast du sie her?«

Er schaut die Pistole teilnahmslos an. Ein bisschen so, als würde er sie zum ersten Mal betrachten und könne sie sich unmöglich in seiner Hand vorstellen.

»Frag mich nicht.« Seine Stimme klingt dünn. Sein ganzes Wesen wirkt wie erloschen und abgestumpft. Das Einzige, womit er bislang geschossen hat, war eine Fotokamera. Nein, er kann unmöglich die *Krähe* sein. Nicht mit diesem Blick.

Er lässt sich auf die Stufen nieder, stützt die Ellbogen auf den Oberschenkeln ab und vergräbt sein Gesicht in den Händen. »Ich will sie zurück.«

»Die Waffe? Vergiss es.« Aber ich bin mir nicht sicher, ob er die SIG meint. Vielleicht ist es Leah, für die er absolut alles tun würde. Auch jemanden umbringen. »Was machst du hier überhaupt? Ich dachte, du bist im Krankenhaus.«

Er reibt sich das Gesicht. Sein Blick irrt umher und scheint sich zwischen den Leichen und den verschmierten Blutlachen zu verfangen. Er macht nicht den Eindruck, als könnte er noch etwas Vernünftiges sagen. Ich werde ungeduldig. »Kay? Ich werde dich allein lassen müssen, bis die Polizei kommt. Schaffst du es?«

»Elinor.« Er starrt sie an. Ihr regungsloser Körper in der schwarzen Bluse erinnert an einen toten Schmetterling. »Sie hat mich vom Krankenhaus abgeholt. Mein Wagen steht noch immer irgendwo vor dem Club.« Er macht eine Pause, senkt den Kopf und reibt sich wieder über das Gesicht. Seine Bewegungen sind schwerfällig. »Sie hat mir meine Medikamente gegeben. Glaube ich. Ich bin eingeschlafen.« Er redet, damit ich nicht weggehe. Aber ich muss los.

Das Pfeifen in meinem Ohr ist kaum auszuhalten.

»Bis Schüsse gefallen sind«, fährt er fort. »Dann bin ich raus. Rechtzeitig, um dir den Arsch zu retten.«

»Okay. Pass auf. Ich werde einen Freund anrufen, er ist bei der Polizei. Ich muss …«

»Es ist mir scheißegal, wen du anrufst und was du musst. Gib mir meine Waffe zurück«, sagt er barsch, als hätte sich ein Schalter umgelegt.

»Tut mir leid. Ist nicht drin.«

Er packt mich am Arm. »Letztes Mal war ich unvorbereitet, als ich in den Club gegangen bin. Ich habe Poul unterschätzt. Dieses Mal werden sie mich nicht so leicht aufhalten.«

Ich befreie meinen Arm aus seinem Griff und drücke fest seine Finger. »Nein!«

»Ich muss Leah da rausholen.«

»Du bleibst hier.«

»Wie kannst du so etwas sagen? Du bist mein Freund!«

»Genau. Ich kenne die Leute, mit denen du dich anlegen willst. Wenn du dort auftauchst, bist du tot, und das hilft keinem. Ich werde gleich selbst in diesen Club fahren. Und alles, was in meiner Macht steht, tun, um unsere … Mädchen da rauszuholen. Vertraust du mir?«

Er sieht mich an. Dann nickt er langsam.

»Kann ich mich darauf verlassen, dass ich mir nicht auch noch Sorgen um dich machen muss?«

Wieder nickt er.

»Gut.«

»Warte auf die Polizei.« Ich muss mich beeilen. Doch neben Elinor bleibe ich stehen und hocke mich hin.

Ihr Hosenbein ist hochgekrempelt. Auf der Wade, fast ganz verdeckt von dem Holster, ist ein Tattoo. Ich schnalle das Holster ab und betrachte das Bild. Es ist die Silhouette einer Krähe. Fransige, weit ausgebreitete Flügel, der Vogel scheint zum Himmel zu streben und nichts und niemand kann ihn aufhalten.

»Kay? Das Symbol für das Studio – warum wolltest du ausgerechnet eine Krähe haben?«

Er hebt den Kopf und schaut mich an. »Die meisten denken, es wäre ein Rabe.«

»Warum ausgerechnet dieser Vogel?«

Er zuckt die Schultern. »Elinor hat es vorgeschlagen. Sie hat davon gesprochen, wie eine Krähe ins Totenreich und zurück fliegen kann. Ich fand es … passend.«

Also Elinor. Ihr Blut vermischt sich mit dem Kaffee aus den

zerbrochenen Tassen. Sie hat uns mit dem Hinweis im Postfach hierhergeführt. Sie wusste, dass wir der Spur folgen, und hat nichts gesagt. Warum? Ahnte sie, dass wir überfallen werden? Oder wollte sie einfach nichts in meiner Gegenwart verraten? Sie hat mich schon immer als notwendiges Übel betrachtet.

Zwischen den Scherben liegen zwei Kraniche, einer von ihnen ist der, den ich ihr aus der Seite des Handbuchs gemacht habe. Ich stecke beide ein.

Während ich Marc anrufe, steuere ich das Auto an. Die Luft ist so klar, der Regen ist kalt, jeder Atemzug hat etwas Ursprüngliches an sich. Ich lebe noch.

Marc fragt, was los sei. Ich schildere ihm die Lage. Er ist nicht begeistert, was ihm kaum zu verdenken ist.

»Du glaubst, sie wurde in den Club gebracht?«

Es ist schwer, ihn durch das Fiepen in meinem Ohr zu verstehen. Immer wieder denke ich, dass es am Handy liegt und will es schütteln. Oder mich nach der Quelle umsehen, die es nicht gibt.

»Oleg hat da was fallen gelassen. Etwas wie ›Ich kriege alles zurück‹. Er will sie Byk ausliefern, der sie dann vermutlich zu Pawel bringt.«

»Warte auf die Verstärkung.«

»Ich kann nicht. Pawel wird auch nicht damit warten, ihr etwas anzutun. Wer mit zur Party möchte, sollte sich also beeilen.«

»Danny, stopp! Erst einmal …«

»Erst einmal muss ich Schluss machen.« Ich lege auf und steige in den Wagen. Der Typ im Kofferraum protestiert lautstark, als ich den Motor anlasse. Das Fiepen macht mich wahnsinnig. Ich drehe und drücke an dem Radio, aber es ist kaputt, und irgendwann fange ich an, mir etwas vorzusummen. Es ist ›My Heart Will Go On‹, und in meiner Darbietung ist es sogar noch schlimmer als Tinnitus.

Normalerweise bräuchte ich über vierzig Minuten, um vom Studio zum Club zu gelangen. Ich schaffe es in fünfundzwanzig. Entgegen der Meinungen der anderen Verkehrsteilnehmer bin ich sehr vorausschauend gefahren, sonst wäre der Weg von Unfällen gesäumt.

Ich gehe auf Detlev zu. Irgendetwas an der Fassade wird renoviert, unter meinen Schritten vibrieren Holzbretter. Eine Metalltreppe zu meiner rechten führt nach oben. Detlev bemerkt mich und will etwas unter seinem Jackett hervorziehen, doch ich bin schneller. »Umdrehen. Hände an die Wand.«

Ich durchsuche ihn und befördere eine Pistole, ein Messer und zwei Schlagringe heraus.

»Nicki. Du hast auch Nerven, hier aufzutauchen.«

»Nicht Nicki. Kriminaloberkommissar Danny Stahl.« Er stutzt, scheint dann aber zu begreifen. Auch, dass der Club keine große Zukunft mehr hat. »Bring mich zu ihr. Und keine ruckartigen Bewegungen.«

Übertrieben langsam macht er die Tür auf. Das Innere des Clubs ist hell erleuchtet, als würde die Party jeden Moment steigen. Doch wir sind allein. Die Bar zu meiner Rechten ist unbenutzt, nur auf dem polierten Tresen steht eine leere The-Macallan-Flasche. Ich schüttele den Kopf, doch das Fiepen bleibt in meinem Ohr. Und ich kann meinen Blick nicht von dieser Flasche abwenden.

»Er wollte allein sein.« Detlevs Stimme rüttelt mich auf.

»Was?« Ich blinzele ihn an, und die Kopfschmerzen scheinen mit jedem Herzschlag stärker in meinen Schläfen zu pulsieren.

»Er wollte allein sein mit seiner Kleinen.«

Ich muss mich konzentrieren. Noch einmal die Aufmerksamkeit zu verlieren kann ich mir nicht erlauben. Detlev hätte mich locker außer Gefecht setzen können.

Er führt mich zum VIP-Bereich. Jedes Zimmer hat ein anderes Motiv. Bei der Einrichtung hat Pawel viel Liebe zum Detail gezeigt; der Club ist sein Baby, sein Ein und Alles. Das Lämpchen am Lesegerät für die Karte leuchtet rot. Ich schieße das Schloss auf und trete die Tür ein. Pawel. Er dreht sich schwerfällig um. Zu seinen Füßen krümmt sich eine Gestalt, die etwas vom Boden hebt und ihm ins Bein rammt. Er schwankt, greift nach seiner Pistole, doch ich bin schon bei ihm und schlage ihm meine Waffe ins Gesicht. Sein Kopf knallt gegen die Wand. Langsam rutscht Pawel herunter. Gut, so macht er keinen Ärger mehr.

Die Gestalt am Boden regt sich. Ein leises Wimmern ertönt. »Juna!« Ich bin sofort bei ihr und will sie hochheben. Aber es ist nicht Juna. Es ist Leah.

30

Sie fror. Obwohl sie wusste, dass es im Zimmer warm war, fror sie bis in die Eingeweide, die sich immer fester zu verknoten schienen. Sie stellte sich vor, wie sie sich auf den hellblauen Teppich übergeben würde. Ihre Kehle wurde immer enger. Es kostete sie Kraft, die Panik zu bezwingen. Wenn sie ganz still dasaß, fühlte sie, wie das Zimmer sanft schaukelte. Befand sie sich auf einem Boot?

Die Kälte in ihr ließ sie zittern. Vielleicht weinte sie. Das Nass lief unaufhörlich ihre Wangen herab und tropfte auf ihre nackte Brust. Nackt. Ausgeliefert. Der Kälte und der Schwärze und allem, was noch folgen sollte.

Sie hasste die Dunkelheit. Bereits seit dem Abend, als ihre Oma sie in ein Zimmer gesperrt hatte, weil sie den Teller mit Nudeln so heftig von sich geschoben hatte, dass er über die Tischkante schlitterte. Die Dunkelheit damals war genauso scheußlich gewesen. Sie hatte mit flachen Händen gegen die Tür getrommelt und geschrien, konnte gar nicht mehr damit aufhören, auch nicht, als Oma hereingestürmt kam und sie angebrüllt hatte, sie solle endlich still sein und dass ihre Mutter verdammt noch mal nie wieder zurückkäme.

Ihre Mutter. Warum? Warum das alles? Die Flucht, die Heimlichkeiten. Und der Vortrag über die Krähen! Warum hatte sie nicht einfach sagen können: ›Juna, mein Schatz, schön dich zu sehen. Ich habe dich vermisst‹.

»Ich habe dich auch vermisst, Mama.« Ihre Stimme klang verloren.

Tief einatmen, ganz langsam ausatmen. Zu ihrer Rechten stand der Glastisch. Wenn sie es schaffen würde, den Stuhl umzukippen, könnte sie ihn vielleicht zerbrechen und versuchen, mit einer Scherbe ihre Fesseln durchzutrennen. Allerdings könnte sie sich im Fallen genauso gut die Adern aufschlitzen. Sie schnaubte. Keine allzu schlechte Alternative, in Anbetracht dessen, was Byk mit ihr vorhatte.

Sie zerrte mit ihrem Oberkörper zur einen, dann zur anderen Seite. Die Fesseln schnitten sich tiefer in ihr Fleisch, langsam spürte sie kaum noch ihre Glieder. Der Stuhl bewegte sich. Weiter! Noch ein Ruck. Noch einer. Draußen knarzte das Holz – Byk kam zurück. Sie erstarrte. Nein. Bitte. Sie wusste doch nichts. Sie wusste überhaupt nichts!

Sie wollte schreien, doch kein Laut drang aus ihrer Kehle. Er trat herein. Das schwache Licht von draußen erhellte seine Silhouette. »Hat etwas länger gedauert. Du verzeihst?«

Sie schluckte, trocken, denn ihr Mund war wie ausgedörrt. Er machte einen Schritt auf sie zu. Antworten! Sie hatte auf seine Frage zu antworten, so lauteten die Regeln. »Ja. Natürlich«, wandte sie schnell ein. Schwache, krächzende Laute.

»Wunderbar.« Er betätigte den Schalter, und das Licht der Halogenlampen ergoss sich über sie. »Wie ich sehe, freust du dich, mich zu sehen.« Er tätschelte ihre Wange, seine Finger fuhren ihren Hals hinab und zwirbelten an ihren zusammengezogenen Brustwarzen.

Ihr wurde schlecht. Sie wünschte sich noch flehentlicher als zuvor, endlich in Ohnmacht zu fallen.

Byk setzte sich auf das Ecksofa und ließ die Plastiktüte, die er mitgebracht hatte, leicht zwischen seinen Beinen schwingen, während er nachdenklich hineinblickte. »Es wird nichts bringen, mich zu belügen, Juna.« Er stellte den Obstteller beiseite. Behutsam holte er ein Jagdmesser heraus und legte es auf die

Oberfläche des Tisches. Es klackte leise. »Ich weiß, dass dein Vater ein sehr einflussreicher Mann war. So einflussreich, dass er für die Regierung Projekte überwachte, die es offiziell gar nicht gab.« Er legte den Kopf schief und sah zu ihr herüber. »Eines dieser Projekte trug den Namen *Pandora*. Schon einmal gehört?« Mit zwei Fingern korrigierte er die Lage des Messers.

Sie konnte nicht anders, als jede Bewegung seiner kräftigen, behaarten Hand zu beobachten. »N-nein.«

»Es ging um die Frage, wie man effektiv und kontrolliert sehr viele Menschen tötete. Eine sehr wichtige Frage in jenen Umbruchszeiten, in denen niemand wusste, was geschehen wird.« Er richtete die Messerspitze auf Juna und holte aus der Tüte einen Elektroschocker, den er liebevoll daneben platzierte.

Sie konnte den Blick nicht abwenden, aber zumindest gelang es ihr, die Augen zu schließen. »Ich dachte, solche Waffen wären verboten.« Sie hörte kaum sich selbst. Ihr Atem ging schnell und flach. Er nutzte ihre Angst aus, sie musste doch kämpfen! Sie durfte ihm nicht erlauben, ihre Seele zu brechen, wenn sie schon ihren Körper nicht vor ihm beschützen konnte. *Trägt ein Weib den richtigen Kern in sich …* Die Stimme ihres Vaters verflüssigte sich in ihren Gedanken. Er war nicht da. Niemand war da. Sie saß allein mit Byk in einem winzigen Zimmer und sah zu, wie er seine Folterinstrumente vor ihr ausbreitete. Wozu kämpfen? Niemand würde kommen, um sie zu retten.

»Verboten!« Byk lachte. Er lachte unglaublich freundlich. Überhaupt alles an seiner Stimme, seiner Tonlage trug diese verdammte Freundlichkeit in sich. Sie musste die Lider aufreißen und den Elektroschocker und das Messer vor sich zu sehen, um zu sehen, was seine Freundlichkeit für sie bereithielt.

»Juna.« Er wiegte den Kopf. »Unterbrichst du mich noch einmal, breche ich dir den Kiefer. Wo war ich? Ach ja. Und während dein Vater wirklich ein sehr kluger, gebildeter Mann war, den jeder fürchtete, war deine Mutter eine Diebin. In diesen Kreisen gibt es nur Nutten und Diebinnen. Zugegeben, die Diebinnen gehören zu einer besseren Kaste, auch wenn sie nicht seltener die Beine breit machen müssen.« Er stemmte seinen Fuß gegen die Stuhlkante zwischen ihren Beinen. Die Schuhspitze drückte leicht gegen ihr Schambein. »Was du für Schwänze zwischen deinen Beinen hattest … So einer wie dir, die sogar Bullen reinlässt, hätte man schon längst einen besseren Geschmack beigebracht.«

Er stieß den Stuhl von sich. Sie fiel rücklings. Ihr Kopf schlug auf dem Teppich auf, die Stuhllehne schien ihre gefesselten Arme beinahe gebrochen zu haben. Aber sie schrie nicht. Auch nicht, als er sie an den Haaren wieder aufrichtete.

»Deine Mutter ließ man aber in Ruhe, weil sie aus einer sehr angesehenen Familie stammte, ihr Vater war einer der Autoritäten in Moskau. Es ist sicherlich kein Zufall, dass sie ausgerechnet Kornej über den Weg gelaufen ist. Was wollte sie bei ihm klauen? Verrätst du es mir?«

»Eine seltene Briefmarke«, stieß Juna hervor. Sollte er doch denken, dass sie kooperierte.

»Eine Briefmarke.« Er ließ ihr Haar los, schüttelte den Kopf und langte wieder in die Tüte. Neben dem Elektroschocker platzierte er eine Geflügelschere.

Juna schloss die Lider.

Ihr stieg das Bild in den Kopf, wie Oma zum letzten Neujahrsfest mit einer solchen Schere einer Bratgans die Rippen aufgebrochen hatte. Ein paar kräftige, schnelle Griffe, das brutale Knacken, und der Vogel lag zerteilt da.

Wie würde sich das Knacken anhören, mit dem ihre Rippen dieser Schere nachgeben würden?

»Eine Briefmarke«, wiederholte Byk. »Manchmal schlägt das Schicksal verschlungene Wege ein. Eine Kriminelle, ein Oligarch, und ein Kind, das keiner gebrauchen konnte. Warum hat deine Mutter dich behalten? Was sollte sie mit so einem kleinen, schreienden Ding schon anfangen? Und deine Oma – ist sie deshalb zusammen mit euch verschwunden?« Er nahm das Messer in die Hand, beugte sich zu ihr rüber und setzte die Spitze an ihre Brustwarze.

»Ich weiß nicht. Byk, ich weiß es nicht!«, stammelte sie und spürte die scharfe Kälte des Stahls. Schon im nächsten Moment könnte die Spitze sich etwas tiefer in sie hineinbohren. Und noch etwas tiefer.

»Nicht Byk. Ich bevorzuge Murtas.«

»Ich weiß nichts, Murtas«, wiederholte sie.

Pawel!, blitzte es in ihrem Kopf auf. Im Café. Er hatte einen Murtas erwähnt, der freigepresst worden war, und Byk dabei so seltsam angeschaut. Stand dieser Mann hinter allem? War er der Drahtzieher hinter dem Terroranschlag auf den Bus?

»Natürlich. Du weißt nichts.« Er nahm das Messer beiseite. »1994 taucht Kornej in eurem beschaulichen Städtchen auf. Der Tschetschenienkrieg ist ausgebrochen und verhilft ihm zu mehr Einfluss. *Pandora* ist wichtiger als je zuvor. Er spürt euch auf. Ist er sentimental geworden, bei so viel Druck und Tod, die seine Arbeit mit sich brachten?«

»Taiji.« Was sollte sie auch antworten, auf diese Frage.

Er sah sie durchdringend an. »Was?«

»Er hat mit Taiji angefangen. Vielleicht wegen des Druckes. Und allem. Er sagte, die Gleichgültigkeit sei die wahre Rettung dieser Welt.«

»1996«, fuhr er unbeirrt fort, »der Krieg ist zu Ende, und ihr zieht nach Moskau um. Drei ruhige Jahre, bis 1999 der zweite Tschetschenienkrieg beginnt. Hm. Und was ist dann passiert? Sind die Waffentests so erfolgreich verlaufen wie erhofft? Hatte dein Vater endlich in allem Ausmaß gesehen, was sie damit anrichten können? Oder … weil die Regierung begann, es an Zivilisten zu testen?« Ruckartig legte er seine Pranke an ihren Hals und zog sie nach vorne, bis der Stuhl nur auf zwei Beinen balancierte. Sie bekam kaum noch Luft. »Jedenfalls spielte dein Vater irgendwann nicht mehr mit. Zusammen mit deiner Mutter klaute er die Ergebnisse, die Aufzeichnungen – alles. Die wichtigsten Bausteine von *Pandora*. Er verschwindet und verwischt seine Spuren. Deine Mutter geht nach Deutschland, wo sie sich verstecken will. Und deine Oma zieht mit dir nach Sankt Petersburg um.« Er ließ sie los.

Der Stuhl kippte zurück auf alle vier Beine. Sie schnappte nach Luft. Trotz ihrer Angst, trotz Byk, der sich immer wieder neue Spielchen ausdachte, war ihr Kopf so klar wie noch nie. Das war es also, was die Miliz damals angedeutet hatte! Endlich ergab alles einen Sinn. »Wenn jemand von diesem Projekt Wind bekommen hätte, wäre viel Wirbel darum entstanden«, flüsterte sie. »Es war eine Sicherheitspolice für meine Eltern.«

»Und niemand wusste, wo die Aufzeichnungen waren. Vielleicht bei deinem Vater? Vielleicht bei deiner Mutter? Jedenfalls haben einige versucht, da ranzukommen, und sind gescheitert. Das Netz, das dein Vater um sich gewoben hatte, war einfach zu gut.«

»Bis Pyschka entführt wurde. Und ich hierher gekommen bin. Ihr habt alles geplant.«

Er grub seine Pranke in ihr Haar und riss ihr den Kopf in den Nacken. »Wenn alles andere scheitert, muss man einen langen Atem haben und die Sache indirekter angehen, ja. Du siehst also, ich weiß wirklich alles. Du solltest nicht versuchen, mich anzulügen. Verstehst du?«

»Ja.« Er wusste wirklich alles. Viel mehr als sie selbst.

»Was ich nicht weiß, ist, wo die Aufzeichnungen zu *Pandora* nun sind. Und genau das wirst du mir jetzt verraten.«

»Aber ich habe keine Ahnung!«

»Du enttäuschst mich. Du willst mich doch nicht enttäuschen, oder, Juna?« Er griff nach dem Elektroschocker. Ein Knopfdruck, und zwischen den Kontakten erzitterte ein blauer Bogen.

»Nein. Nein! Ich habe selbst nach meiner Mutter gesucht! Und als ich sie gefunden habe, habt ihr sie erschossen. Sie konnte mir nichts mehr verraten. Über *Pandora* habe ich von dir zum ersten Mal gehört!«

Er legte den Kopf etwas schief. »Wirklich?«

»Ja!«

Er senkte die Hand. Um im nächsten Augenblick den Elektroschocker an ihre Rippen zu drücken. »Nur glaube ich dir nicht.«

Der Strom ließ ihren Körper krampfen.

Sie hörte sich schreien.

Nick

Ihr Gesicht ist eingefallen und grau, unter den Augen liegen dunkle Ringe. Sie sieht mindestens zehn Jahre gealtert aus. Ich kann kaum glauben, dass es die Leah ist, die ich kenne, die so viel Leben in sich trägt. Jetzt ist kein Funken Leben mehr in den fiebrigen Augen, die glasig durch mich hindurch starren. Sie zittert. Im gedimmten Licht zeichnet sich deutlich ihre Gänsehaut ab, die feinen Härchen ihrer Arme, die sich aufgerichtet haben. Überall blaue Flecken; einige sind bereits am Vergilben, die anderen sind noch ganz frisch und leuchten violett-blau.

»Leah«, rufe ich sie leise. Sie trägt ein Spaghettiträger-Top, das kaum ihren Bauch verdeckt, und einen Schlüpfer, mehr nicht. Bei jedem Atemzug scheint sich ihre Haut direkt über ihren Knochen zu spannen.

Detlev zieht sein Jackett aus und gibt es mir. Ich werfe ihr das Ding über, und sobald ich sie berühre, zuckt sie wie geschlagen zusammen und stößt meine Hände weg. Ein Wimmern dringt durch ihre zusammengepressten Lippen. Erst dann scheint sie mich zu erkennen, für einen klaren Augenblick, dann ist dieser Augenblick vorbei.

Ich hebe die leere Spritze, die sie vorhin in Pawels Bein gerammt hat, und halte das Ding hoch. »Was war da drin?«

Sie antwortet nicht.

»Leah, hörst du mich? Was war da drin?«

Mit hektischen, unkoordinierten Gesten reibt sie sich über die Beine, die sie eng an den Körper zieht. Ihre Haut ist schweißbedeckt. Über die Wangen fließen Tränen.

Pawel lacht. Es ist ein hohes, dünnes Kichern. »Nikki? Du – hier? Müsstest du nicht nach deiner kleinen Russin suchen? Aber die wirst du nicht finden.«

Ich reiße ihn vom Boden hoch und drücke ihn mit dem Rücken gegen die Wand. »Was hast du Leah gegeben? Und wo ist Juna?«

Ich darf ihn nicht töten. Es ist der einzige Gedanke, der noch in mir pulsiert, während ich beobachte, wie sein Adamsapfel beim Schlucken hoch und runter gleitet. Sein Atem stinkt nach Alkohol.

»Leah … ihr hat's halt bei uns gefallen.« Er muss immer wieder eine Pause einlegen, als würde ihn das Sprechen anstrengen. »Mit Byk und … den anderen Jungs.« Er reckt den Hals, schnaubt. Ich lasse nicht zu, dass er zu Leah sieht.

»Du sagst mir jetzt, was ich wissen will.«

Er reißt den Kopf herum, ohne mich wahrzunehmen. »Na, Liebes?«, schreit er auf. »Erzähl es ihm. Wie's war. Mit den Jungs!« Er schlägt seinen Hinterkopf gegen die Wand, mehrfach und lacht dabei. »Mann, was hat sie danach gekotzt! Ich dachte, sie würde sich totreiern, sie wollte gar nicht aufhören zu kotzen …«

Ich hole aus und ramme ihm meine Faust ins Gesicht. Er ist augenblicklich still, krümmt sich, aber ich halte ihn aufrecht. Meine Hand ist an seinem Hals. »Was war in der Spritze?«

»Sie hat mich angefleht, ihr endlich einen Schuss zu setzen«, lallt er. »Sie hat mich angefleht, wie mich damals auch ihre Nuttenschwester angefleht hatte. Irgendwann flehen sie alle. Jawohl! Mit Poul legt man sich nicht an. Er holt sich den Respekt, der ihm gebührt.«

Meine Hand drückt seine Kehle zu. Ich kann einfach nicht anders. Ich höre ihn röcheln und drücke weiter.

Leah wimmert und verkriecht sich in eine Ecke. Ich glaube,

in diesem Wimmern den Namen ihrer kleinen Schwester wahrzunehmen. Das hässliche Entlein, so hatte sie Céline einst gerufen, und ich erinnere mich an den Tag, an dem ihre Schwester völlig aufgelöst die Treppe herunterläuft und einfach fort will, fort aus dem eigenen Leben.

»Ich habe sie geliebt, ich habe meine Leah geliebt«, röchelt Pawel. Sein Gesicht läuft rot an. Er versucht nicht einmal, sich zu wehren. Seinen schlaffen Hals zuzudrücken ist, als würde man einen Komatösen erwürgen. »Ich hätte alles, absolut alles für sie getan, ich wollte sogar meine Yacht nach ihr benennen! Aber sie hat mich ausgelacht. Sieh sie dir jetzt an. Jetzt lacht sie nicht mehr. Jetzt habe ich dieses Lachen von ihrer hochnäsigen Fratze ausradiert.«

Ich schaffe es, ihn loszulassen. Obwohl alles in mir danach drängt, ihn einfach zu erwürgen.

Er sackt in sich zusammen, reibt sich den Hals und krächzt: »Bring sie doch zurück zu diesem Kay. Mal sehen, ob er sie noch nimmt. Mal sehen, wie perfekt ihr Leben sein wird, wenn sie jeden Tag mit der Entscheidung beginnen muss, kein Heroin zu nehmen.« Er kichert wieder los.

Ich rufe einen Krankenwagen und gehe zu Leah, die noch heftiger zu zittern beginnt. Ich berühre sie nicht, ich kann mir zu gut vorstellen, wie oft sie hier schon berührt wurde und auf welche Weise. Ich bleibe einfach bei ihr und sage, dass sie es schafft. Ich sage es ihr immer wieder und glaube selbst fest daran.

Pawel murmelt etwas, dass ihm schlecht sei, dass er alles satt hätte, und dass ich Juna nie bekommen werde.

»Was weißt du über Juna?« Ich bin wieder bei ihm, und dieses Mal bin ich mir sicher, dass ich ihn töten werde.

Er schnauft. Im nächsten Moment klappt er zusammen und übergibt sich auf den Teppich. Sein Mageninneres kommt in einem Schwall aus ihm heraus.

Röchelnd wischt er sich mit dem Handrücken über die Lippen. »Fahr zur Hölle«, nuschelt er völlig entkräftet und schafft es nicht einmal, mich anzusehen. »Vielleicht triffst du sie dort wieder.«

Ich höre die Kavallerie kommen. Die schweren, vollbepackten Jungs des SEK, die erst einmal alles festnehmen, was nicht bei drei auf den Bäumen ist. Also auch mich, das Sortieren beginnt später. In wenigen Minuten haben sie den Laden unter Kontrolle.

Draußen kniet Pawel auf dem Bürgersteig und kotzt. Seine Hände sind noch mit Plastikhandschellen gefesselt, sein Körper krampft bei jedem Würgen. Einer der SEK-Jungs stützt ihn zuvorkommend, damit er nicht mit dem Gesicht im eigenen Erbrochenen landet. Leah wurde von den Sanitätern herausgebracht. Ihr Zustand ist stabil. Aber ihr Blick ist noch immer erschreckend leer. Während ich den Blaulichtern hinterherschaue, frage ich mich, ob Kay es verkraften wird, sie so zu sehen.

Marc tritt an mich heran; ich hatte ihn schon die ganze Zeit neben mir gespürt.

»Sie war nicht im Gebäude«, meint er schließlich.

Juna. Sie ist nicht da, und ich habe keine Ahnung, wo ich nach ihr suchen muss. Ich beobachte das Treiben um mich herum, und es will mir nicht in den Kopf, dass alles präzise wie eine Uhr funktionieren kann, obwohl sie noch in den Händen ihrer Entführer ist.

Marc sagt nichts mehr, auch kein ›Wir werden sie finden‹. Das ist das Verlässliche an ihm: Von ihm hört man keine Floskeln, auch wenn man sie manchmal braucht. Uns läuft die Zeit davon, und ich kann sie keine Sekunde aufhalten.

Marc klopft mir auf den Rücken. »Lass uns fahren. Vielleicht kriegen wir aus diesem Pawel etwas heraus.«

Er begleitet mich zu meinem Wagen. Ich liefere ihm den Typen aus dem Kofferraum aus, setzte mich ins Auto, schaffe es aber nicht einmal, den Motor zu starten. Es ist alles so völlig sinnlos. Weil ich nicht bei ihr bin. Weil ich ihr nicht helfen kann.

Ich starre durch die Windschutzscheibe. Es nieselt wieder. Ich denke daran, wie ich sie vor dem Postgebäude im Arm halte und ihren Scheitel küsse, wie ihr feuchtes Haar riecht. Auf dem Armaturenbrett liegen zwei Kraniche. Der eine ist von mir, der andere von Elinor – das Papier ist vom Kaffee aufgeweicht und wölbt sich bereits. Hoffnung spenden sie schon lange nicht mehr.

Ich nehme meinen in die Hand, falte ihn auseinander und lege die Seite zurück ins Handbuch. Schließlich ist es wichtig zu wissen, wie man die Scheibenwischer auswechselt.

Der von Elinor ist kleiner. Wann hat sie ihn gemacht? Ich drehe ihn in alle Richtungen, bis ich merke, dass auf dem Papier etwas steht.

Ich mache ihn auf.

Der Zettel bebt zwischen meinen Fingern. Im Licht der Innenraumbeleuchtung wirkt er beinahe lebendig.

Um 22:00 trifft sich der Tod mit seinem Handlanger. Настоящая кровь *will zurückschlagen.*

Dieses Mal gibt es keine Koordinaten – nur ein Wort. *Hellea.*

Für einen Moment bin ich wieder im Zug. Alles dreht sich in meinem Kopf, springt hin und her wie das Licht meiner Taschenlampe. Ich muss mich zwingen, mich auf die Botschaft des Zettels zu konzentrieren. Stand der Termin nicht auch in Pawels Kalender? Und hatte er nicht gerade gesagt, ich würde Juna in der Hölle treffen?

Irgendetwas passiert heute auf Pawels Yacht, und Elinor wollte mich warnen. Oder in die Falle locken?

Ich steige aus dem Wagen. Pawel wurde bereits abgeführt, nur noch die Pfütze mit seinem Erbrochenen auf dem Asphalt erinnert an seine Anwesenheit. Ich rufe Marc an. Er geht wie immer sofort ran.

»Wo liegt Pawels Yacht?«

Er muss sich erst einmal orientieren, stellt aber keine Fragen, sondern verspricht, mich gleich zurückzurufen. Fünf Minuten später kenne ich den Standort.

»Danke.« Ich atme tief durch. Auch dabei muss ich an Juna denken, wie sie manchmal völlig entspannt und konzentriert da sitzt und atmet, als wäre es eine ganz besondere Kunst. Ich kann mir nichts Schöneres vorstellen, als sie zu beobachten. Ich will nicht daran denken müssen, dass es vorbei sein sollte. Dass es sie nicht mehr gibt. »Kannst du die Jungs vom SEK dorthin schicken?«

Jetzt muss er doch noch ein paar Fragen stellen, die ich ihm beantworte, während ich meinen Wagen bereits zum Yachthafen steuere. Und es ist mir völlig egal, dass ich keine Freisprechanlage habe. Er meint, es könnte dauern, bis sich das SEK in Bewegung setzt. Zumal mein Verdacht eher vage ist. »Ich gebe dir Rückendeckung, bis die Jungs da sind. Warte auf mich. Und Danny? Das ist ein Befehl.«

Hinter mir fährt ein Taxi. Manchmal verschwindet es im Verkehrsstrom, manchmal taucht es wieder in meinem Rückspiegel auf. Ich bin mir nicht sicher, ob es mir folgt. Aber als ich in der Nähe des Yachthafens anhalte, fährt das Taxi etwas weiter und hält ebenfalls an. Ich warte, aber es passiert nichts. Schließlich steige ich aus und gehe hin. Das Fenster an der Fahrerseite gleitet hinunter, und Falko dreht sein rundes Gesicht zu mir. Er ist wie immer unrasiert, sein krauses Haar kann die abstehenden Ohren nicht verdecken – *Tscheburaschka*, wie er leibt und lebt. Die Ärmel seines Pullovers sind hochgerutscht, und auch an den Oberarmen kraust sich das Haar. Der Gurt ist noch umgelegt, die Hände ruhen auf dem Lenkrad, nicht einmal der Motor ist ausgeschaltet.

»Wenn du klug bist, drehst du dich um und verschwindest von hier.« Sein linker Zeigefinger zuckt kaum merklich.

»Und wenn nicht?« Der Wind geht flussaufwärts. Jeder Atemzug schmeckt nach Morast.

»Dann bist du tot. Diese Leute verstehen keinen Spaß.«

»Wer sind diese Leute, Falko?«

Er starrt durch die Windschutzscheibe auf den Yachthafen. »Bei denen gibt es einen Spruch: Wer viel weiß, wird schnell alt. Und noch einen: Kerbe dir das auf der Nase ein.«

Das hätte von Juna kommen können. Das mit der Kerbe und der Nase, anstatt: ›Schreibe dir das hinter die Ohren‹.

Meine Hand umfasst den Außenspiegel. »Arbeitest du für sie? Hast du mich mit Absicht immer wieder auf die falsche Spur gesetzt? Du wusstest von dem Zug. Aber du hast aufgepasst, dass ich nicht die richtigen Fragen stelle, nicht wahr?«

Sein Zeigefinger zuckt etwas deutlicher. »Ich mag dich wirklich, Danny. Also setze dich in deinen Wagen und verschwinde von hier.«

»Mit wem habe ich es hier zu tun? Sag es mir endlich! Wie tief steckst du da drin?«

»Ich sage es nicht noch einmal: Verschwinde von hier.«

»Falko!« Ich schlage auf das Autodach. »Sag mir endlich, was du weißt!«

Aber er tritt einfach aufs Gas und der Wagen braust davon. Ich schaffe es gerade noch, zur Seite zu springen, damit die Reifen mir nicht über die Füße fahren. Es bleibt mir nichts anderes übrig, als seinen Rücklichtern zuzusehen, wie sie in der Dämmerung verschwinden.

Vor wem hat Falko Angst? Mag sein, dass wir nicht immer

einer Meinung waren, aber er ist immer noch ein Polizist. Trotz seiner Ausrutscher und der Gerüchte von den unterschlagenen Beweismitteln – einen Kollegen würde er niemals einfach ans Messer liefern. Was geht hier also vor?

Ich blicke in Richtung Hafen. Was auch immer es ist, ich werde es bald erfahren. In wenigen Minuten ist Marc da. Je weiter ich durch den Hafen gehe, desto sicherer bin ich mir, dass die *Hellea* das protzige Ungetüm sein muss, das am Ende eines langen Stegs angedockt ist. Die anderen Boote sehen dagegen wie Deko-Schiffchen aus, die man in einer Flasche auf einen Kamin stellt. Pawels Motoryacht ist beleuchtet, in der Nähe des Wassers sind es blaue Lichter, der Schriftzug *Hellea* schimmert golden, die zwei Decks erstrahlen im sanften Weiß wie eine Sehenswürdigkeit.

Keiner zu sehen.

Wo ist die Wache? Diese Leute, wie Falko sie nennt, würden keine ungebetenen Gäste auch nur in die Nähe dieser Pracht lassen. Mit der Pistole im Anschlag schleiche mich heran. Aber ich komme nicht weit, bevor der erste Schuss fällt.

31

Seine Hand lag unter ihrem Kinn. Für den Augenblick tat er ihr nicht mehr weh, aber allein diese Berührung sorgte dafür, dass sich ihr ganzer Körper anspannte, bis jeder Muskel, jede Sehne zu zerreißen schien. Juna schluckte krampfhaft. Wartete auf die Frage, die neue Schmerzen bringen sollte.

»Du bist doch eine kluge Frau. Wozu das Ganze? Sag mir, was ich wissen möchte, und du kannst gehen.« Mit dem Daumen strich er ihr über die Wange. »Wo sind die Aufzeichnungen? Und hör auf, mir zu erzählen, du wüsstest es nicht. Du bist das nächste Glied der Kette. Irgendeinen Hinweis müssen deine Mutter oder dein Vater dir gegeben haben. Also: Wo sind die Aufzeichnungen?«

Sie schluchzte. »Ich habe wirklich keine Ahnung.«

»Gut, ich helfe dir auf die Sprünge. Was ist das?« Zwischen seinen Fingern steckte der Kranich, den Elinor ihr gegeben hatte und den Byk bei der Durchsuchung des Kofferraums gefunden haben musste.

»Origami.« Es fiel ihr schwer, die Worte zu formen, die so viel Chaos und Schmerz brachten. »Meine Mutter hat es für mich gemacht.«

»Und was wollte deine Mutter damit sagen?« Mit Bedacht faltete er den Vogel auseinander.

»Ihn hat's in unsern Raum verschlagen
Aus einem fremden, fernen Land;
Er wollte rühmlich Schlachten schlagen, –
Was glaubst du, was er an dir fand?«

»Das ist …« Juna spürte, wie ihr erneut Tränen über die Wangen liefen, »… Lermontow. Ich glaube, sie wollte mir damit sagen, dass sie meine Beziehung zu einem Bullen missbilligte.« Ein erster Mutter-Tochter-Konflikt wegen eines Mannes. In Sekundenschnelle gelöst. Mutter – tot. Der Mann – tot. Und die Tochter bald auch.

»Ich glaube, du lügst. Deshalb frage ich dich noch einmal: Was wollte deine Mutter dir sagen? Wo sind die Aufzeichnungen?«

»Ich hätte es dir doch schon längst gesagt! Ich habe wirklich keine Ahnung!«

»Wer weiß. Du kannst eine Menge aushalten. Ich habe schon Männer gesehen, die nicht einmal die Hälfte deiner Kraft hatten. Du bist wahrlich etwas ganz Besonderes.« Er wischte ihr mit den Handflächen über die tränennassen Wangen. »Ich will dich wirklich gehen lassen, Juna. Gib mir wenigstens einen Hinweis, und du bist frei.«

»Ich habe keinen Hinweis. Olegs Leute haben meine Mutter getötet, bevor sie auch nur das Geringste erwähnen konnte. Wenn sie mir mit Lermontow etwas anderes sagen wollte, dann verstehe ich es nicht. Ehrlich!«

»Das ist äußerst bedauerlich.« Er ließ ihr Kinn los. Ihr Kopf baumelte kraftlos zur Brust. Sie schaffte es nicht mehr, das Gesicht zu heben und Byk anzuschauen, merkte nur aus einem Augenwinkel, wie in seiner Hand erneut der Elektroschocker erschien. Das Knistern ließ sie zusammenzucken. Nein. Bitte … nicht. Nein!

Seine Hand mit dem Elektroschocker kam immer näher.

Irgendwo draußen hallten Schüsse. Laute, die kaum der Wirklichkeit entspringen konnten. Nichts gehörte der Wirklichkeit an, was außerhalb ihres Körpers war und keinen Schmerz bedeutete. Byk verharrte. Ein paar Sekunden Aufschub? Dieses Warten und die Angst waren das Schlimmste, was er ihr antun konnte.

Wieder Schüsse.

Sie horchte auf. Was war das? Mit letzter Kraft hob sie den Kopf und hielt ihren Oberkörper aufrecht.

Byk sah sie an. Was sich in ihm abspielte, wusste sie nicht, nur, dass er den Elektroschocker langsam beiseite legte. »Wir machen eine Pause. Ich bin gleich wieder da. In der Zwischenzeit überlegst du dir genau, was du mir sagen möchtest. Langsam verliere ich die Geduld.«

Er richtete sich auf, schaltete das Licht aus und ließ sie allein. Bevor er die Tür schloss, vernahm sie undeutliche Stimmen. Aber in ihrem schmerzvernebelten Verstand konnte sie die wenigen Wortfetzen kaum auseinanderhalten.

Erneut fielen Schüsse. Sie hörte hektische Schritte draußen an der Tür, dann war es wieder still. Als wäre sie irgendwo im All. Nur die Sterne fehlten.

Sie durfte nicht untätig herumsitzen und warten, bis Byk zurückkam, um sie wieder zu foltern. Sie musste etwas tun! Der Glastisch.

Erneut versuchte sie, den Stuhl zum Kippen zu bringen. Ihr Körper war zu geschwächt, als dass er ihr wirklich gehorchte. Sie holte tief Luft. Wenn sie es nicht schaffte, würde Byk zurückkommen und sie weiter quälen. Sie konnte nicht mehr. Sie konnte einfach nicht mehr.

Jetzt. Noch einmal! Und noch einmal!

Mit einem heftigen Ruck schwang sie sich zusammen mit dem Stuhl zur Seite. Er krachte gegen den Tisch. Das Glas splitterte. Den Schmerz spürte sie kaum.

Mehrere Augenblicke lang brauchte sie, um sich an ihr Bewusstsein zu klammern, das ihr zu entgleiten drohte. Die ganze Zeit verwehrte es ihr die erlösende Ohnmacht, und ausgerechnet jetzt wollte es sie im Stich lassen! Mit tauben Fingern ertastete sie eine Scherbe.

Erneut hasteten draußen Schritte vorbei, aber sie klangen leichter und schneller als die von Byk. Die Tür öffnete sich einen Spaltbreit, eine Silhouette schlüpfte herein. Juna verharrte, lauschte angespannt, wie jemand nach dem Schalter tastete. Das Licht, das so plötzlich in ihren Augen explodierte, ließ ihren Körper krampfen. Die Scherbe entglitt ihren Fingern, sie blinzelte, als eine Gestalt auf sie zueilte.

Ihr Verstand weigerte sich tatsächlich zu realisieren, wen sie vor sich sah. Das war doch unmöglich! Warme Hände tasteten nach ihr.

»Pyschka?«, flüsterte sie kaum hörbar. »Was machst du hier?«

»Später. Alles später.«

»Nein, Pyschka … geh weg. Verschwinde von hier! Diese Leute …«

»Psch!« Ihre Freundin legte einen Zeigefinger an die vollen, mit Lipgloss überzogenen Lippen. »Wir müssen uns beeilen.« Sie nahm das Jagdmesser, das zwischen den Tischscherben lag, trennte die Fesseln an ihren Füßen und löste ihre Arme von der Stuhllehne. »Hoch mit dir. Schnell.«

Juna schwankte. Sie wollte nach ihrer Freundin greifen, sich irgendwo festhalten, doch ihre Hände waren noch immer hinter ihrem Rücken gefesselt.

In der Nähe erklangen Stimmen, jemand fluchte, zwei oder drei Männer redeten durcheinander, dann lief jemand vorbei.

»Komm. Schnell!« Pyschka zog sie zur Tür. Juna stolperte und kämpfte um ihr Gleichgewicht. Der Teppich unter ihren Füßen schien empor zu wuchern und in seiner trügerischen Weichheit ihre Füße festzuhalten. Mit jedem Schritt schien sie tiefer und tiefer darin zu versinken.

Pyschka zog sie weiter, ließ sie nicht los. Pyschka … ihre kleine, tapfere Pyschka.

Draußen nieselte es. Die Lichter verschwammen oder lösten sich im Regen auf. Als würde das kalte Nass alles fortspülen. Sie fühlte schon lange nichts mehr. »Wohin gehen wir?« Sie registrierte kaum etwas, nicht einmal Pyschkas warmen Körper, der sie stützte. Nein, sie würden es nicht schaffen.

»Juna – weiter! Ich bringe dich hier weg. Aber du musst mir ein bisschen helfen. Komm schon!«

Juna nickte.

Wieder fielen Schüsse, irgendwo ganz nah.

»Beeil dich, Juna! Hörst du mich?«

Sie musste auf den Füßen bleiben. Einen Schritt nach dem anderen tun und auf keinen Fall stolpern. Wenn sie stolperte und fiel, würde sie nicht mehr aufstehen können. Und Pyschka war nicht kräftig genug, um sie zu tragen.

»Waffe fallen lassen!«, kam es von irgendwoher.

Die Stimme schnitt durch die Abendluft wie ein Messer. Instinktiv wollte sie sich über die Augen wischen, um die an ihrem Gesicht klebenden Haare und die Regentropfen fortzustreifen, doch ihre Hände waren noch immer gebunden.

»Keinen Schritt weiter und die Waffe fallen lassen!«

Nick! Erst jetzt erkannte sie seine Stimme. Aber … das Studio! Der Schuss! In ihrem Kopf drehte sich alles.

Nick lebte! Sie wusste nicht, was sie glauben sollte, traute sich kaum, es auch nur zu denken. Denn der Schmerz, ihn zu verlieren, war schlimmer gewesen als alles, was Byk ihr hatte antun können.

»Bleib, wo du bist, oder sie ist tot!« Pyschka – in bestem Deutsch. Was ging hier vor?

Irgendetwas lief hier entschieden falsch. Doch auch nur eine Sekunde länger darüber nachzudenken, war ihr nicht vergönnt.

Sie wurde herumgerissen, und der Lauf einer Pistole drückte gegen ihre Schläfe.

»Pyschka, was machst du?«, keuchte sie. »Das ist Nick!«

»Ich weiß.« Die Worte kamen trocken, schneidend.

»Was?« Der Regen war stärker geworden. Sie sah kaum noch etwas. Fühlte nur, wie sie immer weiter rückwärts gezogen wurde. »Pyschka, was machst du da?«

»Halt die Klappe. Du hättest Byk einfach nur sagen müssen, was wir wissen wollen. Dann wäre alles längst vorbei.«

Nein. Es wollte einfach nicht in ihren Kopf. Pyschka, ihre Pyschka steckte mit diesen Typen unter einer Decke? »Du bist meine Freundin!«

»Eine Freundin! Du kennst doch nicht einmal meinen Namen!«

»Du …«

»Dshanan. Nicht Pyschka, nicht Süße – Dshanan Magomedova. Das ist mein Name.«

»Lass Juna frei!«, holte Nicks Stimme sie ein.

Unwillkürlich suchte sie nach ihm. Da! Weiter vorne, am anderen Ende des Decks.

»Lass Juna frei!«, wiederholte er und die Drohung in seinem eisernen Ton war kaum zu überhören.

Pyschka feuerte. Die Kugel zwang ihn, sofort Deckung zu suchen.

Schritt für Schritt wurde Juna weiter nach hinten gezogen. Der Wind kam wie ein Stoß. Sie erzitterte in Pyschkas Griff. Diese Freundschaft, die Entführung – alles nur vorgetäuscht? War sie wirklich so blind gewesen, es die ganze Zeit nicht zu merken?

»Pyschka, nein!«, wisperte sie. »Konntest du dieses Spiel wirklich so lange treiben? Die ganze Zeit meine Freundin mimen. Warum das alles?«

Pyschka feuerte wieder in Nicks Richtung. »Verdammt, er soll mir vom Leib bleiben. Ich muss runter von diesem Boot.«

»Was machst du da? Was willst du?«

»Die Aufzeichnungen. Ich dachte, Byk wäre deutlich genug gewesen.«

Ein Zittern ging durch ihren Körper, den sie immer weniger unter Kontrolle hatte. Sie krümmte sich, doch Pyschka ließ sie nicht los. »Stehen bleiben!«

War es wirklich Pyschka gewesen, die Byk auf sie gehetzt hatte? Die keinen Finger gerührt hatte, während er Juna dort unten gefoltert hatte?

Sie dachte daran, wie sie Pyschka in diesem Gebäude gefunden hatte, in dem der Killer gerade ihren Vater und die Wachleute umgebracht hatte. Wie sie sich an ihre Freundin gedrückt, wie sie versucht hatte, einem zu Tode verängstigten Mädchen Mut zu machen.

Dabei hatte dieses Mädchen selbst kurz zuvor den Abzug betätigt. »Nein. Du kannst das nicht ernst meinen. Du kannst unmöglich so etwas tun!«

»Im Krieg tut man so einiges.«

Schritt für Schritt wich Pyschka mit ihr zurück. Wo war Nick? Vielleicht versuchte er, von einer anderen Seite näher heranzukommen?

»Was für ein Krieg? Wovon sprichst du?«

»Von Tschetschenien, meiner Heimat, die ihr Russen zerstört habt. Und ihr habt immer noch nicht genug. Bis der letzte Tropfen Öl ausgequetscht, der letzte Mann krepiert und der letzte Wille gebrochen ist. Aber das wird nicht geschehen!«

»Was redest du da? Es gibt seit 2009 keine russischen Truppen mehr in Tschetschenien.«

»Dass ich nicht lache! Weißt du, wie viele Menschen in dieser Zeit verschleppt, gefoltert und getötet wurden? Wie viele

Frauen vergewaltigt? Aber wir werden nie aufhören, um unsere Freiheit zu kämpfen. Egal, wie viele ihr von unseren Vätern, Ehemännern und Brüdern tötet. *Nastojaschtschaja krowj* – wir sind viele. Und schon bald werden wir euch das Fürchten lehren. Ob mit den verschollenen Aufzeichnungen oder ohne. Schon bald, schon sehr bald. Dann werden Tausende sterben, wie Tausende auf unserer Seite sterben mussten.«

»Du bist eine Terroristin? *Nastojaschtschaja krowj* – so nennt ihr euch?«

»Terroristen – ja, so nennt *ihr* uns. Wir sind Widerstandskämpfer.«

»Nein, Pyschka ... ich meine ... nein ...«

Pyschka riss sie herum. »Als eure Soldaten in meine Siedlung gekommen sind, war ich zehn Jahre alt. Mein Bruder war fünfzehn, als sie ihn abholten. Fünfzehn! Wir waren bei einer Nachbarin, einer alten Frau namens Ada, die so gut Tschepalgasch zubereiten konnte, dass man vom Tisch erst dann aufstand, wenn man beinahe platzte. Sie wollte verhindern, dass die Soldaten Tagir mitnahmen. Sie wollte sie aufhalten, stieß die Männer fort, zerrte an ihren Armen. Die Soldaten haben sie mit Gewehrkolben niedergeschlagen und prügelten auf sie ein, bis sie sich nicht mehr rührte. Meinen Bruder haben sie abgeführt. Er ist gestorben. Wir wissen nicht, wann genau. Aber die anderen, die zusammen mit ihm verhaftet wurden und entkommen konnten, berichteten uns, wie er gefoltert wurde. Wie ihm immer wieder Fragen gestellt wurden, auf die er nicht antworten konnte. Er hatte doch keine Ahnung, wo die Widerstandskämpfer waren! Er war keiner von ihnen! Er hat niemandem etwas getan!« Pyschka schrie. Und als sie alles herausgeschrien hatte, war sie plötzlich still. »An dem Tag habe ich mir geschworen, dass ich nie wieder der Ungerechtigkeit zusehen werde, ohne etwas dagegen zu unternehmen.«

»Waffe fallen lassen! Keine Bewegung!« Nick war wieder da. Er hatte tatsächlich einen anderen Weg genommen und erwischte Pyschka mitten in ihrem Monolog, als sie ihre Pistole etwas gesenkt hatte. »Weg mit der Waffe, habe ich gesagt!«

»Träum weiter.« Pyschka fuhr herum und zerrte an Juna. Von ihrem Körper geschützt, ließ sie sich zusammen mit Juna nach hinten fallen. Über Bord, direkt in das schwarze, eiskalte Wasser.

Noch im Sturz schnappte Juna nach Luft, doch die Kälte presste ihr den Atem aus der Lunge. Instinktiv versuchte sie zu schwimmen, irgendwie nach oben zu kommen, doch vergeblich. Stattdessen sank sie immer tiefer, und ihre Versuche, sich zu befreien, kosteten sie nur noch mehr Kraft. Schon bald wusste sie nicht mehr, wo oben oder unten war. Sie zappelte noch und versuchte verzweifelt, die Fesseln loszuwerden, doch sie hielten. Luft! Nur einen Schluck! Instinktiv riss sie den Mund auf, doch es war nur Wasser, das in sie hineinströmte.

Ihr Körper gab langsam Ruhe. Der Verstand ließ endlich los …

Plötzlich waren da Hände, die nach ihr griffen, eine fremde Kraft, die sie nach oben zog. Jemand packte ihren Kopf und schon war ihr Gesicht an der Oberfläche. Sie hustete und erbrach sich ins Wasser. Jemand löste ihre Fesseln, aber sie konnte kaum noch ihre Glieder bewegen.

Kräftige Arme hielten sie über Wasser und ließen nicht zu, dass sie sank. Sie drehte den Kopf, aber sah nur verschwommen einige Silhouetten, die vorbeizogen wie Traumbilder. »Nick …« Ihre Zähne klapperten.

»Alles gut. Ich hab dich.«

Sie legte ihre Hände um seinen Hals, klammerte sich mit ihrem ganzen Wesen an ihn. Bloß nicht loslassen. Er war das Einzige, was ihr Körper noch zu spüren vermochte.

Zusammen schafften sie es, mehr schlecht als recht, den Steg zu erreichen. Marc hockte am Rand. Er streckte seinen Arm aus, zog Juna aus dem Wasser und wickelte sie in seine Jacke ein. Während sie sich bibbernd auf die Planken legte, half er auch Nick aus dem Fluss. »Also echt, Danny. Deine Baywatch-Ambitionen kannst du vergessen. Als du da reingesprungen bist, habe ich fast gedacht, ich müsse gleich hinterher und euch beide retten. Ich frage jetzt lieber nicht, wie das Wasser war.«

»Etwas zu nass für meinen Geschmack. Ich nehme an, du hast nicht zufällig ein Handtuch dabei?«

Marc klopfte ihm auf den Rücken »Du wirst es schon überleben. Im Auto gibt es Heizung. Kommt.«

»Wo ist die Frau?« Er zitterte auch, und am liebsten hätte sie ihn zu sich unter die Jacke geholt, konnte ihren verkrampften Körper jedoch kaum rühren.

Marc ließ seinen Blick über den Fluss schweifen, dann schüttelte er den Kopf. »Ich habe sie nicht wieder auftauchen sehen. Und ihre Leute haben sich anscheinend zurückgezogen, es ist keiner mehr da. Im Moment werden wir nicht viel machen können. Am besten, wir sorgen dafür, dass Juna schnell in ein Krankenhaus kommt.«

»Ja. Natürlich.« Er rappelte sich hoch und half ihr auf die Beine. Sie konnte sich kaum aufrecht halten und sank in seiner Umarmung erschöpft zusammen.

»Ent…schuldigung«, murmelte sie.

Er hob sie auf die Arme. Sie sah wieder dieses Lächeln, das seine Züge weich machte und die Narben zu glätten schien. Sein nasses, blondes Haar schien in der Dunkelheit zu schimmern. »Alles wird gut. Wir haben es fast geschafft.«

Sie bettete ihre Wange an seine Brust. Er war da, bei ihr. Natürlich würde alles gut werden. Es war bereits alles gut. Mehr brauchte sie nicht.

Behutsam trug er sie davon.

»Pyschka … sie heißt Dshanan Magomedova … in wirklich«, flüsterte sie. Ihre Lider wurden immer schwerer. In seinen Armen konnte sie sich endlich erlauben, alles loszulassen, sie musste ihm nur erzählen, was sie wusste. Solange sie noch alles wusste. »Ich glaube … sie ist bei terroristische Gruppe. *Nastojaschtschaja krowj.* Sie planen …« Ihr zermatschter Verstand fand kein Wort für ›Anschlag‹. Nicht einmal für eine passable Umschreibung reichte es: »… viel Blut … töten … sie wollen viele Menschen töten.«

»Scht.« Er blieb kurz stehen und küsste sie auf die Stirn. Seine Lippen hauchten etwas Wärme auf ihre Haut. »Ruh dich jetzt lieber etwas aus.«

Sie schloss die Lider.

»Danny – Vorsicht!« Es war Marc.

Sie riss die Augen auf, spürte, wie Nick herumfuhr und ihren Körper noch fester an sich drückte.

Ein Schuss zeriss die Stille.

Durchdrehende Reifen – sie stürzte. In seinen Armen.

Das Gesicht gegen den Asphalt gedrückt, hörte sie, wie Marc das Feuer erwiderte, dann war alles still.

»Alles okay bei euch?«

Hatten Dshanans Leute auf sie gewartet?

»Alles okay?«, rief Marc noch eindringlicher.

Sie stöhnte. »Ja …«

Nicks Arm lag über ihr, wie um sie zu schützen. Sie hörte seinen Atem. Aber er rührte sich nicht. Mit einer bebenden Hand tastete sie nach ihm. Ihre Finger strichen über seine Schulter, den Rücken entlang – erspürten etwas Warmes und Klebriges. »Nick!«

Mühsam richtete sie sich auf und betrachtete entsetzt ihre Hand. An ihren Fingern klebte sein Blut.

Der Schuss! Er hatte sie mit seinem Körper verdeckt.

»Marc!«, schrie sie.

Er war sofort da. Stumm hielt sie ihm ihre Hand entgegen. Ein Tropfen Blut kroch ihren Mittelfinger hinunter. »Er … er …«

Er kann nicht aufstehen – und sie konnte keinen Ton herausbringen. Als wäre alles in ihr verstummt.

»Scheiße!« Marc entledigte sich seines T-Shirts und presste das Knäuel gegen die Wunde. »Hier. Drücken. Ganz fest.«

Sie drückte. Ganz fest. Irgendwo fand sie noch Kraft, für Nick musste sie es schaffen. Vorsichtig ließ Marc los und zog sein Handy heraus. Sie hörte ihn telefonieren. Kurze, präzise Sätze wie vom Reißbrett.

»Nick. Nick«, wisperte sie.

Seine Lider flackerten, aber er sah sie nicht an. »Wird schon …« Sie hatte ihn kaum gehört. Er selbst schien immer mehr zu verschwinden, sein Gesicht wurde blasser, die Lippen – bläulich.

Er atmete noch. Mit einer Hand hielt sie seine Finger fest, während sie mit dem Handballen der anderen gegen seine Wunde drückte, ganz egal, wie weh ihr der gebrochene Finger tat. Alles wird gut. Das hatte er gesagt. Es ihr versprochen!

»Der Krankenwagen ist gleich da.« Marc kniete sich nieder und legte Nick zwei Finger auf den Hals.

»Gut?«, fragte sie.

Er antwortete nicht.

»Was können wir machen mehr? Marc?«

»Drück einfach fest zu, damit er nicht so viel Blut verliert.«

»Krankenwagen …«

»Ja, er ist gleich da. Er ist gleich da.« Er beugte sich tiefer. »Danny? Danny! Hörst du? Der Krankenwagen ist gleich da.«

Seine Finger glitten aus ihrer Hand. Sie hörte ihre hohe, dünne Stimme, die in ihrer Kehle vibrierte und seinen Namen rief. Danny. Immer wieder. Danny. Und: Ich liebe dich.

32

Es fühlte sich an, als hätte sich ein Teil von ihr von ihrem Körper gelöst. Als würde Juna neben sich stehen und zusehen, wie sie in der schwarzen, eisigen Kälte des Flusses versank.

Die Sanitäter brachten ihn in den Wagen, während Marc Juna zu einem Notarzt dirigierte, der ihr in die Augen leuchtete, ihren Blutdruck maß und ihren gefühllosen Körper abtastete.

Man fuhr sie in ein Krankenhaus, wo Ärzte und Krankenschwestern sich weiter um diesen Körper kümmerten. Sie fragte nach Danny, doch keiner sagte ihr etwas. Sie wollte aufstehen und wurde zurückgehalten, ihr Finger bekam eine Gipsschiene. Vielleicht wurden ihr auch Beruhigungsmittel verabreicht, denn schon bald wurde sie schläfrig, und es fiel ihr zunehmend schwerer, die Augen offenzuhalten.

Als sie aufwachte, war es hell. Das Zimmer sah aus wie in einem Hotel – mit einem Flachbildfernseher und impressionistischen Bildern in Pastelltönen an der Wand. Rechts neben ihr stand ein weiteres Bett, das mit einer dünnen Plastikfolie bezogen worden war. Hier wurde man gern gesund. Einmal hatte sie ihre Oma im Krankenhaus besuchen müssen – so ein Zimmer wäre der alten Dame vielleicht dann zugeteilt worden, wenn Juna dem Chefarzt außer einem teuren Cognac und einer exquisiten Schachtel Pralinen noch einen dicken Batzen Dollarscheine in die Hand gedrückt hätte.

Es klopfte, eine Putzfrau kam herein. Flink wie eine Fee aus der Zwischenwelt huschte sie mit einem Wischmopp über den

Boden und leerte die Mülleimer. Die Folie an dem leeren Bett raschelte zum Abschied, als sie wieder verschwand.

Juna wollte aufstehen, doch in ihrem Kopf drehte sich alles, und so ließ sie sich zurück auf das Kissen fallen. Bald kam eine Krankenschwester, die viel, sehr viel lächelte. So, als freute sie sich tatsächlich, Juna zum Klo begleiten zu dürfen. Bevor sie wieder ging, stellte sie das Fenster auf Kipp, damit das frühlingsfrohe Vogelgezwitscher die Stille des Krankenzimmers vertreiben konnte. Der Hochnebel würde noch im Verlauf des Vormittags fortziehen, beteuerte sie, sagte, dass es um zwölf Uhr Mittagessen geben würde und erkundigte sich, ob sie noch etwas tun könnte.

Zwei Stunden später erschien der Arzt. Das meiste verstand Juna nicht, nur, dass soweit alles gut war, sie jedoch für ein paar Tage zur Beobachtung bleiben müsse. Der Arzt ging, und kurz darauf verzog sich auch der Hochnebel. Trotz des blauen Himmels und der Sonnenstrahlen, die an den Bildern und dem Flachbildfernseher tanzten, dämmerte Juna wieder ein. Sie wachte auf, als es an der Tür klopfte. Es war Marc.

Trotz des Schwindelgefühls richtete sie sich in ihrem Bett kerzengerade auf. »Wo ist … Danny? Ist er …«

Beschwichtigend hob Marc die Hände, kam zu ihr und stellte das hintere Ende des Bettes nach oben, damit sie sich zurücklehnen konnte. »Er wurde notoperiert. Die Kugel konnte erfolgreich entfernt werden. Noch ist er nicht aufgewacht, und die Ärzte wagen keine großen Prognosen, aber wenn er keine Infektion bekommt, stehen seine Chancen gut.«

»Nicht aufgewacht?«, wiederholte sie wie in Trance. Ihr Blick schnellte zur Uhr. Das gesichtslose Zifferblatt, zwölf Striche und zwei Zeiger – sie starrte die Uhr an und wusste nicht, was diese ihr sagen wollte. Außer, dass Danny schon viel zu lange bewusstlos war.

»Die Ärzte haben ihn ins künstliche Koma versetzt.«

»Koma.« Dieses Wort kannte sie. Dieses Wort gab es auch im Russischen. Zwei schwarze, kalte Silben.

Marc nahm ihre Hand. »Er lebt noch. Das ist im Moment das Wichtigste.«

Ja, das war im Moment das Wichtigste. Dass er lebte. Egal, wie langsam die Stunden- und Minutenzeiger über das Zifferblatt krochen. »Er ist hier?«

»Nein. Er wurde in ein anderes Krankenhaus gebracht. Im Moment mache ich mir eher Sorgen um dich.«

»Mir geht gut! Mir geht gut, wirklich!« Sie versuchte es sogar mit einem Lächeln, das Marc jedoch nur geringfügig zu beeindrucken schien.

»Mag sein. Aber diese Frau, die anscheinend hinter allem stand, konnten wir bis jetzt nicht fassen.«

»Dshanan? Sie heißt Dshanan Magomedova. *Nastojaschtschaja krowj* ist Gruppe Terroristen. Verstehst du? Sie wollen töten viele Menschen!«

»Und vor allem dich, denn die Kugel, die Danny abgefangen hatte, galt dir. Deshalb mache ich mir solche Sorgen, dass diese Frau auf freiem Fuß ist.«

Sie kaute auf ihrer Unterlippe. Wollte Dshanan sie töten, weil sie von dieser terroristischen Gruppe und dem geplanten Anschlag erfahren hatte? Sie hatte es ihr doch selbst erzählt. Oder sollte sie sterben, weil sie von den Unterlagen wusste, hinter denen Dshanan her war?

»Vor der Tür habe ich einen Polizisten postiert«, erklärte Marc weiter, »damit du hier sicher bist. Und wir tun alles, was in unserer Macht steht, um diese Frau zu finden.«

»Pawel – weiß er mehr? Sie hat ihn … genutzt. Richtig?«

»Ja, so sieht es aus. Er war nur eine Marionette in ihrem Spiel. Seine Eitelkeit und Machtgier haben ihn manipulierbar gemacht. So konnte sie ihre Pläne verwirklichen, während wir von seinen Sperenzchen abgelenkt wurden.«

»Was ist mit ihm jetzt?«

»Sein Club ist geschlossen. Die Mädchen wurden in Sicherheit gebracht. Wir haben ihm einen Deal angeboten, sollte er uns behilflich sein können, diese Dshanan zu fassen. Er hat bereits zugegeben, für die Morde im Zug verantwortlich zu sein. Damit sollte Druck im Prozess gegen einen gewissen Murtas Tschalajev ausgeübt werden. Die Mädchen und der Junge stammten aus dem näheren Umkreis des Richters und anderen wichtigen Beteiligten in diesem Fall.«

»Hat er geschossen in Danny damals?«

»Ja, er hat geschossen. Und zum Glück nicht nachgesehen, ob Danny noch am Leben war.«

»Und Tote in diesem Haus? Bei meinem Vater?«

»Das war Dshanan, die alles versucht hat, damit wir Pawel weiterhin im Visier behalten. Anscheinend wollte er von ihr loskommen. Hatte sogar die Idee, Danny zum Gebäude zu schicken, damit er sie dort tötet, während sie hinter deinem Vater her ist. Mehr konnte er uns über diese Frau aber nicht sagen.«

Also hatten sie nichts. Weder etwas über diese terroristische Gruppe *Nastojaschtschaja krovj*, noch genauere Informationen über den Anschlag. Das Einzige, was Hoffnung versprach, war die Tatsache, das Dshanan nicht an die Aufzeichnungen gelangt war. Sie würde entweder weitersuchen müssen oder sich einen anderen Plan überlegen. In jedem Fall bedeutete es etwas Zeit, die die Behörden nutzen könnten, um mehr herauszufinden.

»Okay.« Marc stand auf. »Ich muss jetzt wieder los. »Werde bald gesund.«

Sie nickte ihm zum Abschied zu. Wieder allein, blieb ihr nichts anderes übrig, als nachdenklich die Uhr anzustarren.

Ihre kleine Pyschka und Dshanan – nein, beides wollte nicht so recht zusammenpassen. Ihr ganzes Leben schien eine einzige Lüge zu sein. Keine wirklichen Eltern, keine Freunde, und der Mann, den sie liebte, lag bewusstlos im Koma.

Nach ein paar Tagen konnte sie entlassen werden. Marc holte sie ab und klärte die Formalitäten. Die Krankenschwester lächelte ihn an, obwohl er weder Cognac für den Chefarzt, noch Pralinen für sie mitgebracht hatte. Überhaupt schienen die Deutschen sehr großzügig zu grinsen, heute fiel es Juna besonders auf.

Sie traute sich kaum, nach Danny zu fragen. Erst im Auto brachte sie es über sich. Sie wollte zu ihm, ihn wenigstens noch einmal sehen, doch Marc erwiderte nur, sein Zustand sei unverändert und im Moment durften nur Familienangehörige zu ihm.

Er brachte sie ins Haus seiner Eltern, die sich gerade in Nizza vor dem Hotel de Ville, Palais de Justice und der Cathédrale Sainte-Réparate ablichten ließen, um dann ihre Europareise in Italien fortzusetzen. Die vertraute Umgebung schenkte ihr Zuversicht. Um sich auf andere Gedanken zu bringen, rief sie daheim in Sankt Petersburg an. Doch ihre Oma nahm nicht ab. Sie versuchte es erneut – ohne Erfolg. Also beschloss sie, es bei der Nachbarin Warja zu probieren. Die Warja, die ihre Ohren so gern an den Wänden wärmte.

Die Nachbarin nahm sofort ab. Es hatte Momente gegeben, da glaubte Juna, Warja wäre zusammen mit dem Telefon erfunden worden – so anhängig waren sie voreinander. Bei der Frage nach der Oma gab sie gerne Auskunft: »Die ist doch umgezogen!«

»Umgezogen?« Juna ließ sich auf das Bett sinken. »Wohin? Wie?« Jetzt fehlten ihr auch im Russischen die Worte.

»Das weiß ich nicht. Aber da stand ein Umzugswagen, und

weg war sie. Die Wohnung ist leer, sie hat alles mitgenommen, das sage ich dir!«

»Leer? Wie leer? Was ist passiert?«

»Was fragst du mich das!«

»Und sie hat nichts gesagt? Wohin sie fährt oder warum? Wie man sie erreichen kann?«

»Ne. Aber ich soll dir etwas ausrichten: Wenn man nach dem Schlüssel zu allen Fragen sucht, ist das Offensichtliche nicht immer das, womit man sich zufriedengeben sollte.« Der Satz klang einstudiert wie ein Gedicht für den Schulunterricht und wurde von Warja mit einer ähnlichen Begeisterung vorgetragen.

»Juna?«, drang es aus dem Hörer. »Juna? Alöö-oh?«

»Bin da.« Sie schluckte. »Ich bin noch da. Mehr hat sie nicht gesagt?«

»Dass jedes Küken irgendwann flügge wird. Oh! Und dass du daran denken solltest, wie sehr du früher Märchen geliebt hast.« Im selben Atemzug begann Warja vom Wetter zu sprechen und ob Juna wüsste, ob Buchweizen weiterhin so teuer sein würde.

Sie legte auf. Noch lange saß sie mit dem Telefonhörer auf dem Schoß und konnte keinen klaren Gedanken fassen. Ihre Oma war weg. Untergetaucht?

»Wo soll ich denn jetzt hin?« Ihr Daumen strich über die Tasten. Für vier Monate konnte sie noch in Deutschland bleiben, hatte Marc ihr erklärt. Wegen der Kooperation mit der Polizei, den Zeugenaussagen. Und dann?

Die Tür öffnete sich. Durch den Spalt schlüpfte Dannys Katze herein und legte vorsichtig einen toten Frosch zu ihren Füßen. Dabei sah das Tier sie an, als wolle es ihr sagen, dass sich die Welt weiterdrehte und man jetzt endlich wieder ans Essen denken könne.

33

Omas Worte gingen ihr auch nach Tagen noch nicht aus dem Kopf. Der Schlüssel, das Offensichtliche, die Märchen – sie grübelte, innerlich zu zerrissen zwischen der Vorstellung einer leergeräumten *Chruschtschowka*-Wohnung und Danny, der noch im Koma lag. Das Einzige, was Marc ihr über seinen Zustand erzählen konnte, war, dass er stabil sei, und so hoffte sie weiter.

Das verunstaltete Album lag noch unter der Matratze, wo sie es vor Tagen verstaut hatte. Sie holte das Buch hervor. Der Feuervogel fehlte, den sie so gemocht hatte, fehlte. Sie blätterte herum. Das Offensichtliche, der Schlüssel … es fiel ihr wie Schuppen von den Augen. Natürlich. Es war doch so verdammt einfach! Die Aufzeichnungen, nach denen Dshanan verlangt hatte, mussten hier drin sein. Vielleicht ebenfalls im Einband verborgen. Oder in die dicken Pappseiten eingearbeitet. Wer dieses Buch in die Hand nahm und nach Geheimnissen darin suchte, würde den Postfachschlüssel zuerst entdecken. Und vermutlich gar nicht weiter nachforschen, ob das Innere noch etwas anderes hergab. Das war … genial.

Und ungeheuerlich, dieses Album in den Händen zu halten und zu wissen, was für ein schreckliches Geheimnis es in sich barg.

Auf der Treppe ertönten Schritte. Es klopfte, und nach ihrem zögerlichen ›Herein!‹ steckte Marc seinen Kopf ins Zimmer. Sie machte sich nicht die Mühe, das Album wieder zu verstecken, und er stellte keine Fragen, sagte nur: »Das Mittagessen ist fertig. Aber ich nehme an, das hätte ich genauso gut lassen können. Gerade kam ein Anruf von Dannys Mutter. Er wurde aufgeweckt, es geht ihm den Umständen entsprechend gut und er hat nach dir gefragt.« Er machte eine Pause.

Sie spürte ihr Herz in der Kehle pochen und wollte etwas sagen. Sie öffnete den Mund, spürte ein stummes ›Danny‹ auf den Lippen, brachte aber keinen Ton heraus.

»Wenn du möchtest, kann ich dich zu ihm bringen«, sagte Marc endlich und erlöste sie aus ihrer Starre.

Sie warf das Album auf das Bett. Kaum eine Minute später stand sie schon im Flur, ging unruhig hin und her, während Marc die Autoschlüssel holte, Schuhe anzog und sehr gewissenhaft die Schnürsenkel band.

Die Fahrt zum Krankenhaus verlief schweigend, als ob er bemerkt hätte, dass sie ihre Stille brauchte. Er schaltete sogar das Radio aus. Ihre Gedanken schwirrten umher, sie konnte keinen einzigen davon fassen. Vor allem klangen die Worte, die sie ihm zuletzt gesagt hatte, in ihr nach. *Ich liebe dich.* In den letzten Tagen hatte sie schmerzlich genug erfahren, wie es sich anfühlte, ihn zu verlieren.

Die Realität schien unglaublich fern. Sie wusste nicht, wie sie aus dem Auto gestiegen, ins Krankenhaus gekommen oder in sein Zimmer gelangt war. Plötzlich stand sie vor seinem Bett, sah ihn an und wollte heulen. Was wirklich selten dämlich war, denn er lebte.

Sein Gesicht war blass und eingefallen, unter den Augen lagen dunkle Ringe. Ein künstliches Koma sollte eine Art tiefer Schlaf sein, doch er sah aus, als hätte er die letzten Tage auf der Flucht vor der Welt verbracht. Die Kabel und Schläuche machten alles nur noch unwirklicher, sie dachte daran, dass sie endlich etwas sagen sollte – vielleicht über Leah und Kay, denen es wieder besser ging. Oder dass der Gedanke, ihn zu verlieren, sie fast zerbrochen hatte. Und dass er sie nie, nie verlassen durfte.

»Ich liebe dich auch«, flüsterte er. Seine Stimme klang geschwächt.

»Was?« Jetzt heulte sie doch noch. Ich liebe dich *auch*. Er hatte sie gehört. Als er ihr zu entgleiten drohte, hatte er sie trotzdem gehört.

»Komm her.« Er öffnete seine Handfläche.

Sie trat auf ihn zu. Erst jetzt traute sie sich, ihn anzufassen, ließ sich auf den Stuhl neben seinem Bett nieder und legte ihre Finger in seine Hand.

Er erwiderte den Druck ihrer Finger. »Ich hatte Angst, dass du weg bist, wenn ich aufwache. Ich hatte davon geträumt. Und es war schlimm.«

»Ich bin da! Ich bin doch da.«

»Ja. Und ich möchte, dass es auch so bleibt.«

Sie nickte. Zumindest für die nächsten vier Monate würde es so bleiben. Sie – bei ihm. Und dann, dann müssten sie weitersehen. Sobald er zu Kräften kam, würde sie ihm vom Album und den Aufzeichnungen erzählen. Dshanan wollte die Aufzeichnungen um jeden Preis haben, die Chancen standen gut, sie in eine Falle locken zu können.

Er drückte erneut ihre Hand. »Juna? Du hast nicht gehört, was ich gesagt habe, oder?«

»Doch. Ja … Ich gehe nicht nach Russland. Ich kann noch sein in Deutschland. Hat Marc gesagt. Vier Monate!«

Es war mehr, als sie hoffen konnte. Vier Monate in seiner Nähe.

Er schüttelte den Kopf. »Nein. Ich habe gesagt, dass ich möchte, dass du bei mir bleibst. Und dass ich dich liebe.«

»Ja.« Sie wischte sich über die Augen. Eigentlich hatte sie vorgehabt, mit dem Weinen schon längst aufzuhören. Es gab überhaupt keinen Grund dafür. Aber die Tränen flossen unaufhörlich über ihre Wangen.

»Juna, ich möchte, dass du mich heiratest.«

Jetzt hatte sie es doch noch geschafft, mit dem Weinen aufzuhören. »*Was?*«

Was auch immer man ihm hier gab, es sollte schleunigst abgesetzt werden.

Er versuchte zu lächeln. »Ich habe gehofft, du würdest weniger entsetzt reagieren. Ich weiß, dass wir uns noch nicht lange kennen. Dass du denken musst, ich hätte den Verstand verloren und dass es plötzlich kommt und unter seltsamen Bedingungen – ja, verdammt, ich weiß das alles! Aber ich will dich nicht gehen lassen. Ich würde es nicht ertragen, dass du irgendwann so weit weg von mir sein musst, nur weil dein Visum abläuft.« Er schloss die Lider. »Entschuldige. Eigentlich habe ich es mir anders vorgestellt. Mit … deutlich weniger Stammeln.«

Heiraten. Das klang wirklich völlig irrsinnig. Von einem glücklichen Mädchen in einem weißen, bauschigen Kleid hatte sie seit ihrer Kindheit nicht mehr geträumt, ganz anders als ihre Kommilitoninnen, von denen einige bereits mit zwanzig zum Standesamt eilten, weil die Angst, keinen Mann abzubekommen, viel zu tief saß.

Aber das Mädchen in ihr *war* glücklich. Dieses Mädchen wollte so sehr bei ihm sein, dass es auch eine Hochzeit im bauschigen Kleid über sich ergehen lassen würde.

»Du sagst nichts?«, brachte er endlich hervor.

»Ich liebe dich«, antwortete sie.

»Aber?«

Sie beugte sich zu ihm und küsste vorsichtig seine Lippen. »Heiraten. Was ist, wenn wir reden darüber, wenn du weniger …«, sie deutete zum Infusionsständer, »… Medizin hast.«

Er schmunzelte und erwiderte ihren Kuss. »Das heißt also nicht nein.«

»Das heißt nicht nein.«

»Damit kann ich leben. Vorerst.«

Ihre Finger spielten mit seinen blonden Strähnen. Sie kannten einander nicht lange. Und doch – hatte sie nicht schon immer das Gefühl gehabt, zu ihm zu gehören? »Ich … ich habe gelernt, deinen Namen zu sagen. Deinen richtigen Namen. Aber ich weiß noch wenig über dich.«

»Okay. Du hast recht. Ich glaube, es ist an der Zeit, mit den letzten Wahrheiten herauszurücken.«

Sie verharrte. Was meinte er jetzt damit? Hieß er vielleicht gar nicht Danny? War er bereits viermal verheiratet? Und hatte fünf Kinder? Wie konnte sie ernsthaft darüber nachdenken, einen ihr völlig fremden Mann zu heiraten? Ganz egal, was sie für ihn empfand – wo war nur ihre Vernunft abgeblieben?

»Welche … Wahrheiten?«

Seine Finger strichen ihr über die Wange. »Ich bin nicht blond. Meinst du, du kannst das verkraften?«

Danksagung

An dieser Stelle möchte ich all den wunderbaren Menschen danken, die mich bei diesem schwierigen Projekt so tatkräftig unterstützt haben. Ohne euch hätte es dieses Buch nicht gegeben!

An erster Stelle gilt mein größter Dank meiner Familie und ganz besonders meinem Mann, der noch im allergrößten Stress stets die Ruhe bewahrt und mir immer wieder Mut gemacht hat. Ich kann mir keinen liebevolleren Menschen an meiner Seite vorstellen.

Gerade in der Zeit, in der alles ganz und gar nicht so läuft, wie man es sich eigentlich vorgestellt hat, war ich regelrecht überwältigt, wie viel Verständnis und Geduld meine Lektorinnen Ulrike Gerstner und Alexandra Panz gezeigt haben. Ich bin so froh, in diesem Verlag zu sein! Auch ohne meinen Lektor Andy Hahnemann, der diesem Roman mit so viel Fingerspitzengefühl den letzten Schliff gegeben hat, wäre dieses Buch nicht das geworden, was es ist.

Ich danke ebenfalls für die großartige Unterstützung in den Mails und Gesprächen: Barbara Slawig, die mit ihren Taiji-Kenntnissen meiner Protagonistin Juna die richtigen Konturen verliehen hat; Claudia Brendler, die mich mit ihrem kritischen Blick immer wieder auf den richtigen Weg gebracht hat; Simone Kühlewind, die noch immer nicht müde ist, meine Romane testzulesen; Angelika Jodl für die Unterhaltung darüber, wie sexy deutsche Grammatik sein kann; Heike Schulz für die Einblicke in die Geheimnisse der Schneiderkunst; Angelika Lauriel für *mon chou chou*; Stefanie Ross, der so viele Figuren ihr Leben nach dem Showdown verdanken; Martin Wyschkon für die Infos über die Post; Danny Stahl für einen ›typischen‹ ostdeutschen Namen, den er so großzügig für dieses Buch zur Verfügung stellte; Nicola Rudnig für seine Waffenkenntnisse und natürlich Ines Kieling und Michaela Kutsche, die mir geholfen haben, als alles im Chaos zu versinken drohte.

Es kann nichts Schöneres geben, als von Menschen umgeben zu sein, auf die man sich immer verlassen kann!

Quellennachweis

Über die Verhältnisse zwischen den russischen Kriminellen findet man sehr interessante und ausführliche Informationen unter http://janna-golubitskaya.ru/?p=242 und vor allem auf http://www.tyurem.net/. Wer einen Einblick in die Abgründe wagen möchte (und Russisch kann), ist dort auf jeden Fall an der richtigen Adresse.

Die Zeilen ›Alain Delon trinkt kein Eau de Cologne‹ stammen aus dem Lied *Vsgljad s Ekrana (Alain Delon)* der Gruppe *Nautilus Pompilius.* Die Erklärungen zum Wort ›*Duma*‹ sind dem Langenscheidt Taschenwörterbuch *Russisch-Deutsch / Deutsch – Russisch* entnommen.

Die Jessenin-Gedichte wurden in der Übersetzung von Paul Celan und Margit Bluhm zitiert. Shakespeares *Der Widerspenstigen Zähmung* ist in diesem Roman in der Übersetzung von Wolf Graf Baudissin zu lesen. Die Puschkin- und Lermontow-Gedichte wurden von Eric Boerner übersetzt. Die Sprüche aus dem *Tao Te King* wurden von Richard Wilhelm und Rudolf Backofen in die deutsche Sprache übertragen. Zitate aus dem *Dschuang Dsi* sind in der Übersetzung von Richard Wilhelm zu lesen. *Mitte und Maß* von Zi Si wurde von James Legge ins Englische übertragen und ins Deutsche von Susanne Schaup (entnommen aus *Der Lauf des Wassers* von Alan Watts).